रोशनी

रोशनी

संजय सिन्हा

प्रभात पेपरबैक्स
www.prabhatbooks.com

प्रकाशक

प्रभात पेपरबैक्स

4/19 आसफ अली रोड, नई दिल्ली-110002

फोन : 23289777 • हेल्पलाइन नं. : 7827007777

इ-मेल : prabhatbooks@gmail.com ❖ वेब ठिकाना : www.prabhatbooks.com

संस्करण

प्रथम, 2019

मूल्य

तीन सौ पचास रुपए

अ.मा.पु.स. 978-93-5322-219-2

मुद्रक

आर-टेक ऑफसेट प्रिंटर्स, दिल्ली

———— ★ ————

ROSHNI

by Shri Sanjay Sinha

Published by **PRABHAT PAPERBACKS**
4/19 Asaf Ali Road, New Delhi-110002

ISBN 978-93-5322-219-2

₹350.00

संजय सिन्हा

लेखक परिचय भी एक औपचारिकता ही होती है। लेखक का भी कोई परिचय होता है क्या?

लेखक का परिचय उसकी लेखनी होती है।

संजय सिन्हा का भी कोई परिचय नहीं है।

इन्होंने जनसत्ता नामक अखबार से पत्रकारिता की शुरुआत की। दस साल बाद ज़ी न्यूज़ चले गए और फिर अमेरिका।

अमेरिका प्रवास के दौरान गुजरात भूकंप पर एक उपन्यास लिखा—6.9 रिक्टर स्केल। ये भूकंप की कोई वैज्ञानिक कहानी नहीं, एक प्रेम कहानी है, कुछ अलग सी।

चार साल बाद लगने लगा कि अपना देश तो अपना होता है, तो इंडिया वापस चले आए और *आजतक* न्यूज़ चैनल में संपादक बन गए।

फिर जब एक बार ये फेसबुक की ओर मुड़े तो इतनी कहानियाँ लिखीं कि सात किताबें बन गईं।

लिखने का सिलसिला जारी है। सुबह उठ कर बाकी लोग चाहे जो करें, संजय सिन्हा रोज़ एक कहानी लिखते हैं।

इनका कहना है कि आदमी भावनाओं से संचालित होता है, कारणों से नहीं। कारणों से तो मशीनें चला करती हैं।

अब इन्हें कौन बताए कि आज का मानव ही मशीन बन चुका है।

ये रोज़ एक कहानी सुना कर सोचते हैं कि मशीन बन चुका मानव भावनाओं को जीने लगेगा।

खैर, बात हो रही थी इनके परिचय की, तो ये पुस्तक ही इनका परिचय है।

अनुक्रम

रोशनी

जहाँ रोशनी नहीं, वहाँ अँधेरा है, यानी अपने आप में अँधेरा कुछ नहीं। बस जहाँ रोशनी नहीं, वहाँ अँधेरा है। इसका मतलब रोशनी का अस्तित्व है, पर अँधेरे का नहीं। फिर भी अंधकार है।

कमाल है, जो है नहीं, वो है।

आज संजय सिन्हा कैसी बहकी-बहकी बातें कर रहे हैं? न कहानी, न संदेश।

रोशनी की तलाश नहीं करनी पड़ती, वो है। पर हैरानी का विषय ये है कि हम रोशनी की तलाश करते हैं, जबकि रोशनी कदम-कदम पर है।

कल बेटे से फोन पर बात हो रही थी।

मैंने उसे बताया कि मैंने एक इंटरनेट साइट से एक सामान खरीदा था। सामान पसंद नहीं आने पर मैंने उसे लौटाने का अनुरोध किया। इंटरनेट कंपनी ने उसे लौटा भी लिया, पर सामान ले जाने मेरे घर कोई नहीं आया, मेरा पैसा जरूर मेरे एकाउंट में आ गया।

अधिक पैसे नहीं थे। करीब हजार रुपए की चीज थी।

मैंने बेटे से कहा कि सामान भी मेरे पास रह गया, पैसे भी मिल गए। मैंने ये बात बेटे से हँसकर कही थी कि मेरा फायदा हो गया।

बेटा कुछ देर चुप रहा। फिर उसने कहा कि आपको इंटरनेट कंपनी को दुबारा लिखना चाहिए कि आपने पैसे लौटा दिए हैं, सामान नहीं ले गए।

मैंने कहा, "मुझे क्या फर्क पड़ता है? मेरा पैसा मुझे मिल गया। अब सामान नहीं ले गए तो यह उनकी गलती है।"

बेटे ने कहा, "गलती किसकी है, यह महत्त्वपूर्ण नहीं। महत्त्वपूर्ण यह है कि आप

अपने कर्म के सिद्धांत को क्यों खराब करें? बात हजार या दस हजार की नहीं। बात उसे फायदे के रूप में देखने और सोचने की है। बेशक आपको अभी लग रहा होगा कि फायदा हो गया, पर यह तो आपके कर्म का अकाउंट बिगड़ रहा है। ऐसा करके आप खुद को रोशनी से दूर कर रहे हैं। आप इंटरनेट कंपनी को कहिए तो सही। यही सोचकर कहिए कि आपका पैसा आपको नहीं मिला होता तो आप कितनी बार फोन करते? हाँ, वो कह दें कि सामान नहीं ले जाना, तो और बात है।"

मैं चुपचाप सुन रहा था।

मैं लोगों को ज्ञान देता हूँ। मैं लोगों को माँ की कहानियाँ सुनाता हूँ। मैं बताता हूँ कि गलत करेंगे तो गलत होगा। मैंने पता नहीं कितनी कहानियाँ लिखी हैं रोशनी पर, पर कल बेटे से बात करके लगा कि मैं हजार रुपयों की खातिर खुद को अँधेरे में डाल रहा था।

मैंने धीरे-से बेटे से कहा, "धन्यवाद! रोशनी को मेरे पास बनाए रखने के लिए। मुझे हजार रुपए के लालच में नहीं फँसना चाहिए था।"

बेटे ने धीरे-से कहा, "बात हजार या लाख की नहीं। बात नीयत की है। आँकड़ा कोई भी हो, खुद को उजाले से दूर नहीं करना। जैसे ही रोशनी दूर होगी, अँधेरा छा जाएगा। बिना प्रयास के।"

आज संजय सिन्हा कहानी नहीं सुना रहे। आज जीवन दर्शन का जो पाठ उन्होंने बेटे से पढ़ा है, उसे ही आप तक पहुँचा रहे हैं।

अपने कर्म के बैलेंस को बनाए रखिएगा। वो बचा रहेगा तो जिंदगी में रोशनी होगी। वो खत्म हो गया तो जिंदगी में अँधेरा छा जाएगा।

वो बचा रहेगा तो आप खुश रहेंगे। वो खत्म हो गया तो दुःख आपके पीछे लग जाएगा। खुशी ही उजाला है। दुःख ही अंधकार है।

खुशी मन का भाव है। दुःख खुशी का अभाव है। एक गया, तो दूसरा बिन बुलाए आ जाएगा।

हम में से हर कोई इस सत्य को जानता है, पर फिर भी हम अंधकार में खुद को फँसा लेते हैं। हम खुशियों की चादर ओढ़ सकते हैं, पर हम दुःख की रजाई में दुबक जाते हैं।

रोशनी को गले लगाइए। जिंदगी के सारे अँधेरे दूर हो जाएँगे।

□

दवा वाला दोस्त

मेरे एक मित्र हैं। पहले किसी दवा कंपनी में नौकरी करते थे। उनका काम था, डॉक्टरों से मिलकर दवा की बिक्री को बढ़ाना। जब उन्होंने दवा के कारोबार को समझ लिया तो अपनी दवा बनवाकर बाजार में बेचने लगे। समय बीता, मेरे मित्र ने अपनी दवा की फैक्टरी खोल ली।

सात सौ रुपए से शुरू हुई उनकी नौकरी आज कई हजार करोड़ के टर्नओवर वाली कंपनी के रूप में बदल गई है।

पिछले दिनों मित्र ने दवा के अलावा रियल एस्टेट सेक्टर के काम में हाथ डाला और उसमें भी खूब पैसे कमाए। मैं अक्सर उनके घर जाता हूँ और उनसे जिंदगी के फलसफे को समझने की कोशिश भी करता हूँ।

मेरे मित्र बेशक कई हजार करोड़ रुपयों का कारोबार कर रहे हैं, कई हजार लोगों को उन्होंने रोजगार भी दिया हुआ है, पर आज भी वो छोटी गाड़ी में घूमते हैं, विमान की इकोनॉमी क्लास में यात्रा करते हैं और साधारण कपड़े पहनते हैं। अपने बेटे को जरूर उन्होंने विदेश में पढ़ने के लिए भेजा।

बेटा छोटा था, तब मुझसे भी अंकल-अंकल कहकर लिपट जाता था, पर पिछले दिनों जब मैं दोस्त के घर गया तो वो उदास बैठे थे।

मैंने उनसे उदासी का सबब पूछा तो कहने लगे कि मैंने एक फाइव स्टार होटल खरीदने के लिए एडवांस दे दिया था, पर बेटा नहीं मान रहा। वो कह रहा है कि मुझे बिजनेस की समझ नहीं। वो विदेश से बिजनेस की पढ़ाई करके आया है और उसे मेरे बिजनेस का तरीका पसंद नहीं।

हमारी बातचीत चल ही रही थी कि मित्र का बेटा वहाँ आ गया। उसने मुझे 'हेलो' कहा और दो मिनट के लिए बैठ गया।

मैंने उससे कहा कि कैसा चल रहा है काम-धाम?

बेटे ने मुझसे कहा कि आजकल प्रॉपर्टी में मंदी का दौर है, पापा होटल में पैसे लगा रहे हैं। मैंने मना किया तो नाराज हैं।

मैंने बेटे से सिर्फ इतना ही कहा कि तुम्हारे पापा बेशक किसी मैनेजमेंट कॉलेज में नहीं पढ़े, पर मेडिकल रिप्रजेंटेटिव की नौकरी छोड़कर इतना बड़ा कारोबार उन्होंने अनुभव के विद्यालय में पढ़कर ही खड़ा किया है। बेशक, पापा ने विदेश जाकर पढ़ाई नहीं की, मुमकिन है कि उन्हें कंप्यूटर पर काम की भी समझ न हो, पर जो है, उसे उन्होंने खुद ही तो बनाया है।

बेटा खड़ा हो गया। उसने कहा कि आप लोग पुराने जमाने के हैं। तब का समय चाहे जो रहा हो, आज बिजनेस का ये तरीका ठीक नहीं।

मैं चुप रह गया।

मैंने मित्र की आँखों में झाँका। वहाँ एक टीस थी। टीस इस बात की नहीं कि बेटा नए तरीके से बिजनेस करना चाह रहा है। टीस इस बात की कि बेटे ने बाप की समझ को ही चैलेंज कर दिया है।

मैं आज इस कहानी को क्यों लिख रहा हूँ, मेरी समझ में यह बात खुद ही नहीं आ रही। मैंने सोचा था कि मेरी आज की कहानी बाप-बेटे के रिश्ते पर कहीं जाकर रुकेगी, पर उस दिन बेटा इतना ही कहकर वहाँ से चला गया था, आप लोग पुराने जमाने के हैं।

संजय सिन्हा को कोई पुराने जमाने का कह दे, ऐसा भले कैसे हो सकता है? वो तो सदियों से समय के साथ कदम ताल करते हुए चल रहे हैं। खैर, मुझे पता है कि कहानी लिखते-लिखते मेरा मन कहीं ओर भटक गया है। मुझे रह-रहकर बीजेपी नेता यशवंत सिन्हा का वो इंटरव्यू याद आ रहा है, जिसमें उन्होंने कहा था कि वित्त मंत्री के फैसलों ने देश की आर्थिक स्थिति को बिगाड़ दिया है।

यह बात ठीक थी या नहीं, इस पर मैं कोई टिप्पणी फिलहाल नहीं कर रहा, पर इतना जरूर कहूँगा कि यशवंत सिन्हा के बेटे जयंत सिन्हा ने यह कहकर मुझे बहुत कुछ सोचने पर मजबूर कर दिया कि पापा सही नहीं बोल रहे।

यशवंत सिन्हा आई.ए.एस. अफसर रहे हैं। राजनीति में वाजपेयीजी के करीबी रहे हैं। आई.ए.एस. की नौकरी छोड़कर राजनीति में आए और वित्त मंत्री रहे हैं। बेटे के लिए उन्होंने अपनी दावेदारी छोड़ी।

आज चाहे वो गलत ही कह रहे होंगे, पर मेरा सवाल बहुत छोटा-सा है। क्या बेटों को इस तरह खुलेआम अपने बाप को गलत कहना चाहिए? वो भी उस बाप को, जिसकी बदौलत आप खड़े हुए हैं?

मैं तो फिल्म 'मुगले आजम' देखते हुए भी तब बहुत दुःखी हुआ था, जब सलीम अनारकली के लिए अकबर के सामने तलवार लेकर खड़ा हो जाता है। दुनिया में लाखों बेटे अपने पिताओं को इसी तरह चैलेंज करते होंगे, पर यहाँ तीनों कहानियों में तीनों बेटों को उनके पिता अथाह प्यार करते हैं। मुझे नहीं लगता कि प्यार के रिश्तों में किसी पुत्र को पिता के सामने तलवार निकालनी चाहिए। अगर बेटे ऐसे ही होते रहे तो लोगों का भरोसा बेटों से उठ जाएगा।

यह जीवन रिश्तों के उत्तकों से बना है और तलवार की प्रयोगशाला में ये बहुत जल्दी दम तोड़ देते हैं। अगर रिश्ते ही नहीं, तो चाहे जो हो, उसके होने का कोई अर्थ नहीं।

□

काम पर लगो

कल रात मैं अपने एक रिश्तेदार के घर गया था। मेरे रिश्तेदार फेसबुक पर मेरी कहानियाँ पढ़ते हैं, टी.वी. पर भी देखते हैं।

कल उन्होंने मुझसे बहुत सारे कठिन सवाल पूछ लिये। उन्होंने पूछा कि संजय सिन्हा, आप अपनी कहानियों में बार-बार माँ का जिक्र करते हैं। आप बार-बार उनकी सुनाई कहानियों को हमें सुनाते हैं। आप हर कहानी से एक ज्ञान निकाल लाते हैं। तो क्या माँ ने केवल आपको ही सारी कहानियाँ सुनाई थीं? क्या माँ ने सारा ज्ञान आप पर ही उड़ेल दिया था? आपके भाई-बहन क्या माँ के साथ नहीं थे? क्या उन्हें माँ ने कभी कोई कहानी नहीं सुनाई?

चाय पीते हुए एक साथ इतने सवाल?

मैं चुप था। बात तो सही थी। क्या माँ सिर्फ अपने संजू बेटे को ही कहानियाँ सुनाती थी?

मैं बहुत देर तक सोचता रहा।

ऐसा नहीं हो सकता। यह अलग बात है कि मैं घर घुसड़ू बच्चा था। मतलब, जो बच्चे दिन भर घर में घुसे रहते हैं, माँ के पल्लू से चिपके रहते हैं, मैं वैसा ही बच्चा था। मैं तो माँ को रसोई में भी घेर लेता था कि माँ कहानी सुनाओ। हालाँकि ऐसा भी बहुत बार हुआ है कि हम सभी लोग एक साथ बैठे रहे और माँ ने सबको एक साथ कहानी सुनाई। मैंने कभी सोचा नहीं कि बाकी सबने कहानी का क्या अर्थ निकाला, पर मैंने तो माँ की कही एक-एक बात को जीवन संदेश मान लिया।

पर कल अपने रिश्तेदार के सवालों के जवाब तलाशने में मुझे बहुत मुश्किल आई।

मेरे रिश्तेदार एकटक मेरी ओर देख रहे थे। मैंने उनसे ज्यादा कुछ कहा नहीं, बस इतना

ही कि मैं आपको माँ की ही सुनाई हुई एक कहानी सुना देता हूँ। शायद आपके सवालों के जवाब इस कहानी में मिल जाएँ।

"एक बार गौतम बुद्ध कहीं प्रवचन दे रहे थे। प्रवचन के बाद उन्होंने सबसे कहा कि उठो, काम पर लगो। समय निकला जा रहा है।

इतना कहकर बुद्ध खुद उठ गए। बुद्ध जैसे ही उठे, एक महिला उनके सामने आई और उसने उन्हें धन्यवाद देते हुए कहा कि प्रभु, आपने समय रहते मुझे याद दिला दिया कि समय निकला जा रहा है, काम पर लगो। मैं एक नर्तकी हूँ और आज मुझे नगर सेठ के घर नृत्य के लिए जाना है, पर आपके प्रवचन में मैं वो भूल गई थी। महिला के जाते ही एक व्यक्ति बुद्ध के सामने आया और उसने बुद्ध के पाँव छूकर कहा कि भगवन! झूठ नहीं कहूँगा, मैं एक चोर हूँ। आज रात मुझे किसी के घर चोरी करने जाना था, पर आपके प्रवचन में मैं अपना काम ही भूल गया था। आपने जैसे ही कहा कि समय निकला जा रहा है, मुझे लगा कि आप मुझसे कह रहे हैं कि चोरी भी कोई काम है क्या? समय रहते हुए मुझे अपने लिए कुछ अच्छा काम ढूँढ लेना चाहिए।

उसके जाने के बाद एक बुजुर्ग बुद्ध के पास आया। उसने दोनों हाथ जोड़कर बुद्ध से कहा कि तथागत, आज आपने मेरी आँखें खोल दीं। मैं जीवन भर जीवन को जीने की तैयारी करता रहा। अब इस वक्त ऐसा एहसास हो रहा है कि समय निकल गया, मैंने जिंदगी व्यर्थ में खर्च कर दी। आज आपने कहा कि उठो, काम पर लगो, समय निकला जा रहा है तो मुझे एहसास हो रहा है कि मुझे अब कुछ समय खुद की तलाश में लगाना चाहिए। मुझे मुक्ति के मार्ग की तलाश करनी चाहिए।

बुद्ध मुस्कुराने लगे।"

माँ ने यह कहानी सुनाने के बाद इतना ही कहा था कि बुद्ध ने तो एक ही बात कही थी, पर जिसे उसे जिस रूप में लेना था, उसने उसे उस रूप में लिया।

मेरे रिश्तेदार चुप हो गए। बस, उन्होंने चलते हुए इतना ही कहा कि संजयजी, आप कहानियाँ लिखते रहिए। माँ की सुनाई कहानियाँ हमें भी सुनाते रहिए। सचमुच आप इस बात की चिंता मत कीजिए कि किसने उनसे क्या प्राप्त किया? जिसे जिस चीज की तलाश होगी, उसे वो आपकी कहानियों में ढूँढ़ ही लेगा।

उठो काम पर लगो, समय निकला जा रहा है।

□

बुरा या अच्छा

माँ की बीमारी के दिनों में ही मैंने राजेश खन्ना की फिल्म 'आनंद' देखी थी। मुझे याद है कि फिल्म देखने के बाद मैं सिनेमा हॉल से कैसे साइकिल चलाता हुआ घर पहुँचा था और घर के बाहर पड़ी चारपाई पर सो गया था। गर्मी के दिन थे। तेज लू चल रही थी, पर मैं सो गया था।

फिल्म देखने के बाद मैं समझ गया था कि माँ अब नहीं बचेगी।

धीरे-धीरे माँ की तबीयत बद से बदतर होती चली गई। एक ऐसा वक्त भी आ गया, जब माँ सिर्फ हाड़-मांस का पुतला भर नजर आने लगी थी। वो भयंकर पीड़ा से गुजरने लगी थी। उन्हीं दिनों मैंने फिल्म 'अँखियों के झरोखों से' देखी थी और जब माँ ने मुझसे पूछा था कि फिल्म कैसी लगी, तो मैंने माँ से झूठ बोला था कि हीरोइन बच गई। उसका कैंसर ठीक हो गया।

माँ की पीड़ा इतनी बढ़ चुकी थी कि मैंने अपनी डायरी में लिखा कि हे भगवान! मेरी माँ को मृत्यु दे दो। मैं जानता था कि माँ के चले जाने के बाद मैं बिन माँ का हो जाऊँगा। न दिन में मेरे लिए वो गोद रहेगी, न रात में वो कहानियाँ।

मैं छोटा था, लेकिन इतना समझता था कि मर जानेवाला इस दुनिया में दुबारा कभी लौट कर नहीं आता। माँ इस संसार से चली गई थी।

माँ के चले जाने के कई वर्षों के बाद मैंने एक दिन पिताजी से कहा था कि साल 1980 हमारे लिए बहुत बुरा रहा।

पिताजी ने पूछा था, "क्यों? ऐसा क्यों कह रहे हो?"

मैंने कहा था, "माँ इसी साल इस दुनिया से चली गई थी।"

पिताजी ने मुझे अपने पास बिठा कर इतना ही कहा था कि ऐसा नहीं सोचते। तुम इस तरह सोचो कि तुम्हारी माँ को इसी साल अथाह कष्ट से मुक्ति मिली थी। पिताजी के

कहे को तब मैंने समझने की कोशिश की थी। कुछ समझ पाया था, कुछ समझना बाकी था, पर कल किसी ने मेरे पास एक संदेश भेजा। संदेश पढ़ने के बाद संजय सिन्हा को लगा कि पिताजी सामने बैठे हैं और कहानी सुना रहे हैं।

सुनिए, आप भी सुनिए वो कहानी, जिसमें पिताजी का संदेश छिपा है।

"एक आदमी अपने कमरे में बैठकर अपनी डायरी में लिख रहा था कि पिछले साल उसके पेट का ऑपरेशन हुआ, जिसकी वजह से उसे लंबी छुट्टी लेनी पड़ी। उसी साल वो ऑफिस से रिटायर हुआ। उसी साल उसने अपने पिता को खो दिया। उसी साल उसके बेटे की गाड़ी दुर्घटनाग्रस्त हुई और उसकी वजह से उसकी पढ़ाई एक साल पीछे रह गई। वो साल उसके लिए बहुत ही बुरा रहा।

आदमी जब ऐसा लिख रहा था, उसकी पत्नी पीछे खड़ी थी। वो पति के लिखे को चुपचाप पढ़ रही थी। पति लिखकर अपनी सोच में डूब गया...।

पत्नी चुपचाप कमरे से बाहर निकली और कुछ देर में एक कागज पर कुछ लिखकर पति के हाथ में दे गई।

पति ने कागज पर लिखे को पढ़ा—

तुम्हें उस साल पेट की बीमारी से मुक्ति मिली। उसी साल तुम रिटायर हुए और उसके बाद तुमने जीना शुरू किया। इससे पहले तुम सिर्फ जीने की तैयारी कर रहे थे, पर उसी साल से तुमने जीना शुरू किया, क्योंकि तुम्हें अपनी पसंद का कुछ करने को समय मिलने लगा। उसी साल 95 साल के तुम्हारे पिताजी को ढेर सारी तकलीफों से मुक्ति मिली। याद करो, वो छोटी-छोटी जरूरतों के लिए दूसरों पर निर्भर हो गए थे। और हाँ, वही साल था, जब हमारे बेटे को भयंकर कार दुर्घटना से गुजरना पड़ा था, जिसमें कार एकदम टूट-फूट गई थी, पर बेटे को मामूली चोट ही लगी थी। उसका एक साल बेशक बर्बाद हुआ, पर जितनी बड़ी दुर्घटना हुई थी, उसमें पता नहीं क्या-क्या हो सकता था? पर ईश्वर की असीम कृपा से उसे कुछ नहीं हुआ।

वो साल हमारे लिए बहुत अच्छा था।

कागज पर लिखे को पढ़कर पति ने वही सोचा होगा, जो कई साल पहले संजय सिन्हा अपने पिता के समझाने के बाद सोच रहे थे।

यह जिंदगी है, ऊँच-नीच होती रहती है। बड़ी बात यह है कि हम उस घटना को हम किस तरह अपने मन की डायरी के पन्नों पर उकेरते हैं?

□

संगत का असर

जिस लड़की से मेरी शादी हुई है, वो मेरे साथ इंडियन इंस्टीट्यूट ऑफ मास कम्युनिकेशन में पढ़ती भले थी, पर उससे मेरी मुलाकात दिल्ली की इंडियन एक्सप्रेस बिल्डिंग में नौकरी के दौरान ही हुई थी। तब मैं 'जनसत्ता' में उप-संपादक था और वो 'इंडियन एक्सप्रेस' में।

अब ये मत सोचने लगिएगा कि संजय सिन्हा आज फिर अपनी शादी की कहानी सुनाने बैठ गए। ऐसा बिल्कुल नहीं है।

बात इतनी-सी है कि पिछले कुछ दिनों से मेरी पत्नी कहने लगी है कि जब से मैं इलेक्ट्रॉनिक मीडिया में नौकरी करने लगा हूँ, मेरी भाषा खराब हो गई है। मतलब वर्ष 1999 तक मेरी भाषा बिल्कुल सही थी और वर्ष 1999 के बाद जब मैंने इलेक्ट्रॉनिक मीडिया की ओर रुख किया तो मेरी भाषा बिगड़ने लगी। बातचीत में मैं उन शब्दों का इस्तेमाल करने लगा, जिनका इस्तेमाल मैं नहीं करता था।

ये परिवर्तन कब आया, कैसे आया, मुझे नहीं पता। पर मेरी पत्नी को पता है।

वो कहती है कि संजय, तुम 'जनसत्ता' में जब तक रहे, वहाँ तुम्हारा पाला पत्रकारों से रहा, पर इलेक्ट्रॉनिक मीडिया में आने के बाद तुम पत्रकार नहीं रहे। या पत्रकार रहे भी तो जिस भाव को लेकर तुम पत्रकारिता में आए थे, वो कहीं खो गया। पत्नी का आरोप है तो मैं उसे हल्के में नहीं ले सकता। मुझे अपनी यादों से गुजरना ही पड़ेगा।

जिन दिनों मैं पहली बार अपनी होनेवाली पत्नी से मिला था, मुझे याद है कि मैंने उसे पंजाबी कवि अवतार सिंह पाश की कविताओं की एक किताब 'सबसे खतरनाक' दी थी। तब हम खाली वक्त में किताबों, लेखकों के बारे में और ताजा राजनीतिक घटनाओं पर चर्चा किया करते थे।

हमारी सैलरी बहुत कम थी, पर अधिक की हमें चाहत भी नहीं थी।

हमें पता था कि पत्रकारों की सैलरी कम होती है और हम सब सोच-समझकर पूरे होशो-हवास में इस पेशे में आए थे। हालाँकि तब हिंदी पत्रकारिता में बहुत-से लोग इसलिए भी चले आए थे, क्योंकि उन्हें कहीं और नौकरी नहीं मिल पाई थी। ऐसे लोगों में जेपी आंदोलन के भुक्तभोगी अधिक थे। मैं कई बार जेपी आंदोलन से निकले पत्रकारों पर लिख चुका हूँ, इसलिए आज उनकी चर्चा नहीं करूँगा। आज तो मुझे बात करनी है मेरी बिगड़ी भाषा पर। उस भाषा पर, जिस पर पत्नी ने आपत्ति दर्ज की है।

'जनसत्ता' में प्रभाष जोशी प्रधान संपादक थे और उनका जोर बोलचाल की भाषा में लिखने पर होता था। हम अखबार में बोलचाल की भाषा में लिखते थे, पर तब हमारी बोलचाल की भाषा भी बहुत संयमित और मर्यादित होती थी।

जब मैं 'जनसत्ता' छोड़कर 'जी न्यूज' में गया तो मुझे पहली बार सांस्कृतिक झटका तब लगा था, जब मेरे साथ बैठे एक साथी ने हिंदी में स्क्रिप्ट लिखने की जगह रोमन में लिखना शुरू किया। पता चला कि वो हिंदी नहीं लिख सकते थे। मैं बहुत हैरान था। वो हिंदी लिख नहीं सकते थे, हिंदी के ढेर सारे शब्द समझते भी नहीं थे।

उनकी स्क्रिप्ट देखकर मैं खुद अटक गया था। मैंने उनसे पूछा कि आप हिंदी पत्रकारिता करने आए हैं और आपको तो हिंदी ही नहीं आती। हँसते हुए उन्होंने कहा कि संजय सिन्हा, ये टी.वी. की पत्रकारिता है। यहाँ माइक के पीछे से बोलना है। और बोलना भी क्या? हिंदी-अंग्रेजी मिक्स करके। पहली बार उन्होंने मुझे बताया था कि अब देश की भाषा न हिंदी रही, न इंगलिश। अब देश की भाषा हिंगलिश हो गई है।

यह बात है 1999 की।

'जनसत्ता' तक तो मेरे जेहन में यह बात थी कि पत्रकारिता नौकरी के साथ-साथ मिशन भी है। यहाँ नौकरी के लिए वही लोग आते हैं, जिन्हें पारंपरिक सरकारी नौकरी नहीं करनी होती। यह ठीक है कि तब तक जेपी आंदोलन से निकले लोग पत्रकारिता में आ गए थे, लेकिन वो लोग भी बातें पढ़े-लिखों जैसी करते थे।

यहाँ इलेक्ट्रॉनिक मीडिया में आकर पहली बार पता चला कि पत्रकारों की एक नई पौध तैयार हो चुकी है, जिसकी सैलरी प्रिंट के मुताबिक कई गुना अधिक है, पर ये पत्रकार थे कौन? मैं 11 साल 'जनसत्ता' में नौकरी करके इलेक्ट्रॉनिक मीडिया में आया था। मेरा ऑफिस बहादुरशाह जफर मार्ग पर था। वहीं 'टाइम्स ऑफ इंडिया' का ऑफिस था। वहीं बाकी अखबारों के ऑफिस भी थे। वहाँ हम कई पत्रकारों से मिलते थे। ऐसे में हम पत्रकार एक-दूसरे को जानते थे।

पर यहाँ इलेक्ट्रॉनिक मीडिया में कुछ एक को छोड़कर अधिकतर नए नाम थे। हिंदी-अंग्रेजी, सब मिक्स हो चुके थे।

मैं इस पर पूरी कहानी फिर कभी लिख सकता हूँ कि इलेक्ट्रॉनिक मीडिया में सबसे पहले कौन लोग और कैसे आए? क्यों शुरू में प्रिंट के नामी पत्रकार इस विधा में नहीं घुसे थे? कैसे इलेक्ट्रॉनिक मीडिया में न सिर्फ भाषा का रंग-रूप बिगड़ा, बल्कि खबरों का पूरा संसार ही बिगड़ गया। इस पर कभी-न-कभी लिखूँगा, पर आज तो इतना ही कि सुबह-सुबह जब मैं फोन पर मीटिंग में होता हूँ तो मेरी पत्नी कभी-कभी मेरी बातें सुनती है और मुझे टोकती है कि तुम कैसी भाषा इस्तेमाल करने लगे हो?

यकीन कीजिए, मैं ऐसा नहीं था।

कई साल पुरानी बात है। 'जी' से अमेरिका, अमेरिका से 'आजतक' में आ चुका था। तब तक टी.वी. न्यूज चैनलों में गलाकाट प्रतियोगिता चलने लगी थी।

'जनसत्ता' में छपने वाली प्रभाष जोशी की बोलचाल की भाषा टी.वी. तक पहुँचकर कोई और ही रूप लेने लगी थी। एक दौर ऐसा भी आया, जब सिर्फ खबरों के स्तर में ही गिरावट नहीं आई, बल्कि भाषा का रूप भी बिगड़ने लगा। अब तक कुछ नए टी.वी. चैनल बाजार में आ चुके थे और वो तो हद से नीचे की भाषा के प्रयोग पर उतारू हो गए थे।

हमारे समय में कई पत्र-पत्रिकाएँ, जिन्हें परिवार के बीच पढ़ने और रखने लायक नहीं समझा जाता था, वो टी.वी. के माध्यम से सबके ड्राइंग रूम में घुसने लगी थीं। दो अर्थों वाली भाषा को कुछ लोग नया प्रयोग मानने लगे। यह गिरावट सिर्फ भाषा या खबर के रूप में ही सामने नहीं आई। असल में पत्रकारिता का स्वरूप भी बदलने लगा था।

यह स्वरूप कैसे बदला, इस पर भी एक कहानी अलग से होगी, पर आज नहीं। आज तो सिर्फ एक घटना का जिक्र भर करना चाहूँगा कि किसी चैनल पर एक महिला एंकर ने हिंदी का क्राइम शो शुरू किया था। वो महिला बहुत ही फिल्मी अंदाज में बोलती थी, "मेरे पास दिखाने के लिए है बहुत कुछ, आप कहीं जाइएगा नहीं, ब्रेक के बाद मैं दिखलाऊँगी सबकुछ।"

मुझे नहीं पता कि आपने वो शो देखा था या नहीं, पर कुछ ही दिनों में वो महिला चर्चा में आ गई थी। इस तरह नई पत्रकारिता का जन्म हो रहा था। खैर, यह तो बानगी है। ऐसी सैकड़ों कहानियाँ हैं, जिन्हें देखकर मेरी भाषा भी बिगड़ने लगी। ध्यान दीजिएगा,

मैं आज कहानी खबरों के बिगड़ने की नहीं सुना रहा। आज मैं कहानी सुना रहा हूँ, भाषा के बिगड़ने की।

ऐसे में एक सुबह फोन पर मैं अपने साथी को समझा रहा था कि राम रहीम की हनीप्रीत का कहीं पता नहीं चल रहा तो तुम लिख दो, "मेरी हंसिनी, कहाँ उड़ चली?"

मेरे सामने चाय लेकर खड़ी मेरी पत्नी ने सुन लिया और उसने टोका कि यही पत्रकारिता है तुम्हारी?

मैं शर्मिंदा तो हुआ, पर उसे ये कहकर चुप कराने की कोशिश की कि सब यही दिखा रहे हैं। यही खबरें लोग देख रहे हैं।

पत्नी ने कहा कि मुझे नहीं पता कि तुम क्या दिखला रहे हो, पर तुम्हें अपनी भाषा मर्यादित रखनी चाहिए। तुम्हें पता नहीं चलता, पर तुम अपने साथियों से भी उन शब्दों को बोलने लगे हो, जिनका तुम पहले इस्तेमाल नहीं करते थे।

मैं चुप हो गया था। सोचने लगा था, सचमुच यह क्या हो गया?

आज इतना ही। आप चाहें तो इसे क्रमश: भी मान लीजिए क्योंकि मैं यादों को कुरेदकर अगर लिखने बैठ गया तो किताब पर किताब लिख दूँगा, कहानी खत्म नहीं होगी। फिलहाल तो यही कहूँगा कि आपको कभी लगे कि संजय सिन्हा अनपढ़ों वाली बात करने लगे हैं तो प्लीज टोकिएगा। आप सुधारेंगे, तभी तो सुधरूँगा।

□

बिल्ली का वजन

भगवान चाचा की कहानी आपको पहले भी सुना चुका हूँ।

आपको बता चुका हूँ कि एक बार जब वो हमारे घर आए थे, तो सफेद रसगुल्ले की हांडी लेकर आए थे। हांडी टेबल पर रखकर वो पिताजी और माँ से गप करने लगे थे। मैं बाहर से खेलकर आया और सामने रसगुल्ले की हांडी देखकर मुझसे रुका नहीं गया, तो मैंने धीरे-से ऊपर से ढके दोने के बीच अपनी दो पतली-पतली उँगलियाँ भीतर डालीं और एक रसगुल्ला निकालकर गटक लिया।

एकदम स्पंजी रसगुल्ला था वो।

दुनिया में चाहे हजार मिठाई की दुकानें रही हों, पर तब पटना में पिंटू के रसगुल्ले बहुत मशहूर थे। पटना स्टेशन के पास ही पिंटू मिठाई वाले की दुकान हुआ करती थी और उसके सफेद रसगुल्ले बनते बाद में थे, बिक पहले जाते थे।

ऐसा नहीं था कि भगवान चाचा जब भी हमारे घर आते, पिंटू के रसगुल्ले लेकर ही आते थे, पर उस दिन लेकर आए थे।

चाचा का आना, मतलब पिताजी की खुशियों का हमारे घर आना। दोनों दुनिया को भुला कर दुनिया-जहां की बातें करते थे। माँ तब तक खाना बनाने में लग गई थी।

रसगुल्ले की हांडी टेबल पर पड़ी थी। मैं एक रसगुल्ला बिना ऊपर का कवर हटाए गटक चुका था। मुझे नहीं पता था कि हांडी में कितने रसगुल्ले हैं, पर मैं इतना जानता था कि कोई किसी के घर एक-दो रसगुल्ले लेकर नहीं जाता। थोड़ी देर इधर-उधर टहलने के बाद मैंने धीरे-से फिर दो उँगलियाँ हांडी में डालीं और एक और रसगुल्ला मेरे मुँह में घुलने लगा।

उसके बाद दूसरा और दूसरे के बाद तीसरा। अब मैं थोड़ी देर इधर-उधर घूमता और

एक रसगुल्ला मुँह में चला जाता।

सफेद रसगुल्ले में होता क्या है? छेना और रस। रस को हांडी में ही दबाकर निकाल लिया तो मुँह में क्या आया? खैर, मैंने तय कर लिया कि अब और नहीं खाना। घर में बाकी लोग भी तो थे।

मैंने अपने हाथ को पैंट से पोंछा और चुपचाप किताब खोलकर पढ़ने का नाटक करने लगा। मुझे पता था कि माँ अभी खाना लगाएगी, फिर रसगुल्ले की हांडी खुलेगी और मुझे भी रसगुल्ला मिलेगा।

वही हुआ। सबने खाना खाया। फिर भगवाना चाचा ने कहा कि अरे, आपके लिए आज रसगुल्ले लेकर आया हूँ। स्टेशन के सामने से निकल रहा था कि पिंटुआ पर नजर पड़ गई। एकदम ताजा-ताजा रसगुल्ला निकाल रहा था। हम कहे कि लाओ भाई, हमको भी एक किलो दे दो। पिताजी बोले, "वाह! पिंटूजी के रसगुल्ले।"

हांडी खुली। माँ ने भीतर झाँका। आएँ? खाली रस-ही-रस। एक भी रसगुल्ला नहीं।

अजीब-सी बात हो गई थी। भगवान चाचा तो एकदम हैरान रह गए थे। पिताजी भी चुप थे। किसी की समझ में नहीं आ रहा था कि हुआ क्या? हांडी जस-की-तस पड़ी थी, पर एक भी रसगुल्ला नहीं था।

मैं खुद हैरान था। मैंने तो एक-दो ही खाए थे। चलिए, आप कह रहे हैं तो चार-पाँच मान लेता हूँ। पता नहीं, गिने नहीं थे। माँ कहती थी कि खाने की चीज गिननी नहीं चाहिए। फिर?

आज मैं उसके आगे की कहानी नहीं सुनाऊँगा।

कभी-कभी ऐसा हो जाता है। एक किलो रसगुल्ले आए थे। किसी ने खाए नहीं। हांडी फूटी भी नहीं थी, पर रसगुल्ले खत्म हो गए थे।

आजकल एक बिल्ली वाली कहानी इंटरनेट पर चल रही है कि मौलवी साहब एक किलो मटन लेकर आए और अपनी बेगम से कहा कि आज मटन बनाओ। बेगम मटन बनाने लगीं, मौलवी साहब नहाने चले गए।

बेगम साहिबा मटन बनाते-बनाते एक-एक पीस चखती रहीं और आखिर में केवल प्याज-टमाटर का रस रह गया, मटन खत्म हो गया। मौलवी साहब जब खाने आए तो बेगम साहिबा ने केवल रस परोस दिया। मौलवी साहब भड़क गए, "बेगम, मटन कहाँ है?"

डरते हुए बेगम साहिबा ने कहा कि बिल्ली आई थी, सारा मटन खा गई।

मौलवी साहब को बिल्ली पर बहुत गुस्सा आया। उन्होंने काफी मेहनत करके बिल्ली पकड़ ली। बिल्ली मरियल-सी थी। मौलवी साहब ने बिल्ली को तराजू पर तौला तो उसका कुल वजन एक किलो था। न एक ग्राम ऊपर, न एक ग्राम नीचे।

मौलवी साहब भारी सोच में पड़ गए कि अगर एक किलो मटन बिल्ली गटक चुकी है, तो फिर यह तो मटन का वजन हुआ। मतलब, बिल्ली का वजन कहाँ गया? और अगर बिल्ली का वजन एक किलो है, तो मटन कहाँ गया?

दोनों कहानियों का राजनीति से कोई लेना-देना नहीं है। ऐसी कहानियाँ पढ़कर हँसने के अलावा इनका कोई अर्थ निकालने की कोशिश नहीं करनी चाहिए।

मुझे नहीं पता कि पटना में पिंटूजी के सफेद रसगुल्ले अभी भी मिलते हैं या नहीं, अगर मिलते होंगे तो एक दिन आप सबको जरूर खिलाऊँगा।

□

जिगर का टुकड़ा

पहले मैं ऐसा नहीं सोचता था, लेकिन अब सोचने लगा हूँ।

मुझे लगता है कि मुझे अब अपनी एक बहन की हत्या का आरोप अपने सिर ले लेना चाहिए। आप सोच रहे होंगे कि संजय सिन्हा कैसी बहकी-बहकी बातें करने लगे हैं? मेरा यकीन कीजिए, मैंने जब से अपने उस बीमार मित्र के स्वस्थ हो जाने के बारे में सुना है, जिसे डॉक्टरों ने कुछ महीने पहले बहुत गंभीर बता दिया था, मुझे लगने लगा है कि मेरी बहन भी बच सकती थी।

मेरे मित्र को पिछले दिनों पीलिया होने पर जब डॉक्टर को दिखलाया गया तो पता चला कि उसका लीवर खराब हो गया है। मेरे मित्र का पेट बहुत फूल गया था और वजन आधा रह गया था। उसकी तबीयत इतनी बिगड़ गई थी कि लग रहा था कि वो अब गया कि तब। हाथ-पाँव एकदम सूख गए थे। सच कहूँ, तो मेरी तो हिम्मत भी नहीं होती थी उसे देखने जाने की।

पर मेरा मित्र और उसके परिवार वाले हिम्मत नहीं हारे। उन्होंने दिल्ली के सभी बड़े डॉक्टरों से संपर्क किया।

उम्मीद की एक ही लौ थी और वो यह कि अपना कोई ऐसा रिश्तेदार लीवर दान करे, जिसका लीवर उससे मैच करता हो। घर के हर सदस्य ने आगे बढ़कर मदद की पेशकश की। सबने अपने-अपने खून की जाँच कराई। आखिर में कॉलेज में पढ़ने वाले उसके बेटे का लीवर मैच किया। जिगर के टुकड़े का जिगर पापा से मैच किया और जिगर के टुकड़े ने पापा को अपना जिगर दिया। मेरा मित्र अब एकदम ठीक है। बेटा, जिसने लीवर का एक टुकड़ा पापा को दिया है, वो तो एकदम स्वस्थ है ही।

मुझे याद आया छह-सात साल पहले मेरी एक रिश्ते की बहन का भी लीवर खराब हो गया था। मेरी बहन मुझसे कुछ साल ही बड़ी थी और वो इलाज के लिए दिल्ली आई

थी। यहाँ जी.बी. पंत अस्पताल और गंगाराम अस्पताल में उसका इलाज हुआ। डॉक्टरों ने कहा था कि लीवर का एक टुकड़ा कोई दे दे, तो जान बच जाएगी।

कोई आगे नहीं आया था, मैं भी नहीं।

सोचता हूँ कि काश, मैं आगे बढ़ा होता! अगर बढ़ा होता तो क्या पता मेरा जिगर मेरी बहन के जिगर से मैच कर ही गया होता? कोई लीवर देने के लिए आगे नहीं आया और मेरी बुद्धि में ये बात आई ही नहीं कि मेरा लीवर भी मैच हो ही सकता है। मेरी बहन ने कुछ ही दिनों में दम तोड़ दिया था। सारे रिश्तेदार फूट-फूटकर रो रहे थे, पर तब रोने का क्या फायदा था?

मेरी बहन चली गई थी। मुझे समझाने वाले ने समझा दिया था कि लीवर खराब होने के बाद बचना बहुत मुश्किल होता है। बताने वाले ने यह भी बता दिया था कि लीवर और गुर्दा दान करनेवाले की खुद की जिंदगी खतरे में पड़ जाती है, पर पिछले कुछ सालों में कई ऐसे कई उदाहरण मेरे सामने आए हैं, जब बड़ी बहन ने अपना एक गुर्दा देकर छोटी बहन की जान बचा ली। पत्नी ने पति को गुर्दा देकर जान बचा ली और लीवर में भी यही हुआ। ताजा उदाहरण तो मेरे दोस्त की कहानी ही है।

मैंने डॉक्टर से बात की। डॉक्टर ने कहा है कि वो अब बिल्कुल ठीक हो गया है। एकदम सामान्य जिंदगी जीने लगेगा। जब मैंने अपनी बहन की मौत के बारे में डॉक्टर को बताया, तो उन्होंने कहा कि हाँ, एक मायने में किसी को लीवर न देना एक तरह से हत्या ही है। कानून की निगाह में भले आपकी बहन के रिश्तेदारों पर 302 का मामला न चले, पर रिश्तों की अदालत में तो हत्या का मामला ही होना चाहिए। अगर ऐसे वक्त में रिश्तेदार सामने नहीं आते, तो फिर रिश्तों का अर्थ ही क्या?

डॉक्टर मुझसे कह रहे थे कि अभी तक मानव अंगों का 'मेड इन चाइना' संस्करण चौराहों पर मिलना शुरू नहीं हुआ है। ऐसे में, लीवर का एक टुकड़ा दान देकर अगर किसी की जान बचाई जा सकती है, तो बिना आगा-पीछा सोचे ऐसा कर देना चाहिए।

मैं डॉक्टर के पास से लौट आया, पर मन में इसी अपराध बोध के बीज को पाले हुआ लौटा हूँ कि मैं हत्यारा हूँ। हाँ, मैं भी एक हत्यारा हूँ, हत्यारा—अपनी बहन का।

रक्तदान का महत्त्व तो हम सब जानते ही हैं। रक्तदान तो कोई भी कर सकता है, पर किडनी, लीवर का दान कोई सगा ही कर सकता है। जरूरत पड़ने पर अपनों के लिए आगे आएँ। बाद में पछताने से तो यही अच्छा है।

□

हार से जीत

फेसबुक की मेरी एक बहन ने कल मुझे फोन किया और सुबकने लगी। कहने लगी कि संजय भैया, आप मेरे 'इनको' कहीं नौकरी दिलवा सकते हैं क्या?

माँ भी पिताजी को 'ऐ जी' कहकर संबोधित करती थी, क्योंकि मुझे पता है कि पारंपरिक रूप से अभी भी हिंदी क्षेत्र में पत्नी अपने पति को नाम से नहीं बुलाती। इसलिए मैं समझ गया था कि मेरी बहन अपने पति की बात कर रही है।

मेरे पास कई लोगों के फोन आते हैं। किसी को नौकरी की दरकार होती है, किसी के बच्चे को स्कूल में दाखिला करना होता है, किसी का कोई बीमार होता है तो उसे अस्पताल में डॉक्टर से समय दिलवाना होता है। जिंदगी है तो समस्याएँ हैं, क्योंकि इस देश में सबसे कम कीमत आदमी की है। इसलिए बच्चों को स्कूल में दाखिला नहीं मिलना व्यक्तिगत समस्या बन जाती है जबकि मुझे लगता है कि समाज में एक भी बच्चा अगर ठीक से नहीं पढ़ पा रहा तो यह राष्ट्र की समस्या होनी चाहिए। ठीक इसी तरह अगर एक भी मरीज का किसी वजह से अस्पताल में इलाज रहा, तो यह देश की समस्या होनी चाहिए।

और रही बात नौकरी की, तो सबको रोजगार मिले, यह सरकार की जिम्मेदारी है। आखिर जितनी सरकारें चुनकर आती हैं, वो यही वादा करके तो आती हैं कि हम सबको रोजगार देंगे, सबको स्वास्थ्य सुविधाएँ देंगे, सबको शिक्षा देंगे।

खैर, मैं राजनीति में नहीं। अगर होता तो शिक्षा, स्वास्थ्य और रोजगार, मेरा एजेंडा यही तीनों होते।

मैं राजनीति में नहीं हूँ, पत्रकारिता में हूँ। मेरी औकात इतनी ही है कि मैं हर विभाग के मंत्रियों से मिल लेता हूँ। किसी भी नेता तक पहुँच जाता हूँ। इसलिए कोई मुसीबत में होता है और मैं मदद कर पाने में सक्षम होता हूँ, तो मैं पीछे नहीं हटता। मुझे हमेशा

लगता है कि अगर एक भी बच्चा मेरी कोशिश से स्कूल जाकर पढ़ाई कर लेता है तो भविष्य में समाज को एक बेहतर इंसान मिल जाएगा, पर मेरी औकात बहुत सीमित है। मैं कितने बच्चों को स्कूल में दाखिला दिला सकता हूँ? मैं कितने लोगों को अच्छे सरकारी अस्पताल में डॉक्टर तक पहुँचा सकता हूँ? और रही बात नौकरी की, तो उसकी और भी सीमा है।

खैर, मैं जितना कर सकता हूँ, करने की कोशिश करता हूँ। नहीं कर पाया, तो लोगों की निंदा भी सहता हूँ।

कल मेरी बहन ने जब मुझसे कहा कि क्या मैं उनके 'इनको' कहीं नौकरी दिलवा सकता हूँ, तो मैंने सहज ही पूछ लिया कि मेरे बहनोई क्या काम कर सकते हैं?

बहन ने कहा, "ये सिंपल बी.ए. हैं, भैया। पहले एक कंपनी में एकाउंट्स का काम देखते थे, अब छँटनी में इन्हें हटा दिया है।"

"ओह! तब तो घर में समस्याएँ होंगी?"

"भैया, पैसे की उतनी दिक्कत नहीं, जितना स्वभाव की है। मैं स्कूल में टीचर हूँ और मुझे ठीक-ठाक सैलरी मिलती है। अपना मकान है और इतना खर्चा भी नहीं कि कोई मुसीबत हो। पर जब से इनकी नौकरी गई है, ये सबसे झगड़ा करने लगे हैं। मुझसे भी बहुत झगड़ते हैं। क्या बताऊँ, भैया? कभी-कभी हाथ भी उठा देते हैं। इनका व्यवहार देखकर लगता है कि कहीं इन्हें नौकरी मिल जाती तो कम-से-कम परिवार में शांति तो रहती। भैया, एक नौकरी के न रहने से इन्हें लगने लगा है कि ये जिंदगी की लड़ाई हार गए हैं। इनके मन में हीनता का भाव बैठ गया है और उस भाव से ये मुक्ति पाते हैं, मुझ पर हाथ उठाकर। भैया, कुछ कीजिए। मैं थक गई हूँ।"

सिंपल बी.ए.। बिहार का एक छोटा-सा शहर। मुझे नहीं पता कि मैं उनके लिए क्या कर पाऊँगा, पर मैं अपनी बहन की बातों को सुनकर बहुत देर सोच में डूबा रहा। एक छोटी-सी नौकरी के नहीं रहने से पुरुष का अहं इस कदर बिलबिला उठा है कि अपनी सुंदर, सुघड़, पढ़ी-लिखी टीचर पत्नी पर हाथ उठाने लगा है?

मुझे पता नहीं क्यों सुनयना दीदी की कहानी याद आने लगी थी।

सुनयना दीदी के पति की भी जब नौकरी चली गई थी तो वो उनकी पिटाई करने लगे थे। सुनयना दीदी ने शादी के बाद प्राइवेट परीक्षा देकर कॉलेज की पढ़ाई पूरी की थी और बाद में टीचर बन गई थीं। दीदी ने बाद में छोटे बच्चों का स्कूल भी खोल लिया था, ठीक-ठाक कमाई भी होने लगी थी, पर जीजाजी का अहं इतना बड़ा था कि पत्नी

की कमाई वो सह नहीं पा रहे थे। दीदी के काम में हाथ बँटाने की जगह वो जब मौका मिलता, चार लोगों के सामने भी दीदी पर हाथ उठा देते।

खैर, सुनयना दीदी की कई कहानियाँ आपको पहले भी सुना चुका हूँ और कई कहानियाँ बचाकर रखी हैं, समय–समय पर सुनाने के लिए।

अभी तो मुझे अपनी फेसबुक वाली बहन के 'उनको' इतना ही ज्ञान देना है कि भाई, नौकरी पाकर आप जिंदगी की जंग नहीं जीत पाएँगे। जिंदगी की जंग वही जीतता है, जो अपने अहं की लड़ाई में हारना सीख लेता है।

□

उम्मीद की केतली

हो सकता है कि कर्ज देने वाला किसी को कर्ज देकर भूल जाए, पर कर्ज लेने वाला कभी नहीं भूलता। हाँ, वो भूलने का अभिनय कर सकता है।

पिछले हफ्ते संजय सिन्हा पटना में थे। वहाँ किसी के घर खाने पर गए थे और लौटते हुए प्याज और ओल की चटनी की सौगात बतौर प्यार लेकर दिल्ली आए थे। संजय सिन्हा से किसी ने कुछ नहीं कहा था। बस, खुद ही मन-ही-मन ये तय कर लिया था कि प्यार की चटनी की यह कहानी वो दुनिया को सुनाएँगे। उन्होंने मन में प्यार को उधार मान लिया था। वैसे भी प्यार का उधार बहुत प्यारा होता है। प्यार लीजिए, प्यार दीजिए।

मैंने मेजबान बहन की चटनी की तारीफ की थी कि क्या शानदार चटनी बनी है, तो मुस्कुराकर उन्होंने कहा था कि संजयजी, आप भी शानदार कहानियाँ लिखते हैं।

मतलब, चटनी की वापसी कहानी में होगी!

कायदे से पटना से लौटते ही मुझे कहानी लिख देनी चाहिए थी, पर मैं प्यार का कर्ज भूलने की फिराक में था। कल रात बहन सपने में आई और कहने लगी कि संजयजी, यहाँ आकर तो आप मेरे मायके वाले बन बैठे थे और दिल्ली जाते ही भूल गए? और कहानी... ? बहन ने कहा था कि मायके वाले आते हैं तो अच्छा लगता है। क्योंकि मैंने उन्हें बहन कहा था, इसलिए मैं मायके वाला हुआ।

अब चलिए, कहानी शुरू की जाए।

पटना की मेरी इस बहन का नाम है, निशी अग्रवाल।

बहन ने एक से बढ़कर एक पकवान खिलाकर अपने भाई का स्वागत किया। भाई ने बहन की खूब सराहना की, पर लौटते हुए उसकी निगाह चाय की एक रंग-बिरंगी

केतली पर जाकर रुक गई।

"बहन, यह क्या है?"

"यह मोदीजी की केतली है।"

"मोदीजी की केतली? समझा नहीं।"

अब निशी अग्रवाल ने मुझे समझाना शुरू किया कि वो हैंडीक्राफ्ट का काम करती है। काम मतलब व्यापार नहीं, लोगों को काम सिखाती हैं।

"बहन, पहेलियाँ न बुझाओ। पूरी बात ठीक से समझाओ।"

"भाई, मैंने जब सुना कि अपने प्रधानमंत्री बचपन में रेलवे स्टेशन पर चाय बेचते थे और चाय बेचने से शुरू हुआ उनका कर्मठ जीवन उन्हें जीवन की इस ऊँचाई तक ले गया, तो मेरे मन में भी खयाल आया कि हम क्यों घर बैठकर अपना जीवन व्यर्थ गँवा दें? मैंने चाय की केतली को अपने जीवन का आदर्श मान लिया। मुझे लगा कि एक केतली के बूते किसी के मन में देश-सेवा का भाव जाग सकता है, तो मेरे मन में क्यों नहीं? बस, मैंने बाजार से एक केतली खरीद कर उसे रंगों से रँग दिया। उसे एक सुंदर सजावटी सामान बना दिया। जो मेरे घर आता, उसे ये केतली बहुत अच्छी लगती। मैं लोगों से कहती कि यह संभावनाओं की केतली है। यह प्रेरणा की केतली है। यह हौसले की केतली है। यह केतली आत्मनिर्भरता की प्रतीक है। यह केतली नहीं, आत्मसम्मान है। यह केतली एक संदेश है कि आदमी के इरादे ऊँचे हों तो कोई भी काम छोटा नहीं हो सकता।

निशी बहन एकदम रौ में अपनी बात कहे जा रही थीं और संजय सिन्हा की कलम फड़फड़ा रही थी, केतली की कहानी आप तक पहुँचाने के लिए।

निशी बहन के घर आए एक मेहमान को केतली इतनी पसंद आ गई कि उन्होंने उनसे वो केतली ले ली और उसे अपने घर में सजा दिया। केतली चली गई तो बहन ने दुबारा फिर एक केतली वैसी ही बना ली।

फिर किसी ने केतली की तारीफ की और कहा कि उन्हें भी केतली चाहिए।

धीरे-धीरे केतली की माँग इतनी आने लगी कि उन्होंने तय कर लिया कि इसे एक मिशन का रूप दिया जाना चाहिए।

उन्होंने आसपास की जरूरतमंद लड़कियों को अपने पास बुलाया, उन्हें समझाया कि वो कुछ काम करके आत्मनिर्भर बन सकती हैं।

धीरे-धीरे उनका एक ग्रुप बन गया और उसे एक संगठन का रूप देकर उन्होंने कई तरह की चीजें हाथ से बनानी शुरू कर दीं। छोटे-छोटे मेलों में वो उन चीजों को बेचने लगीं और उससे जो मुनाफा आता, उसे लड़कियों की शिक्षा पर खर्च करने लगीं।

निशी अग्रवाल ने आज एक पूरा संगठन खड़ा कर लिया है। कई गरीब महिलाओं को उन्होंने न सिर्फ रोजगार दिया है, बल्कि उनकी शिक्षा का खर्च भी उठा रही हैं।

बात से बात निकली तो उन्होंने एक नया प्रयोग भी किया।

कई लोग दुर्गा पूजा, सरस्वती पूजा, लक्ष्मी-गणेश पूजा पर घर में मूर्तियाँ बिठाते हैं। बाद में उन मूर्तियों को वो नदियों में बहा देते हैं। निशी बहन ने उन लोगों से अनुरोध किया कि पूजा में जो कपड़े वो नदी में बहाते हैं, उससे नदियों में प्रदूषण फैलता है। उन्होंने लोगों से अनुरोध करके उन कपड़ों को अपने पास मँगाना शुरू किया और उनसे छोटी-छोटी पोटलियाँ बनानी शुरू कर दीं। वो इन पोटलियों को लोगों को बेचती हैं। लोग इनका इस्तेमाल गिफ्ट देने या पूजा की सामग्री रखने आदि के लिए करते हैं। देखने-सुनने में चाहे यह छोटा-सा प्रयास लगे, पर हकीकत में उनकी ये मुहिम पटना में खूब लोकप्रिय हो रही है। काफी लोग केतली, गिलास, पोटली खरीद रहे हैं। इससे उन्हें जो फायदा होता है, उसे वो काम करनेवाली लड़कियों में बाँट देती हैं। न हींग न, फिटकरी और रंग चोखा।

जब मैं उनके घर से खाना खाकर निकल रहा था तो मैंने कहा कि बहुत दिनों बाद ओल की चटनी खाने को मिली है। बहन ने फटाफट एक डिब्बे में अपने भाई के लिए ओल की चटनी पैक कर दी और साथ में एक मोदी केतली भी। ओल की चटनी के स्वाद में मैं कहानी लिखना चाहकर भी नहीं लिख रहा था, पर कल कोई मेरे घर आया और केतली देखकर रुक गया तो मुझे लगा कि भाई का कर्ज अभी बाकी है।

मेरे घर आए मेहमान ने रुककर पूछा कि यह केतली कहाँ से लाए और इसे इस तरह ड्राइंग रूम में सजाने का मतलब?

मैंने मुस्कुराते हुए कहा, "यह उम्मीदों की केतली है। यह आत्मसम्मान की केतली है। यह हमें इस बात का हौसला देने वाली केतली है कि इरादे बुलंद हों तो आदमी कुछ भी कर सकता है।"

मेहमान केतली ले जाने की फिराक में था। मैंने कहा, "पटना जाकर मेरी बहन से मिलिए और उम्मीदों की एक केतली अपने साथ ले जाइए।"

□

कर भला, बन बुरा

बाल गंगाधर तिलक ने एक अनाथ बच्चे को अपने पास रखकर उसे पाला, पढ़ाया और नौकरी तक में उसकी मदद की थी।

वो बच्चा जब बड़ा हो गया, तो इस कुंठा में जीता था कि जीवन में उसने जो कुछ भी पाया, किसी की मदद से पाया है। ऐसे में जब वो तिलक से अलग रहने चला गया तो जब कभी मौका मिलता, तिलक की बुराई करता। तिलक तक उसकी बातें पहुँचती थीं, पर तिलक कभी प्रतिक्रिया नहीं जताते थे।

उसके जाने के बाद तिलक के साथ कोई और रहने लगा। वो बच्चा, जो तिलक की मदद से सेटल हो चुका था, जब उसे पता चला कि तिलक के साथ कोई और रह रहा है, तो एक दिन तिलक के पास आया और बात-बात में उसने उनसे कहा कि बाबा, आप जिस व्यक्ति को अपने साथ रखे हैं, वो बाहर आपकी निंदा करता है।

तिलक मुस्कुराए। फिर उन्होंने कहा, “मेरी निंदा ? पर क्यों ? मैंने तो उसकी कोई मदद ही नहीं की। जब मैंने उसकी कोई मदद ही नहीं की तो वो मेरी निंदा भला क्यों करेगा ?”

आज की कहानी इतनी-सी ही है। आज संजय सिन्हा चाहें तो इतना ही लिखकर रुक जा सकते हैं। मैं जानता हूँ कि आप मेरी कहानी का मर्म समझ चुके हैं।

मैं इतने पर रुक भी जाता अगर श्रीधर मंडल मुझसे मिलने न आए होते।

मंडलजी के बारे में आपको बता ही चुका हूँ कि वो एक कर्मठ पुलिस अधिकारी रहे हैं और आज भी शहीदों के परिवार की मदद के काम में जुटे हैं। कल वो मुझसे मिलने आए और मुझे बता रहे थे कि एक दिन पहले जब वह पटना से दिल्ली के लिए संपूर्ण क्रांति एक्सप्रेस में बैठे तो दो व्यक्ति उसी कोच में आए और उनसे पूछने लगे कि भाई, यह वाला सीट नंबर कहाँ होगा ? मंडलजी ने उनका टिकट देखकर उन्हें बताया कि ये सामने वाली दोनों सीट आपकी ही हैं। दोनों एक ही सीट पर बैठ गए। संभवतः वो

बाप-बेटा थे। एक की उम्र रही होगी साठ के आसपास, तो दूसरा पैंतीस का रहा होगा। अपनी सीट पर बैठकर वो आपस में बात करने लगे कि दो सीटों की क्या जरूरत थी? एक ही सीट पर दोनों आराम से जा सकते थे।

दोनों हैरानी से बार-बार ऊपर-नीचे सीट को देखते। कभी ए.सी. की ठंडी हवा को महसूस करते, कभी वहाँ लगे पर्दे को छूते।

बेटे के पास किसी का फोन आया। बेटे ने फोन पर उसे बताया कि इस ट्रेन में सबके लिए अलग-अलग सीट है। उन्होंने तो बहुत ही मदद की है।

जिसने फोन किया था, वो भी शायद उसकी बातें सुनकर हैरान हो रहा था कि सबके लिए अलग-अलग सीट? मतलब, जितने आदमी उतनी सीट?

"हाँ, उतनी सीट। और सुनो, अभी तो हम बैठे हैं। रात में हम इस पर सोते हुए जा सकते हैं। और इस ट्रेन में गर्मी भी नहीं लग रही। इसमें मशीन से ठंडी हवा निकलती है।" मंडलजी चुपचाप दोनों की बातें सुन रहे थे।

यह कैसा भारत है, जहाँ लोगों ने अभी भी ट्रेन की इन बुनियादी सुविधाओं को नहीं देखा है। यह आदमी शायद पहली बार ए.सी. कोच में बैठा है। वो इस कदर हैरान था कि मंडलजी का ध्यान बार-बार उनकी बातों की ओर जा रहा था। दोनों बाततीच में किसी व्यक्ति की खूब तारीफ कर रहे थे। शायद उसकी, जिसने उनका टिकट कटाया होगा।

दोनों बार-बार कह रहे थे कि कितना आराम है, इस डिब्बे में। आदमी चाहे तो पूरी जिंदगी इस तरह बैठकर यात्रा करता रहे, कभी नहीं थकेगा। दोनों यकीन ही नहीं कर पा रहे थे कि किसी ट्रेन में हर व्यक्ति को एक सीट मिलती है। दोनों समझ नहीं पा रहे थे कि डिब्बे में ऐसी मशीन लगी है, जिससे ठंडी हवा निकलती है। हालाँकि दोनों ने सुन रखा था कि बड़े लोग जिस डिब्बे में बैठते हैं, वो अलग होता है। वो ट्रेन में पहले भी बैठे थे, पर जनरल डिब्बे के अलावा और कहीं नहीं।

रात में खाने के वक्त मंडलजी ने बुजुर्ग से पूछा कि खाना खाएँगे आप? बुजुर्ग ने कहा कि वो खाना साथ लाया है। फिर उन्होंने बेटे से भी पूछा कि खाना खाएँगे, पर बेटा तब तक हल्की नींद में था। वो उठने को तैयार नहीं हुआ। मंडलजी ने उस व्यक्ति के साथ खाना खाया और बातचीत करने लगे।

सुबह चाय आई तो मंडलजी ने दोनों के लिए चाय मँगाई। फिर बात से बात निकली तो वो बाप-बेटा मंडलजी को बताने लगे कि वो पहली बार ए.सी. कोच में बैठे हैं और उनका टिकट किसी नेताजी ने कटवाकर दिया है।

बात-बात में उन्होंने मंडलजी से कहा कि आप भी बहुत बड़े आदमी लगते हैं।

मंडलजी मुस्कुराने लगे।

संजय सिन्हा को इतनी कहानी सुनाकर मंडलजी पल भर को रुके। संजय सिन्हा ने मंडलजी की आँखों में झाँका कि आखिर यह कहानी कहाँ जाकर रुकेगी?

मंडलजी ने आगे कहना शुरू किया कि उन दोनों के ऐसा कहने पर कि आप तो बड़े आदमी हैं, उन्होंने मुस्कुराते हुए कहा कि बड़ा आदमी तो हूँ, पर आप दोनों से बड़ा नहीं।

"आप हम दोनों से बड़े नहीं? यह कैसे भला?"

"वो ऐसे कि आप जब से इस डिब्बे में आए हैं, अपनी सीट पर बैठे हैं, उस व्यक्ति की तारीफ कर रहे हैं, जिसने आपके लिए टिकट कटाया हैं। आपने फोन पर भी किसी से उनकी तारीफ की। आपस में भी लगातार एक-दूसरे से उसकी तारीफ कर रहे हैं। आपका यही गुण आपको मुझसे ही नहीं, किसी से भी बड़ा बनाता है।"

"पर कोई अगर मदद करेगा, तो उसकी तो तारीफ करेंगे ही।"

"यही तो बड़प्पन है, वरना सच तो यह है कि आदमी उसकी तारीफ कभी नहीं करता, जो उसकी मदद करता है। आदमी मदद करनेवाले की निंदा ही करता है। जिससे वो मदद लेता है, उसे धन्यवाद तक नहीं कहता। उसका अहंकार उसे ऐसा करने से रोकता है कि वो किसी की मदद से वहाँ तक पहुँचा है। वो जिसकी मदद लेता है, उसे जाहिर नहीं करना चाहता। मन-ही-मन वो सब जानता है, पर किसी और के सामने स्वीकार नहीं करता। ऐसे में, मदद करनेवाले की लोग निंदा ही करते हैं, पर आप दोनों टिकट कटाने वाले की जिस तरह दिल से तारीफ कर रहे हैं, वो आपको मुझसे ही नहीं, किसी से भी बड़ा बनाता है।"

मंडलजी संजय सिन्हा को जब पूरी कहानी सुना चुके, तो संजय सिन्हा के मन में आया कि काश, आज तिलक होते! तिलक होते तो संजय सिन्हा इन दोनों व्यक्तियो को ढूँढ़कर उनसे मिलाते और उनके उस खोए विश्वास को लौटाने की कोशिश करते, जिसे उस आदमी ने तोड़ दिया था, जिसकी उन्होंने मदद की थी।

सचमुच, जो लोग किसी की मदद को याद रखते हैं, वो बड़े होते हैं।

हकीकत तो यह है कि हम जिसकी मदद करते हैं, वो हमारा दुश्मन बन बैठता है।

□

बदलते रिश्ते

पुणे की उड़ान में मेरी सीट खिड़की वाली थी। बीच वाली सीट पर एक बुजुर्ग महिला थीं और एकदम किनारे वाली सीट पर एक युवती।

आप तो जानते ही हैं कि संजय सिन्हा हर जगह एक कहानी ढूँढ़ लेते हैं। हालाँकि इस यात्रा में मेरा इरादा कोई कहानी ढूँढ़ने का बिल्कुल नहीं था, पर मेरे इरादे से क्या होता? जिस तरह जीवन, मृत्यु, यश, अपयश, हानि, लाभ पर मनुष्य का वश नहीं, उसी तरह कहानियों पर भला किसका वश हुआ है?

जो बुजुर्ग महिला मेरी बगल में थीं, शायद उनकी यह पहली विमान यात्रा थी। वो हैरान होकर कभी छत पर लगी बत्ती की ओर देखतीं, कभी खिड़की की ओर। सीट बेल्ट लगाने में भी उन्हें मुश्किल आ रही थी।

पर उनकी बगल में बैठी युवती उनकी लगातार मदद कर रही थी। उन्हें समझा रही थी कि हवाई जहाज में ये होता है, वो होता है।

उड़ान से ठीक पहले युवती ने फोन पर किसी से बात की। बीच में बैठी बुजुर्ग महिला ने भी अपना फोन निकाला, किसी से बात करने के लिए तो युवती ने समझाया कि अब विमान उड़ान भरने वाला है और ऐसे में फोन पर बात करने की अनुमति नहीं होती, तो अब अपना फोन आप बंद कर दीजिए। बुजुर्ग महिला को फोन बंद करना नहीं आ रहा था। उसने अपना फोन उस युवती को दे दिया। युवती ने फोन को स्विच ऑफ कर दिया।

मैं हैरान होकर दोनों महिलाओं के उस रिश्ते को समझने की कोशिश कर रहा था।

सिर पर ए.सी. ऑन था, बुजुर्ग महिला को थोड़ी ठंड-सी लग रही थी। उन्होंने अपने बैग से शॉल निकालने की कोशिश की तो बगल में बैठी युवती ने मुझसे अनुरोध किया कि क्या मैं ऊपर लगे ए.सी. को बंद कर दे सकता हूँ? उन्हें ठंड लग रही थी।

मैंने हाथ उठाकर बीच वाले ए.सी. को बंद कर दिया। फिर भी, बुजुर्ग महिला ने शॉल ओढ़ लिया था।

दोनों महिलाओं के बीच सौहार्द का व्यवहार देखकर मैं सोच में डूबा था कि इनके बीच किस तरह का रिश्ता होगा? मैंने मन-ही-मन अनुमान लगा लिया था कि किनारे बैठी युवती इस बुजुर्ग महिला की बेटी होगी। बेटियाँ ही माँ का इतना खयाल रखती हैं। बहुएँ कहाँ सास का इतना खयाल रख सकती हैं?

उड़ान के बीच में खाना आया तो मैंने देखा कि किनारे बैठी युवती ने पहले बुजुर्ग महिला की ट्रे खोली। उस पर उनका खाना लगाया, फिर अपना खाना लिया। बुजुर्ग महिला को शायद प्लेन का खाना समझ में नहीं आ रहा था तो बगल वाली युवती ने बताया कि ये रोल है, शाकाहारी है, आप खा सकती हैं। फिर धीरे-धीरे महिला ने खाना शुरू कर दिया।

अब तक मैं आश्वस्त हो चुका था कि ये माँ-बेटी हैं। बेटी पुणे में नौकरी करती होगी, माँ मिलने आई होंगी। बेटी माँ को बेटे का सुख दे रही है। बेटियाँ माँ की परवाह करती ही हैं, इसमें मेरे लिए कोई कहानी नहीं थी।

मैंने चुपचाप अपना खाना खाया। अपने साथ एक किताब लेकर चला था, मैं उसे पढ़ने लगा, पर मेरा मन किताब में बिल्कुल नहीं लग रहा था।

जिस तरह वो युवती उस बुजुर्ग महिला की परवाह कर रही थी, उससे मेरे मन में बार-बार यह भाव आ रहा था कि काश, मेरी भी एक बेटी होती! मैंने न जाने कितनी बेटियों को माँ-बाप की जिंदगी में उजाला बनते देखा है। मुझे बार-बार लग रहा था कि बेटे भले अपने माँ-बाप की परवाह न करें, पर बेटियाँ तो हमेशा करती ही हैं।

बेटियों की कई कहानियों को मैं मन-ही-मन जीता रहा। और तभी अनाउंस हुआ कि सीट सीधी कर लें, कुर्सी के पीछे लगी ट्रे को बंद कर दें। विमान उतरने वाला है। अब वो युवती उस बुजुर्ग महिला को समझाने लगी कि कुर्सी में लगे इस बटन को दबाने से कुर्सी सीधी हो जाएगी। इस तरह ट्रे को बंद किया जाता है। बुजुर्ग महिला हैरानी और खुशी से सब सीख रही थी।

अब संजय सिन्हा से रुका नहीं जा रहा था। वो आश्वस्त थे कि ये माँ-बेटी ही हैं। फिर भी उनके मुँह से उस पर मुहर लगवाना चाहते थे।

मैंने बुजुर्ग महिला से पूछा, "ये आपकी बेटी हैं न?"

बुजुर्ग महिला ने मेरी ओर देखा। मुस्कुराईं। फिर धीरे-से बोलीं, "ये मेरी बहू है।"

बहू ? मैं पल भर को चौंका।

बुजुर्ग महिला ने मेरी ओर देखकर बिना पूछे ही कहा, "समय बदल रहा है, बेटा। अब सास-बहुओं के बीच वही रिश्ता नहीं रह गया है, जो पहले हुआ करता था। आप पुराने जमाने की सोच रहे हो। यह नया जमाना है। अब रिश्ते दोस्ती में बदल गए हैं। सास, बहू, बेटी, देवरानी, जेठानी, ननद, भाभी, पति, पत्नी—ये सब अब संबोधन के शब्द भर रह गए हैं। असल चीज है, दोस्ती का रिश्ता।"

□

रिश्तों में धप्पा

छठी-सातवीं में जब मैं पढ़ता था, तब के मेरे एक साथी ने कल पता नहीं कहाँ से मेरा मोबाइल नंबर ढूँढ़कर मुझे फोन किया और मेरे ऑफिस चला आया, मुझसे मिलने। मैं किसी एक स्कूल में नहीं पढ़ा हूँ। चौथी से लेकर बारहवीं के बीच न जाने कितनी बार शहर बदले, स्कूल बदले, दोस्त बदले। उन्हीं बदले हुए स्कूलों में से एक साथी कल मेरे ऑफिस में मुझसे मिलने चला आया।

आते ही उसने मेरी पीठ पर एक धौल जमाते हुए कहा—"धप्पा!"

"धप्पा? ये धप्पा क्यों?"

"याद है, संजय? जब हम छोटे थे और क्लब के पीछे छुपन-छुपाई खेलते थे, तब मिल जाने पर 'धप्पा' करते थे?"

मैं कई साल पीछे चला गया। हम जहाँ रहते थे, वहाँ घर के पीछे अंग्रेजों के जमाने का एक क्लब हुआ करता था। हम उसकी दीवार फाँदकर क्लब के अहाते में घुस जाते थे और कभी वहाँ 'लाले-लाल' खेलते, कभी 'डेंगा-पानी' और कभी 'आइस-पाइस'।

हमारे पास खेलों का खजाना था।

खेलने को तो हम फुटबॉल, क्रिकेट और कबड्डी भी खेलते थे। पतंग भी उड़ाते थे, पर इन खेलों की चर्चा मैंने इसलिए नहीं की, क्योंकि ये खेल तो दुनिया खेलती है, पर हम जो खेल खेलते थे, वो देसी हुआ करते थे और उसमें खिलाड़ियों की कोई सीमा नहीं थी। जितने बच्चे उस शाम क्लब के मैदान में जुटते, वो सभी इन खेलों में शामिल हो सकते थे। हमारे खेलों की लिस्ट में एक खेल 'पिट्टो' भी शामिल था।

पिट्टो में दो ग्रुप होते थे। सामने से एक टीम पत्थर के छोटे-छोटे टुकड़ों पर गेंद फेंकती और करीने से एक के ऊपर एक सजाए पत्थर के टुकड़े जब इधर-उधर फैल

जाते, तो उसे फिर दुबारा वैसे ही एक के ऊपर एक लगाना होता। शर्त इतनी होती कि दूसरी टीम वाले आपकी टीम के किसी बच्चे की पीठ पर गेंद फेंक कर आपको आउट न कर दें। हमारा गेम लंबा चलता। एक टीम आउट करने की कोशिश करती, दूसरी टीम खुद को बचाती।

लाले-लाल भी कुछ इसी तरह का खेल था। हाथ में लकड़ी लेकर एक टीम लाल रंग को छूकर खुद को बचाती थी। जहाँ भी लाल रंग दिखे, वहाँ उसे छूकर हम बच सकते थे। एक बच्चे का काम होता—उसे छूकर आउट कर देना, जो लाल रंग को न पकड़ा।

डेंगा-पानी भी ऐसा ही शानदार खेल था। डेंगा, मतलब ऊँची जगह पर अगर आप खड़े हैं तो आउट नहीं होंगे। नीची जगह पर उतरे, यानी पानी में, तो आपका प्रतिद्वंद्वी आपको छूकर आउट कर सकता था।

आइस-पाइस छुपन छुपाई का ही नाम था। जब मैं बड़ा हुआ तो पता चला कि इस खेल का असली नाम आई स्पाई है, यानी मैंने ढूँढ़ लिया। पर हम इसे आइस-पाइस ही कहते थे। ऐसा कहने में इसमें देसी खुशबू आती थी। इसी खेल में छुपना और ढूँढ़ निकालने पर पीठ पर धप्पा जमाना होता था। हर खेल में दो टीम होती थीं। एक को बचना होता, दूसरी आपको आउट करने की फिराक में होती।

यही है जिंदगी। जिंदगी भी खेल है। यहाँ हर पल खुद को बचाना होता है, वरना आउट कर देने को तो दुनिया बैठी है। आप संसार के किसी भी खेल को खेल लीजिए, मूल वही है, बचना और आउट कर देना।

क्रिकेट में आप अच्छी-भली बैटिंग कर सकते हैं, पर कोई एक खतरनाक गेंद फेंकेगा और आपको आउट कर देगा। फुटबॉल में कोई चाहे तो सारा दिन मिल-बाँटकर खेल सकता है, पर एक आएगा और गोल कर देगा। आप चाहें तो सारा दिन पतंग उड़ा सकते हैं, पर एक पतंग पीछे से आएगी और आपकी काटकर चलती बनेगी।

खेलने को तो मैं सभी खेल खेलता था, पर जैसे-जैसे बड़ा होता गया, इस तरह के खेलों से खुद को दूर करने लगा, जहाँ कोई किसी को धप्पा कर सकता है। कोई किसी को आउट कर सकता है। अपनी इसी सोच के चलते मैंने कॉलेज में क्रिकेट खेलना बंद कर दिया था।

मैं सोचता था कि कोई ऐसा खेल होना चाहिए, जिसमें कोई किसी को आउट नहीं करेगा, कोई किसी को धप्पा नहीं करेगा। मेरी निगाह में किसी को हराकर जीतने का भाव ही खत्म हो गया था।

मुझे लगने लगा था कि ऐसा खेल होना चाहिए, जिसमें हार-जीत न हो, बल्कि सहभागिता हो। कुछ ऐसा खेला जाए, जिसमें सबको जीत का एहसास हो। इसी कड़ी में मैंने बचपन में पॉवर हाउस बनाने वाला खेल ईजाद किया था। पिताजी बिजली बोर्ड में नौकरी करते थे और हम थर्मल पॉवर हाउस की कॉलोनी में रहते थे। हम कुछ दोस्तों ने तय किया कि हम छत पर पॉवर हाउस बनाएँगे। हमने ईंटों को जोड़कर पॉवर हाउस बनाया, चिमनी बनाई। उसमें से धुआँ निकाला और सब-के-सब खुश हो गए कि हमने एक ऐसा खेल खेला, जिसमें सब जीते, कोई नहीं हारा।

खैर, बचपन की यादों का पिटारा लेकर बैठ जाऊँगा तो दिन छोटा पड़ जाएगा, कहानी लंबी हो जाएगी। अभी तो इतना ही कि मेरे दोस्त ने आते ही मुझे 'धप्पा' किया। मैंने उससे पूछा कि ये खेल तो हम बचपन में खेलते थे, लेकिन तुम्हें आजतक इस 'धप्पे' की याद कैसे है?

"वो ऐसे कि मैं कभी तुम्हें धप्पा नहीं कर पाया। मैंने सबको धप्पा किया, पर संजय, तुमको कभी धप्पा नहीं कर पाया। जब हम छोटे थे, तब ये खेल ही हमारे सपने में आते थे। मैंने सपने में भी कई बार आइस-पाइस वाला खेल खेला, पर तुम्हें धप्पा नहीं कर पाया। बस, मन में बात रह गई थी। आज मिलते ही पता नहीं कैसे वही याद आ गया?"

कल मैंने अपने दोस्त के साथ ही लंच किया। हमने फिर मिलने का वादा किया। वो चला गया, मैं अपने काम में मन लगाने की कोशिश करने लगा। काम में मन नहीं लग रहा था। बार-बार मन धप्पे पर जाकर अटक रहा था।

चालीस साल पहले कभी खेले गए खेल में मुझे आउट न कर पाने का एक एहसास मेरे साथी के मन में इस कदर बैठा रह गया कि उसने आते ही मुझे धप्पा किया।

वो मेरे गले लगता। मुझसे हाथ मिलाता, पर ये सबकुछ नहीं, बस 'धप्पा'?

बहुत देर तक सोचता रहा। फिर इतना ही सोच पाया कि कुछ लोग मन में आपको धप्पा करने का भाव लिये पूरी जिंदगी बैठे रहते हैं। बेशक वो आपके साथी ही होंगे, परिवार वाले ही होंगे, पर ऐसे लोगों के मन को पढ़ पाना मुश्किल होता है। वो मन में 'धप्पा' रूपी पौधे को खाद-पानी देकर बड़ा करते रहते हैं और जब मौका मिलता है, आपको 'धप्पा' कर देते हैं।

खेल कोई भी हो, खत्म हो जाने के बाद 'धप्पा' का भाव मन से निकाल देना चाहिए।

राजनीति में तो धप्पा वाला खेल बहुत बदनाम है। पुराने-से-पुराने धप्पे को लोग

ढूँढ़कर एक-दूसरे को आउट कर देते हैं। सुना है, अब फिल्मी दुनिया में भी धप्पा चल पड़ा है। लोग पुरानी यादों से एक-दूसरे को धप्पा करने लगे हैं।

ध्यान रखिए, रिश्तों में धप्पा भरोसे को खत्म कर देता है। या तो धप्पा वाला खेल खेलिए मत, और खेलिए तो खेल के बाद उसे भूल जाइए। वर्षों तक उसे याद रखना और फिर मौका मिलने पर धप्पा कह देना खेल भावना के खिलाफ होता है।

□

गंगा चाचा का भूत

मेरे दूर के एक चाचा थे, गंगा चाचा। उन दिनों हमारे शहर में छोटी लाइन की रेलगाड़ी चलती थी और गंगा चाचा उसी में गार्ड थे। एक दिन हम चाचा के घर गए थे, चाचा घर पर नहीं थे। हालाँकि जिस ट्रेन में उनकी ड्यूटी थी, वो आ चुकी थी, पर चाचा घर नहीं पहुँचे थे। चाची परेशान नहीं थीं। वो पिताजी को बता रही थीं कि स्टेशन पर कोई-न-कोई उन्हें रोज मिल जाता है। सबसे गप करते हुए आराम से घर आते हैं।

पर उस दिन देर हो गई थी। काफी देर बाद बाहर गेट पर किसी के आने की आहट हुई तो हमने खिड़की से झाँक कर देखा कि गंगा चाचा हाथ में अखबार का पुलिंदा और मिठाई का डिब्बा लिए अंदर घुस रहे हैं।

मैं कमरे से ही चिल्लाया, "चाचा आ गए, चाचा आ गए।"

पिताजी अब तक कुर्सी पर बैठे-बैठे एक झपकी ले चुके थे। चाचा धीरे-से भीतर घुसे। चाची ने दरवाजे पर ही उन्हें घेर लिया, "कहाँ रुक गए थे जी? भइया कब से बेट कर रहे हैं?"

चाचा ने चाची की ओर देखा तक नहीं। दौड़कर सीधे पिताजी के पास आए और उनके पाँव छूते हुए बोले, "भइया, आज तो हम समझिए कि बच ही गए हैं।"

पिताजी ने उन्हें गले से लगाते हुए पूछा, "क्या हुआ, गंगा?"

गंगा चाचा ने खुद को सँभालते हुए बताया, "आज तो पीपल के पेड़ के पास एक भूत मिल गया।"

भूत? अब संजय सिन्हा के कान खड़े हुए। हे भगवान! उस पीपल के पेड़ के पास तो मैं कई बार साइकिल चलाते हुए चला जाता हूँ, वहीं गंगा चाचा को भूत मिल गया?

चाचा पिताजी से कह रहे थे, "भइया, आज तो समझिए कि बच ही गया हूँ। पेड़ के

पास पहुँचा कि एक आदमी एकदम सफेद कपड़ों में सामने आकर खड़ा हो गया। फिर उसने पूछा कि मेरे पास खैनी है?"

चाचा ने भूत के कहे को नाक से बोला था। मैं हैरान था कि चाचा नाक से क्यों बोल रहे हैं? पर चाचा की पूरी कहानी सुने बिना उन्हें टोकना ठीक नहीं था। चाचा घबराए हुए थे।

पिताजी ने उनसे फिर पूछा, "तुम क्या बोले, गंगा?"

हम बोले कि "न, खैनी नहीं है।"

फिर पूछा, "बीड़ी है?"

हम बोले, "न, बीड़ी भी नहीं है।"

तब वो बोला, "जाओ, बच गए।" और इतना कहकर वो गायब हो गया।

जाते हुए चाचा ने देखा था कि उसके पाँव उल्टे थे।

चाची एकदम घबरा गई थीं। तुरंत चाचा का माथा छूने लगीं, "ऐ जी, हम कहते हैं कि इतनी रात को उधर से मत आया कीजिए।"

पिताजी ने हँसते हुए कहा, "अरे भूत नहीं होगा। कोई ऐसे ही खैनी, बीड़ी माँग रहा होगा।"

पर चाचा अड़े हुए थे कि वो भूत ही था। जब भूत चला गया तो चाचा तुरंत मंदिर गए और वहाँ भगवानजी को प्रसाद चढ़ा कर आए हैं।

उसके बाद की कहानी में कुछ भी नहीं। बस, संजय सिन्हा के मन में यह बात बैठ गई थी कि भूत नाक से बोलते हैं। हर शब्द में बिंदी लगाकर ही बोलते हैं। उनके पाँव उल्टे होते हैं। मैंने तय कर लिया था कि दिन में चाहे उस पीपल के पेड़ के पास चला भी जाऊँ, पर रात में नहीं जाऊँगा। मैंने अपने कई दोस्तों को भूत वाली कहानी सुनाई थी। मेरे दोस्तों ने भी कहा था कि भूत होते हैं, नाक से बोलते हैं। वो तो अच्छा हुआ कि चाचा के पास खैनी या बीड़ी नहीं थी। होती तो भूत उस दिन उन्हें छोड़ता ही नहीं।

कई दिन बीत गए।

गंगा चाचा एक दिन हमारे घर आए। मैंने चाचा से अनुरोध किया कि प्लीज, एक बार माँ को उस भूत की कहानी सुनाइए। माँ भूत पर यकीन नहीं करती। कहती है कि भूत होते ही नहीं। चाचा माँ को कहानी सुनाने लगे, "भूत मिला। फिर उसने खैनी माँगी। बीड़ी

माँगी। फिर सिगरेट और आखिर में दारू। कुछ नहीं मिलने पर उसने छोड़ दिया।"

माँ चुपचाप सुनती रही, पर मेरे मन में खटका हुआ। उस दिन तो भूत ने सिर्फ खैनी और बीड़ी की बात की थी। आज सिगरेट और दारू कहाँ से आ गए?

मैंने चाचा को टोका नहीं।

कई साल बाद एक शादी में हम फिर मिले। मैंने चाचा को छेड़ा, "चाचा, वो भूत वाली कहानी फिर सुनाइए न!"

चाचा सुनाने लगे, "पीपल के पेड़ के पास भूत मिला। खैनी, बीड़ी, सिगरेट, शराब के बाद उसने कहा कि कुछ नहीं है तो भाँग का गोला ही दे दो, पर मैंने भूत से साफ कहा कि मैं कोई नशा नहीं करता। तब भूत ने मुझे छोड़ दिया।"

आएँ! अबकी भाँग का गोला भी जुड़ गया?

चाचा जब इस कहानी को सुनाते, एक नया नशा इसमें शामिल हो जाता। खैर, समय के साथ संजय सिन्हा को भी समझ में आने लगा था कि जिस तरह भूत के पाँव उल्टे होते हैं, झूठ के पाँव नहीं होते।

आज कहानी में आगे कुछ और सुनाने की जरूरत नहीं है। बस, पिछले कुछ दिनों से यही सोच रहा हूँ कि जब कोई खबर हम पत्रकारों के हाथ लग जाती है तो कहीं हमारे भीतर गंगा चाचा की आत्मा तो नहीं घुस जाती?

पिछले दिनों बलात्कार के जुर्म में पकड़े गए राम रहीम की कहानी मन में चल रही है। रिपोर्टर रोज उनके महल में जाते हैं और वहाँ से नई-नई कहानी लेकर चले आते हैं। कई रिपोर्टर तो जेल में भी बाबा से मिलकर चले आ रहे हैं और अजीब-अजीब कहानियाँ लेकर आ रहे हैं।

"बाबा वहाँ जेल की दीवार पर सारा दिन सिर मार रहा है और 'हनी-हनी' चिल्ला रहा है। बाबा हनी के बिना एक पल भी नहीं जी सकता।"

"हनी भले पुलिस की निगाह में गायब है, पर रात में चुपके-से बाबा से मिलने जेल पहुँच जाती है।"

"बाबा सोने की भस्म खाता था। बाबा हीरे की भस्म भी खाता था। बाबा चावल-दाल की जगह यही खाता था।"

"बाबा एक ही वक्त में गोल बिस्तर और चौकोर बिस्तर, दोनों पर सोता था।"

"ये नकली राम रहीम है। असली अमेरिका भाग गया।"

"बाबा पता नहीं मानव शरीर के किन-किन अंगों के सूप बनाकर पिया करता था? यही उसकी शक्ति का राज है।"

ऐसी कई कहानियाँ मेरे पास आ रही हैं कि जिन्हें आप टी.वी. पर ही देख सकते हैं, अखबार में ही पढ़ सकते हैं। संजय सिन्हा अपनी वॉल पर नहीं लिख सकते।

बात सिर्फ एक खबर की नहीं, जब भी कोई सनसनीखेज खबर हमारे हाथ लगती है तो लगता है, गंगा चाचा की आत्मा हमारे भीतर घुस जाती है।

माँ को भले गंगा चाचा की कहानी पर भरोसा न रहा हो, पर गंगा चाची को तो पूरा भरोसा था।

कभी-कभी मैं सोचता हूँ कि हर बार चाचा का भूत अगर खैनी और बीड़ी ही माँगता तो कितनी बोरिंग कहानी होती?

गंगा चाचा अब इस दुनिया में नहीं हैं, पर वो हम में अभी कहीं बाकी हैं।

□

किस एंड टेल

मेरे एक मित्र ने मुझे बताया कि फेसबुक पर उसकी एक महिला मित्र की एक जाने-माने व्यक्ति के साथ खूब बातचीत होती है और प्रमाण में उसने अपनी बातचीत के स्क्रीन शॉट भी उसके पास भेजे हैं।

मेरा मित्र इस बात से खुश था कि उसकी महिला मित्र उससे कुछ भी नहीं छुपाती। हर बात सामने रख देती है।

मैंने अपने मित्र से जब कहा कि उस आदमी के साथ हुई बातचीत के रिकॉर्ड को उसने तुम्हारे पास भेजा तो तुम्हें अच्छा लगा। अब कल्पना करो कि तुम्हारे साथ हुई बातचीत के रिकॉर्ड वो किसी और के पास भेजे तो तुम्हें कैसा लगेगा?

मेरा मित्र एकदम से चौंका, "वो ऐसा क्यों करेगी?"

"क्योंकि उसने दूसरे से बातचीत का राज तुम्हारे सामने खोला है, इसलिए।"

मेरा मित्र चुप हो गया। मैंने अपने मित्र को समझाया कि अंग्रेजी में कहा जाता है—'किस एंड टेल' अर्थात् पहले चूमो फिर दूसरों को बता दो, ये गलत बात है।

कुछ साल पहले तक हिंदी सिनेमा की कहानी इतनी ही होती थी कि विलेन ने धोखे से हीरोइन से दोस्ती कर ली, हीरोइन ने जब अपने प्यार का इजहार विलेन से कर दिया, उसे दो-चार पत्र लिख दिए, तो फिर विलेन उसे ब्लैकमेल करने लगता था कि वो जिंदगी भर उसकी बात माने नहीं तो वो उसके पत्र सबको दिखा देगा कि कभी उसने उसे प्रेम-पत्र लिखे थे। एक प्रेम-पत्र की गोपनीयता बनाए रखने के लिए हीरोइन न जाने खुद को किन-किन मुसीबतों में डालती थी, कई तरह के समझौते करती थी।

यकीनन, आप सोच रहे होंगे कि संजय सिन्हा को आज अचानक यह किस एंड टेल, ब्लैक मेल वाले रिश्तों की कहानी कहाँ से याद आ गई?

असल में, मैंने पहले सोचा था कि इस पर कोई कहानी लिखूँगा ही नहीं। उस दिन भी मैंने खुद को बहुत रोका था, जिस दिन फिल्म स्टार कंगना रनावत ने एक टी.वी. इंटरव्यू में आदित्य पंचोली, रितिक रौशन समेत कई लोगों के साथ अपने रिश्तों की पोल खोली थी। बहुत लोगों ने उस इंटरव्यू को बहुत सराहा था। कंगना को बोल्ड कहा था, पर क्या सचमुच ऐसा है?

यह सही है कि लोगों को इस तरह की बातों में बहुत आनंद आता है। तब तक आता है, जब तक कि वो खुद इसके शिकार नहीं हो जाते। कंगना ने पहले आदित्य पंचोली की पोल खोली, फिर रितिक की।

मुझे याद है कि बहुत साल पहले जब मैं पहली बार बिपाशा बसु से मिला था। तब वो जॉन अब्राहम के साथ थीं। कई साल बाद दोनों अलग हो गए। मैं जॉन से भी कई बार मिला हूँ, बिपाशा से भी। मैंने दोनों को कभी एक-दूसरे के खिलाफ कुछ बोलते नहीं सुना। यकीनन दोनों के अच्छे रिश्ते भी बुरे हुए होंगे, तभी दोनों जुदा हुए होंगे।

यह एक उदाहरण है। मैं सिनेमा संसार के ऐसे तमाम लोगों को जानता हूँ, जिनके रिश्ते आपस में कभी बहुत अच्छे थे, फिर बिगड़ गए। पर उन रिश्तों में दोनों पक्षों ने एक-दूसरे के मान की रक्षा की।

असल में, जब हम किसी से रिश्ते में होते हैं, तो हम बहुत अंतरंग हो जाते हैं। कोई जरूरी नहीं कि वो रिश्ता सदा के लिए कायम रहे, पर रिश्ता टूटने के साथ उसकी गोपनीयता भंग करना बेईमानी होती है। ठीक वैसे ही, जैसे किसी से बातचीत के दौरान उसके फोन को रिकॉर्ड करके किसी और को सुनाना, जैसे किसी के साथ खास पलों को चुपके-से कैमरे में रिकॉर्ड कर लेना। जैसे किसी के साथ चैट के स्क्रीन शॉट को दूसरे से साझा करना।

मैं बार-बार बाबा भारती और डाकू खड़गसिंह की कहानी सबको याद दिलाता हूँ। 'हार की जीत' कहानी तो आपको याद होगी ही कि डाकू खड़गसिंह किस तरह एक बीमार और लाचार आदमी बनकर बाबा भारती के घोड़े पर बैठता है और फिर धक्का मारकर बाबा को गिरा कर घोड़ा लूट कर चल देता है। बाबा ने आखिर में खड़गसिंह को रोक कर इतना ही तो कहा था कि तुम किसी से यह बताना मत कि तुमने बीमार और लाचार बनकर मुझे धोखा देकर मेरा घोड़ा छीन लिया है। खड़गसिंह ने बहुत आश्चर्यचकित होकर उनसे पूछा था कि बताने में भला क्या नुकसान है?

बाबा भारती ने कहा था कि इससे लोग भविष्य में किसी बीमार और लाचार की मदद

करना छोड़ देंगे। घोड़े के जाने का दु:ख नहीं, पर लोगों का विश्वास गरीबों और बीमारों से हट जाएगा, यह बहुत दु:खद होगा।

आपको इसके आगे की कहानी भी पता है कि फिर कैसे खड़गसिंह का दिमाग बदला और वो बाबा के चरणों पर गिर पड़ा था? इस कहानी का मर्म बहुत गहरा है। कभी ऐसा कोई काम नहीं करना चाहिए, जिससे किसी का विश्वास टूटे।

मेरे मित्र की जिस सहेली ने किसी और से हुई बातचीत का स्क्रीन शॉट उससे साझा किया है, वो यह बतलाता है कि हमें सतर्क रहना चाहिए। दरअसल, हमें इस बात का ध्यान रखना चाहिए कि कोई आपसे बहुत करीब होकर आपके बारे में हल्की बातें इधर-उधर कर सकता है। मेरे मित्र की महिला परिजन का ऐसा करना बहुतों के विश्वास को हिला देगा।

किस एंड टेल यानी चूमकर किसी को बता देना सचमुच विश्वास के साथ धोखा है। किसी एक पल में किसी के करीब होने को जग-जाहिर करना भरोसे की हत्या है। लोग रिश्तों में एक-दूसरे से कुछ भी साझा करने से घबराने लगेंगे।

दुनिया में हर रिश्ता सिर्फ और सिर्फ विश्वास की कसौटी पर खरा उतरकर ही निभता है। हर रिश्ते की मर्यादा होती है। सभी को उस रिश्तों की मर्यादा की रक्षा करनी ही चाहिए।

"भुला दो मोहब्बत में कभी हम मिले थे, सपना ही समझो के मिल के चले थे।"

रिश्ते टूट जाएँ तो उन्हें भुला देना ही बेहतर होता है। उनका सार्वजनिक पोस्टमार्टम भरोसे की हत्या ही होती है।

□

लाश की आस

जिन दिनों मैं अमेरिका में था, एक सिरफिरा बच्चा हाथ में बंदूक लेकर स्कूल में घुस गया था और उसने अंधाधुंध गोलियाँ चलाकर कई बच्चों को मार डाला था। बाद में उसने खुद को भी खत्म कर लिया था।

स्कूल में गोली चली, कई बच्चे मर गए। एक टीचर की भी जान चली गई थी। यह खबर जंगल में आग की तरह फैली थी। फटाफट सभी बच्चों को उनके घर भेजने का इंतजाम स्कूल की ओर से किया गया था। माँ-बाप को तुरंत खबर की गई। पुलिस ने पूरे इलाके को घेर लिया था। राष्ट्रपति ने तुरंत शोक संदेश जारी किया था और सभी बच्चों और उनके माँ-बाप को न घबराने की सलाह दी गई थी। इतना ही कहा गया था कि यह एक सिरफिरे का काम है, दु:खद है।

स्कूल प्रशासन और नगर प्रशासन ने मारे गए बच्चों के परिजनों से पूरी हमदर्दी जताई थी, जाँच का भरोसा दिया था और स्कूल के प्रशासनिक अधिकरी उन माँ-बाप से व्यक्तिगत रूप से मिलकर उन्हें ये आश्वासन दे रहे थे कि भविष्य में ऐसा न हो, इसका पूरा ध्यान रखा जाएगा।

पूरे देश में बंदूक नीति पर बहस छिड़ गई थी। अमेरिका में हथियार कानून बहुत उदार है और एक बच्चा बंदूक के साथ स्कूल में घुस गया, इस पर सिर्फ स्कूल प्रशासन ही नहीं, पूरा देश चिंतित था।

अमेरिका में बच्चे बहुत डर गए थे। एक-एक बच्चे की काउंसलिंग की गई। उन्हें यह बताया गया कि यह सिर्फ एक हादसा था। इसकी वजह से आप जिंदगी के प्रति उम्मीदों को मत खोइएगा।

अखबारों में खूब खबरें छपी थीं। टी.वी. पर भी खूब खबरें दिखलाई गई थीं, लेकिन एक भी रिपोर्टर ने स्कूल जाकर खून की एक बूँद की तस्वीर अपने कैमरे में उतारने की

कोशिश नहीं की थी। ऐसा नहीं है कि अमेरिका में कैमरों की कमी थी और लोग खून से सने बच्चों की तस्वीर उस समय नहीं उतार सकते थे, पर किसी ने एक भी तस्वीर नहीं उतारी थी। रिपोर्टर ने तस्वीरें उतारी भी हों, तो अखबारों में नहीं छापी थीं। किसी टी.वी. चैनल पर रक्त की एक बूँद भी नजर नहीं आई थी।

खबरें थीं, बहसें थीं, गन नीति पर चिंता थीं, शोक था, लेकिन बच्चों के माँ-बाप का क्रंदन किसी टी.वी. न्यूज चैनल पर नहीं था।

जिनके बच्चे मर गए थे, उन माँओं के चीत्कार को किसी रिपोर्टर ने कैमरे में कैद करके जनता के सामने आँसुओं का सौदा करने की कोशिश नहीं की थी। जहाँ तक मुझे याद आ रहा है, 12 बच्चों की मौत उस गोलीबारी में हुई थी।

किसी बच्चे की माँ टी.वी. न्यूज के कैमरे में आकर ये नहीं कह रही थी कि मेरा बाबू कहाँ चला गया? कोई मेरे बाबू को ले आओ। मेरा बाबू, अब मैं तुम्हें कैसे देख पाऊँगी? मेरा बाबू...मेरा बाबू। मेरे सात साल के बाबू ने किसी का क्या बिगाड़ा था? मेरा बाबू...मेरा बाबू।

ऐसा नहीं है कि अमेरिकी स्कूल में मारे गए बच्चों की माँओं की आँखों में आँसू नहीं थे। जिनके बच्चे मर जाते हैं, उनकी माँएँ इसी तरह चीत्कार करती हैं। आदमी तो आदमी, मैंने गाय तक को बछड़े के मर जाने पर चीत्कार करते देखा है। मैंने अमेरिका में नहीं देखा था तो बस यही कि टी.वी. और अखबार के रिपोर्टर उस चीत्कार को खबरों में तब्दील कर लोगों के सामने परोस रहे हैं।

अमेरिका के स्कूल में गोलीबारी की जिस खबर से दुनिया हिल गई हो, उस खबर की तस्वीरों को मिर्च-मसाला लगाकर टी.वी. पर नहीं दिखलाया गया था तो बस इसलिए, क्योंकि वहाँ का समाज रक्त की बूँद की कीमत समझता है। वो समझता है कि आँसुओं के सौदे नहीं किए जाते।

स्कूल बहुत दिनों के लिए बंद नहीं हुए थे। एक-एक बच्चे की काउंसलिंग हुई थी। उन्हें बताया गया था कि संसार में बहुत-सी बुराइयाँ हैं, पर इसका अर्थ यह नहीं कि उन्हें इनसे घबराना है। उन्हें इनका सामना करना है। जो हुआ, वो बहुत गलत हुआ और बच्चों को ये भी बताया गया कि देखो, बंदूक का खेल कितना खतरनाक होता है?

बंदूक की उदार नीति पर भी खूब बहस हुई थी, पर लाशों, खून से सने कपड़ों और रोते-बिलखते परिजनों पर कोई बहस नहीं हुई थी। एक भी टी.वी. रिपोर्टर किसी

पुलिसवाले को, स्कूल प्रशासन को धमकाकर जबरन क्राइम सीन पर जाने की जिद करता नजर नहीं आया था। सबको पता था कि पुलिस का क्या काम है, प्रशासन का क्या काम है, रिपोर्टर का क्या काम है? सबने सिर्फ अपने कामों को अंजाम दिया था।

कुछ ही दिनों के बाद स्कूल खुल गए थे। उस हादसे के बाद जब पहली बार बच्चे स्कूल गए थे, स्कूल के टीचर एक-एक माँ-बाप को समझा रहे थे कि आप प्लीज अपने घर में हत्या, क्रंदन और रक्त की चर्चा मत कीजिएगा। इन्हें उन खबरों से दूर रखिएगा, जिसमें हिंसा की चर्चा हो। ये बच्चे हैं, इनके मन पर इसका बुरा असर पड़ेगा।

हम घर में इस बात की चर्चा नहीं करते थे। टी.वी. पर न्यूज में जितनी खबरें आती थीं, उन्हें हम देखते थे, लेकिन हम आश्वस्त थे कि ऐसा कुछ भी नहीं दिखलाया जाएगा, जिसे देखकर मितली-सी आने लगेगी। हमारे पास ही नहीं, सबके पास टी.वी. पर प्रसारित होनेवाली खबरों से अधिक जानकारी होती थी, पर लोग उसकी वीभत्सता पर सरेआम चर्चा नहीं करते थे। लोग उन माँओं से मिलने जाते थे, जिनके बच्चे इस हादसे के शिकार हुए थे। वो उन माँओं के गले लगकर रोते भी थे, पर कोई रिपोर्टर उस तस्वीर को टी.वी. पर नहीं दिखलाता था।

अब आप सोच रहे होंगे कि संजय सिन्हा तो खुद पत्रकार हैं, न जाने कितनी खबरों से खुद गुजरे हैं। फिर आज इन्हें क्या हो गया?

असल में, पिछले चार दिनों से ऑफिस जाने के नाम से मेरा मन घबराता है। शुक्रवार की सुबह जब मैं ऑफिस में घुसा ही था, तब यह खबर आई थी कि गुड़गाँव के एक स्कूल में किसी ने सात साल के बच्चे की हत्या कर दी है। मैंने अपने सहयोगी से कहा था कि तुम खबर दिखला देना, लेकिन ज्यादा बढ़ा-चढ़ाकर उसे इमोशनल चाशनी में डुबो कर मत पेश करना।

मेरे सहयोगी ने मुझसे वादा किया था कि जितनी खबर है, उतनी ही दिखलाएगा। खबर इतनी ही है कि स्कूल बस के कंडक्टर ने स्कूल के बाथरूम में सात साल के एक बच्चे की गला रेत कर हत्या कर दी है।

मैंने यह भी कहा था कि गला रेतने, चारों ओर खून-ही-खून होने की वीभत्सता से स्कूल में पढ़ने वाले बच्चे घबरा जाएँगे, इसलिए तुम संयम से खबर को दिखलाना, पर मेरे कहने या मेरे नहीं दिखलाने से क्या होता है? मैं देश भर के टी.वी. चैनलों और अखबारों का संपादक थोड़े न हूँ?

शाम तक सबको टी.आर.पी. का मसाला मिल गया था। टी.वी. पर हर ओर यही खबर थी। दरिंदे कंडक्टर ने बच्चे का गला रेत दिया। चारों ओर खून-ही-खून। माँ की चीत्कार। मेरा बाबू कहाँ चला गया? कोई मेरे बाबू को ले आओ। मेरा बाबू, मेरा बाबू...।

माँ जमीन पर बेसुध हुई जा रही है। रिपोर्टर होड़ मचाए हैं कि रोती-बिलखती माँ की तस्वीर सबसे पहले यहाँ देखिए।

माँ बदहवास है। कुछ-कुछ बोल रही है, बेसुध है। कभी थोड़ा होश आए तो बच्चे की कॉपी पर तस्वीर बनाकर रिपोर्टर को समझा रही है कि देखिए, यहाँ मेरे पति ने मेरे बच्चे को छोड़ा। बेटा और बेटी, दोनों स्कूल साथ गए थे। बेटी इधर गई, बेटा बाथरूम में गया। दस मिनट में उसकी लाश बाथरूम के पास पड़ी थी। वहाँ से प्रिंसिपल मैडम के कमरे की दूरी इतनी है। ये है, वो है...।

रिपोर्टर दीवारों पर बच्चे के रक्त के छींटे दिखला रहे हैं। रिपोर्टर को पुलिस क्राइम सीन पर जाने से रोकती है तो वो अपने रिपोर्टर होने की धौंस दिखला रहे हैं कि साले, तुम्हारी औकात क्या है? वर्दी उतरवा लेंगे।

राजनीति से ग्रस्त इस देश में सचमुच पुलिस की क्या औकात है? रिपोर्टर की है। फिर रिपोर्टर क्राइम सीन में घुस जाते हैं, बिना इस बात की परवाह किए कि वहाँ पाँव का एक निशान भी पूरे केस को खराब कर सकता है।

चार दिनों से कान में यही बज रहा है कि कहाँ है मेरा बाबू? मेरा बाबू कहाँ चला गया? समझ नहीं पा रहा हूँ कि अमेरिकी समाज, जिसकी हम सुबह-शाम भर्त्सना करते हैं, वो आधुनिक है या हम आधुनिक हैं? समझ नहीं पा रहा कि वहाँ का मीडिया आजाद है या यहाँ का मीडिया?

पत्रकार, संपादक संजय सिन्हा बहुत विचलित हैं। आप में से कोई मेरी काउंसलिंग कर सके तो प्लीज, जरूर करें। मैं इस विषय पर कुछ लिखना नहीं चाहता था, पर क्या करूँ? पत्रकार होने के अलावा एक इंसान भी तो हूँ। शायद थोड़ा पिछड़ा हूँ, समय के साथ नहीं चल पा रहा हूँ।

□

सब हैं, वो नहीं

माँ के साथ जब मैं मंदिर जाता तो देखता कि माँ भगवानजी की मूर्ति के सामने दोनों हाथ जोड़कर उनकी ओर देखती रहती है। माँ भगवानजी को देखती, मैं माँ को। जब माँ की पूजा पूरी हो जाती और माँ की निगाह मुझ पर पड़ती तो वो मुझसे कहती कि तुमने भगवानजी को प्रणाम नहीं किया, बेटा? मैं माँ के कहे मुताबिक दोनों हाथ जोड़कर भगवानजी को प्रणाम करता।

तब मैंने स्कूल जाना शुरू नहीं किया था।

दादी ने घर में भी भगवानजी का एक छोटा-सा मंदिर बना रखा था, पर दादी की पूजा में मेरी दिलचस्पी सिर्फ मिश्री-लाचीदाना तक सीमित थी।

पर माँ के साथ जब मैं मंदिर जाता तो न लाचीदाना होता, न मिश्री। माँ होती और भगवानजी होते।

उस दिन मैंने माँ से पूछा था कि भगवानजी की पूजा से हमें क्या फायदा होता है, माँ? हम क्यों भगवानजी के दर्शन के लिए मंदिर आते हैं? हम क्यों उनकी पूजा करते हैं? माँ ने उस दिन मुझे समझाया था कि भगवानजी की पूजा से जिंदगी आसान हो जाती है। माँ ने मेरे सिर पर हाथ फेरते हुए कहा था कि जैसे कुछ दिनों बाद मेरा संजू बेटा जब स्कूल जाने लगेगा और वहाँ जिंदगी के कई नए पाठ पढ़ेगा, उसी तरह अभी तुम भगवानजी की पूजा करके जिंदगी के पाठ पढ़ रहे हो।

मंदिर आने से भला जिंदगी के पाठ का क्या रिश्ता?

माँ ने तब इतना ही समझाया था कि मंदिर में सिर्फ भगवान के दर्शन ही नहीं होते, मन में भाव भी पनपते हैं। भाव दया का, करुणा का, श्रद्धा का, परोपकार का। माँ ने पूजा करते हुए ही बहुत धीरे-से समझाया था कि तुम जब बड़े होगे, तब खुद समझने लगोगे कि इन शब्दों के मतलब क्या होते हैं? अभी तो तुम सिर्फ मन में श्रद्धा भाव लेकर

भगवानजी की पूजा करो।

धीरे-धीरे सभी बच्चे बड़े हो जाते हैं। मैं भी बड़ा होने लगा। बड़ा होने के क्रम में कई लोगों से मेरी मुलाकात हुई, जिन्होंने मुझे समझाने की कोशिश की कि भगवान कुछ नहीं होते। ये सब मूर्ख बनाने के लिए रचा गया भ्रम है। मंदिर जाने से कुछ नहीं होता। मैं कभी इस विषय पर बहस में नहीं पड़ता कि भगवान होते हैं या नहीं?

मैं मंदिर के पास से गुजरता हूँ तो हाथ जोड़कर भगवानजी को प्रणाम कर लेता हूँ। मेरे एक मित्र ने मुझे एक बार टोका भी कि आप इतने अंधविश्वासी कब से हो गए, संजयजी? मैंने मुस्कुराकर इतना ही कहा था कि मैं अंधविश्वासी नहीं, विश्वासी हूँ, बस। मैं जानता था कि इस विषय में बहस का कोई अंत नहीं है। भगवान हैं या नहीं, इस विषय में न मैं कुछ साबित कर सकता हूँ न वो।

पर मैंने अपने मित्र से इतना जरूर कहा था कि मेरे लिए मंदिर जाना स्कूल जाने की तरह है। जैसे मैंने जब स्कूल जाना शुरू किया तो वहाँ फिजिक्स, गणित, कैमेस्ट्री, इतिहास, अर्थशास्त्र और ढेरों विषयों की पढ़ाई की, उसी तरह जब मैं पहली बार मंदिर गया और मैंने अपने हाथ मूर्ति के आगे जोड़े तो मेरे मन में श्रद्धा का भाव जगा। फिर दया, करुणा और परोपकार का भाव भी जगा। अब इन विषयों की पढ़ाई तो स्कूल में होती नहीं, तो स्कूल जाकर लोग भले डॉक्टर, इंजीनियर, वकील, आई.ए.एस., पत्रकार बन जाएँ, पर हम इंसान तो धर्म की राह से गुजरकर ही बनते हैं।

धर्म का अर्थ यह नहीं कि मंदिर जाना ही है। चाहे किसी भी धार्मिक स्थल पर जाएँ न जाएँ, भाव मन में रहने चाहिए।

माँ ने जितना समझाया था, मैंने उतना समझ लिया था।

कुछ दिन पहले पटना गया था। वहाँ महावीर हॉस्पिटल में आयोजित एक समारोह में शामिल हुआ। वहीं मुलाकात हुई, आचार्य किशोर कुणालजी से।

आचार्य किशोर कुणालजी 1972 बैच के आई.पी.एस. अधिकारी हैं। जब मैं स्कूल में पढ़ता था, तब वो एस.पी. हुआ करते थे और उनके नाम से अपराधी थर-थर काँपते थे। फिर किशोर कुणालजी ने पुलिस की नौकरी छोड़ दी और समाजसेवा से जुड़ गए। मैं उनसे पहले भी कई बार मिल चुका हूँ, पर उस दिन उन्होंने मुझसे कहा कि संजयजी, धर्म के चार स्तंभ होते हैं। पहला दर्शन, दूसरा पूजा यानी कर्म कांड, तीसरा नैतिकता और चौथा परोपकार।

किशोर कुणालजी बोल रहे थे, सामने माँ बैठी थी।

मेरी माँ को संसार से गए 37 साल बीत चुके हैं, पर वो उस दिन मेरे सामने ही बैठी थी। कह रही थी कि धर्म का अर्थ यह कभी नहीं कि हम किस भगवान को मानते हैं? धर्म का अर्थ है—दर्शन, पूजा, नैतिकता और परोपकार।

जो लोग धर्म को ठीक से नहीं समझते, वे ही असली नास्तिक हैं। जो भी इस संसार में नैतिकता और परोपकार का अर्थ समझता है, उसका पालन करता है, वो नास्तिक नहीं। वो भले संजय सिन्हा से बहस करने के लिए कहे कि भगवान कुछ नहीं होते, यह सब आडंबर है। असल में, नैतिकता और परोपकार ही भगवान हैं। जिनके भीतर दया, करुणा, श्रद्धा का भाव है, उसने यकीनन भगवान के दर्शन कर लिए हैं। क्योंकि कुछ लोग कैलेंडर वाले भगवानजी को सामने हिलते-डुलते नहीं देख पाते, इसलिए बहस करते हैं।

पर आचार्य किशोर कुणालजी ने उस दिन संजय सिन्हा को बहुत कम शब्दों में सबकुछ समझा दिया कि भगवान होते कैसे हैं और दिखते कैसे हैं?

आप अपने बच्चों को डॉक्टर, इंजीनियर, आई.ए.एस., वकील, पत्रकार, जो चाहे बनाएँ, पर मेरा अनुरोध है कि उसकी जिंदगी सुगम बनाने के लिए उन्हें नैतिकता और परोपकार का पाठ जरूर पढ़ाइए। जिसने इन दो पाठों को पढ़ लिया, वो चाहे और जो कुछ भी बने न बने, मेरा दावा है कि इंसान जरूर बन जाएगा।

आज पूरी दुनिया में सबसे अधिक कमी इंसानों की ही है।

□

नसीबों वाला

मेरे एक परिचित बात-बात में अपने अतीत का रोना लेकर बैठ जाते हैं। वो अपने हर गलत और सही फैसले के लिए अपने अतीत को जिम्मेदार ठहराते हैं। सच कहा जाए तो उन्होंने अपनी गलतियों को ढकने के लिए अतीत को ढाल बना लिया है। मैं उन्हे कई बार टोकता हूँ तो वो मुझसे कहते हैं कि संजयजी, आपने वो हालात नहीं देखे इसलिए ऐसा कहते हैं। मैं समझ नहीं पाता कि हममें से किसने कौन से हालात नहीं देखे?

अपने परिचित की ढेरों आदतों की चर्चा यहाँ नहीं करूँगा, पर उनकी कंजूसी की आदत पर भी मैंने एक-दो बार उन्हें टोका है। पर वो हर बार ये कहकर मुझे चुप करा देते हैं कि आपने बचपन में गरीबी नहीं देखी। अब मैं क्या बताऊँ कि मैंने क्या-क्या देखा है?

मैं हर बार उन्हें यही समझाने कि कोशिश की कि जो वर्तमान है, वही सत्य है। आज आपको किसी चीज की कमी नहीं, अब खुशी से जिंदगी को जीने की कोशिश कीजिए। कई बार समझाने के बाद आज सुबह मेरे हाथ ज्ञान रूपी कुबेर का खजाना लग गया है। किसी ने कृष्ण और कर्ण के वार्तालाप को जीवन संदेश के रूप में मुझसे साझा किया है। भेजने वाले ने लिखने वाले का नाम नहीं लिखा, पर जिसने भी लिखा है, उसे संजय सिन्हा का नमन।

पूरा संदेश जस-का-तस भेज रहा हूँ और साथ ही दुहरा रहा हूँ कि जीवन में यदि हमारे साथ कुछ गलत होता है तो उससे हमें गलत करने का अधिकार नहीं मिल जाता। किसी एक परिस्थिति के लिए हम दूसरी परिस्थिति को जिम्मेदार नहीं ठहरा सकते।

अब सुनिए वो वार्तालाप—

'महाभारत' में कर्ण ने श्रीकृष्ण से पूछा, "मेरी माँ ने मुझे जन्मते ही त्याग दिया। क्या

ये मेरा अपराध था कि मेरा जन्म एक अवैध बच्चे के रूप में हुआ? द्रोणाचार्य ने मुझे शिक्षा देने से मना कर दिया, क्योंकि वो मुझे क्षत्रीय नहीं मानते थे, क्या ये मेरा कसूर था? परशुरामजी ने मुझे शिक्षा दी, साथ ये शाप भी दिया कि मैं अपनी विद्या भूल जाऊँगा, क्योंकि वो मुझे क्षत्रीय समझते थे।

द्रौपदी के स्वयंवर में मुझे अपमानित किया गया, क्योंकि मुझे किसी कुलीन व्यक्ति नहीं समझा गया। यहाँ तक कि मेरी माँ कुंती ने भी मुझे अपना पुत्र होने का सच अपने दूसरे पुत्रों की रक्षा के लिए स्वीकारा। मुझे जो कुछ मिला, दुर्योधन की दया स्वरूप मिला! तो क्या ये गलत है कि मैं दुर्योधन के प्रति अपनी वफादारी रखता हूँ?"

श्रीकृष्ण मंद-मंद मुस्कुराते हुए बोले, "कर्ण, मेरा जन्म जेल में हुआ था। मेरे पैदा होने से पहले मेरी मृत्यु मेरा इंतजार कर रही थी। जिस रात मेरा जन्म हुआ, उसी रात मुझे मेरे माता-पिता से अलग होना पड़ा। तुम्हारा बचपन रथों की धमक, घोड़ों की हिनहिनाहट और तीर कमानों के साये में गुजरा। मैंने गायों को चराया और गोबर को उठाया। जब मैं चल भी नहीं पाता था तो मेरे ऊपर प्राणघातक हमले हुए। कोई सेना नहीं, कोई शिक्षा नहीं, कोई गुरुकुल नहीं, कोई महल नहीं। मेरे मामा ने मुझे अपना सबसे बड़ा शत्रु समझा।

जब तुम सब अपनी वीरता के लिए अपने गुरु व समाज से प्रशंसा पाते थे, उस समय मेरे पास शिक्षा भी नहीं थी। बड़े होने पर मुझे ऋषि सांदीपनि के आश्रम में जाने का अवसर मिला।

तुम्हें अपनी पसंद की लड़की से विवाह का अवसर मिला। मुझे तो वो भी नहीं मिली, जो मेरी आत्मा में बसती थी। मुझे बहुत-से विवाह राजनैतिक कारणों से या उन स्त्रियों से करने पड़े, जिन्हें मैंने राक्षसों से छुड़ाया था!

जरासंध के प्रकोप के कारण मुझे अपने परिवार को यमुना से ले जाकर सुदूर प्रांत में समुद्र के किनारे बसाना पड़ा। दुनिया ने मुझे कायर कहा।

यदि दुर्योधन युद्ध जीत जाता तो विजय का श्रेय तुम्हें भी मिलता, लेकिन धर्मराज के युद्ध जीतने का श्रेय अर्जुन को मिला! मुझे कौरवों ने अपनी हार का उत्तरदायी समझा।

हे कर्ण! किसी का भी जीवन चुनौतियों से रहित नहीं है। सबके जीवन में सबकुछ ठीक नहीं होता। कुछ कमियाँ अगर दुर्योधन में थीं तो कुछ युधिष्ठिर में भी थीं।

सत्य क्या है और उचित क्या है, यह हम अपनी आत्मा की आवाज से स्वयं निर्धारित करते हैं!

इस बात से कोई फर्क नहीं पड़ता कितनी बार हमारे साथ अन्याय होता है, इस बात से कोई फर्क नहीं पड़ता कितनी बार हमारा अपमान होता है, इस बात से कोई फर्क नहीं पड़ता कितनी बार हमारे अधिकारों का हनन होता है। फर्क सिर्फ इस बात से पड़ता है कि हम उन सबका सामना किस प्रकार करते हैं ?"

□

प्रेम का फल

माँ जब भी बाजार जाती, ढेर सारे फल खरीद कर ले आती—संतरा, सेब, केला, पपीता, अंगूर।

मुझे फल अच्छे नहीं लगते थे। मुझे लगता था कि फल तो बीमार लोग खाते हैं। मैंने देखा था कि जब बबुआ मामा का ऑपरेशन हुआ था, तो पिताजी जब भी उन्हें देखने अस्पताल जाते, ढेर सारे फल लेकर जाते थे। सेब और मौसमी तो खास तौर पर।

बबुआ मामा देर रात कहीं से दारू वाली पार्टी करके लौट रहे थे और अँधेरे में अपना स्कूटर उन्होंने सड़क पर बैठी भैंस पर चढ़ा दिया था। भैंस को कितनी चोट लगी, ये तो मुझे पता नहीं, पर बबुआ मामा का स्कूटर और पाँव, दोनों टूट गए थे।

बबुआ मामा मेरी ताईजी के छोटे भाई थे। ताईजी दूसरे शहर में रहती थीं, पर हम उसी शहर में थे, जहाँ बबुआ मामा रहते थे। इस तरह उनके घर हमारा खूब आना-जाना हुआ करता था।

खैर, बबुआ मामा का एक पाँव टूट गया था और महीने-दो महीने का प्लास्टर उस पर चढ़ गया था। ऐसे में पिताजी को जब भी मौका मिलता, अस्पताल चले जाते। साथ में फल भी ले जाते। मैं मन-ही-मन सोचता कि जब किसी का पाँव टूट जाता है तो फल उसे फायदा पहुँचाते होंगे, इसीलिए पिताजी फल लेकर जाते हैं। मैंने कभी पिताजी से पूछा नहीं कि आप फल लेकर क्यों जाते हैं, पर माँ जब मुझसे कहती कि संजू बेटा, फल खाओ, तो मैं ये कहकर मना कर देता कि मैं कोई बीमार हूँ, जो फल खाऊँ?

माँ कुछ कहती नहीं थी, पर सामने जब सेब आ ही जाता तो मैं उसे धीरे-धीरे खाने लगता। एक पूरा सेब खाने में मेरा मुँह दुख जाता। सेब को दाँत से काटो, उसे चबाओ, फिर धीरे-धीरे खाओ। मेरे लिए सेब खाना बहुत ही मुश्किल काम था। केला और अंगूर तो फिर भी फटाफट खा लेता था, पर सेब नहीं। नाशपाती भी नहीं। उससे भी

बेकार फल था, संतरा। मन में डर लगा रहता था कि गलती से एकाध बीज जो पेट में चला गया तो फिर अंदर-ही-अंदर पेड़ न उग जाए।

कुल मिलाकर मेरे लिए फलों का संसार बबुआ मामा के लिए ही था, मेरे लिए बिल्कुल नहीं।

माँ कुछ कहती नहीं थी, पर वो फल लेकर मेरे सामने बैठ जाती तो फिर मैं मन मार कर खाता, क्योंकि ये तय था कि माँ की किसी बात को मैं मना नहीं कर पाता था। एक दिन माँ सेब लेकर बैठी थी। वो छीलती जा रही थी और मुझे खिलाती जा रही थी। मैंने माँ से पूछा कि माँ फल होते ही क्यों हैं? पेड़ तो ठीक हैं कि उनसे छाँव होती है। ठंडी हवाएँ चलती हैं, पर फल से क्या फायदा?

माँ ने कहा था, "फल प्रेम है, बेटा। पेड़ धैर्य है। फल उसका प्रेम। जब हम किसी से प्रेम करते हैं तो हम उसे व्यक्त भी करते हैं। जिस प्रेम को व्यक्त न किया जाए, वो प्रेम व्यर्थ होता है। तुम्हारे पिताजी बबुआ मामा से प्रेम करते हैं। वो उनसे मिलने अस्पताल जाते हैं। अस्पताल में तो उनकी देखभाल डॉक्टर करते हैं, पर पिताजी के जाने से तुम्हारे बबुआ मामा के मन को अच्छा लगता होगा कि उनके जीजाजी उनसे प्रेम करते हैं।

ठीक इसी तरह ये पेड़ हमसे प्रेम करते हैं और समय-समय पर हमें फल देकर ये जताते हैं कि देखो, तुमने मेरी परवाह की, हम तुम्हारी परवाह करते हैं। ये फल उनकी ओर से प्रेम की सौगात है। ठीक वैसे ही, जैसे तुम्हारे पिताजी फलों की सौगात लेकर बबुआ मामा के पास जाते हैं।

जो लोग अपने प्रेम को व्यक्त नहीं करते, वो लोग जीवन की खुशियों से भी दूर हो जाते हैं। ऐसे लोग असल में प्रेम से ही दूर हो जाते हैं। जिनके जीवन में प्रेम नहीं, उनकी जिंदगी में निराशा-ही-निराशा होती है। तुम तो समझते हो, बेटा कि प्रेम के बिना जीवन कितना दुःखद हो जाता है।

आदमी को पेड़ से धैर्य और पाने के बदले देने का भाव ही मन में जगाना चाहिए। देना मतलब, प्रेम। तुम ये सेब खाओ बेटा, ये प्रेम का फल है।

□

माँ की रेसिपी

माँ रोज खाने के लिए कुछ नया बनाती थी। घर में आटा, चावल, दाल, तेल, चीनी, नमक—सब होता था। माँ रोज-रोज इन्हीं से कुछ नया बनाकर खिलाती थी। चावल से कभी भात, कभी इडली, कभी पपरा, कभी पिठा। दाल से भी कभी गीली दाल, कभी दाल भरी पूड़ी, कभी दाल की दुल्हन, कभी कुछ-कभी कुछ। अब आप सोच रहे होंगे कि संजय सिन्हा आज सुबह-सुबह माँ की रसोई में क्यों घुस गए हैं?

कुछ लोगों ने दूसरे लोगों से कहा है कि संजय सिन्हा रोज-रोज वही-वही कहानी लिखते हैं। वही माँ, वही पिता, वही भाई और वही पत्नी। घुमा-फिरा कर माँ और पत्नी उनकी कहानियों की नायिका हैं, पिता और भाई नायक। बस, कभी उधर की बात याद कर ली, कभी इधर की।

जब मैंने उनकी बातें सुनीं तो पहले मेरे मन में यही खयाल आया कि क्या सचमुच ऐसा ही है? फिर मैंने बहुत गंभीरता से सोचा और मन-ही-मन खुश हुआ कि अगर ऐसा है तो फिर तो मुझे खुद पर गर्व करना चाहिए।

मुझे इसलिए गर्व करना चाहिए, क्योंकि रिश्तों से विमुख होते समाज में मैं अपनी माँ, अपनी पत्नी, अपने पिता और अपने भाई की यादों को रोज सुबह-सुबह सहेजने बैठ जाता हूँ। संचार के सभी माध्यम जब दंभी, लंपट और भ्रष्ट संतों, नेताओं, अफसरों की कहानियाँ सुनाने में व्यस्त हैं, तब संजय सिन्हा, जो दिन भर ऐसी ही नकारात्मक खबरों के बीच जीने के बाद सुकून के दो पल माँ और बहन के संसार से याद करते हैं और अपने परिजनों को उनकी कहानियाँ सुनाते हैं, तो आपको इस बात के लिए चिंतित होने की जगह खुश होना चाहिए कि कहीं कोई तो है, जो रिश्तों की अलख जगाए बैठा है।

बहुत आसान नहीं होता है गोबर से गेहूँ को चुन लेना।

पूरा समाज जब हिंसा, नफरत, निंदा के कुचक्र में फँसा हो, जहाँ समाज के पतन की

लाखों कहानियाँ खुद संजय सिन्हा रोज टी.वी. पर दुनिया के सामने परोस रहे हों, वहाँ हर सुबह बगल में सो रही पत्नी के चेहरे को देखते हुए उसकी मासूमियत की कहानी आपके लिए लिखना बहुत मुश्किल होता है।

जिसकी माँ को इस संसार से गए हुए सैंतीस साल बीत चुके हों, वो रोज रात में माँ से सपनों के संसार में मिलकर आपको उसकी कहानियाँ सुनाता है, उसे आप भले बोरिंग कहकर आगे बढ़ जाएँ, पर कभी जब आपका मन विचलित होगा तो यकीन कीजिए, आप भी मसालों की खुशबू से भीगे उसी आँचल में ठंडक पाएँगे, जहाँ मैं रोज पाता हूँ।

मैं नैतिकता का अगर झंडाबरदार बना बैठा हूँ और रिश्तों को अपना धर्म मानने लगा हूँ तो यकीनन इस संसार से जा चुके मेरे पिता और मेरे भाई की यादों की कहानियों की उसमें बहुत अहम भूमिका है। आपको भले आज नैतिकता और रिश्तों की कहानियों की अहमियत सीधे-सीधे भले समझ में न आए, पर मैं दावे से कह सकता हूँ कि संजय सिन्हा की यादों से निकली इन्हीं कहानियों से एक दिन आप नूतन समाज की कल्पना कर पाएँगे।

आदमी जिन बुराइयों को रोज कोसता है, जिनसे रोज सुबह-शाम जूझता है, उससे मुक्ति का एकमात्र उपाय ही यह है कि वो भावनाओं के विद्यालय में बैठकर रिश्तों का पाठ पढ़ना शुरू कर दे।

मैं बहुत दूर की कल्पना नहीं कर रहा, लेकिन जिस तरह विज्ञान ने आदमी की उम्र को बढ़ाना शुरू कर दिया है, उससे जल्दी ही आदमी भले सीमेंट, गारे, रेत की बड़ी-बड़ी दीवारें खड़ी कर लेगा पर वो रह जाएगा, बिल्कुल तन्हा। शरीर की अधिकतर बीमारियों का इलाज ढूँढ़ लिया जाएगा, पर आदमी मन से इतना अकेला रह हो जाएगा कि वो मरने के लिए नए-नए हथियारों की तलाश करने लगेगा।

वैसे एक सच यह भी है कि मैं रोज-रोज आपके लिए जो कहानी लेकर आता हूँ, उससे इतर जिंदगी में है भी क्या? मान लीजिए कि संजय सिन्हा ने नहीं, विलियम शेक्सपीयर ने कहा है कि 'वो आता है और चला जाता है।' तो क्या यही सच नहीं है कि आदमी की जिंदगी की सबसे लंबी कहानी इतनी ही है कि वो आता है और चला जाता है।

राजा, प्रजा सब आते और चले ही तो जाते हैं।

जब कोई रुकता ही नहीं, जब कोई रुकेगा ही नहीं, जब कोई रुक सकता ही नहीं तो फिर किसी भी कहानी की अहमियत क्या?

इस सच को हम जितनी जल्दी समझ जाएँ कि यात्रा ही मंजिल है, हमारी जिंदगी की यात्रा उतनी ही आसान हो जाएगी। हम में से अधिकतर लोग किसी और मंजिल के इंतजार में अपनी जिंदगी की पूरी यात्रा गुजार देते हैं और जब उस मंजिल के करीब पहुँचते हैं तो समझ पाते हैं कि ओह! यहाँ तो यात्रा समाप्त हुई। उसी घड़ी उन्हें समझ में आता है कि जिस धन, जिस शोहरत और जिस पाप के बोझ को उठाए इतनी लंबी यात्रा उन्होंने की, उसका सार सफर में छिपा था, रिश्तों में बसा था।

आना और जाना ही किसी भी कहानी की भूमिका और उपसंहार है। बीच में जो रिश्तों के कुछ पल को जी लेते हैं, उनकी कहानी वही होती है—माँ, बहन, पत्नी, पिता और भाई की कहानी।

आटा, चावल, दाल, तेल और चीनी तो वही हैं, लेकिन संजय सिन्हा अपने परिजनों के लिए उन्हीं में से रोज नई रेसिपी ढूँढ़ लाते हैं।

□

दर्द का प्यार

माँ कैंसर के दर्द से सारा दिन कराहती थी, पर जैसे ही ऑफिस से पिताजी के घर आने का समय होता, माँ एकदम चुप हो जाती। पिताजी माँ के पास आकर बैठते, माँ आँखें बंद कर मुस्कुराने की कोशिश करती। मैं वहीं पास बैठकर समझने की कोशिश करता कि आखिर माँ पिताजी के सामने अपने दर्द को छिपाने की कोशिश क्यों करती है? पिताजी अकेले में बैठकर कभी-कभी बच्चों की तरह सुबकने लगते थे, पर माँ के सामने कभी नहीं।

बीमारी अपनी जगह थी। पर दोनों अपनी-अपनी तकलीफ एक-दूसरे से छिपाया करते थे। दोनों मुँह फेर कर अपने-अपने आँसू पोंछा करते थे। मैं संजय सिन्हा, अपनी माँ और अपने पिता के दर्द के इस रिश्ते का गवाह हूँ।

तब भले मैं बहुत छोटा था, लेकिन मेरे मन में ढेरों सवाल उठा करते थे। मैं मन-ही-मन सोचता था कि आखिर माँ पिताजी से अपने दर्द को क्यों साझा नहीं करना चाहती? माँ पिताजी से इतना प्यार करती है। पिताजी भी माँ से इतना प्यार करते हैं, फिर क्यों? तब मुझे मेरे सवाल का जवाब नहीं मिला था।

कुछ साल पहले मेरी पत्नी बारिश देखने छत पर गई थी। बारिश का पानी सीढ़ियों तक चला आया था। अचानक उसका पाँव फिसला और मुड़ गया। मैं तब ऑफिस में था। मेरी पत्नी ने मुझे बताया नहीं कि वो छत पर गिर गई थी। शाम को मैंने यूँ ही फोन किया और उससे कहा कि आज मैं जल्दी घर आने की सोच रहा हूँ। उस दिन ड्राइवर छुट्टी पर था। पत्नी ने कहा कि वो गाड़ी लेकर ऑफिस चली आएगी। मैंने कहा कि नहीं, मैं ऑफिस की गाड़ी से चला आऊँगा, तुम परेशान मत हो।

उसी वक्त उसने बात-बात में बताया कि वो छत पर गिर गई थी। मैं चिंतित हुआ। मैंने पूछा कि अधिक चोट तो नहीं लगी न? उसने धीरे-से कहा, "चोट होती तो मैं भला गाड़ी चलाकर ऑफिस आने की कैसे सोचती?" मैंने उसकी बात मान ली।

मैं ऑफिस की गाड़ी से घर चला आया।

मैं जैसे ही कमरे में पहुँचा, पत्नी उठने की कोशिश करने लगी। पर यह क्या ? वो तो उठ ही नहीं पाई। उसका एक पाँव सूजा हुआ था और वो पाँव जमीन पर रख ही नहीं पा रही थी। मैंने उससे कहा कि शायद पाँव में फ्रैक्चर है। उसने कहा, "नहीं-नहीं, मामूली मोच है।"

मैंने पूछा कि दर्द है ? उसने कहा, "बिल्कुल नहीं।"

इस बीच उसने कई बार बिस्तर से उठने की कोशिश की। कभी पानी देने के लिए, कभी खाना लगाने के लिए। पर वो एक बार भी बिस्तर से नहीं उठ पाई। मुझे चिंता हुई। देर रात मैं उसे लेकर हॉस्पिटल गया। डॉक्टर ने एक्स-रे किया और बता दिया कि पाँव टूट गया है।

अब सवाल था कि वो टूटे पाँव से छत से अकेले कैसे कमरे तक गई ? टूटे पाँव को एक मिनट के लिए भी जमीन पर उतारना संभव नहीं था। डॉक्टर ने बताया कि इस तरह की चोट में भयंकर दर्द होता है, पर उसने उस दर्द को न सिर्फ सहा, बल्कि मुझसे साझा भी नहीं किया। बाद में उसने बताया कि वो एक पाँव से उछल-उछलकर कमरे तक पहुँची थी।

मैंने कई बार उससे कहा भी कि दर्द को छिपाने का क्या मतलब ? उसने कुछ कहा नहीं, बस मुस्कुराने लगी। मैं मन में सोच रहा था कि कोई अपने दर्द को आखिर किसी के आगे छिपाने की कोशिश क्यों करता है ? मुझे मेरे सवाल का जवाब तब भी नहीं मिला था।

पिछले दिनों मैं कैंसर के इलाज से ठीक हो गए मरीजों के एक कार्यक्रम 'हौसला' में गया था। उनका फैशन शो था। वहाँ कई लोगों से मेरी मुलाकात हुई। वहीं मैं डॉ. हंसवाहिनी से भी मिला था, जिन्होंने कैंसर के इलाज के दौरान बाल उड़ जाने के बाद बिना विग पर रैंप पर उतरने का दम दिखलाया था। मैंने उन पर एक कहानी भी लिखी थी।

कल देर रात मैं अपनी कहानी पर लोगों के कमेंट पढ़ रहा था। एक कमेंट था, शन्नो श्रीवास्तव की ओर से। शन्नोजी भी 'हौसला' के उस कार्यक्रम में शामिल थीं और मुझे रैंप पर दिखी थीं। वो भी कैंसर के यमदूत को परास्त कर जिंदगी में लौट आई हैं।

कमेंट की वो चंद पंक्तियाँ आज मैं आपके सामने जस-की-तस रख रहा हूँ। इन पंक्तियों से संजय सिन्हा को उनके उस सवाल का जवाब मिल गया है, जिसे उन्होंने माँ की बीमारी के समय खुद से पूछा था, जिसे पत्नी का पाँव टूट जाने पर भी उन्होंने खुद

से ही पूछा था। आज इससे आगे कुछ नहीं।

"यह सच है कि किसी भी महिला के लिए उसके बाल बहुत महत्त्वपूर्ण होते हैं और जब इलाज के दौरान उसके बाल गिरते हैं तो वह उसकी बीमारी डाइग्नोस होने के बाद का दूसरा सदमा होता है। मुझे याद है, एक बार मैंने अपने लंबे बाल थोड़े-से कटवा लिये थे तो मेरी सास नाराज हो गई थीं, क्योंकि उन्हें लंबे बाल बहुत पसंद थे। वह मुझे अक्सर जूड़ा बनाने की सलाह दिया करती थी।

जब कीमो के बाद मेरे बाल गिरने लगे तो मैंने बालों में कंघी लगाना बंद कर दिया। फिर एक दिन मेरी सास ने मुझसे कहा, "शन्नो, आओ तुम्हारे बाल झाड़ दूँ।"

मैं नहीं चाहती थी कि मम्मी मेरे बालो को छुएँ, क्योंकि मुझे पता था कि कंघी लगते ही सारे बाल नीचे आ जाएँगे, पर मम्मी नहीं मानीं। वह मेरे बाल सुलझाने की कोशिश कर रही थीं और मेरे बाल सिर से निकलकर उनके हाथों में आते जा रहे थे।

वह चुपचाप उसे एक पॉलीथिन में भरती जा रही थीं। मैं सामने ड्रेसिंग टेबल के शीशे में उनका चेहरा देखती जा रही थी।

मेरी ममतामयी सास के चेहरे पर कितनी पीड़ा थी, यह बताना मुश्किल नहीं है। पर वह मेरे लिए अपनी पीड़ा छुपा रही थीं और मैं उन्हें सांत्वना दे रही थी कि मम्मी, दुःखी न होइएगा। कीमो खत्म होते ही मेरे बाल फिर से आ जाएँगे।

मेरे पति जिन्हें घर के कामों की ए, बी, सी, डी भी नहीं आती है, वह बार-बार बाथरूम को वाइप किया करते थे; क्योंकि मेरे झड़ते बाल वहाँ पानी में चिपक जाते थे। वो कहते थे कि शन्नो बाल देखेगी तो दुःखी होगी। इसलिए बार-बार साफ कर देता हूँ।

सत्य तो यह है कि मैं खुद को उस रूप में देखती थी, तब मुझे उतना दुःख नहीं होता था, जितना मेरे अपनों को मुझे देखकर होता था।

भगवान कभी किसी इंसान को ऐसे दिन न दिखाए, अब तो हमेशा यही प्रार्थना करती हूँ।"

□

राजा का ज्ञान

बड़ी दादी बहुत बीमार थीं।

माँ तब दादी के साथ गाँव में थी। दादी चिड़चिड़ी हो गई थीं और बात-बात में गुस्सा करने लगी थीं। माँ के अलावा वो किसी और की बात सुनने को तैयार ही नहीं होती थीं। डॉक्टर, वैद्य और गाँव के सभी बड़े-बुजुर्ग दादी को देखने आ चुके थे और सबने यही कहा था कि बुढ़ापा ही सबसे बड़ी बीमारी है। सब दादी को प्रणाम करके जा चुके थे।

माँ दादी के पास बैठी थी। दादी, माँ की कलाई को पकड़े थीं और बुद्बुदा रही थीं, "दुलहिन, जाने का मन नहीं कर रहा। बहुत डर लग रहा है।"

माँ ने दादी को तब एक कहानी सुनाई थी।

कहानी भागवत कथा से।

"एक बार एक राजा शिकार खेलने जंगल में गया। अचानक बहुत तेज आँधी-तूफान और बारिश होने लगी और राजा अपने सिपाहियों और मंत्रियों से दूर हो गया। अकेला राजा समझ नहीं पा रहा था कि कहाँ जाए? रात हो गई थी। राजा चुपचाप अँधेरे में चलने लगा। जंगल में शेर, हाथी की आवाजें आ रही थी। राजा बहुत डरा हुआ था।

अचानक उसे जंगल में एक झोंपड़ी नजर आई। उम्मीद के दीपक को मन में जलाए राजा उस झोंपड़ी में पहुँचा। झोंपड़ी के अंदर से बहुत दुर्गंध आ रही थी। झोंपड़ी के छज्जे पर एक-दो जानवरों के मांस लटके थे। कोने में मल-मूत्र पड़ा था और वहीं जमीन पर एक बहुत बूढ़ा आदमी लेटा था।

राजा अपनी नाक बंद करके उस आदमी के पास गया और पूछा कि भाई, तुम कौन हो? और क्या आज रात मैं तुम्हारी झोंपड़ी में रह सकता हूँ?

आदमी ने राजा की ओर देखा और कहने लगा, "मैं एक बहेलिया हूँ। पहले मैं बहुत-से जानवरों के शिकार किया करता था। अब मैं बूढ़ा हो गया हूँ। इसलिए कहीं आता-जाता नहीं। कभी कोई जानवर मिल जाए तो उसे मार कर यहाँ लटका देता हूँ। उसे ही पका कर खाता रहता हूँ। शौच भी यहीं करता हूँ, पर मैं तुम्हें यहाँ रहने नहीं दे सकता।"

राजा हैरान हो गया, "क्यों नहीं? एक रात रहने दो।"

"नहीं पथिक, यहाँ लोग आते हैं, अनुनय-विनय करके एक रात रुकते हैं और फिर सुबह जाने का नाम ही नहीं लेते।"

"ओह! कोई भला यहाँ रुकना ही क्यों चाहेगा? यहाँ इतनी गंदगी है, बदबू है। वो तो मेरी मजबूरी है, वरना मैं एक पल यहाँ न रुकता।"

"पथिक, सभी ऐसा ही कहते हैं, पर रात भर में इसी मांस और मल-मूत्र की बदबू उन्हें भाने लगती है। फिर सुबह वो मेरी झोंपड़ी छोड़कर जाने को तैयार ही नहीं होते। वो मुझसे झगड़ा करने लगते हैं। बहुत मुश्किल से मैं उन्हें यहाँ से भगा पाता हूँ।"

राजा ने कहा कि ऐसा बिल्कुल नहीं होगा। सुबह पौ फटने से पहले ही मैं यहाँ से चला जाऊँगा। बहुत मुश्किल से बहेलिया ने राजा को एक रात रुकने की अनुमति दी।

राजा रात भर लेटा रहा। धीरे-धीरे मांस और मल-मूत्र की बदबू उसके दिमाग में बसने लगी। उसे वही अच्छा लगने लगा।

सुबह हुई। बहेलिए ने राजा को उठाया और कहा कि पथिक, अब तुम यहाँ से जाओ। राजा ने बहेलिए की ओर देखा और कहने लगा कि नहीं जाऊँगा। मुझे ये जगह बहुत पसंद आ गई है। अब मैं यहीं रहूँगा।

बहेलिया चिल्लाया, "मैं कहता था न कि तुम सुबह इस जगह को छोड़कर नहीं जाना चाहोगे? यह तो सरासर वादे का उल्लंघन है। मैं इसीलिए किसी को यहाँ ठहरने नहीं देता। तुमने वादा किया था कि सुबह तुम चुपचाप आराम से चले जाओगे।"

दादी बुद्बुदाईं, "बड़ा ही मूर्ख राजा था। अपने महल को छोड़कर उस झोंपड़ी के लोभ में फँस गया था। खुशबू के संसार को छोड़कर बदबू में लिपट गया था।"

माँ धीरे-धीरे बोल रही थी।

माँ का संजू बेटा वहीं बैठकर चुपचाप कहानी सुन रहा था। माँ कह रही थी, "यही

सवाल राजा परीक्षित ने शुकदेव मुनि से किया था कि कौन था वो राजा, जिसे वो गंदी सी झोंपड़ी भा गई थी?"

तब शुकदेव मुनि ने राजा परीक्षित को समझाया था कि राजन, तुम खुद उस झोंपड़ी से प्यार कर बैठे हो। तुम मांस, मल-मूत्र के ढेर से प्यार कर बैठे हो। तुम उस अलौकिक संसार में लौटने को तैयार ही नहीं, जिसे छोड़कर किसी दुर्घटनावश तुम यहाँ रहने पर मजबूर हुए। तुम एक रात के लिए भटककर इस झोंपड़ी में आए थे, पर तुम्हें यही भा गई।

बड़ी दादी ने माँ की कलाई ढीली छोड़ दी थी। फिर धीरे-धीरे दादी की आँखें मुँद गई थीं। दादी गहरी नींद में सो गई थीं। लग रहा था कि वर्षों की पीड़ा से मुक्त होकर वो चैन की नींद में चली गई हैं।

□

कमजोर घेरा

हजारों साल पहले सिद्धार्थ नामक एक राजकुमार के मन में एक बीमार, एक वृद्ध और एक शव को देखकर सवाल उठा था कि जीवन का प्रयोजन क्या है? अपने इस सवाल का जवाब ढूँढ़ने के लिए राजकुमार राज-पाट त्यागकर निकल पड़ा था।

इतना तो वो समझ गया था कि राजा हो या प्रजा, बीमार कोई भी पड़ सकता है। उसने यह भी समझ लिया था कि चाहे कोई जितनी जड़ी-बूटियाँ खाए, शरीर का क्षय होकर रहेगा। और चाहे कोई खुद को सात तालों में ही क्यों न बंद कर ले, यमराज के दूत उसे एक दिन अपने साथ ले ही जाएँगे। जब यह सब अवश्यंभावी है तो फिर जीवन का प्रयोजन क्या है? क्या हो कि मानव इससे मुक्त हो जाए?

अपनी उस कठोर तपस्या से उन्हें ज्ञान मिला और वो सिद्धार्थ बुद्ध बन गए। कई वर्षों तक खुद को खुद में समाहित करने के बाद बुद्ध ने इतना ही कहा कि जब तक जीवन है, तब तक दु:ख है। दु:ख का कारण है और उसका निवारण है। उन्होंने इच्छा को दु:ख का मूल कारक माना था।

बुद्ध अपने किसी प्रयोग से बीमारी, बुढ़ापा या शरीर के विनाश को नहीं रोक पाए थे। वो रोक पाए थे तो सिर्फ मन की गति को।

उन्होंने तन को नहीं, मन को काबू करने की विद्या सीख ली थी और कहा था कि हमें सदा मध्यम मार्ग का पालन करना चाहिए। न अति इधर, न अति उधर। उन्होंने वीणा के तार से जिंदगी के सार को समझाने की कोशिश की थी।

“वीणा के तार को इतना न कसो कि वो टूट जाए, पर तार को इतना ढीला भी न छोड़ो कि उसका संगीत ही खत्म हो जाए।” मतलब, जीवन संगीत है। सिद्धार्थ को अपने सवाल का जवाब मिला था, बहुत कठिन तपस्या से।

जिन दिनों मैं ‘जनसत्ता’ अखबार में नौकरी कर रहा था, मेरा एक साथी अखबार की दुनिया को छोड़कर टी.वी. न्यूज की दुनिया में चला गया था। बात तब की है, जब

टी.वी. न्यूज ने कल्पना में आकार लेना ही शुरू किया था। हम सोच ही नहीं पाए थे कि कभी दूरदर्शन के अलावा भी कोई टी.वी. न्यूज चैनल हो सकता है। तब 'जी न्यूज', 'आजतक' की कल्पना नहीं का गई थी।

उन्हीं दिनों चौबीस घंटे का एक न्यूज चैनल खुला और मेरा साथी चैनल हेड बन गया। मुझे याद है, तब हम ऐसी खबरें सुना करते थे कि उसकी सैलरी दस गुना बढ़ गई है। टी.वी. न्यूज चैनल में प्रिंट से बहुत अधिक पैसे मिल रहे हैं।

बात सच भी थी। मेरा साथी पाँच हजार से पचास हजार की नौकरी पर गया था। तब हमारे लिए पचास हजार सुनना ही बड़ी बात थी।

मेरे साथी के हेड बनते ही हमारे दफ्तर के कई और लोग उसके पास नौकरी के लिए गए। कई लोगों को उसने नौकरी दी भी।

एक दिन उसने मुझे भी फोन किया कि संजय सिन्हा, तुम कल मेरे ऑफिस आओ, मुझसे मिलो।

मैं दुविधा में था कि क्या करूँ? मैंने कई लोगों से बात की कि अगर वो मुझे नौकरी के लिए कहे तो मुझे क्या करना चाहिए?

सबने कहा कि वहाँ पैसे अधिक मिलेंगे।

मैं अपने दोस्त के दफ्तर गया। वो अपनी कुर्सी पर बैठा था और उसने पाँव जूते समेत टेबल पर फैला रखे थे। उसके सामने की कुर्सी पर उसके कुछ मित्र बैठे थे, जिन्हें उसने नौकरी दी थी।

मेरे जाते ही मेरे साथी ने बैठे-बैठे ही मेरा अभिवादन किया, "आओ संजय, कैसे हो?"

मैं हतप्रभ होकर उसके इस व्यवहार को देख रहा था। हम मित्र थे। हमारे बीच ऐसी कोई औपचारिकता नहीं थी, पर जिस तरह वो अपने ऑफिस में अपने ही साथियों के साथ बैठा था, उससे मुझे बहुत हैरानी हुई।

मैं चुप होकर उसकी बातें सुनता रहा। वो मुझसे कह रहा था कि तुम यहाँ आ जाओ, तुम्हारी जिंदगी बदल जाएगी।

तब मोबाइल फोन नहीं थे।

मैंने उससे तो कुछ नहीं कहा, पर बाहर निकलते ही अपनी पत्नी को फोन किया कि मेरा दोस्त तो बदल गया है। मैंने उसे पूरी बात बताई कि वो ऐसे बैठा था। लोग उसे घेर हुए थे।

पत्नी ने तुरंत कहा, "तुम वहाँ नौकरी मत करना। जहाँ हो, ठीक हो।"

मैं स्कूटर पर घर लौट रहा था। सिर पर हेलमेट था। आँखें सड़क पर जमी थीं, पर मन कहीं दूर चला गया था। दिमाग कई सवालों में उलझा था। मन में रह-रहकर सवाल उठ रहे थे कि आखिर मेरा साथी इतना उद्दंड क्यों नजर आ रहा था? क्या हो गया उसे? इतना अच्छा लड़का था, पर वो तो बिल्कुल ही बदल गया। उसका मूल स्वभाव ही बदल गया, पर कैसे? क्या पैसे ने उसे बदल दिया?

मैंने इस घटना की चर्चा कई लोगों से की। किसी ने कहा कि वो तो ऐसा ही था। किसी ने कहा कि वो मौका परस्त था।

बात सिर्फ उसकी ही नहीं। इसके बाद भी मैंने बहुत-से लोगों को समय के साथ बदलते देखा। पद के साथ मद का बढ़ना अलग बात है, पर उद्दंड होना एकदम अलग बात।

मेरे मन में यह सवाल बहुत दिनों से था। किसी ने मेरे इस सवाल का एकदम सही जवाब नहीं दिया, पर कल मैंने एक कहानी लिखी थी, जिसमें मैंने कहा था कि आदमी को अपने मन की बुराइयों से लड़कर उसे दूर करना चाहिए। मन की बुराइयों की तुलना मैंने उस कुत्ते से की थी, जो अपने मालिक का साथ आसानी से नहीं छोड़ता।

आप लोग मेरी कहानियों पर बहुत शानदार टिप्पणियाँ करते हैं। कई टिप्पणियाँ तो इतनी शानदार होती हैं कि मैं उन पर पूरी किताब ही लिख दे सकता हूँ। मैं एक-एक टिप्पणी को बहुत ध्यान से पढ़ता हूँ। उन पर मनन करता हूँ।

कल की मेरी कहानी पर हरदोई से माँ उर्मिला श्रीवास्तव ने एक टिप्पणी की। मैं आपके सामने उनकी टिप्पणी जस-की-तस रख रहा हूँ। कल मुझे वर्षों पुराने मेरे सवाल का जवाब इसमें मिल गया।

"अपने आसपास कमजोर लोगों की उपस्थिति आपको उद्दंड बनाती है। अपने से श्रेष्ठ लोगों के साथ रहना विनम्र बनाता है। बस, बराबर वालों के साथ रहना ही हमें व्यवस्थित रखता है। चूँकि विनम्रता हमारा मूल स्वभाव नहीं होता, इसलिए हम ज्यादा समय अपने से श्रेष्ठ लोगों के साथ बिताने में घुटन महसूस करते हैं।"

जब आदमी बड़ा होने लगता है, तो उसके आसपास कमजोर लोगों का जो घेरा बनता है, वही उसे उद्दंड बनाता है।

□

बरसता आशीर्वाद

मेरे जन्म के बाद घर में पहली बार एक गाय पाली गई थी। कानपुर वाले हमारे घर में वो गहरे भूरे रंग की गाय थी। मैं बहुत छोटा था। कायदे से मुझे याद भी नहीं होना चाहिए था कि माँ के संजू बेटे के लिए गाय पाली गई थी। पर मैंने उस गाय की इतनी कहानियाँ सुनीं कि मेरे जेहन में एक सुंदर-सी गाय सदा के लिए पल गई।

मैं बड़ा हुआ तो मुझे बताया गया कि वो गाय एक दिन रस्सी तुड़ाकर चली गई थी, ठीक वैसे ही, जैसे एक दिन माँ इस संसार से चली गई थी।

न गाय रही, न माँ। पर ये दोनों मेरे दिल में बस गईं।

गाय माँ-सी थी, माँ गाय-सी। माँ मुझे गाय की कहानी जब भी सुनाती, मैं पूछता, "जब माँ का दूध बच्चे को मिल ही जाता है, तो फिर गाय पालने से क्या फ़ायदा?"

माँ कहती, "गाय भी माँ है, बेटा। गाय में सभी तीर्थ निवास करते हैं। जब तुम बड़े हो जाओगे, धर्म और कर्म का महत्त्व समझने लगोगे, तुम समझ जाओगे कि भगवान विष्णु, एकादशी व्रत, गंगा नदी, तुलसी, ब्राह्मण और गाय में असार संसार से मुक्ति दिलाने का सामर्थ्य है।"

तब मैं इस असार संसार का अर्थ नहीं समझता था, पर इतना समझने लगा था कि गाय और माँ के दूध की समानता ने माँ और गाय के रिश्ते को एक मान लिया है। माँ सैकड़ों कहानियाँ सुनातीं, जिसमें गाय की महिमा का बखान होता।

मेरे मन में यह बात पक्के तौर पर बैठ गई थी कि गाय माँ है।

मैं कई गौशालाओं में गया हूँ। मैंने कई गाय भक्त देखे। मैं कई ऐसे लोगों से भी मिला, जिन्होंने कहा कि ये सारी बातें निरर्थक हैं। कई लोगों ने गाय को सिर्फ व्यापार का आधार भर माना। गाय बूढ़ी हो गई, दूध देना बंद कर दिया तो उसे सड़क पर छोड़

दिया। मैंने कई ऐसे लोगों को भी देखा है, जिन्होंने माँ को भी छोड़ दिया।

माँ और गाय, दोनों का हश्र मैंने एक-सा ही देखा।

ऐसे में मैं जब भी उन लोगों से मिलता हूँ, जो गाय और माँ, दोनों के रिश्तों को जीना जानते हैं, जीते हैं, मेरी उँगलियाँ खुद-ब-खुद कहानी उकेरने लगती हैं।

इस बार अपनी भोपाल यात्रा में मेरी मुलाकात प्रदेश के मुख्य मंत्री शिवराज सिंह चौहान से हुई। शिवराज सिंह चौहान मेरे कॉलेज के सीनियर हैं। उनसे मिलना-जुलना होता रहता है। कई बार मिला हूँ, पर इस बार मेरी मुलाकात उनके घर पर हुई।

बात-बात में उन्होंने बताया कि उन्होंने कई गायें पाली हैं।

गायें? मैं एकदम से अपने बचपन की यादों में लौट गया।

शिवराजजी मुझे अपनी गौशाला में ले गए। साथ में उनकी पत्नी साधनाजी भी थीं। गौशाला पहुँचकर मैं हैरान रह गया। उनकी पत्नी मुझे बता रही थीं कि उनके पास पाँच पीढ़ियों की गायें हैं।

जैसे-जैसे मैं गौशाला के करीब पहुँच रहा था, मैं हैरान हो रहा था।

बाहर एक बोर्ड टँगा था। उस पर लिखा था—नंदनी, नंदू, चंदू, नंदिता, रजनी, नयना, नर्मदा, कपिला, कपिल, प्रेम।

मैं रुका, "ये क्या है?"

"ये हमारे यहाँ की गायों की पूरी वंशावली है। उनके नाम हैं।"

"गायों की वंशावली?"

"हाँ, गाय हमारे परिवार का अभिन्न अंग है। इसमें सब तीर्थ निवास करते हैं।"

मैं हैरानी से देख रहा था। शिवराजजी खुद अपने हाथों से गाय को चारा खिला रहे थे। एक-एक गाय उन्हें पहचान रही थी। उनके करीब जाते ही उनसे लिपट जाती, मानो माँ अपने बेटे से मिल रही हो।

मेरी कहानी को आप अगर सिर्फ रिश्तों की कहानी समझकर पढ़ेंगे तो यह जानकर हतप्रभ रह सकते हैं कि गायों का संसार इंसानों के संसार के बेहद करीब है। मैंने खुर्शीद भावनगरी की किताब 'जीवात्मा जगत् के नियम' में पढ़ा है कि गौवंश को अपना पूर्व जन्म पूरी तरह याद होता है।

मैंने पढ़ा है इसलिए आप मेरी बात मान लें, जरूरी नहीं। मेरे पास अपनी बातों को साबित करने का फिलहाल कोई वैज्ञानिक आधार भी नहीं, पर यह मेरे विश्वास का मामला है कि गाय अपनी सेवा के बदले इंसानों को रोम-रोम से आशीर्वाद देती हैं। उस आशीर्वाद का असर माँ के आशीर्वाद से कम नहीं होता। सेवा एक भाव है। मन का भाव।

हम रात-दिन खुशियों की तलाश करते हैं। पीर, मजार, मंदिर, गुरुद्वारे जाते हैं सुख की तलाश में। चारों धाम की यात्रा करते हैं, सुख की तलाश में। पर एक बार निश्छल भाव से माँ और गाय की सेवा करके देखिए कितनी खुशी मिलती है ?

मैं आज कहानी नहीं लिख रहा, आज मैं उस आँखों देखी को बयाँ कर रहा हूँ, जिसे मैंने महसूस किया है। रोम-रोम से मिलने वाला यह आशीर्वाद ब्लू टूथ तकनीक की तरह काम करता है। जो आशीर्वाद की तकनीक के मर्म को समझ जाता है, उसे नगरी-नगरी द्वारे-द्वारे खुशी की तलाश में भटकना नहीं पड़ता। वो जिंदगी की खुशियों को जीने लगता है। बस, जीने लगता है।

शहरों में हो सकता है कि गौ सेवा का मौका आपको न मिले, पर माँ सेवा का मौका जब भी मिले, उसके आशीर्वाद से खुद को दूर मत कीजिएगा। यह एक ऐसा रिश्ता है, जिसमें हजार रिश्ते समाहित हैं। मैं जीवन जीने की कला सिखाने वाला गुरु नहीं हूँ, पर मैंने रिश्तों के बल पर जिंदगी को बहुत खूबसूरत होते हुए देखा है। इसलिए आपसे साझा कर रहा हूँ कि आप भी अगर सुख की तलाश कर रहे हों तो रिश्तों को जीना शुरू करके देखिए, जिंदगी सचमुच खूबसूरत हो जाएगी।

□

श्वेत-श्याम अरमान

बहुत साल पहले हमारे घर में एक ब्लैक एंड व्हाइट टी.वी. हुआ करता था। तब टी.वी. पर दिन भर कार्यक्रम नहीं आते थे, शाम को ही आते थे। मुझे ठीक से याद है कि जैसे ही कार्यक्रम शुरू होने का समय होता, हम टी.वी. ऑन करके बैठ जाते थे।

तब मैं स्कूल में पढ़ता था। स्कूल जाना, घर आकर खाना खाना, खेलने जाना, फिर घर आकर होमवर्क करना और फिर टी.वी. देखना सबकुछ हो जाता था। पिताजी ऑफिस जाते थे। वो भी दोपहर में खाना खाने घर आते थे, शाम को दोस्तों के साथ बैठते थे, माँ से बातें करते थे, माँ चाय-पकौड़े बनाती थी, फिर खाना बनता और हम साथ में खाना खाते, टी.वी. देखते।

आप सोच रहे होंगे कि संजय सिन्हा बीते दिनों को याद करके क्या बताना चाह रहे हैं?

असल में मैं अक्सर बीते दिनों को याद करता हूँ। वो दिन अच्छे थे या नहीं, इस बारे में मैं आज कोई बात नहीं करने जा रहा, पर यूँ ही बैठे-बैठ कई बातें याद आ जाती हैं तो आपसे साझा करने लगता हूँ। परिवार के चार लोग जब साथ बैठते हैं तो इधर-उधर की कई बातें निकलती हैं, कई बातें होती हैं।

मैं पिछले काफी दिनों से पुरानी बातें याद करता हुआ आज की जिंदगी से उसकी तुलना करता हूँ।

बहुत साल पहले मेरे पास एक फिएट कार थी। मुझे ठीक से याद है कि मैं रोज ऑफिस जाता था, फिर भी मेरे पास समय हुआ करता था, उस कार में अपनी पत्नी और बेटे के साथ घूमने जाने का। उस कार को ड्राइव करता हुआ मैं कहीं भी चला जाता था।

फिर मेरे पास मारुति कार आई। उसके बाद तो मैंने न जानते कितनी गाड़ियाँ बदलीं, पर कल ही मैं याद कर रहा था कि अब मेरे पास जो गाड़ी है, उसमें कई दिनों से मैं अपनी पत्नी के साथ कहीं घूमने नहीं गया। समय ही नहीं मिला।

गिनने बैठूँ तो आज मेरे घर में पाँच टी.वी. हैं। सब एकदम ठीक कंडीशन में हैं। उन पर दिन भर खबरें चलती हैं, पर मैं टी.वी. नहीं देख पाता हूँ। समय ही नहीं है।

अपने कपड़ों की अलमारी खोलता हूँ तो उसमें ढेरों ऐसी कमीजें नजर आती हैं, जो कभी बड़े अरमानों से खरीदी गई थीं, पर उन्हें पहनकर किसी पार्टी में जाने के लिए समय नहीं है।

पहले जब हमारा घर छोटा था, मैं सारा दिन इधर-से-उधर फुदकता था। माँ पूरा घर खुद ही साफ कर लेती थी। यहाँ तक कि मैं भी अपने घर की खूब सफाई किया करता था। माँ के जाने के बाद पिताजी भी घर की सफाई किया करते थे।

शादी के बाद भी हम पति-पत्नी अपना सारा काम खुद ही कर लेते थे।

आजकल आलम यह है कि पिछले कई दिनों से मैं अपने ही फ्लैट के दूसरे कमरों में झाँकने भी नहीं गया हूँ। हमें शौक था, बड़े मकान का। मकान बड़ा हो गया है, पर रहना हमें एक ही कमरे में है तो ये समझ लीजिए कि ड्राइंग रूम और अपने कमरे के अलावा कहीं जाने के लिए समय ही नहीं।

पहले मेरा मन मचलता था कि कहीं आसपास स्वीमिंग पूल होता तो मैं तैरने जाता। मेरे घर से पचास फीट की दूरी पर बड़ा-सा स्वीमिंग पूल है, पर मैं कुल मिलाकर दस बार भी वहाँ नहीं जा पाया। अपनी सोसाइटी में ही शानदार जिम है, पर मेरे पास समय नहीं है।

याद आते हैं, वो दिन जब रविवार को टी.वी. पर पिक्चर आनेवाली होती थी और घर में त्योहार-सा माहौल बन जाता था।

आज सबकुछ है, समय नहीं।

दुनिया भर को संजय सिन्हा ज्ञान देते हैं कि जीने की तैयारी छोड़कर आज से जीना शुरू कर दीजिए, पर विडंबना देखिए, खुद उस पर अमल नहीं कर पा रहे।

मुझे पूरा यकीन है कि आप पर मेरी बातों का असर नहीं पड़ता होगा, क्योंकि जब तक आदमी खुद वही काम नहीं करता जो वो दूसरों से कहता है, तब तक उसकी बातों का रत्ती भर असर नहीं पड़ता।

रोज सोचता हूँ कि आज से जीने लगूँगा, पर कमबख्त समय कब साथ छोड़ जाता है, पता ही नहीं चलता।

□

कलेजा ले लो

"वह आता...

दो टूक कलेजे के करता पछताता
पथ पर आता।"

सूर्यकांत त्रिपाठी 'निराला' की कविता 'भिक्षुक' हमें स्कूल में पढ़ाई जाती थी। मास्टर साहब जब भिक्षुक के दुःख का वर्णन करते, तो उनकी आँखें छलछला उठती थीं। ये निरालाजी के शब्द थे, जो आँखों के सामने तस्वीर बनकर खड़े हो जाते थे।

पहले भिखारी ट्रैफिक सिग्नल पर नजर नहीं आते थे। वो घर पर आते थे और उनके आने का एक समय होता था। वो गेट के बाहर आकर खड़े हो जाते और वहीं से आवाज लगाते, "मिले मालिक, कुछ मिले...भगवान दुआ देंगे...मिले मालिक, कुछ मिले।"

माँ कटोरे में आटा, चावल या जो मन में आता, भिखारी के थैले में डाल आती। कभी-कभी माँ मुझसे भी कहती कि संजू बेटा, बाहर भिखारी आया है, उसे ये दे आओ।

मैं पूछता कि माँ, ये भीख क्यों माँगते हैं? क्या इनके पास घर नहीं? क्या इनके पास खाने को कुछ भी नहीं?

माँ कहती, "हाँ बेटा, इनके पास कुछ भी नहीं, पर ये समाज के हिस्सा हैं। हम जैसे ही मनुष्य हैं। वैसे तो सरकार को इनकी देखभाल करनी चाहिए। सरकार को ऐसे सभी लोगों की देखभाल करनी चाहिए, जिनका कोई नहीं, जिनके पास कुछ भी नहीं। पर क्योंकि सरकार इनकी देखभाल नहीं कर रही, इसलिए यह समाज की जिम्मेदारी है कि वो इन्हें देखे। हम देखें।"

मैं चुपचाप जाकर भिखारी के कटोरे में कभी आटा, कभी चावल डाल आता था।

मास्टर साहब कविता पढ़ाते हैं, जब कहते, "वो आता...दो टूक कलेजे के करता पछताता..." तो मुझे लगता कि शायद मास्टर साहब को हमारे घर आनेवाले भिखारी के बारे में पता है।

खैर, तब न इंटरनेट था, न गूगल।

पर मेरे मन में सूर्यकांत त्रिपाठी 'निराला' की एक तस्वीर बन गई थी। मैं इतना समझने लगा था कि कवि ने जिंदगी के दुःखों को शायद बहुत करीब से महसूस किया होगा, तभी उसके शब्द इतने गहरे हैं, जो दिल को भेदने का दम रखते हैं।

"पेट-पीठ दोनों मिलकर हैं एक,

चल रहा लकुटिया टेक,

मुट्ठी भर दाने को...भूख मिटाने को

मुँह फटी पुरानी झोली का फैलाता...

दो टूक कलेजे के करता पछताता पथ पर आता।"

मेरी आँखों के सामने लाठी लिये उस बूढ़े-से भिखारी की जो तस्वीर उभरती, उससे अधिक निरालाजी तस्वीर उभरती कि किसी ने कितनी शिद्दत से दूसरे के दर्द को महसूस करने की कोशिश की है कि वो मुट्ठी भर दाने को, भूख मिटाने को जैसे शब्द रच पा रहा है।

एक भिखारी सिर्फ भीख नहीं माँग रहा, वो पछता भी रहा है, अपनी दुर्दशा पर, अपनी किस्मत पर।

संजय सिन्हा स्कूल से कॉलेज चले गए। कॉलेज से निकलकर नौकरी करने लगे। 'जनसत्ता', 'जी' और फिर 'आजतक'। 'आजतक' में जब मैंने 'तेज' चैनल की जिम्मेदारी सँभाली तो टीम के सभी सदस्यों के साथ मीटिंग की।

सबने अपना नाम बताया। परिचय दिया। उन्हीं में से एक ने अपना परिचय देते हुए कहा, "सर, मैं अनुभव त्रिपाठी निराला।"

मैं चौंका। मैंने मजाक में कह दिया, "अच्छा, तो आप कवि निरालाजी के रिश्तेदार हैं?"

अनुभव ने मुस्कुराते हुए कहा, "जी सर, निरालाजी का प्रपौत्र हूँ।"

प्रपौत्र ? मैं चौंका। मैं खुश हुआ।

अनुभव से रोज मेरी मुलाकात होने लगी। मुझे उससे बात करके अच्छा लगने लगा। मैं उससे निरालाजी के परिवार के बारे में खूब बातें करता। अनुभव मेहनती और समझदार लड़का है। पिछले हफ्ते वो घर से दफ्तर के लिए निकला ही था कि उसे किसी ने फोन किया कि तुम फटाफट इलाहाबाद चले आओ। चाचा पर किसी ने बम फेंक दिया है।

अनुभव ने ऑफिस फोन किया, बताया कि उसे इलाहाबाद जाना है। शाम को मुझे बताया गया कि अनुभव आज ऑफिस नहीं आएगा, उसके चाचा के ऊपर किसी ने बम फेंक दिया है। उनकी हालत नाजुक है। मुझे बहुत हैरानी हुई। इलाहाबाद में किसी ने किसी पर बम फेंक दिया ?

मैंने अपनी ओर से पता करने की कोशिश की तो पता चला कि अनुभव के चाचा यानी सूर्यकांत त्रिपाठी 'निराला' के पौत्र अखिलेश कुमार त्रिपाठी सुबह घर से निकले थे, सब्जी खरीदने के लिए। अचानक किसी ने किसी अपराधी को मारने के लिए बम फेंका, जो उनकी की पीठ पर जाकर लगा। चाचा की पीठ वहीं उड़ गई। सौ मीटर दूर पुलिस थाना था। अखिलेशजी जमीन पर गिर पड़े, पर होश में थे। उन्होंने खुद अपने घर फोन किया कि किसी ने उन पर बम से हमला कर दिया है। फिर उन्होंने पुलिस को भी खुद ही फोन किया।

उन्हें अस्पताल पहुँचाया गया, जहाँ कुछ घंटों बाद उनकी मृत्यु हो गई।

मेरे लिए यह खबर थी। हमने इसे अपने चैनल पर दिखलाया। खैर, मेरे लिए आज इस बात के कोई मायने नहीं कि उत्तर प्रदेश के इलाहाबाद नामक शहर में गुंडागर्दी किस तरह सिर उठाए नंगा नाच कर रही है, मेरे लिए इस बात के भी कोई मायने नहीं कि राज्य में शासन व्यवस्था जैसी कोई चीज है या नहीं।

मुझे सिर्फ दो बातें कचोट रही हैं।

एक तो ये कि मरने वाला निरालाजी का पोता था, यानी उनके बेटे का बेटा। निरालाजी की एक बेटी थी, जिसका नाम सरोज था। जितना मैंने पढ़ा है, निरालाजी की बेटी का निधन भी असमय हो गया था। उनका एक बेटा था—राम कृष्ण त्रिपाठी। राम कृष्णजी के चार बेटे थे—गिरिजा शंकर त्रिपाठी, अवधेश कुमार त्रिपाठी, अंबरीश कुमार त्रिपाठी और अखिलेश कुमार त्रिपाठी।

अखिलेश कुमार त्रिपाठी सबसे छोटे थे। पचास-बावन साल उनकी उम्र रही होगी। उनकी दो बेटियाँ हैं। एक कॉलेज में पढ़ती है, एक स्कूल में।

त्रिपाठीजी सब्जी की दुकान पर भिंडी खरीद रहे थे कि अचानक किसी ने पीछे से बम फेंक दिया। बम फेंका गया था किसी बालू खनन माफिया के एक सदस्य पर, पर बम गिरा त्रिपाठीजी की पीठ पर।

हम पत्रकारों ने एक की मौत की खबर छाप दी। हमारा काम हो गया, पर हममें ये छापने की हिम्मत नहीं कि उस दिन किसी गुंडे के बम से सिर्फ एक मौत नहीं हुई थी, उस दिन सूर्यकांत त्रिपाठी 'निराला' का एक पोता भर नहीं मरा था। उस दिन अखिलेशजी के साथ उनकी पत्नी, उनकी बेटियों भी जो दुनिया की निगाहों में जिंदा हैं, वो भी मर गई थीं। उस दिन वहाँ की पुलिस मर गई थी। उस दिन इलाहाबाद का वो मुहल्ला मर गया था। उस दिन पूरे राज्य की कानून व्यवस्था भी मर गई थी।

निरालाजी तो बहुत पहले मर चुके हैं। अगर होते तो उस दिन वो भी समाज, देश की दुर्दशा को देख पछताते हुए मर जाते। असल बात तो यही है कि हम सब मर गए हैं।

हम जीने का उपक्रम करते हैं, पर ध्यान से झाँकिए अपनी आत्मा में। आप पाएँगे कि शरीर जिंदा है, आत्मा तो कब की मर चुकी है। कभी-कभी मन करता है, सब छोड़ ऐसी जगह चला जाऊँ, जहाँ मेरे पास चाहे कुछ न हो, पर हो ढेर सारा समय।

□

भूल न जाना

माँ करवा चौथ का व्रत नहीं रखती थी। हमें करवा चौथ के व्रत के बारे में पता भी नहीं था।

माँ तीज का व्रत रखती थी और मुझे तीज के बारे में पता था। जब मेरी शादी हुई और तीज का त्योहार आया तो मैंने देखा कि पत्नी ने व्रत नहीं किया है। मैं मन-ही-मन खुश हुआ। चलो, अच्छा है। व्रत और पत्नी के भूखे रहने के झंझट से मुक्ति मिली।

मुझे याद है कि शादी के बाद पहली तीज पर मेरी बहन से फोन पर मेरी बात हो रही थी और उसने मुझसे पूछा था कि भैया, आज तो भाभी ने भी तीज का व्रत रखा होगा।

मैंने कहा कि नहीं। वो पुरातनपंथी नहीं है। पति की लंबी उम्र के लिए उसे व्रत रखने की जरूरत नहीं। ये सब पुरानी परंपराएँ हैं और आजकल की पढ़ी-लिखी लड़कियों को इन झंझटों में नहीं पड़ना चाहिए।

बहन ने कुछ कहा नहीं था, पर मुझे लगता है कि मेरी बातों से वो बहुत उदास हो गई होगी। उसे लगा होगा कि माँ नहीं है, इसलिए घर की परंपराएँ खत्म हो रही हैं। आज माँ होती तो भाभी को व्रत, त्योहार, संस्कार जरूर सिखाती।

बात आई-गई, खत्म हो गई। बहन ने मान लिया कि भैया ने पंजाबी लड़की से शादी की है, उससे बहस बेकार है। मैं खुश था कि कौन इन झंझटों में पड़े ?

पत्नी उन दिनों 'इंडियन एक्सप्रेस' अखबार में नौकरी करती थी। वो भी पत्रकार थी। पत्रकार आधुनिक होते हैं, उन्हें ऐसी पुरानी दकियानूसी बातों में भरोसा भी नहीं करना चाहिए।

तीज का पर्व निकल गया। बहन ने तीज का व्रत किया था। वो चाहती थी कि भाभी भी व्रत करतीं, पर मैंने घर पर तीज की चर्चा भी नहीं की और चुपचाप उसे बीत जाने दिया।

महीना भर भी नहीं बीता होगा। दीवाली से कुछ दिन पहले की बात है, पत्नी नाइट ड्यूटी से रात दो बजे लौट कर घर आई थी। मैं पहले ही घर आ चुका था और खा-पीकर सो गया था।

सुबह चार बजे या उससे पहले ही मुझे रसोई में खटर-पटर की आवाज सुनाई पड़ी। नींद खुली। देखा कि रसोई में लाइट जल रही है और पत्नी कुछ कर रही है।

मैं हैरान हुआ, पर बिस्तर से उठने का मन नहीं हुआ। ये सोचकर चुपचाप सो गया कि रात की ड्यूटी से लौटी है, उसे भूख लगी होगी, कुछ खा रही होगी।

कुछ देर में वो भी सो गई।

हमारी एक आदत एकदम पक्की थी। चाहे दुनिया इधर-से-उधर हो जाए, हमने तय कर रखा था कि हम सुबह की चाय साथ लेंगे।

हम में से किसी की ड्यूटी कोई भी हो, हम सुबह की चाय साथ ही पीते।

उस दिन पत्नी सुबह एक कप चाय लेकर आई। पहले तो मेरा ध्यान इस बात पर गया ही नहीं, पर जैसे ही गया, मैंने टोका कि तुम्हारी चाय?

उसने मुस्कुराते हुए कहा, "आज करवा चौथ है।"

"इसमें क्या चाय नहीं पीते?"

"नहीं, दिन भर कुछ नहीं खाते। पति के लिए यह व्रत है।"

"तो क्या तुमने भी तीज का व्रत कर लिया है?"

"तीज का नहीं, चौथ का।"

"अरे, तीज या चौथ तो एक ही बात है।"

"हाँ, ये सही है। यही समझ लो।"

"माँ तो है नहीं। तुम्हें किसने सिखलाया ये सब?"

"औरतें जन्म से सीखकर आती हैं।"

"पर तुम तो पत्रकार हो। अंग्रेजी अखबार में काम करती हो। प्रोगेसिव हो। ये सब पुराने जमाने की रूढ़िवादी बातें हैं। कहाँ इन चक्करों में पड़ गई?"

"अगर मैं ड्यूटी से यह कहकर छुट्टी लूँ कि मैंने व्रत किया है और मुझे चाँद देखने

जाना है, पति का चेहरा देखकर ही पानी पीना है तो फिर भले कोई मुझे कुछ कहे, पर मैं तो समय पर ड्यूटी जाऊँगी। पूरी ड्यूटी करूँगी। करवा चौथ के नाम पर कोई छुट्टी नहीं लूँगी। फिर किसी को क्या दिक्कत है? मैं व्रत तो करूँगी, क्योंकि यह आस्था का मामला है।"

मैंने बहुत कोशिश की कि समझा पाऊँ कि इन बातों को छोड़ो, पर किसे समझाता? पिताजी माँ को समझा पाए थे?

दो दिन पहले हम दिल्ली से गोवा चले आए। अभी सुबह मैं सो रहा था। कमरे में खटर-पटर की आवाज से मेरी नींद खुली तो देखा कि पत्नी सूटकेस से सेवई जैसी कोई चीज निकाल रही है।

मैं हड़बड़ाया। आज कहीं करवा चौथ तो नहीं?

"हाँ, आज करवा चौथ है।"

"ओ तेरे की! पहले क्यों नहीं बताया? मैं वापसी की फ्लाइट सुबह की ले लेता। हमारी फ्लाइट शाम की है। चंद्रमाजी जब निकलेंगे तुम फ्लाइट में रहोगी। हे भगवान! अब गोवा में किसने याद दिला दिया कि आज करवा चौथ है?"

"भला किसी को याद दिलाने की क्या जरूरत है? वैसे भी याद तो वो बात करनी होती है, जिसे हम भूल जाते हैं।"

□

जाने भी दो यारो

अच्छा हुआ कुंदन शाह मर गए।

अगर जीते रहते तो रोज-रोज मरते। मेरी उनसे तीन साल पहले आखिरी मुलाकात हुई थी। वो आए थे, अपनी फिल्म 'पी से पीएम तक' के प्रचार के लिए।

कुंदन शाह के साथ मैं काफी देर बैठा। आने को वो हमारे ऑफिस चले आए थे, लेकिन वो बहुत बेचैन थे। बार-बार कह रहे थे कि फिल्मों का संसार बहुत बदल गया है। पहले फिल्में रिलीज से पहले जनता तक पहुँच जाती थीं। तब न कोई टी.वी. न्यूज चैनल होता था, न हम रेडियो पर ही प्रचार करते थे। पर फिल्में पता नहीं कैसे दर्शकों के मन तक पहुँच जाती थीं? दर्शक बिना देखे तय कर लेते थे कि ये फिल्म देखनी है, वो नहीं देखनी। अब प्रचार के लिए चैनल-चैनल घूमना पड़ रहा है, बहुत अजीब-सा लग रहा है।

मैं उनके मन के भाव को समझ रहा था। मैं समझ रहा था कि उन्हें अपनी ही फिल्म के बारे में टी.वी. न्यूज चैनल में बैठकर खुद के काम की तारीफ करने में झिझक हो रही थी। मैंने उन्हें सांत्वना देने वाले अंदाज में कहा कि आजकल तो यही रिवाज है। बड़े-से-बड़े कलाकार हमारे स्टुडियो आते हैं। अपनी फिल्मों का प्रचार करते हैं। हमारे कहने से नाचते हैं, गाते हैं।

कुंदन शाह ने कहा, "यही तो चिंता की बात है। फिल्मों का संसार बदल गया है। लगने लगा है कि मैं इस संसार के उपयुक्त नहीं रहा, शायद!"

मैं उनके ऐसा कहने पर चौंका था।

फिर उन्होंने मेरी ओर देखकर कहा था, "संजयजी, आप भी जब प्रिंट में थे और हमारी मुलाकात 'कभी हाँ कभी ना' के समय हुई थी, तब से खबरों का संसार भी कितना बदल गया है न?"

मैं समझ गया था कि कुंदन शाह ने न सिर्फ अपनी दुविधा के दंश पर 'उफ!' कहा है,

बल्कि सीधे-सीधे पूरी न्यूज इंडस्ट्री को भी कठघरे में खड़ा कर दिया है।

मेरे पास न जाने कितने अभिनेता आए, कितने नेता आए, किसी ने मेरे सामने आईना रखने का साहस नहीं किया था। हालाँकि मुझे अपने बिगड़ चुके चेहरे का पता था, पर ऑफिस के मेकअप रूम में अपने ही चेहरे को रंग कर मैं जो अब तक इतराता फिरता था, उसे कुंदन शाह ने एक ही झटके में धो डाला था।

कह रहे थे कि मनोरंजन और संचार के दोनों साधन मदारी के बंदर बन गए हैं।

"साधन या साधक?"

"कोई फर्क नहीं पड़ता, संजयजी। मदारी को पता भी नहीं चलता कि वो कब खुद बंदर बन गया है और बंदर मदारी। दोनों ने अपने-अपने जुनून को धंधा बनाने की भूल की है। देखने-सुनने में आपको पता नहीं चल रहा होगा, पर आपका मीडिया और मेरी फिल्म इंडस्ट्री, दोनों ने जिस तरह नैतिक मूल्यों के साथ समझौता किया है, उसमें एक दिन आपको इसी बात से डरना पड़ेगा कि कहीं आपकी संतानें सिनेमा हॉल में जाकर फिल्में तो नहीं देख रहीं या अपने कमरे में टी.वी. पर किसी न्यूज चैनल को तो ऑन नहीं कर रखा है? आप अभी यकीन नहीं करेंगे, पर जिस तरह का मनोरंजन हम परोसने लगे हैं और जिस तरह की खबरें आप दिखाने लगे हैं, उसका बहुत बड़ा योगदान होगा समाज को पतन के मुहाने तक ले जाने में। मैंने फिल्मों से लंबा ब्रेक लिया, क्योंकि मैं खुद को एकदम मिसफिट पा रहा था अपने ही संसार में। ऐसा लगने लगा है कि मैं अब मैं हूँ ही नहीं। जिस कुंदन शाह ने 'जाने भी दो यारो' जैसी फिल्म या 'नुक्कड़' जैसे सीरियल को आकार दिया था, वो कुंदन शाह मर चुका है।"

मैं कुंदन शाह के साथ बैठा था और मैंने अपने सहयोगी से कहा कि मोबाइल पर एक तस्वीर तो उतार लो, भाई।

मेरे सहयोगी ने हैरानी से मेरी ओर देखा, "सर, ये कौन हैं? आप किसी के साथ भी फोटो खिंचवाने बैठ जाते हैं। अरे, ये शाहरुख खान थोड़े ही न हैं?"

मैंने घूर कर अपने सहयोगी की ओर देखा था। फिर धीरे-से उससे कहा था, "आज जिस शाहरुख खान को तुम जानते हो, उसे बनाने वाले यही हैं। ये ही वो हैं, जिन्होंने 'जाने भी दो यारो' फिल्म बनाई थी।"

मेरा सहयोगी आवाक् देख रहा था।

"'जाने भी दो यारो' इन्होंने बनाई थी? तब तो तस्वीर बनती है, सर। पर आपसे एक बात कहनी है।"

"क्या ?"

"आप इनका इंटरव्यू टी.वी. पर मत दिखलाइएगा। टी.आर.पी. नहीं आएगी। ऐसे लोगों को असल में हमारी जनता स्वीकार ही नहीं करेगी। सर, हमने और आपने मिलकर जनता का स्वाद बिगाड़ दिया है। शुरू में तो हमने किया मजबूरी में, पर अब हम और आप मजबूर हो गए हैं, अपने किए का फल खाने के लिए।

"याद कीजिए, टी.वी. पर आपने कैसी-कैसी खबरें दिखाई हैं, जो खबरें नहीं थीं, उन्हें आपने कितना ताना है ? अब आप चाहते हैं कि लोग कुंदन शाह का इंटरव्यू देखें ? सर, यह तो कुंदन शाह का अपमान करना होगा। ये टी.वी. न्यूज के दायरे से बहुत ऊपर के इंसान हैं। प्लीज, सर।"

मैंने सहयोगी से कहा कि तुम इंटरव्यू रिकॉर्ड कराने की तैयारी करो, बाकी की चिंता छोड़ दो।

इंटरव्यू हो गया। कुंदन शाह चले गए। मैं सोच ही रहा था कि इंटरव्यू को टी.वी. पर कैसे दिखलाऊँ, ताकि टी.आर.पी. का टोटा न हो कि अचानक कुंदन शाह के पी.आर. वालों का फोन आया।

"संजयजी, कुंदन सर आपसे बात करेंगे।"

मैं चिंता में था कि क्या कहूँगा कि कब चलेगा उनका इंटरव्यू ? मैंने धीरे-से फोन पर 'हेलो' कहा, उधर से आवाज आई, "संजयजी, अगर आपने इंटरव्यू चलाया न हो तो प्लीज उसे मत चलाइएगा। मुझे ठीक नहीं लग रहा कि फिल्म की तारीफ मैं खुद बैठकर करूँ। फिल्म अच्छी होगी तो लोग देखेंगे, नहीं अच्छी होगी तो नहीं देखेंगे।"

मैं चुप था।

फिर उधर से खिलखिलाती आवाज आई, "जाने भी दो यार, इतना क्या सोच रहे हो। इंटरव्यू नहीं चलने की जो खुशी मुझे है, वो चल जाने पर नहीं होती।"

मेरा सहयोगी मेरे सामने ही खड़ा था। मैंने कहा कि लो तुम्हारी मुराद पूरी हो गई। उन्होंने खुद ही कह दिया है कि इंटरव्यू मत चलाना।

मेरे सहयोगी ने दोनों हाथ जोड़े और उसके मुँह से निकला—"क्या कहना !"

□

भरोसे का भरोसा

मेरे एक मित्र ने शादी के कुछ दिनों बाद ही अपनी पत्नी के लिए एक कलाई घड़ी खरीदी थी। सुनहरे रंग की वो कलाई घड़ी बहुत महँगी नहीं थी, पर मित्र की पत्नी को बहुत पसंद आई थी।

एक दिन वो घड़ी खो गई। मित्र की पत्नी ने बहुत ढूँढ़ा, पर घड़ी नहीं मिली। उसने बहुत बार याद करने की कोशिश की कि आखिरी बार घड़ी कहाँ रखी थी और हर बार यही याद आया कि देर रात ऑफिस से आने के बाद उसने घड़ी उतार कर डाइनिंग टेबल पर रख दी थी और सोने चली गई थी। जब घड़ी डाइनिंग टेबल पर रखी थी तो गई कहाँ?

काफी ढूँढ़ने के बाद जब घड़ी नहीं मिली तो उसने अपने पति से कहा कि घड़ी खो गई है।

इत्तेफाक से उस दिन मैं अपने दोस्त के घर उसी वक्त पहुँच गया, जिस समय घड़ी पर चर्चा चल रही थी। जब मैं वहाँ पहुँचा तो मेरा दोस्त अपनी पत्नी से कह रहा था कि खोई नहीं होगी, तुमने कहीं रख दी होगी, मिल जाएगी। पत्नी ने कहा कि पूरा घर देख लिया।

मेरे वहाँ पहुँचने पर मित्र ने बताया कि संजयजी, इनकी घड़ी गुम गई है, इसीलिए परेशान हैं।

मैंने यूँ ही छेड़ते हुए पूछा कि घड़ी चल रही थी?

मित्र की पत्नी ने कहा कि हाँ, चल रही थी। अभी तो नई घड़ी थी, उसके चलने में क्या समस्या आएगी?

मैंने कहा कि फिर वो कहीं चली गई होगी।

पत्नी ने उदास होकर कहा, "संजयजी, कभी तो सीरियस हुआ कीजिए। मेरी घड़ी चोरी हो गई है और आपको मजाक सूझ रहा है?"

"अभी तो आप कह रही थीं कि गुम गई है। अब आप बहुत बड़े शब्द का इस्तेमाल कर रही हैं कि घड़ी चोरी हो गई।"

"हो सकता है, दूधवाला ले गया हो।"

दूधवाले को मैं पहचानता था। मैंने कहा, "दूध तो छोटा बच्चा लेकर आता है। वो ऐसा नहीं कर सकता। फिर आप ऐसा कैसे सोच भी सकती हैं? वो भी बिना किसी आधार के।"

"सुबह वही घर पर आया था। मैं कमरे में गई थी, तब वो डाइनिंग टेबल के पास खड़ा था। शायद उसी ने उठा ली होगी।"

"शायद? क्योंकि आपकी घड़ी नहीं मिल रही, इसलिए वो बच्चा चोर हो गया?"

पत्नी ने कहा कि बेशक उसने देखा नहीं है, पर एक सच्चाई यह भी है कि घड़ी गायब हो गई है। सुबह से घर में कोई और नहीं आया। केवल दूधवाले का बेटा ही आया था।

घर में सबका मूड बिगड़ा था, इसलिए उस दिन मैं बिना चाय पिए ही वापस लौट आया, पर बहुत देर तक सोचता रहा कि कितना आसान होता है किसी पर संदेह कर लेना?

दो-तीन दिनों के बाद मेरे मित्र ने बताया कि उसकी पत्नी ने दूध वाले को टोक दिया था। वो छोटा बच्चा कुछ बोला नहीं था, पर अगले दिन से उसने उनके घर आना बंद कर दिया था। बात आई-गई खत्म हो गई।

कई दिन बीत गए। एक दिन घर की सफाई हो रही थी अचानक जूते के रैक के नीचे वो घड़ी गिरी हुई मिल गई।

अच्छा हुआ घड़ी मिल गई।

घड़ी वाली घटना के पंद्रह साल बाद एक दिन मैं एक दवा की दुकान में गया तो मुझे एक जाना-पहचाना चेहरा दिखा।

मैंने पहचानने की कोशिश की तो याद आया कि ये तो दूध वाले का बेटा है। मैंने उसे पहचाना तो उसने भी मुझे पहचान लिया। बातचीत हुई। "उस दिन जब घड़ी चोरी का आरोप लगा, तो मैं बहुत उदास हो गया। घर आकर पिताजी से कहा कि मैं अब वहाँ

दूध लेकर नहीं जाऊँगा। पिताजी ने पूछा तो मैंने सारी बात बता दी। पिताजी ने पूरी बात सुनकर मेरी ही पिटाई कर दी। फिर मुहल्ले भर में पता नहीं कैसे बात फैल गई? बच्चे मुझे 'चोर' कहकर चिढ़ाने लगे। पर सर, मैं चोर नहीं था।"

मैंने उसके सिर पर हाथ रखा और कहा, "हाँ, मैं जानता हूँ कि तुमने घड़ी नहीं ली थी।"

"पर सर, उस दिन के बाद से मेरी जिंदगी बदल गई। मैं स्कूल जाने से भी डरने लगा। पढ़ाई छूटी, दोस्त छूटे। लोगों का भरोसा मुझसे छूटा, मेरा भरोसा लोगों से छूटा। तब मैं बच्चा था, पर उसके बाद मेरी जिंदगी सामान्य नहीं हो पाई। मैं आज भी आप बड़े लोगों के घर जाने से घबराता हूँ। सच कहूँ तो आप जैसे लोगों पर मेरा भरोसा ही नहीं रहा। मैं जानता हूँ कि आप लोग किसी को भी चोर साबित कर सकते हैं। उस दिन उनकी घड़ी नहीं खोई थी, मेरा बचपन खो हो गया था। मेरी जिंदगी गुम हो गई थी। मुझे नहीं पता कि उनकी घड़ी का क्या हुआ, पर मेरी जिंदगी बर्बाद हो गई। मुझे कोई सजा नहीं मिली, पर सबसे बड़ी सजा मुझे ही मिली।"

मैंने उसे बताया कि घड़ी बाद में उनके घर में ही मिल गई थी।

उसने बस अपनी आँखें पोंछीं।

मैं उदास मन लिये दवा की दुकान से लौट आया था।

आदमी का भरोसा नहीं उठना चाहिए। भरोसा खत्म, सब खत्म। ध्यान रहे, सामान मिल जाता है, सम्मान नहीं।

□

प्यार में मिट जाना

अगर मैं आपसे कहूँ कि आप लोग मुझसे मुहब्बत करते हैं, तो आप क्या कहेंगे?

आप यही कहेंगे कि हाँ, आप संजय सिन्हा से मुहब्बत करते हैं। जानते हैं आप ऐसा क्यों कहेंगे? आप ऐसा इसलिए कहेंगे, क्योंकि मैं भी आपसे मुहब्बत करता हूँ।

यह संसार मुहब्बत की कोशिकाओं से संचालित होता है। जो मुहब्बत करना जानते हैं, वही जीना जानते हैं। बाकी तो पता नहीं किस संसार की कल्पना में जीने का बस उपक्रम भर करते हैं।

इस लिहाज से मैं बिना फिलॉसिफी बघारे हुए कह सकता हूँ कि हम सब जी रहे हैं। हम सब जी रहे हैं, क्योंकि हम मुहब्बत का अर्थ समझते हैं।

फ्रांस में एक पेंटर हुआ करता था। वो बहुत बदसूरत था। वो बहुत शानदार पेंटिंग बनाता था। पर क्योंकि वो सुंदर नहीं था, इसलिए कोई उससे प्रेम नहीं करता था।

एक पेंटर, जिसकी पेंटिंग की दुनिया दीवानी थी, उसका दीवाना कोई नहीं था।

पेंटर को सूरजमुखी के एक फूल की तस्वीर बनानी थी। करीब तीन साल तक वो रोज सुबह समंदर के किनारे जाता, उगते हुए सूरज को देखता। देखने की कोशिश करता कि सूरज की रोशनी में ऐसा क्या है, जो एक फूल उसके खिलने के साथ खिलता है, उसके अस्त होते ही मुर्झा जाता है। इतना प्यार कोई किसी से कैसे कर सकता है?

पेंटर रोज सुबह समंदर के किनारे जाता। वो सूरज के रंगों को पढ़ने की कोशिश करता।

एक सुबह वो कैनवास पर रंग भर रहा था कि उसकी नजर एक महिला पर पड़ी।

महिला एकटक उसकी उसकी ओर देख रही थी। पेंटर ठिठका। उसने पूछा, "आप कौन हैं, देवी? आप क्या देख रही हैं?"

महिला ने ठिठोली की। उसने कह दिया कि मैं आपको देख रही हूँ।

"मुझे? मुझे क्यों?"

महिला ने फिर ठिठोली की। कह दिया कि आपसे प्यार हो गया है।

"प्यार ? मुझसे ?"

पेंटर पल भर को रुका रहा। उसके कानों को सहसा यकीन ही नहीं हुआ कि कोई इस संसार में उससे भी प्यार कर सकता है। उस जैसे बदसूरत इंसान से भी कोई प्यार कर सकता है ? पेंटर रुका रहा। एकटक महिला की ओर देखता रहा। फिर उसने धीरे-से पूछ लिया कि आपको मुझमें ऐसा क्या दिखा, जो आपको प्यार हो गया ?

महिला सोच में पड़ गई। क्या जवाब दे ? फिर उसने ठिठोली की और धीरे-से कह दिया कि आपके कान बहुत प्यारे हैं। मुझे आपके कानों से प्यार हो गया है।

पेंटर घर चला गया। वो सारी रात सोचता रहा। किसी को उससे प्यार हुआ है। उसके कानों को किसी ने पसंद कर लिया है। उसने एक चाकू उठाया, अपने दोनों कानों को काटा और उन्हें एक पैकेट में रखकर अगली सुबह समंदर के किनारे पहुँच गया।

कुछ देर में महिला वहाँ आई। पेंटर ने पैकेट उसकी ओर किया और कहा, "देवी, पहली बार किसी को मुझसे प्यार हुआ है। मेरे कान किसी को अच्छे लगे। ये लीजिए, ये कान आपके लिए ले आया हूँ। मेरे खूबसूरत दोनों कान आज से आपके हुए।"

जब मैं पहली बार फेसबुक पर लिखने आया था, तब मैंने नहीं सोचा था कि आपका इतना प्यार मुझे मिलेगा, पर आप सबने मुझसे अथाह प्यार किया। मेरी कहानियों से किया।

मैं आपके प्यार में ही पिछले चार सालों से हर रोज अपनी एक कहानी आपके लिए लेकर आ रहा हूँ। मैं उन कहानियों को आपको रोज अर्पित करता हूँ और आप रोज उसकी सराहना करते हैं।

यही है प्रेम।

दिल के उन रिश्तों से जब मौका मिले, मिल लेना चाहिए और खुश होना चाहिए। वैसे ही, जैसे एक पेंटर अपने कानों को लुटाकर भी खुश होता है कि कोई तो है, जो उससे प्यार करता है।

जो प्यार में कान लुटा देते हैं, वही सूरज के संग एक फूल के प्रेम की तस्वीर को उकेर पाते हैं।

प्यार नाम है मिट जाने का। जिनमें मिट जाने का दम होता है, वही प्यार कर पाते हैं।

□

उत्तर है क्या?

'महाभारत' में अपने के प्रश्नों के उत्तर न दे पाने के कारण यक्ष ने युधिष्ठिर के सभी भाइयों को मार दिया था।

माँ जब भी मुझे ये कहानी सुनाती, मैं बहुत डर जाता था। बेचारे चारों भाई पानी लाने गए थे और यक्ष के प्रश्नों के चक्रव्यूह में फँस गए। यक्ष ने पूछ लिया कि संसार में सबसे बड़ा आश्चर्य क्या है? कोई नहीं बता पाया।

मैं होता तो शायद मैं भी नहीं बता पाता।

एक-एक पांडु पुत्रों के मरते जाने पर माँ का संजू बेटा चिहूँकता। कोई तो जवाब दे दे। पर इसका जवाब क्या होगा?

फिर माँ कहानी आगे बढ़ाती, आखिर में युधिष्ठिर आए। अपने भाइयों को मृत देखकर वो हैरान रह गए। उनके इतने बलवान भाइयों को भला किसने मार दिया?

तभी यक्ष सामने आया और उसने कहा कि ये मेरी बावड़ी से पानी ले रहे थे। मैंने इनसे एक प्रश्न पूछा। किसी ने उत्तर नहीं दिया। इसलिए इन्हें मरना पड़ा।

युधिष्ठिर ने मुस्कुराते हुए कहा कि क्या है तुम्हारा प्रश्न?

यक्ष ने कहा कि प्रश्न तो मैं पूछ लूँगा, पर तुमने अगर सही उत्तर नहीं दिया तो तुम्हें भी मरना पड़ेगा।

युधिष्ठिर ने कहा कि मरने को तो मैं तैयार हूँ, पर अगर मैंने सही उत्तर दे दिया तो तुम्हें मेरे भाइयों को जिंदा करना पड़ेगा।

यक्ष राजी हो गया।

यक्ष ने पूछा कि बताओ युधिष्ठिर, संसार में सबसे बड़ा आश्चर्य क्या है?

युधिष्ठिर ने कहा, "मृत्यु। सब जानते हैं कि एक दिन उन्हें मर जाना है, फिर भी आदमी सोचता है कि वो अभी तो नहीं मरेगा।"

यक्ष प्रसन्न हो गया और उसने युधिष्ठिर के चारों भाइयों को जीवन को लौटा दिया।

माँ की कहानी में युधिष्ठिर के आगमन के साथ ही संजू बेटे का चेहरा खिल उठता था। माँ ने बताया था कि युधिष्ठिर धर्मराज थे।

माँ की कहानी से मेरे मन में उपजने वाले हर प्रश्न का उत्तर माँ की कहानियों में ही होता था। माँ की कोई भी कहानी ऐसी नहीं होती थी, जो प्रश्न पर खत्म हो जाए।

पर कल जब मेरे बेटे ने मुझसे एक सवाल कर लिया, तो मैं संजय सिन्हा, दुनिया को हजार कहानियाँ सुनाने वाला, कोई जवाब नहीं ढूँढ़ पाया।

बेटा दीवाली की छुट्टियों में घर आया है और कल वो मुझे बता रहा था कि पापा अमेरिका में एक गायक है—'रॉबर्ट ब्राइसन'। 27 साल के इस गायक को दुनिया 'लॉजिक' के नाम से जानती है।

'लॉजिक' नाम थोड़ा अजीब लग सकता है, लेकिन आप उसके लिखे और गाए गीतों को अगर सुनेंगे तो समझ जाएँगे कि क्यों लॉजिक नाम रॉबर्ट के लिए तर्क संगत है।

बेटा मुझे बता रहा था कि लॉजिक के हर गाने में एक कहानी होती है। कहानी रिश्तों की, कहानी जिंदगी की, कहानी उम्मीद की और कहानी समय की।

उसके एलबम 'द इनक्रेडिबल ट्रू स्टोरी' की कहानी सुनाते हुए वो बता रहा था कि गायक कई लोगों के साथ एक स्पेस शटल में बैठा है। सभी पृथ्वी से दूर किसी और ग्रह पर बसने के लिए जा रहे हैं।

पर किसी और ग्रह पर क्यों जा रहे हैं?

कहानी कुछ इस तरह है कि अमेरिका और जापान में दोस्ती हो गई है। दोनों ने मिलकर कृत्रिम मांस तैयार किया है और उसे दुनिया को खाने के लिए बेच रहे हैं। माल बेचने के लिए दोनों देश चीन की मदद ले रहे हैं। चीन दुनिया भर में उस माल को बेचने को तैयार है, पर उसके बदले वो उनसे अमेरिका का कुछ हिस्सा माँग बैठता है। चीन की चाल से नाराज होकर अमेरिका रूस की मदद से चीन के राजा की हत्या करवा देता है।

पर जिस दिन चीन के राजा की हत्या होती है, उसी दिन रूस के राजा की मृत्यु हो जाती है। रूस के राजा के बेटे के मन में शक पनपता है कि अमेरिका ने उसके पिता

को मरवा दिया है। इससे नाराज होकर रूस अमेरिका पर ऐटम बम फेंक देता है।

उस ऐटम बम की वजह से अमेरिका और चीन ने दुनिया भर में बेचने के लिए जो कृत्रिम मांस तैयार करवाया था, वो जहरीला हो जाता है। उसके जहर से पानी और हवा भी अछूते नहीं रहते। करोड़ों लोग मर जाते हैं। अब कुछ लाख लोग जो किसी तरह बच गए हैं, वो सभी उस स्पेश शटल में बैठकर पृथ्वी छोड़कर किसी और ग्रह पर रहने के लिए जा रहे हैं। सब खुश हैं कि वो बच गए। अब वो नए संसार में जाकर जीवित रहेंगे।

यहीं वो गायक अपने गीत के माध्यम से सबसे सवाल पूछता है कि इस बात की क्या गारंटी है कि हम उस नए ग्रह को भी जहरीला नहीं बना देंगे? हम ग्रह बदल रहे हैं, पर क्या हमने अपनी सोच बदली है?

आपको मेरी आज की कहानी थोड़ी अटपटी लगी होगी। यह नए जमाने की कहानी है, पर कहानी का संदेश बिल्कुल स्पष्ट है। हम अपने व्यापार के लिए किसी से दोस्ती कर सकते हैं, किसी से दुश्मनी। हम मुनाफे के लिए जनता के सामने कुछ भी परोस सकते हैं, चाहे उसकी वजह से दुनिया ही एक दिन रहने लायक न रहे।

मेरे बेटे ने मुझसे यहीं पूछा कि पापा, एक दिन जब पृथ्वी को छोड़कर लोग नए ग्रह पर जाएँगे, तो क्या उस ग्रह को भी खराब कर देंगे?

बस यही वो सवाल है, जिसका जवाब मेरे पास नहीं।

धर्मराज तो महाभारत के युद्ध के बाद स्वर्ग लौट गए थे। अब अगर आप में से किसी के पास जवाब हो तो दीजिएगा, मुझे इंतजार रहेगा।

□

आँवले की पूजा

माँ आँवले के पेड़ की पूजा भी करती थी, अहोई अष्टमी का व्रत भी रखती थी। व्रत-त्योहार पर माँ का अगाध भरोसा था।

माँ को दमे की बीमारी थी। ऐसे में पिताजी माँ को समझाया करते थे कि आप इन व्रत-त्योहार के चक्कर में खुद को तकलीफ न दिया करें, पर माँ मानती नहीं थी। कहती थी कि साल में एक बार तो त्योहार आते हैं, उन्हें मनाने में तकलीफ कैसी?

माँ के त्योहारों की लिस्ट में धनतेरस और दीवाली बहुत खास हुआ करते थे। दीवाली के एक हफ्ता पहले घर के कोने-कोने की सफाई माँ खुद करती। पूरा घर चम-चम चमकने लगता। इसी तरह धनतेरस पर माँ खुद बाजार जाती और एक बर्तन खरीदकर ले आती। उस दिन भी माँ एक भगौना खरीद लाई थी धनतेरस पर।

पिताजी ने माँ से कहा था कि धनतेरस पर आजकल लोग गहने खरीदते हैं, चाँदी के सिक्के खरीदते हैं, आप भगौना क्यों लाईं? क्या कीजिएगा इतने भगौनों का?

माँ मुस्कुराने लगी। फिर माँ ने धीरे-से कहा कि इसमें आपके लिए खीर बनाऊँगी।

खीर?

माँ ने खीर कहा और उनके संजू बेटे के मुँह में पानी आने लगा। वाह! माँ आज खीर बनाएगी। आज हम सभी लोग खीर खाएँगे।

माँ हाथ में छोटा-सा भगौना लिये पिताजी के सामने बैठी थी और पिताजी माँ को छेड़ रहे थे। "धनतेरस पर कोई जरूरी तो नहीं कि बर्तन ही खरीदा जाए?"

माँ ने पिताजी से कहा कि आपको एक कहानी सुनाती हूँ, फिर आप खुद ही तय कीजिएगा कि धनतेरस पर हमें क्या खरीदना चाहिए?

माँ पिताजी के बीच की बातों में मैं वहीं बैठकर कॉपी पर ड्राइंग बना रहा था।

माँ ने जैसे ही कहानी का नाम लिया, मेरे हाथ रुक गए। माँ कहानी सुनाने जा रही है।

माँ ने कहानी शुरू की—हजारों साल पहले आज के दिन ही भगवान धनवंतरी पृथ्वी पर आए थे। धनवंतरी विष्णु के रूप हैं। उनके हाथ में अमृत से भरा कलश था। तो आज के दिन धनतेरस की पूजा करने का अर्थ यही है कि धनवंतरी से अमृत मिलेगा। अब अमृत मिलेगा तो आप उसे रखेंगे कहाँ? इसीलिए आज के दिन एक बर्तन या ऐसा पात्र खरीदा जाता है और उसकी पूजा की जाती है, ताकि उसमें हम अमृत पा सकें। इसलिए आज मैं पूजा के बाद इसी भगौने में खीर बनाऊँगी और सबको खिलाऊँगी, ताकि अमृत सबको मिल सके।

पिताजी हँस पड़े थे। कहने लगे, "आप भी कहाँ-कहाँ से कहानियाँ ढूँढ़ लाती हैं?"

माँ ने धीरे-से पिताजी से कहा था कि ये कहानियाँ नहीं हैं, ये हमारे संस्कार हैं। इन संस्कारों में कर्म की कहानी लिखी है। मान लीजिए ये कहानी सच भी हो सकती है, सच नहीं भी हो सकती है, पर इस एक बर्तन के खरीदने और इसकी पूजा से हम अमृत की तलाश में एक कदम तो आगे बढ़ते हैं। अमृत का अर्थ अमरत्व से है, पर शरीर के अमरत्व से नहीं। मृत्यु लोक में तो जो देवता आए, वो भी अमर नहीं थे। यहाँ कोई अमर नहीं होता। अमर होता है, आदमी का यश। उसकी कीर्ति। और ये हासिल होता है, आदमी के कर्म से।

पिताजी जोर से हँसे, "आप और आपकी कहानियाँ। ठीक है, पूजा की तैयारी कीजिए, खीर बनाइए।"

माँ मुस्कुराती हुई उठी और चलते-चलते उसने कहा, "जब एक दिन मैं नहीं रहूँगी, तब भी मेरी खीर का स्वाद आपकी जुबाँ पर अमर रहेगा। और क्या चाहिए?"

कुछ साल बाद ही माँ चली गई थी। संजय सिन्हा स्कूल से कॉलेज जाने लगे थे।

पिताजी जब तक रहे हर धनतेरस पर माँ के हाथों की खीर को याद याद करते। भगवान धनवंतरी के अमृत कलश से निकले अमृत के दो बूँदों को याद करते। माँ की कहानियों को याद करते।

वो याद करते कि मृत्यु लोक में तो जो देवता आए, वो भी अमर नहीं हुए। यहाँ कोई अमर नहीं होता। अमर होता है—आदमी का यश, कीर्ति।

माँ नहीं होकर भी पिताजी की यादों में सदा के लिए अमर रही। जब तक पिताजी रहे, हर व्रत-त्योहार पर वो माँ की तस्वीर की पूजा करते रहे।

धनवंतरी वही, लक्ष्मी वही।

□

पंडित ने कहा है

कल पंडितजी हमारे ऑफिस आए थे। उनके साथ मैं दीवाली के कुछ शो प्लान कर रहा था।

पंडितजी ने बात-बात में मुझसे कहा कि संजयजी, हम लोग एक ऐसा शो भी बना सकते हैं—'इन बातों से रूठ जाती हैं लक्ष्मी।'

आमतौर पर मैं टी.वी. पर कोई भी शो सकारात्मक अंदाज में प्रस्तुत करना चाहता हूँ, नकारात्मक अंदाज में नहीं। ऐसे में मेरी इच्छा थी कि शो का नाम होना चाहिए—'ऐसे घर आती हैं लक्ष्मी।'

होना तो वही था, जो मैं चाहता, पर पंडितजी ने सलाह दी तो एकदम से उसे खारिज करना भी उपयुक्त नहीं था।

मैंने उनसे यूँ ही पूछ लिया कि किन बातों से दीवाली पर लक्ष्मी रूठ जाती हैं?

पंडितजी ने बताना शुरू किया कि दीवाली पर जो लोग अपने घर की साफ-सफाई नहीं करते, उनके घर लक्ष्मी नहीं आतीं यानी लक्ष्मी उनसे रूठ जाती हैं। जहाँ लक्ष्मी रूठ जाती हैं, वहा अलक्ष्मी का वास होता है।

"अच्छा? और किन-किन बातों से लक्ष्मी रूठती हैं?"

"दीवाली को शाम को सोना नहीं चाहिए। उस दिन साफ और धुले हुए वस्त्र पहनना चाहिए। पूजा के दिन सो जाने, गंदे वस्त्र पहनने से भी लक्ष्मी रूठ जाती हैं।"

"ओके। मान लिया। और?"

"दीवाली की रात शराब नहीं पीनी चाहिए। इससे भी लक्ष्मी नाराज हो जाती हैं।"

"क्या पंडितजी? इसमें शो बनाने वाली क्या बात है?"

पंडितजी ने कहा कि ठीक है, कोई और शो के बारे में सोचता हूँ और वो चले गए।

पंडितजी के जाने के कुछ देर बात मेरे सहयोगी प्रमोद चौहान मेरे पास आए। बात-बात में वो मुझे एक पुरानी कहानी सुनाने लगे।

"कई साल पहले दीवाली का ही मौका था। दीवाली से कुछ दिन पहले मेरे एक मित्र के पास फोन आया कि उज्जैन में उसके पिताजी का एक्सीडेंट हो गया है। पिताजी और माँ स्कूटर पर खरीदारी के लिए निकले थे, तभी किसी ने पीछे से टक्कर मार दी। पिताजी को बहुत चोट लगी। खबर आई थी कि सीरियस हैं, पर बताने वाले ने इशारे में बता दिया था कि पिताजी नहीं रहे।

जिस वक्त यह खबर आई, मेरा मित्र अपने कुछ अन्य मित्रों के साथ बैठा था।

दोस्तों के सामने खबर आई थी, सबके सब बहुत उदास हो गए। चार यार बैठे थे, दोस्त के पिताजी का मामला था, तय हुआ कि चारों साथ में उज्जैन जाएँगे।

पर दिल्ली से उज्जैन जाएँगे कैसे?

कार से तुरंत पहुँचा नहीं जा सकता। ट्रेन अभी कोई है नहीं। तो सबसे आसान है कि सुबह इंदौर की फ्लाइट ली जाए और वहाँ से टैक्सी से उज्जैन पहुँचा जा सकता है। पहुँचना जरूरी है। माँ अकेली है। उसे चोट नहीं लगी है, पर वो घबरा गई है।

फोन पर माँ से बात की गई। माँ लगातार रोए जा रही थी।

फटाफट इंटरनेट पर सुबह की फ्लाइट का टिकट लिया गया और तय हुआ कि रात में सभी दोस्त साथ रहेंगे। कोई घर नहीं जाएगा, क्योंकि एकदम सुबह-सुबह फ्लाइट है। सबने अपने-अपने घर फोन कर दिया कि दोस्त के पिताजी का एक्सीडेंट हुआ है, सीरियस हैं, सुबह-सुबह वहाँ पहुँचना है।

दोस्त ही दोस्त के काम आते हैं।

अब सवाल उठा कि रात में क्या किया जाए?

तय हुआ कि बहुत दुःख की खबर है, पर जो होना था वो तो हो चुका है। अब समय काटने के लिए एक-एक पैग हो जाए।

बीच-बीच में माँ से फोन पर संपर्क बना रहा। माँ को बता दिया गया कि आप चिंता न करें, सुबह-सुबह सब पहुँच जाएँगे। जरूरी हुआ तो पिताजी को दिल्ली ले आएँगे। दिल्ली ले आने की बात से माँ को थोड़ी राहत मिली थी, हालाँकि डॉक्टर ने बेटे को

बता दिया था कि पिताजी नहीं रहे। बस, आपके आने का इंतजार है। माँ को बताना ठीक नहीं लगा तो नहीं बता रहे। बेटा बहुत विचलित था। दुःख में था, पर कर क्या सकते थे? सुबह का इंतजार ही तो कर सकते थे।

एक-एक पैग कब चार-चार या पाँच-पाँच में बदल गया, किसी को पता ही नहीं चला।

खैर, सुबह से पहले किसी और मित्र को बुलाकर चारों उसकी गाड़ी में एयरपोर्ट भागे। बोर्डिंग पास भी ले लिया, पर अभी भी फ्लाइट में समय था।

अब क्या करें? समय कैसे काटें? जिस मित्र की गाड़ी में एयरपोर्ट गए थे, उसने बताया कि एक-दो पैग गाड़ी में बैठकर ही ले लेते हैं। हाथ में बोर्डिंग पास लेकर चारों वापस गाड़ी में गए, दुःख को थोड़ा कम करने।

इधर पौ फटा, उधर दुःख थोड़ा कम हुआ। चारों भाग कर एयरपोर्ट के अंदर आए, गेट की ओर दौड़े, पर फ्लाइट निकल चुकी थी।

हाथ में बोर्डिंग पास लहराता रह गया, फ्लाइट मिस हो गई। अब अगली फ्लाइट दोपहर में थी।

चारों कुछ कर नहीं सकते थे। माँ को फोन किया गया कि फ्लाइट छूट गई है।

काफी देर हो चुकी थी। दोपहर तक खबर आई कि माँ भी नहीं रही।

प्रमोद की कहानी पूरी होते ही मैंने पंडितजी को फोन किया कि आपने जो शो सुझाया था, उसे हम रिकॉर्ड करना चाहते हैं। आप आ जाइए। मैंने प्रमोद से कहा कि दीवाली के लिए एक शो रिकॉर्ड कर लो—'इन बातों से रूठ जाती हैं लक्ष्मी।'

शराब पीने से उस दिन प्रमोद के दोस्त की माँ रूठ गई थीं।

माँ लक्ष्मी होती हैं।

□

काश-काश-काश!

कल जबलपुर से दिल्ली आते हुए फ्लाइट में एक लड़की मिली। वो मेरी बगल की सीट पर बैठी थी और जैसा कि मेरा स्वभाव है, मैं उससे बातचीत करने लगा। दो घंटे की उड़ान में कुछ सवाल उसने मुझसे पूछे, कुछ मैंने उससे।

वो इंदौर में नौकरी करती है, उसके पिताजी भोपाल में रहते हैं और पति नागपुर में अपना बिजनेस करते हैं।

उसने मुझसे पूछा कि आप क्या करते हैं?

मैं कह सकता था कि मैं पत्रकार हूँ। न्यूज चैनल का हेड हूँ, पर मैंने सिर्फ इतना कहा कि मैं रिश्तों को जीता हूँ।

"रिश्तों को जीते हैं? इसका क्या मतलब हुआ?"

"इसका मतलब इतना ही हुआ कि मैं हर पल जिंदगी को जीता हूँ।"

वो हैरान होकर मेरी ओर देख रही थी।

बातचीत आगे बढ़ी।

"आप जबलपुर के रहनेवाले हैं?"

"नहीं।"

"वहाँ काम करते होंगे?"

"नहीं।"

"आपके परिवार के लोग वहाँ रहते होंगे।"

"हाँ।"

"कौन?"

"मेरे दस हजार परिजन वहाँ रहते हैं। या यूँ समझ लीजिए कि पूरा शहर ही मेरे रिश्तेदारों से भरा है।"

अब लड़की के लिए ये पहेली हो गई थी। उसने कहा कि ऐसा कैसे हो सकता है? मेरी तो एक बहन वहाँ रहती है, वो डॉक्टर है। आप कह रहे हैं कि पूरा शहर ही आपका रिश्तेदार है। इसका क्या मतलब?

मैंने उसे संजय सिन्हा फेसबुक परिवार की कहानी सुनाई। मैंने उसे 12 नवंबर, 2013 की एक पोस्ट से शुरू हुए अपने सफर का इतिहास संक्षेप में बताया, ठीक वैसे ही, जैसे उद्धव को कृष्ण ने गीता के अंश सुनाए थे।

उद्धव ने कृष्ण से बहुत अनुरोध किया था कि युद्ध भूमि पर तुमने अर्जुन को जो कहानी सुनाई थी, वो मुझे भी सुनाओ। हालाँकि बाद में कृष्ण से यही जिद रुक्मिणी ने भी की थी। तो अर्जुन को कृष्ण ने जो गीता सुनाई थी, उसे नाम मिला था, 'श्रीमद्भगवत गीता'। उद्धव को जो गीता उन्होंने सुनाई थी, उसे कहा गया 'उद्धव गीता'। और रुक्मिणी को जो गीता उन्होंने सुनाई, उसे कहा गया 'अनुगीता'।

संजय सिन्हा पिछले कुछ दिनों से लगातार आपको अपने परिवार की कहानियाँ सुना रहे हैं। फ्लाइट में वही कहानी जिसे मैं आपको कई दिनों से सुना रहा हूँ, उसे सिर्फ एक घंटे में सुना आया।

लड़की ने पूरी कहानी सुनी।

फ्लाइट दिल्ली में लैंड की। मोबाइल फोन के ऑन होते ही उसने अपना फैसला सुना दिया कि वो अब इंदौर में अकेली रहकर नौकरी नहीं करेगी।

शादी को तीन साल हुए हैं। डेढ़ साल से वो चंद रुपए कमाने के लिए इंदौर में अकेली रहती है। पति नागपुर में अकेले रहते हैं। माँ-बाप रिटायरमेंट के बाद भोपाल में अकेले रहते हैं।

ये भी क्या जिंदगी हुई?

लड़की ने फोन पर ही नौकरी को गुडबाय कह दिया। एक-दो जो हफ्ते नोटिस के होंगे, उन्हें पूरा करके वो पति के पास चली जाएगी। वो अब रिश्तों को जीने लगेगी। उसने कहा कि घर में कोई कमी नहीं है। बस, मन में कमी थी। आज आपके परिवार के निर्माण की कहानी ने उस दुविधा को भी धो दिया। वो सोच ही नहीं पा रही थी कि

कोई अनजान लोगों से रिश्ते जोड़कर उन्हें जी भी सकता है।

मैंने उसे बस इतना समझाया था कि रिश्ते मन के भाव होते हैं। यह मन का भाव ही किसी को किसी से जोड़ता है, उसे तोड़ता है। जिंदगी बहुत बड़ी नहीं होती, पर जितनी होती है, उसे जीना पड़ता है वरना हम सब लोग तो बस जीने की तैयारी में जिंदगी खत्म कर लेते हैं।

मैं खुश था कि आपकी और मेरी कहानी सुनकर कोई जिंदगी को जीने निकल पड़ा है।

पर जैसे ही मैं घर आया, अपनी फेसबुक परिजन स्वाति सानी का संदेश मेरे मोबाइल पर एक बुरी खबर लेकर बैठा था।

स्वाति सानी को आप जानते हैं। वो भारतीय जन संचार संस्थान में मेरी पत्नी के साथ पढ़ती थीं। उनसे मेरा वहाँ परिचय नहीं हुआ था, फेसबुक पर हुआ। एक दिन उन्होंने फेसबुक पर तस्वीर डाली थी कि पति ने जन्मदिन पर फूल गोभी गिफ्ट में दिया है तो मैंने तस्वीर की पूरी कहानी ही आपको सुना दी थी। फिर तो वो परिवार की सदस्य बन गईं और दो साल पहले नागपुर से दिल्ली आईं तो हमारे घर ही रुकीं।

जन संचार संस्थान में वो मेरी दोस्त नहीं थीं, मेरी पत्नी की थीं। पर अब वो मेरी परिजन बन चुकी थीं। दिल्ली आने पर उन्होंने जन संचार संस्थान के पुराने दोस्तों से मिलना चाहा, जिनमें पुनीत कुमार भी शामिल था।

पुनीत मेरा भी दोस्त था और फेसबुक पर मुझसे लगातार संपर्क में था। पढ़ाई के कई वर्षों बाद हमने सहारा टी.वी. में कुछ दिन साथ काम भी किया था।

पुनीत एकदम फिल्मी स्टाइल में रहता था। लंबे-लंबे बाल, पीछे चोटी, मुँह में सिगरेट, बेफिक्र अंदाज।

वैसे पुनीत से मेरी दोस्ती की एक वजह यह भी थी कि उसने जिस लड़की से शादी की थी, कॉलेज के दिनों में ही वो संजय सिन्हा की बहन बन गई थी। इस तरह हमारा डबल रिश्ता था, पर अपनी व्यस्तताओं में हमारी मुलाकात कम ही हो पाती थी। वही पुनीत कई दिनों बाद उस दिन मेरे घर आया था। उसके बाल सफेद हो चले थे। हँस-मुस्कुरा तो वो तब भी रहा था, पर कहीं खोया-खोया सा था। मैंने उससे पूछा भी कि तुम कहाँ खोए हो ? जोर से हँसकर उसने कहा, संजय भाई, एक सपना है। सपना, एक फिल्म बनाने का।

मैंने उससे कहा कि फिल्म बनाओ, पर ध्यान रखना वो संसार इतना सहज नहीं, जितना

तुम सोच रहे हो। पुनीत ने कुछ कहा नहीं। बस, मुस्कुरा कर रह गया।

जिन दिनों शाहरुख खान के 'फौजी' सीरियल की शूटिंग चल रही थी, पुनीत भी कई बार हमारे साथ सेट पर गया। पुनीत को दरअसल तब से फिल्मों का शौक था। पर रोज-रोज की जरूरतों के चक्र में उलझकर वो अपने उस शौक को तब नहीं जी पाया था और अब फिल्मों की ओर मुड़ना चाह रहा था।

बाहर खड़े होकर पुनीत ने एक सिगरेट सुलगाई और एक लंबा कश लेकर कहने लगा कि एक बार कोशिश तो करूँगा, पर पैसों का जुगाड़ नहीं हो रहा।

मैं चुप रहा। फिर मैंने उनसे कहा कि तुम फिल्म बनाना चाहते हो, जिंदगी को जीना चाहते हो तो प्लीज, मेरे कहने से सिगरेट को छोड़ दो। देखो न, इसके डिब्बे पर भी लिखा है कि ये बुरी चीज है।

पुनीत मुस्कुराया। कहने लगा, "जानता हूँ यार, बुरी चीज है। पर कमबख्त छूटती नहीं।"

"पर तुम तो जीना चाहते हो। अपने सपनों को पंख देना चाहते हो। तुम सिगरेट को छोड़ दो और जिस तरह तुम बात-बात पर कहीं खो जा रहे हो, मुझे लगता है कि तुम तनाव भी छोड़ दो। जिंदगी जैसी है, उसे उसी तरह जीने लगो।"

पुनीत ने हँसकर गाड़ी स्टार्ट कर ली थी।

कल स्वाति का संदेश मेरे सामने पड़ा था।

"पुनीत नहीं रहा। उसे दिल का दौरा पड़ा था।"

पुनीत नहीं रहा? मैं यकीन नहीं कर पा रहा। आई.आई.एम.सी. का वो छोटा-सा लड़का नहीं रहा? अभी तो मिले थे। उसने एक फिल्म बना भी ली थी। मेरे पास उसने संदेश भी भेजा था।

आज मैं कुछ और नहीं कह पाऊँगा, सिवाय इसके कि जिंदगी जीने के लिए है। इसे हर पल जीने की कोशिश कीजिए। अपने मन से हर तनाव को दूर कीजिए। जिंदगी के सफर में कोई एक ट्रेन अगर छूट जाती है तो उसके पीछे भागने से बेहतर है, किसी और विकल्प की तलाश कर लेना। उसी ट्रेन के पीछे भागना उचित नहीं होता।

और हाँ, सिगरेट के डिब्बे पर जो लिखा होता है कि ये जानलेवा है, वो गलत नहीं लिखा होता।

काश, पुनीत ने मेरे कहने से सिगरेट छोड़ दी होती। काश, वो तनाव को छोड़ चुका होता। मुझे लगता है कि सिगरेट ने उसके कॉलेस्ट्रोल लेवल को बढ़ा दिया होगा और फिल्म निर्माण ने उसके तनाव को।

काश, उसने मेरी बात सुनी होती।

कल एक अनजान लड़की संजय सिन्हा की बातों को सुनकर जीने की राह पर निकल पड़ी। काश, मैंने अपनी पूरी कहानी पुनीत को सुनाई होती कि कैसे मेरा ही छोटा भाई सिगरेट और अवसाद की वजह से ठीक इसी तरह 40 साल की उम्र में इस दुनिया से चला गया था। पुनीत भी 50 से कम की उम्र में चला गया।

ईश्वर उसकी आत्मा को शांति दें और हमें इस दु:ख को सहने की शक्ति।

□

जो तुमको हो पसंद

नारद मुनि माँ पार्वती के घर भोजन करने गए थे। माँ पार्वती ने उनके लिए छप्पन प्रकार के व्यंजन तैयार किए। नारद मुनि ने भरपेट भोजन किया और चलते हुए पेट पर हाथ फेरते हुए माँ पार्वती से रूठ गए कि आपने इतनी चीजें क्यों बनाईं? स्वाद के चक्कर में मैंने ज्यादा खा लिया है।

यह कहानी जिन दिनों की है, उन दिनों फेसबुक नहीं था, अन्यथा नारदजी माँ पार्वती को ब्लॉक करके ही मानते।

कल मैंने अपनी वॉल पर आस्था से जुड़ी एक कहानी लिखी थी। मैंने लिखा था कि बिहार के एक मंदिर में रखे एक डस्टबिन को कुछ महिलाएँ भगवान मानकर उसकी भी पूजा कर रही हैं। कई लोगों ने उस वीडियो को खूब प्रचारित और प्रसारित किया, यह कहते हुए कि देखो, बिहार की महिलाएँ कितनी मूर्ख हैं?

जिसने उस वीडियो को मुझे दिखलाया था, वो भी मुझसे यही कह रहा था कि संजय सिन्हा, इनकी मूर्खता देखो। ये भगवान और डस्टबिन में अंतर नहीं समझतीं। मैंने अपने मित्र को समझाने की कोशिश की थी, "जिसे आप डस्टबिन समझ रहे हैं, वो असल में भगवान ही हैं।" मेरा मित्र हँसा था, चिढ़ा था, पर मैंने उसे ठीक से समझाया कि यह विश्वास की बात है। मान लेने से ही पत्थर भगवान बन जाते हैं। नहीं मानने से तो भगवान भी पत्थर बन जाते हैं।

कल मेरी पोस्ट लंबी हो गई थी। अपने एक भाई ने देर रात मेरी वॉल पर कमेंट किया कि आप इतनी लंबी-लंबी कहानी लिखते हैं, इसलिए मैं आपको ब्लॉक कर रहा हूँ।

नारदजी नाराज हो गए।

खैर, उनकी नाराजगी से मेरी समझ में यह बात तो आ ही गई है कि आपको शायद छोटी कहानियाँ ही पसंद हैं। असल में, इन दिनों मैं अपने फेसबुक परिवार के निर्माण

की कहानी लिख रहा था, इसलिए न चाहते हुए भी मेरी पोस्ट लंबी हो रही थी। व्यंजन अधिक बन रहे थे, पर आप ऐसे रूठेंगे तो फिर मैं क्या करूँगा? मैं अब छोटी कहानी ही लिखूँगा।

तो सुनिए आज एक छोटी-सी कहानी।

मेरी छोटी बहन दिल्ली में रहती है। उसका घर वसंत कुंज में है। मेरी बहन हर साल छठ की पूजा करती है, आस्था और निष्ठा के साथ। सिर्फ छठ का व्रत करने के लिए वो हर साल दिल्ली से पटना जाती है। वहाँ गंगा नदी के किनारे पूजा करती है। गंगा और छठी मइया में उसकी बहुत आस्था है। वो दो दिनों तक एकदम निर्जला व्रत रखती है। ईश्वर पर उसकी आस्था अगाध है।

मेरी बहन इस बार किन्हीं कारणों से पटना नहीं जा पाई। वो गंगा के किनारे नहीं जा पाई।

ऐसे में उसने अपनी जेठानी के साथ दिल्ली के अपने घर की छत पर ही छठ की पूजा की। इसके लिए उसने प्लास्टिक का एक खिलौनानुमा बच्चों का स्वीमिंग पूल मँगाया और उसमें पानी भरकर यह मान लिया कि यही गंगा नदी है। उसने दो दिनों तक उसमें भगवान सूर्य को अर्घ्य दिया।

मेरी पत्नी मुझसे कह रही थी कि देखो संजय, यह है आस्था। भागीरथी हजार साल तपस्या करके गंगा नदी को स्वर्ग से धरती पर ला पाए थे, तुम्हारी बहन ने तो दोनों हाथ जोड़कर भगवान से कहा भर था कि हे छठ मैया, मैं पटना नहीं आ पा रही, क्या करूँ? गंगा दिल्ली के वसंत कुंज के उसके घर की छत पर उतर आईं।

मैं जरा भी हैरान नहीं था। मैं जानता हूँ कि संजय सिन्हा की बहन ने भी माँ के उसी भरोसे के विद्यालय में पढ़ाई की है, जहाँ उसे बचपन में ये पढ़ाया गया है कि 'मन चंगा तो कठौती में गंगा।'

मन चंगा हो तो सचमुच गंगा कठौती में भी आ जाती हैं। मन चंगा हो तो फेसबुक पर भी परिवार बन जाता है। मन चंगा हो तो मंदिर में रखा डस्टबिन भी भगवान नजर आने लगता है।

जो लोग किसी के विश्वास पर हँसते हैं, उसका मजाक उड़ाते हैं, दरअसल मूर्ख वो होते हैं। वो नहीं, जो अपने विश्वास को जीते हैं।

आज इससे अधिक एक शब्द नहीं लिखूँगा। तब तक नहीं लिखूँगा, जब तक आप बता

न दें कि आपको पसंद क्या है?

"जो तुमको हो पसंद, वही बात करेंगे, तुम दिन को अगर रात कहो, रात कहेंगे।

चाहेंगे, निभाएँगे, सराहेंगे आप ही को, आँखों में दम है जब तक, देखेंगे आप ही को।

अपनी जुबाँ से आपके जज्बात कहेंगे, तुम दिन को अगर रात कहो, रात कहेंगे।"

□

खुशी का अँधेरा

मेरी शुरुआती दिनों की कहानी को पढ़कर एक भाई ने कमेंट में लिखा था कि उनकी बिटिया तब बहुत खुश होती है, जब रात में घर में बत्ती गुल हो जाती है।

मैं उस कमेंट को पढ़कर रुका था। मैं शुरू में समझ नहीं पाया था कि किसी के घर की बत्ती गुल हो जाए तो कोई भला खुश क्यों होगा? फिर मुझे याद आया कि हम भी जब छोटे थे और बत्ती चली जाती थी तो हम सब बच्चे छुपन-छुपाई खेलने लगते थे। मुझे यकीन था कि बिटिया की खुशी भी बच्चों के खेल से जुड़ी होगी।

पर कमेंट में भाई ने बहुत मार्मिक अंदाज में लिखा था कि उनकी बिटिया एक दिन उनसे कह रही थी कि जब रात में लाइट चली जाती है, तो पूरा परिवार एक साथ बैठकर बातें करता है, अन्यथा पापा रात में टी.वी. देखते हैं, मम्मी अपने काम में लगी रहती हैं।

इस कमेंट को पढ़ने के बाद मैं बहुत उदास हुआ था।

मैं मन-ही-मन ये सोच रहा था कि सचमुच हम किस कदर दुनिया की भीड़ में खो गए हैं कि घर में एक साथ रहते हुए भी हम एक साथ नहीं रहते।

कोई बच्चा भले न कहे, पर अगर उसके मन में यह भाव पनप रहा हो कि काश! बत्ती चली जाए और पापा-मम्मी साथ बैठें तो इसके मायने कितने गहरे हो सकते हैं?

मेरी उलझनों की इसी घड़ी में मेरी छोटी बहन दो दिन पहले मेरे घर आई थी। वो मुझे सिम्मी की कहानी बता रही थी। मैंने यूँ ही बातों-बातों में उससे पूछा था कि सिम्मी आजकल क्या कर रही है? सिम्मी मेरी बहन के ससुराल की रिश्तेदार है और मुझे मालूम था कि वो बैंक में सीनियर ऑफिसर है।

मैं उम्मीद कर रहा था कि मेरी बहन मुझसे कहेगी कि वो ठीक है। जैसे सब लोग

अपनी–अपनी नौकरी में व्यस्त हैं, वो भी व्यस्त है। खूब पैसे कमा रही है, पर मेरी बहन ने मुझसे ऐसा नहीं कहा।

उसने कहा, "अरे! तुम्हें मैंने बताया नहीं कि उसने नौकरी छोड़ दी है और अब वो कुछ नहीं करती।"

"कुछ नहीं करती? पर क्यों? उसकी तो अच्छी–भली नौकरी थी। उसने कितनी पढ़ाई की थी, कितनी मेहनत की थी उस नौकरी के लिए। मुझे तो लगता है कि उसकी नौकरी उसके पति से भी बेहतर थी।"

बहन ने कहा, "हाँ, ये सच है। पर उसने नौकरी छोड़ दी, क्योंकि उसकी चार साल की बेटी को उसकी जरूरत थी।"

फिर बहन ने कहना बताना शुरू किया।

सिम्मी बैंक में मैनेजर थी। बेटी के जन्म के बाद कुछ दिनों की छुट्टी उसने ली थी, पर फिर वो ऑफिस जाने लगी। बेटी नानी–दादी के साथ बारी–बारी से पल रही थी। कभी नानी वहाँ आकर रह जातीं, कभी दादी। वैसे पूरे दिन की नौकरानी तो थी ही। बच्ची को किसी बात की कमी नहीं थी, पर सिम्मी ने ऐसा महसूस किया कि उसकी बेटी धीरे–धीरे चिड़चिड़ी हो रही है। सिम्मी समझ नहीं पा रही थी कि बेटी ऐसी क्यों हो रही है?

उसने कई लोगों से बात की। बातचीत में जो समझ में आया, उससे उसने निष्कर्ष निकाला कि बेटी अलग–अलग गार्जियनशिप में पल रही है। कभी नानी, कभी दादी, कभी नौकरानी, कभी माँ। इससे बेटी के व्यवहार में बदलाव आ रहा है। वो चिड़चिड़ी, गुस्सैल हो रही है।

सिम्मी ने मेरी बहन से इस समस्या पर बात की और फैसला लिया कि अब नौकरी नहीं करनी।

नौकरी नहीं करनी, फिर नया घर जो खरीदा गया है, उसकी ई.एम.आई. कौन देगा? पति नहीं चाह रहा था कि पत्नी नौकरी छोड़े, पर सिम्मी ने फैसला ले लिया था कि बेटी के लिए नौकरी छोड़नी पड़ेगी।

संजय सिन्हा अपनी बहन की बातों को बहुत ध्यान से सुन रहे थे। बहन बता रही थी कि उसके बाद उसने बहुत–से बोल्ड फैसले लिए। उसने घर का पूरा बजट बनाया और तय हुआ कि घर में फालतू खरीदारी बंद की जाएगी। बिना जरूरत की चीजें अब

नहीं ली जाएँगी। क्योंकि ई.एम.आई. देने में मुश्किल आनी है, इसलिए घर को बेचकर बैंक का कर्ज उतार दिया जाएगा और किराए के घर में रहा जाएगा। घर का पूरा खर्च सिर्फ एक व्यक्ति की नौकरी से चलेगा।

यही हुआ।

घर बेचकर बैंक का कर्ज उतारा गया। उसी मुहल्ले में एक घर किराए पर लिया गया। पति नौकरी कर रहा है, पत्नी घर सँभाल रही है। अब बेटी बहुत खुश है। उसका चिड़चिड़ापन खत्म हो गया है। माँ बेटी को कहानियाँ सुनाती है, शाम को पार्क में खेलने के लिए ले जाती है और उसे पढ़ाती है।

मेरी बहन ने एक दिन सिम्मी से पूछा था कि नौकरी छोड़कर तुमने क्या खोया, क्या पाया ? सिम्मी ने कहा कि फालतू की शॉपिंग नहीं कर पाती, पर बेटी को पा लिया है।

□

एक जन्म, कई जन्म

कल दोपहर खाने की मेज पर मेरे एक मित्र मुझसे कहने लगे कि हमारी धार्मिक कहानियाँ बिना सिर-पैर की होती हैं और अब समय आ गया है कि उन्हें छोड़कर हमें आगे बढ़ जाना चाहिए।

मैंने यूँ ही पूछ लिया कि कौन-सी धार्मिक कहानी आपको अटपटी लगती है? वो कौन-सी कहानी है, जो आपको बेसिर-पैर की लगने लगी है?

मेरे मित्र ने मुझसे कहा कि गणेशजी के जन्म की कहानी ही ले लीजिए। कितनी अटपटी बातें कहानी में लिखी गई हैं कि पार्वतीजी स्नान करने जा रही थीं और उन्होंने अपने उबटन के मैल से एक शिशु का निर्माण करके द्वार पर बिठा दिया कि जब तक वो स्नान करेंगी, वो ध्यान रखेगा कि कोई भीतर न आ पाए।

पार्वती अंदर थीं, तभी शिव वहाँ चले आए। शिशु ने उन्हें रोकने की कोशिश की तो शिव ने अपने त्रिशूल से उसका सिर धड़ से अलग कर दिया। जब पार्वती को ये बात पता चली तो वो बहुत दुःखी हुईं और उनके दुःख को दूर करने के लिए ही शिवजी ने अपने गण भेजकर किसी का सिर लाने का आदेश दिया।

गण एक हाथी के बच्चे का सिर ले आया, जिसे शिवजी ने शिशु के धड़ से जोड़ दिया और इस तरह गणेश का जन्म हुआ।

मेरा मित्र मुझसे कह रहा था कि संजयजी, देखिए कितनी बेतुकी कहानी है। क्या पार्वतीजी रोज नहाती नहीं थीं, जो इतना मैल उनके बदन से निकला कि उससे उन्होंने एक शिशु का निर्माण कर दिया? क्या यह संभव है कि आदमी के सिर की जगह हाथी का सिर फिट कर दिया जाए?

मैंने अपने मित्र को शांत किया।

मैंने पहले उसे एक छोटी-सी पौराणिक कहानी सुनाई।

"हजारों साल पहले एक साधु ब्रह्माजी से मिलने स्वर्ग लोक पहुँच गए। उन्होंने संदेश भिजवाया कि वो ब्रह्माजी से मिलना चाहते हैं। ब्रह्माजी ने साधु के पास जवाब भिजवाया कि वो दो पल इंतजार कर लें। दो पल के बाद ब्रह्माजी मिल लेंगे।"

साधु इंतजार करने लगे।

करीब एक हजार साल बीत गए। इस बीच साधु कई जन्म ले चुके थे। 84 लाख योनियों से गुजर चुके थे। इतने लंबे समय के बाद ब्रह्माजी उनसे मिलने आए तो साधु ने उनसे कहा कि प्रभु आपने तो दो पल इंतजार करने को कहा था, पर इतना लंबा इंतजार करवा दिया।

ब्रह्माजी ने मुस्कुराते हुए कहा, "वत्स, मैंने अपने दो पल कहे थे। मेरे दो पल तो यही हैं। तुमने अपने समझ लिए, इसलिए तुम्हें इंतजार लंबा लग रहा है।"

मेरा मित्र हैरान होकर मेरी ओर देख रहा था, "ये क्या बात हुई? दो पल तो दो ही पल होने चाहिए।"

"नहीं। एक मच्छर का पूरा जीवन चक्र सात दिनों का होता है। एक कुत्ते का जीवन चक्र चौदह साल का होता है। आदमी का जीवन चक्र सौ साल का होता है। वही जीवन चक्र कछुए की निगाहों से देखो तो तीन सौ साल का होता है। मतलब, एक मच्छर सात दिनों में वही जीवन जी लेता है, जिसे हम सौ सालों में जीते हैं। कछुआ तीन सौ सालों में जीता है। इसका मतलब ये हुआ कि सबके दो पल अलग-अलग हुए।

मच्छर सात दिनों में अंडा से लार्वा बनता है, लार्वा से प्यूपा बनता है और प्यूपा से वयस्क मच्छर बनता है। उनके समाज में अगर प्यार और शादी जैसी चीज होती होगी, तो वो इन्हीं सात दिनों में प्यार भी करता होगा, शादी भी करता होगा, बच्चे तो पैदा करता ही है, मर भी जाता है।"

मेरा मित्र सिर खुजला रहा था।

मैंने कहा कि जिस माँ पार्वती को तुम कह रहे हो कि क्या वो कई दिनों के बाद नहाती थीं, उस पर मेरा जवाब यही है कि पार्वतीजी का एक दिन का मतलब हो सकता है तुम्हारे कई-कई जन्म। तुम इस तरह सोचो कि उस दिन पार्वतीजी जा रही थीं, फिर अगले दिन भी नहाने जाएँगी, पर तब तक हजारों बार तुम आ और जा चुके होंगे।

अब रही हाथी के सिर वाली बात।

तो जब हम बच्चे थे, हम 'चंपक' पढ़ते थे। उसमें अच्छा चीकू खरगोश होता था, बुरी लोमड़ी होती थी।

हम जानवरों के माध्यम से, चित्रों के माध्यम से अच्छाई और बुराई का पाठ पढ़ते थे। फिर बड़े हुए तो 'नंदन' पढ़ने लगे, 'चंदामामा' पढ़ने लगे, 'पराग', 'मुक्ता', 'सरिता' पढ़ने लगे। कहानी हर बार वही होती थी, अच्छाई और बुराई की। माध्यम बदलता गया, पात्रों के नाम बदलते गए, पर संदेश वही रहा।

तो ये धार्मिक ग्रंथ जब लिखे गए थे, तब लिखने वाले ने सोचा नहीं होगा कि हम इतने समझदार हो जाएँगे और सवाल उठाएँगे। तब उन्होंने इन कहानियों के माध्यम से हमें सिर्फ जीवन के दर्शन को आसान तरीके से समझने के लिए इन कहानियों को रचा होगा। तुम उसे उसी तरह समझो।

जैसे इस कहानी में एक संदेश तो यही था कि महिला की इज्जत तब भी सबसे बड़ी बात थी। वो स्नान करने यूँ ही नहीं जातीं। वो इस बात का ध्यान रख रही हैं कि स्नान के दौरान कोई भी घर के भीतर प्रवेश न करे।

जब उनके पति ने गणेश की गर्दन काट दी, तब पार्वती नाराज हो जाती हैं। अब शिव चाहते तो पार्वतीजी को ही डाँट सकते थे कि ये क्या मजाक है ? उबटन और मैल से एक मूर्ति तैयार करके तुमने उसे सच मान लिया। ये तो बहुत मूर्खता है, पर उन्होंने ऐसा नहीं कहा। उन्होंने पत्नी की चाहत का मान रखा। पत्नी जब रूठ गईं तो वो नाराज होने की जगह उन्हें मनाने में लग गए। उन्होंने अपनी गलती मानी। क्या तुम्हें इस कहानी से एक बेहतर दांपत्य जीवन जीने का संदेश नहीं मिलता ?

अब रही बात कि हाथी का सिर लाकर जोड़ दिया गया।

सोचो, कितने हजार साल पहले इस कहानी में अंग ट्रांस्प्लांट और प्लास्टिक सर्जरी के होने की संभावना का गूढ़ संदेश छिपा है। कहानी अपने आप में यह संदेश देती है कि कोई अंग कट जाने पर उसका इलाज संभव है।

अगर हम लोगों ने इन धार्मिक और पौराणिक कहानियों को खारिज करने की जगह वैज्ञानिक ढंग से समझने की कोशिश की होती तो शायद हम और उन्नत होते और रिश्तों को बेहतर संजीदगी से जीने की कोशिश करते, पर हमें तो जल्दी है सबकुछ खारिज कर देने की।

मेरा मित्र उठा और उसने दोनों हाथ जोड़कर संजय सिन्हा को प्रणाम किया और कहने लगा कि धन्य हो, मित्र। तुमने मेरी आँखें खोल दीं।

मैंने मुस्कुराकर इतना ही कहा कि बचपन में माँ जो कहानियाँ तुम्हें सुनाती होंगी, तुमने उन्हें संजू बेटे की तरह ठीक से आत्मसात् किया होता तो आज मुझसे बहस नहीं कर रहे होते, पर कोई बात नहीं। देर आए, दुरुस्त आए।

□

पुरानी सोच

कल ऑफिस के मेकअप रूम में बैठा था। लाइट, कैमरा, ऐक्शन के चक्कर में संजय सिन्हा को भी टी.वी. पर कहानी सुनाने से पहले चेहरे पर थोड़ा-सा पाउडर, क्रीम लगाने की दरकार होती है। हालाँकि बचपन में माँ सरसों का तेल और फिर उबटन लगाकर नहला देती थी। हो गया माँ का राजा बेटा तैयार।

मैंने तो बचपन से यही सुना और देखा है कि पाउडर, क्रीम लड़कियाँ लगाती हैं, लड़कों को इनसे क्या काम? हालाँकि सरसों के तेल की जगह कब बोरोलीन और बोरोप्लस ने ले ली, पता ही नहीं चला। कुछ दिनों के बाद इनकी जगह नीविया ने ले ली।

वो तो अगर संजय सिन्हा को रोज-रोज आपको टी.वी. पर कहानी सुनाने न आना हो तो कई प्रसाधन सामग्री के नाम भी उन्हें पता नहीं चलते। इतने सालों की नौकरी में पहली बार पता चला कि टी.वी. न्यूज के संसार में सिर्फ पत्रकार ही सबकुछ नहीं होते। बाल काटने वाले, मेकअप करनेवाले, ड्रेस डिजाइन करनेवाले भी बहुत महत्त्वपूर्ण होते हैं।

टी.वी. पर चम-चम एंकर जो आपको दिखते हैं, उनकी चमकार में इनका बहुत बड़ा रोल होता है। आँखों के नीचे के काले घेरे ये दूर करते हैं, मोटी गर्दन को सुराहीदार ये बनाते हैं। बालों में बाउंस भी यही लाते हैं। कुल मिलाकर बात इतनी है कि ईश्वर की दी शक्ल को ये सँवारते हैं और दर्शकों को टी.वी. देखने के लिए उकसाते हैं। हालाँकि महिला और पुरुष एंकर के तैयार होने में अंतर है। अपने को चेहरे के ज्यादा गड्ढे नहीं भरने पड़ते। माँ ने बचपन में सरसों का तेल लगाकर धूप में हमारा जो अचार बनाया है, उसका नतीजा यह है कि चेहरे पर उम्र महाराज ने अभी दस्तक नहीं दी है।

ऐसे में हमें तैयार होने में पाँच मिनट से अधिक नहीं लगते।

कल भी मैं पाँच मिनट के लिए मेकअप रूम में बैठा था। मैं आँखों के काले घेरों के नीचे क्रीम लगा रहा था कि किसी के फोन की घंटी बजी। मैंने शीशे में ही देखा कि मेरे बगल में एक लड़की अपने बालों को सँवार रही थी। उसी का फोन बजा था। फोन की घंटी बजते ही उसने अपने बैग से फोन निकाला और 'हेलो-हेलो' करने लगी।

आमतौर पर कोई किसी की बात नहीं सुनता। किसी की बातें सुननी भी नहीं चाहिए, पर उस लड़की ने जिस अंदाज हेलो कहा और फिर जिस उदासी से यह कहा कि 'ओह!' तो फिर सबका ध्यान उधर चला ही गया।

लड़की ने फोन तो चहकते हुए उठाया था, पर फोन पर बात करते-करते वो उदास हो गई थी। ऐसा लग रहा था कि वो कहीं जाने के लिए तैयार हो रही थी और अब उसे वहाँ नहीं जाना।

लड़की ने फोन पर ही कहा, "अब मैं क्या करूँगी? अब मुझे सीधे घर जाना पड़ेगा। मुझे बोर होना पड़ेगा। तुम लोग पहले प्रोग्राम बनाती ही क्यों हो, जब आखिरी वक्त पर उसे चेंज करना होता है?"

मैं तैयार हो चला था। चाहता तो कुर्सी से उठता और सीधे स्टुडियो में पहुँच सकता था, पर मेरे सहयोगी प्रमोद चौहान ने बताया कि स्टुडियो में अभी कुछ रिकॉर्ड हो रहा है तो पाँच मिनट मैं मेकअप रूम में ही इंतजार कर लूँ।

कल का वो इंतजार मुझे बहुत भारी पड़ा। इतना कि रात में ठीक से सो नहीं पाया। सुबह भी अचानक नींद खुल गई। जब से नींद खुली है, उस लड़की की बातें मेरा पीछा कर रही हैं। लड़की ने फोन पर बात करने के बाद करीब-करीब फोन को पटककर ही बंद किया। फिर वो मेकअप मैन से बातें करने लगी और अपनी खीझ निकालने लगी। कहने लगी कि छोड़ो, अब मूड नहीं है तैयार होने का। मेकअप मैन ने पूछा कि क्या हुआ?

लड़की ने कहा कि पिछले एक हफ्ते से हमारा प्रोग्राम बना था, रात में एक पार्टी में जाने का। मैं सुबह से ही उत्साहित थी, पर मेरी सहेली ने अचानक मना कर दिया कि तबीयत ठीक नहीं लग रही, इसलिए पार्टी कैंसिल।

मेकअप मैन ने कहा कि पार्टी कैंसिल हो गई तो अच्छा ही हुआ। अब आप जल्दी घर जा सकती हैं। रोज तो आपको घर पहुँचने में देर हो ही जाती है। आज जल्दी चली जाइए। माँ-पापा के साथ बैठ लीजिएगा। थोड़ा आराम भी हो जाएगा।

लड़की ने बहुत खीझ भरे शब्दों में कहा कि यही तो मुसीबत है। घर जल्दी जाने का

मतलब है, हजार सवालों के जवाब देना। अब इस उम्र में मम्मी-पापा के साथ बैठकर क्या बातें करूँगी? पापा वही घिसी-पिटी बातें शुरू कर देंगे, आज खबरों में क्या है? गुजरात में क्या लग रहा है? किसकी सरकार बनेगी? और मम्मी तो पीछे ही पड़ जाएगी कि ये खा लो, वो खा लो।

मेकअप मैन चुप था।

लड़की बोल रही थी कि कितना अच्छा होता अगर हम पार्टी में गए होते। ये जल्दी घर जाना मुझे बिल्कुल पसंद नहीं।

मैं हैरान था। इस संसार में कोई ऐसा भी है, जिसे जल्दी घर जाने की जल्दी नहीं? पापा-माँ से मिलने का मन नहीं? मेरी तो शादी हो चुकी थी, बेटा भी हो चुका था और पिताजी यहीं रहते थे, तो मैं ऑफिस के बाद घर भागता था कि आज उनके साथ कुछ अधिक देर तक बैठ लूँगा। उनके पास कितनी बातें हैं, बताने के लिए। जब तक माँ रही, मैं स्कूल से छुट्टी की घंटी बजते ही घर भागता था। माँ को ये बताऊँगा, वो बताऊँगा। फिर माँ मुझे कहानी सुनाएगी, पर तब सिर्फ मैं ही ऐसा नहीं था। चंदन, गौतम, अज्जू सब-के-सब ऐसे ही घर भागते थे।

तो क्या अब आज के बच्चे घर नहीं जाना चाहते? या सिर्फ यह लड़की घर नहीं जाना चाहती? मेरे मन में एक साथ हजार सवाल दौड़ने लगे थे।

आखिर में कुर्सी से उठते हुए मैंने लड़की से पूछ ही लिया कि क्या आप रोज पार्टी में जाती हैं?

लड़की ने कहा कि हाँ, जब ऑफिस का काम जल्दी पूरा हो जाता है, तब हम पार्टी में चले जाते हैं।

"आप जल्दी काम खत्म हो जाने पर घर क्यों नहीं जातीं?"

"सर, घर बहुत बोरिंग जगह है। मम्मी-पापा की बातों में मजा नहीं आता। पार्टी में जाकर थोड़ा चिल फील करते हैं। यार-दोस्तों के साथ थोड़ा नाचना-गाना हो जाता है, बढ़िया खाना हो जाता है, तो सारे दिन की थकावट मिट जाती है।"

"ओह! मुझे तो पता ही नहीं था कि ऐसे थकावट मिटती है।"

"आपकी जेनरेशन अलग है, सर। आज की जेनरेशन अलग है।"

मैंने प्रमोद को फोन किया कि आज शूटिंग नहीं कर पाऊँगा। मैं जल्दी घर निकल रहा हूँ।

रास्ते भर सोचता रहा कि क्या मेरा बेटा भी ऐसा ही सोचता होगा? क्या वो भी जल्दी घर आकर बोर होता होगा? क्या प्रमोद का बेटा भी नहीं चाहता होगा कि वो जल्दी घर पहुँचे? मिश्राजी की बेटी को साल भर पहले मैंने नौकरी दी है, तो क्या उनकी बेटी भी जल्दी घर नहीं जाना चाहती होगी?

मैंने देखा है कई लोग काम खत्म होने के बाद भी ऑफिस में ही बैठे रहते हैं। पहले मैं सोचता था कि ये कितना काम करते हैं? सुबह से रात तक काम ही काम। पर अब मैं समझ गया हूँ, जो लोग ऑफिस में ड्यूटी ऑवर के बाद भी रुके रहते हैं, वो असल में घर जाकर बोर होते हैं।

पर मैं ये सब क्यों सोचूँ?

मैं जल्दी घर जाऊँगा। कॉलबेल बजाऊँगा तो पत्नी दौड़ती हुई दरवाजा खोलेगी और मुस्कुराकर कहेगी, वाह! आज इतनी जल्दी? अच्छा हुआ, जल्दी चले आए। आज मैंने खाने में ढेर सारी चीजें बनाई हैं। आज खाकर हम साथ टहलने भी चलेंगे। कंगना रनाउत की फिल्म 'सिमरन' भी टी.वी. पर आ गई है, आज वो देखेंगे।

पत्नी एक साँस में ही रात का पूरा कार्यक्रम बना लेगी। मैं रोज से आधा घंटा जल्दी घर पहुँचूँगा, कार्यक्रम पूरी रात का बनेगा। ये आधा घंटा मेरी जिंदगी में कई घंटे बन जाएँगे।

सच है, मैं पुराना हो गया हूँ, पुरानी सोच वाला। जो आज भी माँ-पिताजी को याद करके रोए उसे पुराना ही कहा जाता है।

ओल्ड जेनरेशन।

□

देने वाला ही पाता है

देना बड़ी बात है, पर हम में से अधिकतर लोग इस सच को नहीं समझते। ऐसा नहीं है कि सिर्फ संजय सिन्हा की माँ ने अपने बेटे को कहानियाँ सुनाई हैं। सबकी माँएँ अपने-अपने संजुओं को कहानियाँ सुनाती हैं, पर संजय सिन्हा ने उन्हें आत्मसात् कर लिया है।

एक दिन स्कूल से घर लौट कर मैंने माँ को बताया आज चिंटू की मम्मी ने हम सबके लिए खीर भेजी है। चिंटू हमारे लिए खीर स्कूल लेकर आया था।

माँ ने हैरान होकर पूछा, "सबके लिए खीर? पर वो क्यों भला?"

"सबके लिए नहीं माँ, सिर्फ हम लोगों के लिए। चिंटू की मम्मी ने सिर्फ हम लोगों के लिए खीर भिजवाई है।"

"वही तो पूछ रही हूँ बेटा कि बाकी बच्चों के लिए क्यों नहीं?"

"वो इसलिए माँ क्योंकि कल चिंटू अपना लंच लाना भूल गया था तो मैंने अपना आधा खाना उसे खिला दिया था, पर माँ, उस आधे खाने से हम दोनों का पूरा पेट भर गया था। फिर चिंटू ने घर जाकर अपनी माँ को बताया, तो उसकी मम्मी ने खीर बनाकर भेजी। मेरे लिए भी, आपके लिए भी। सबके लिए।"

माँ ने मेरे सिर को सहलाया और कहने लगी कि तुमने बहुत अच्छा किया, जो चिंटू को भी खाना खिलाया।

यहीं माँ ने मुझसे कहा था कि देना बड़ी बात है।

माँ ने इतना ही कहा था कि मैं जिद करने लगा, "माँ, मुझे कोई कहानी सुनाओ।" माँ मुस्कुराने लगी। उन्होंने कहा कि पहले हाथ-मुँह धो लो। कुछ खा लो। फिर रात में सोने से पहले कहानी सुनाऊँगी।

रात हो गई। सब लोग खाना खा चुके थे। मैं माँ गोद में दुबककर लेटा था। माँ कहानी सुना रही थी।

"एक भिखारी था। वो भीख माँगकर जीता था। एक दिन भीख माँगता हुआ वो नगर के मुख्य मार्ग से गुजर रहा था कि सामने से राजा की सवारी आती दिखी। भिखारी मन-ही-मन खुश हो गया कि आज कुछ अधिक मिलेगा। राजा की सवारी पास आ गई। भिखारी सोच रहा था कि आज कुछ अच्छा मिलेगा। शायद जन्म-जन्म की दरिद्रता दूर हो जाए। देखें, क्या मिलता है?

जैसे ही राजा भिखारी के पास पहुँचा, वो अपने रथ से उतरकर भिखारी के सामने पहुँच गया और हथेली भिखारी के सामने फैला दी।

भिखारी हैरान था। कहाँ राजा को उसे देना चाहिए था, उल्टे वो उसी के सामने हाथ फैलाए खड़ा था। भिखारी के थैले में तब काफी कुछ था। सुबह ही किसी ने किलो भर गेहूँ भीख में में दिया था, पर भिखारी ने अपने थैले से गेहूँ के दो दाने निकालकर राजा की हथेली में रख दिए। राजा ने उसे धन्यवाद कहा और आगे बढ़ गया।

भिखारी बहुत निराश हुआ। राजा ने कुछ नहीं दिया।

उदास भाव से वो अपने घर गया और उसे जो कुछ भीख में मिला था, उसे निकालकर देखने लगा। अचानक उसकी निगाह भीख में मिले गेहूँ पर गई।

उसने देखा कि गेहूँ के दो दाने सोने के थे।

वो बहुत हैरान हुआ। दो दाने सोने के कैसे?"

मैं भी हैरान था, "माँ, गेहूँ के दो दाने सोने के कैसे हुए?"

माँ मुस्कुराने लगी। फिर उसने बताया कि यह देने का फल था। राजा ने भिखारी से माँगा था। भिखारी के पास ढेर सारा गेहूँ था। पर उसे देने की आदत नहीं थी, सिर्फ लेने की थी। उसके मन की दरिद्रता ने उसे ऐसा बना दिया था। बेशक वो भिखारी था, माँगकर जीता था, पर उस दिन पहली बार उसके पास देने का मौका आया था। राजा ने अपना हाथ उसके आगे फैला दिया था। भिखारी चाहता तो सारा गेहूँ राजा को दे देता। अगर ऐसा कर पाता तो उसके थैले में सारे गेहूँ सोने के हो जाते, पर उसने दो गेहूँ के दाने दिए। जितने दिए, उतने सोने के हो गए।

भिखारी समझ गया कि यह दो दाने देने का प्रतिफल है। काश, उसने सारा गेहूँ राजा को दे दिया होता! वो समझ गया कि देना बड़ी बात है। देने वाला ही पाता है।

माँ समझाती कि इस संसार में जितने भी जीव-जंतु हैं, सब प्रकृति से जितना लेते हैं, उतना उसे लौटा देते हैं। एक वृक्ष को ही देखो, वो धरती से अपना भोजन लेता है, धरती को हरियाली दे देता है। वो फूल, फल देता है, साफ हवा देता है। इसी तरह सभी जानवर भी प्रकृति से जितना लेते हैं, उसे किसी-न-किसी रूप में लौटा देते हैं। सिर्फ आदमी एक ऐसा जीव है, जो लेता है। देता नहीं। वो प्रकृति से इतना कुछ ले लेता है, पर देने के नाम पर उसकी थैली से गेहूँ के दो दाने भी नहीं निकलते।

"पर मेरे राजा बेटा, तुम देना। तुम सबको देना। जितना दोगे, उससे अधिक पाओगे।"

आज माँ का कहा सही साबित होने लगा है। मैंने आपसे प्यार किया, बदले में आपने मुझसे और प्यार किया। आपके प्यार का ही नतीजा है कि हम फेसबुक के आभासी संसार से निकलकर हकीकत की दुनिया में आपस में मिलने लगे हैं। ये आपका प्यार ही है कि 12 नवंबर को हम एक बार फिर पटना में मिलने जा रहे हैं।

किसी ने मुझसे कल पूछा कि संजयजी, आपके लिए क्या लेकर पटना आऊँ?

मैंने कहा, "दिल लेकर आइएगा, दिल लेकर जाइएगा। इस संसार को दिल-विल, प्यार-व्यार की बहुत जरूरत है। बारूद और नफरत का खेल खत्म करने के लिए बहुत जरूरी है कि प्रेम की कहानियाँ दुनिया तक पहुँचाई जाएँ।"

आखिर कब तक लेते रहेंगे?

अब वक्त आ गया है, जब देना होगा। और कुछ नहीं तो प्यार तो दे ही सकते हैं। आपको जो मिले, उसे प्यार दीजिए। मन से नफरत को मिटा दीजिए। झोली भर कर प्यार दीजिए। वो दुगुना होकर आपके पास लौटेगा, यह संजय सिन्हा का विश्वास है।

□

प्यार की गुंजाइश

पत्नी यह चेक करना चाहती थी कि उसका पति उसे कितना प्यार करता है? कुछ पत्नियाँ समय-समय पर रिश्तों में लिटमस जाँच करती रहती हैं।

पति दफ्तर गया था, पत्नी घर पर थी। बैठे-बैठे उसके मन में खयाल आने लगा कि पति रोज भागकर दफ्तर जाता है, देर से घर आता है, कहीं कोई चक्कर ही न चल रहा हो। यह खयाल आने की देर भर थी कि पत्नी ने मन-ही-मन ताना-बाना बुन लिया कि उसका पति उससे अब प्यार ही नहीं करता। घर आता है, खाना खाता है, टी.वी. देखता है और सो जाता है।

मतलब, शादी में प्यार खत्म हो चुका है।

पत्नी ने तय किया कि पति के प्रेम की जाँच की जानी चाहिए। यह चेक करना चाहिए कि उसका पति उससे अभी भी प्यार करता है, या प्यार कहीं और ट्रांसफर हो चुका है।

पति के घर आने के ठीक पहले उसने मेज पर एक चिट्ठी लिखकर रख दी कि मुझे लगता है कि हमारे बीच प्यार खत्म हो चुका है। तो अब मैं घर छोड़कर जा रही हूँ। इतना लिखने के बाद वो पलंग के नीचे छुप गई।

आप सोच रहे होंगे कि संजय सिन्हा को ये बातें कैसे पता? पर आज आप ये मत सोचिए। आप तो बस आगे की कहानी पढ़िए।

आगे की कहानी यह है कि पति घर आया। उसने घंटी बजाई। लेकिन पत्नी ने दरवाजा नहीं खोला। हैरान, परेशान पति ने डुप्लिकेट चाबी से दरवाजा खोला। घर में घुसते ही पत्नी को आवाज दी, "कहाँ हो? मर गई क्या?"

पर पत्नी कहीं नजर नहीं आई। नजर आई वो चिट्ठी। पति ने चिट्ठी पढ़नी शुरू की।

"मुझे लगता है कि हमारे बीच प्यार खत्म हो चुका है। तो अब मैं घर छोड़कर जा रही हूँ।"

चिट्ठी पढ़ने के बाद पति खुशी से उछल पड़ा।

याSSS...हूSSS...।

पति ने फटाफट अपने दोस्त को फोन मिलाया। उधर से 'हेलो' की आवाज आते ही पति खुशी से चिल्लाता हुआ बोलने लगा, "यार! खुशखबरी है। मेरी पत्नी ने मेरा पीछा छोड़ दिया। वो चिट्ठी लिखकर घर से चली गई है। उसने पत्र में लिखा है कि हमारा प्यार खत्म हो चुका है, मैं घर छोड़कर जा रही हूँ। यारा, तू आज रात मेरे घर आ जा, साथ बैठकर जश्न मनाएँगे। तू फटाफट मेरे घर के लिए निकल, मैं फटाफट पार्टी का सामान लेकर आता हूँ। सारी रात हम मौज करेंगे।"

पत्नी पलंग के नीचे से सारी बातें सुन रही थी।

"ओह! मैंने इस आदमी के साथ इतने साल गुजारे? ये आदमी? ये जो खुश हो रहा है मेरे चले जाने की बात से? अब मैं एक मिनट भी इसके साथ नहीं रहूँगी। अब मैं सचमुच में घर छोड़कर चली जाऊँगी। कहीं भी जाऊँ, किसी के साथ रहूँ, पर इस आदमी के साथ नहीं रहूँगी।"

आदमी ने दोस्त को बुलाकर फोन काटा और कागज पर कुछ लिखा और दरवाजा बंद कर बाहर निकल पड़ा।

पति के जाने के बाद पत्नी टूटे मन से पलंग के नीचे से निकली। मेज के पास जाकर उसने देखा कि पति क्या लिखकर गया है? आँसुओं में डूबी अपनी आँखों से उसने किसी तरह पति का लिखा पढ़ा।

पति ने लिखा था, "पलंग के नीचे से बाहर निकल आ, पगली। तेरे दो खूबसूरत पाँव मुझे नजर आ रहे हैं। मैं समोसे लेने जा रहा हूँ, तू चाय का पानी गैस पर चढ़ा।"

यकीनन आपने ये चुटकुला पहले कई बार सुना होगा।

पर आज संजय सिन्हा आपसे ये कहना चाह रहे हैं कि आप भी अपने रिश्तों के पाँव देखते रहिएगा। रिश्ते चाहे जहाँ छिप गए हों, जो लोग रिश्तों के दो खूबसूरत पाँव देख पाते हैं, उनके रिश्ते कभी नहीं टूटते।

रिश्ते कहीं भी छिपे हों, प्यार के झाँकने की गुंजाइश बचाए रखिएगा।

□

सही–गलत

माँ की कहानियों के संसार में हर सवाल का जवाब था। जिन सवालों के जवाब पलकधारी मास्टर साहब फिजिक्स पढ़ाते हुए नहीं दे पाते थे, ओम प्रकाश मास्टरजी गणित पढ़ाते हुए नहीं बता पाते थे, वो जवाब माँ की कहानियों में होते थे।

मैंने सबसे पहले पलकधारी मास्टर साहब से ही पूछा था कि सही क्या है, गलत क्या है? मास्टर साहब ने घूरकर मेरी ओर देखा था और कहने लगे थे कि तुम यहाँ फिजिक्स पढ़ने आए हो या सही–गलत समझने?

मैंने धीरे–से कहा था कि आप ही तो कहते हैं, आदमी को गलत काम नहीं करने चाहिए। सिर्फ सही काम ही करना चाहिए, पर आप ये कभी नहीं बताते कि गलत क्या है, सही क्या है?

मास्टर साहब ने कहा था कि जाओ, पढ़ाई करो। यही सही है।

संजय सिन्हा को उनके सवाल का जवाब न मिले और वो चुप बैठ जाएँ, ऐसा तो आठवीं कक्षा में भी संभव नहीं था।

दोपहर बाद मैं ओमप्रकाश मास्टरजी के पास गया था। उनसे भी यही पूछा था कि सही क्या है, गलत क्या है? मास्टर साहब ने मेरी ओर आँखें तरेरकर देखा था और कहा था कि जिन सवालों के जवाब तुम सही देते हो, वो सही है। जिनके जवाब गलत देते हो, वो गलत।

मेरा मन इस जवाब से भी संतुष्ट नहीं हुआ था।

शाम को मैं माँ के पास बैठा था।

मैंने माँ से पूछा था कि माँ, सही क्या है, गलत क्या है?

माँ ने छोटी–सी कहानी सुनाई।

"एक बार एक आदमी एक साधु के पास पहुँचा। उसने साधु से यही पूछा था कि महाराज, सही क्या है, गलत क्या है? साधु ने आदमी की ओर देखा और पूछा कि तुम क्या करते हो? आदमी ने साधु से कहा कि मैं सैनिक हूँ। साधु हँसने लगे। उन्होंने कहा कि तुम और सैनिक? तुम जैसे आदमी को सेना में किसने बहाल किया?

आदमी को भयंकर क्रोध आ गया। यह साधु क्या बकवास कर रहा है? मेरे सैनिक होने पर ही सवाल उठा रहा है? कह रहा है कि तुम्हें सेना में भर्ती किसने किया? क्रोध में उसका हाथ कमर में लटकी बंदूक की ओर गया।

साधु ने देखा तो उससे कहा, "ओह! तुम बंदूक भी साथ लेकर आए हो? यह बंदूक तुम इसलिए रखते हो, ताकि कोई तुम्हारे खिलाफ कुछ बोले तो तुम उसे डरा सको। यही है गलत। जब हम अपने आप को सही साबित करने के लिए क्रोध का सहारा लेते हैं, तो वो गलत होता है।"

आदमी समझ गया कि साधु क्या कह रहे हैं? उसने कमर से बंदूक निकाली और साधु के चरणों पर रखते हुए बोला, "मुझसे गलती हुई, महाराज।"

साधु ने उसे गले से लगा लिया और धीरे-से बुदबुदाए, "यही है सही।"

माँ कहानी सुनाकर मेरी ओर देखने लगी।

मैं मिनट भर को चुप रहा। फिर मैंने माँ से कहा, "समझ गया, माँ। मैं समझ गया कि क्या सही है, क्या गलत है। प्रेम से झुक जाना ही सही है। अहंकार में तन जाना गलत है।"

संजय सिन्हा माँ का वो ज्ञान कभी नहीं भूले। प्रेम ही सही है, नफरत गलत है।

हम सब पटना में प्रेम के महाकुंभ में डुबकी लगाकर लौट आए हैं। हम सब अब कई-कई दिनों तक प्रेम में डूबे रहेंगे।

आज माँ होती तो अपनी कहानियों को हम में जीते देख बहुत खुश होती।

माँ नहीं है, पर माँ का बेटा तो है। माँ का बेटा कल पटना में सबको प्रेम का पाठ पढ़ा कर लौट आया है। वही पाठ जिसे माँ ने उसे पढ़ाया था—

"प्रेम सही है, नफरत गलत।"

□

खुशियों के खोंइचा

शादी के बाद दीदी की विदाई हो रही थी। रोती हुई दीदी ने अपना आँचल आगे फैलाया और माँ ने उसमें मुट्ठी भर चावल, हल्दी का एक टुकड़ा, सिंदूर की पुड़िया और थोड़े-से पैसे बाँध दिए।

शादी के बाद दीदी के साथ कई-कई बक्से भर कर सामान जा रहा था। ढेर सारे कपड़े, गहने, बर्तन, बिस्तर और भी बहुत कुछ। फिर माँ ने ये एक मुट्ठी चावल दीदी के आँचल में क्यों बाँध दिए? दीदी एक मुट्ठी चावल का क्या करेगी? इतने में तो वो अपने लिए भात भी नहीं बना पाएगी। अगर माँ चाहती है कि दीदी जब ससुराल जाए, तो वहाँ एक दिन खिचड़ी बनाकर खा ले, तो फिर चावल और हल्दी ही क्यों?

सभी रो रहे थे। दीदी माँ के गले से लगी थी। ऐसे में माँ का संजू बेटा चाहकर भी किसी से नहीं पूछ पाया कि माँ इतना-सा चावल क्यों?

दीदी विदा होकर चली गई थी।

कई दिनों बाद एक दिन संजय सिन्हा ने माँ से पूछ लिया कि माँ, उस दिन आपने दीदी के आँचल में मुट्ठी भर चावल क्यों बाँधा था?

माँ मुझे समझाने लगी, "बेटा, इसे खोंइचा कहते हैं। लड़कियाँ जब माँ का घर छोड़कर जाती हैं तो माँएँ उनका खोंइचा भरती हैं। इस एक मुट्ठी चावल में माँ का प्यार भरा होता है।"

"फिर लड़कों को भी शादी के बाद प्यार का खोंइचा मिलेगा?"

माँ समझ गई कि उनका लाडला संजू इतने से नहीं मानने वाला। उसे खोंइचे का पूरा अर्थ जानना है।

माँ ने कहना शुरू किया, "बेटी लक्ष्मी होती है। जब वो माँ के घर से पति के घर जाती

है तो माँ उसके आँचल में चावल इसलिए बाँधती है, ताकि उसका घर धन-धान्य से भरा रहे। इस एक मुट्ठी चावल को तुम्हारी दीदी अपने घर के भंडारे में रख देगी, तो उसके घर कभी अन्न की कमी नहीं होगी। और मैंने आँचल में डालकर थोड़ा चावल जो निकाल लिया है न, वो इसलिए ताकि उसके जाने के बाद यहाँ भी किसी चीज की कमी न हो। एक बेटी दो-दो घरों को उजाला करती है।"

"फिर हल्दी और पैसे क्यों?"

"हल्दी शुभ का संकेत है। हल्दी सौ बीमारियों से बचाने वाली औषधि है। एक हल्दी की गाँठ के साथ उसे और उसके पूरे परिवार को सदा निरोगी रहने का आशीर्वाद माँएँ देती हैं। और पैसा इसलिए ताकि उसके घर कभी नकदी की कमी न हो। माँएँ बेटियों के खोंइचे को इसलिए भरती हैं, ताकि वो और उसका पूरा परिवार स्वस्थ रहे। कभी खाने-पीने की कमी न हो और धन-धान्य से पूरा घर भरा रहे। और सिंदूर इसलिए ताकि उसका सुहाग हमेशा बना रहे।"

"समझ गया, माँ।"

संजय सिन्हा की शादी पंजाबी परिवार में हुई। यहाँ बेटियों की खुशियों के लिए माँएँ अपनी तरह से विदाई करती हैं। मैंने अपनी पत्नी को बताया था कि हमारे यहाँ विदाई पर माँ लड़कियों का खोंइचा भरती है।

पर मेरी तो माँ ही नहीं थी। कौन भरता उसका खोंइचा?

पटना में संजय सिन्हा फेसबकु मिलन समारोह के बाद जब हम दिल्ली के लिए उड़ान भरने वाले थे तो मैंने पत्नी से कहा कि हैंडबैग में कुछ मत रखो। सबकुछ चेक-इन करा लो। पत्नी ने सबकुछ सूटकेस में डाल दिया, पर एक थैले वो हाथ में उठाए रही। मैंने पूछा कि इसे क्यों सूटकेस में नहीं डाल देती?

उसने धीरे-से मुस्कुराते हुए कहा, "ये खुशियों की पोटली है। तुम्हारी फेसबुक वाली माँ मीरा कुमार ने मुझे दी है। इसमें चावल है, हल्दी है, पचास रुपए का नोट और सिंदूर है। इसे मैं इधर-उधर नहीं रखूँगी, अपने साथ ही रखूँगी।"

मैंने कहा, "खोंइचा तो छोटा-सा होता है। तुमने इतना बड़ा थैला उठा रखा है। इसमें सिर्फ खोंइचा नहीं हो सकता। और क्या है?"

"अरे इसमें माँ ने तुम्हारे लिए गुझिया, निमकी वगैरह भेजी है।"

"और क्या-क्या है?"

"वो फेसबुक वाली बहन किरण सिन्हा ने इसमें ठेकुआ दिया है। वो मुझसे पूछ रही थीं कि क्या चाहिए तो मैंने ठेकुआ कह दिया। मुझे क्या पता था कि वो फेसबुक मिलन समारोह छोड़कर घर चली जाएँगी और ठेकुआ बनाकर ले आएँगी? अब वो मेरे लिए ले आई हैं तो मैं इन्हें फ्लाइट के कार्गो में रखने का जोखिम नहीं उठा सकती। ये मेरे साथ ही रहेगा।"

"और तो कुछ नहीं लेकर आई न?"

"वो तो सूटकेस खोलूँगी, तब पता चलेगा। तभी पता चलेगा कि तुम्हारी बहन निशी अग्रवाल ने ओल की चटनी के साथ-साथ पैकेट में और क्या दिया है?"

हे भगवान! मेरी पत्नी क्या-क्या लेकर आई है। मैंने कहा, "तुमने मुझे कुछ बताया नहीं।"

"तुमने मुझे बताया कि तुम्हारे भाई अमित चतुर्वेदी तुम्हारे लिए एक शर्ट लेकर आए हैं, जिसे तुमने सूटकेस में रख लिया है? तुमने बताया क्या कि तुम्हारी रेणु चतुर्वेदी भाभी ने विदाई के समय तुम्हें एक लिफाफे में नेग दिया है? और उत्तराखंड से तुम्हारे भाई खास बाल मिठाई लाकर चुपके से तुम्हें दे गए हैं? मैंने तुम्हारे सूटकेस में पटना के महावीर मंदिर के प्रसाद वाले दो डिब्बे लड्डुओं के भी देखे हैं। और भाई मुकेश हिसारिया ने चलते-चलते जो तिलकुट का पैकेट दिया है, वो भी मुझे पता है।"

"अच्छा, और क्या-क्या है सूटकेस में?"

"और भी बहुत कुछ है। ढेर सारा प्यार तो है ही। बाकी की पूरी लिस्ट खोलकर बता दूँगी, पर कल। अभी तो मुझे मेरी खुशियों के खोंइचे को सँभालने दो।"

□

आओ, नदी पार करें

दीदी की शादी हुए कई साल बीत चुके थे। दीदी शादी से खुश नहीं थी।

दीदी बहुत सुंदर थी, पढ़ने में बहुत अच्छी थी। यह भी सच है कि तब दीदी की शादी वाली उम्र ही नहीं हुई थी, पर शादी हो गई तो अब उसमें कुछ हो नहीं सकता था। आज की बात होती तो शायद परिस्थिति कुछ अलग हो भी सकती थी, पर तब का दौर अलग था।

मुझे लगता है कि शादी दीदी की जिंदगी की सबसे बड़ी दुर्घटना थी।

समय बीतता गया। दीदी बड़ी होती गई। चार बच्चे भी हो गए। बच्चे भी बड़े हो गए, पर दीदी शादी की तकलीफ के बोझ से मुक्त नहीं हुई।

बहुत साल बीत गए। मैंने भी दीदी को बहुत बार समझाया कि अब उस घटना को याद कर खुद की किस्मत को कोसने का कोई फायदा नहीं। जो हुआ, उसे भूल जाओ और आज में जीना शुरू करो। आज उस शादी की याद में कुछ नहीं रखा।

पर दीदी समझती ही नहीं। वो घूम-फिर कर उन्हीं यादों पर चली आती है। उसकी जिंदगी में जो कुछ भी होता है, उसे लगता है कि वो सब उस शादी की वजह से होता है। वो बार-बार ये कहती है कि उस समय अगर शादी नहीं हुई होती, तो उसकी जिंदगी कुछ और होती।

संजय सिन्हा दुनिया को ज्ञान देते हैं कि वर्तमान में जीना सीखो, पर अपनी ही दीदी को नहीं समझा पाए आज तक।

खैर, आप भी सोचते होंगे कि संजय सिन्हा रोज-रोज दीदी का दु:खड़ा लेकर बैठ जाते हैं, पर ऐसा नहीं है। आज मैं यह कहानी आपको इसलिए सुनाने आया हूँ, क्योंकि कल मुझे जिंदगी का ज्ञान मिला है, एक पंडितजी से।

हुआ यह कि मेरे पास किसी ने संदेश भेजा कि संजयजी, मेरी जिंदगी तबाह हो गई है। मैं पिछले दस सालों से अपनी पुरानी यादों से बाहर नहीं निकल पा रही, क्या करूँ? आपके पास इतने पंडित आते हैं। प्लीज, किसी से मेरी समस्या का हल निकलवाइए।

पहले तो मेरी समझ में ही नहीं आया कि संदेश भेजने वाली महिला की तकलीफ क्या है? फिर मैंने पंडित को उनका फोन नंबर देकर कहा कि आप इनसे बात कर लीजिए, ये बेचारी दस सालों से किसी समस्या में हैं।

पंडितजी ने फोन किया और पूरी कहानी पूछी तो उन्होंने यही बताया कि दस साल पहले शादी हुई थी। शादी में उनके साथ धोखा हुआ।

धोखा? धोखा किस तरह?

उन्होंने बताया कि जैसी जिंदगी वो जीना चाह रही थीं, वो जिंदगी उन्हें नहीं मिली। पिछले 10 सालों से वो मन पर कई तरह के बोझ लेकर जी रही हैं। कभी-कभी लगता है कि जिंदगी बेमानी है।

उन्होंने पंडितजी से पूछा कि कुंडली देखकर बताएँ कि आगे कैसी जिंदगी है?

पंडितजी पल भर को चुप रहे। फिर उन्होंने धीरे-से कहा कि कुंडली की जरूरत ही नहीं। आप जिंदगी की नदी को सिर पर पत्थर उठाकर पार कर रही हैं, इसलिए बता सकता हूँ कि आप पूरी जिंदगी दु:खों के बोझ के साथ ही जिएँगी।

महिला की आवाज आनी बंद हो गई थी। लग रहा था कि महिला गहरे अवसाद में चली गई है। कुछ देर की खामोशी के बाद उधर से आवाज आई, "पंडितजी, कोई उपाय?"

"उपाय है, पत्थर को छोड़ देना।"

"कैसे?"

एक कहानी सुनिए, "एक बार एक व्यक्ति एक साधु के पास गया और उनसे खुशी से जीने का मंत्र पूछने लगा। साधु उसे एक नदी तक ले गए। वहाँ पहुँचकर उन्होंने उससे अपने पीछे-पीछे नदी पार करने को कहा। नदी में पानी कम था। बीच में कई पत्थर पड़े थे। आदमी एक-एक पत्थर पर पाँव जमाता हुआ साधु के साथ नदी पार कर गया। साधु ने उससे पूछा कि तुमने नदी कैसे पार की?

"कैसे पार की? ये क्या सवाल हुआ? मैं एक-एक पत्थर पर पाँव जमाता गया और नदी पार कर गया।"

"अगर तुम पहले पत्थर को उठाकर सिर पर रख लेते, फिर दूसरे पत्थर को सिर पर रख लेते तो क्या होता?"

"बोझ उटाकर नदी पार कैसे करता?"

साधु ने उस आदमी से कहा कि तुम्हारे सवाल का जवाब तुम्हें मिल गया है। जिंदगी में भी सामने जो पत्थर है, उस पर पाँव जमाना है और नदी को पार कर जाना है। पिछले पत्थर को उठाकर चलोगे तो जिंदगी बोझिल हो जाएगी। जिंदगी को सिर्फ आज में जीओ।

कहानी सुनाकर पंडितजी ने महिला से कहा कि आप भी अपने पिछले पत्थरों को सिर से उतारिए। आज में जीना शुरू कीजिए।

मुझे नहीं पता कि महिला पंडितजी की कहानी से क्या सीखी, पर संजय सिन्हा बहुत कुछ सीख गए। कल ही तय कर लिया था कि ये वाली कहानी दीदी को सुनाऊँगा।

पर सिर्फ दीदी को क्यों? आप भी तो मेरे अपने हैं। ये कहानी तो सबके लिए है। जिंदगी को आज में जीने वाले अतीत के दु:खों से मुक्त हो जाते हैं।

□

आश्चर्य क्या

कल श्मशान घाट गया था। मेरे एक परिचित की मृत्यु हो गई थी। सुबह मेरे एक मित्र ने फोन करके उनके जाने के बारे में बताया।

मुझे पता था कि मेरे परिचित काफी दिनों से बीमार थे। उनका जिगर खराब हो गया था। उनकी उम्र 45 के करीब थी। पर जितनी शराब वो पी चुके थे, उसमें जिगर का खराब नहीं होना आश्चर्य का विषय हो सकता था, खराब होना नहीं।

कई साल पहले जब पहली बार उनकी तबीयत खराब हुई थी और उन्हें अचानक अस्पताल में भर्ती कराना पड़ा था, तो मैं भाग कर अस्पताल गया था। सरकारी अस्पताल में मेरे पत्रकार होने से जो-जो सुविधाएँ मिल सकती थीं, वो सब उन्हें मिली थीं।

मेरे परिचित बिल्कुल ठीक हो गए थे। डॉक्टरों ने कह दिया था कि अब शराब मत पीजिएगा। जिगर कमजोर है, जरा सी चूक भी भारी पड़ सकती है। मेरे परिचित ने मेरे सामने दोनों कानों को हाथ लगाया था कि अब शराब से तौबा।

कई दिन बीत गए। मैंने सुना कि मेरे परिचित की तबीयत फिर खराब हो गई है।

मैंने उनकी पत्नी से बात की तो पत्नी ने बताया कि संजय भैया, जब ये ठीक हो गए तो कुछ दिन तो रुके रहे, फिर एक दिन बोतल खोल कर बैठ गए। मैंने बहुत समझाया, बहुत मना किया, पर नहीं माने। कहने लगे, कुछ नहीं होता, वो तो यूँ ही हो गया था, अब बिल्कुल ठीक हूँ। मुझे पीने दो।

वो फिर शराब पीने लगे थे। अचानक फिर तबीयत खराब हो गई।

मैं अपने परिचित से मिलने अस्पताल नहीं गया। मुझे उसी वक्त समझ में आ गया था कि 'महाभारत' में यक्ष ने युधिष्ठिर से पूछा था कि जीवन में आश्चर्य क्या है और

युधिष्ठिर ने कहा था कि मृत्यु आश्चर्य है, तो उन्होंने ऐसा क्यों कहा था?

युधिष्ठिर ने यही तो कहा था कि हम हर रोज अपने आसपास इतने लोगों को मरते हुए देखते हैं, पर हम यही सोचते हैं कि हमें अभी नहीं मरना।

मेरे परिचित भी इसी सोच के थे।

उन्होंने खूब शराब पी। बीमार पड़े और फिर ठीक हो गए। दुबारा घर लौटने के बाद तो उनका हौसला और बढ़ गया। हालाँकि उन्होंने इस बार भी डॉक्टर के सामने पत्नी और अपने दो छोटे-छोटे बच्चों की कसम खाई थी कि अब शराब नहीं पियूँगा।

मेरे परिचित ने फिर शराब पीनी शुरू कर दी, पर इस बार पारी लंबी नहीं चली। वो बीमार पड़े। चार दिनों तक अस्पताल में रहे। जो देखने जाता था, उससे कहते थे कि मेरी तो जीने की इच्छा ही नहीं रही। और कल उनके मरने की खबर आ गई।

जिसने मुझे फोन किया था, उसने यही बताया कि भैया, उनकी अब जीने की इच्छा खत्म हो गई थी।

उनकी जीने की इच्छा खत्म हो गई थी? इसका क्या मतलब हुआ? क्या आपका जीवन सिर्फ आपका है? आपसे जुड़े बाकी लोगों का क्या? माँ, बाप, पत्नी, बच्चे, भाई, बहन, क्या उनके बारे में सोचना भी आपका कर्तव्य नहीं?

मैं रोना चाहता था, पर जरा भी नहीं रोया। जानते हैं क्यों?

मैं इसलिए नहीं रोया, क्योंकि इस तरह जो लोग मर जाते हैं, वो मूल रूप से स्वार्थी होते हैं। ऐसे लोग असल में किसी से प्यार ही नहीं करते। ऐसे लोग सिर्फ और सिर्फ अपने आप से प्यार करते हैं।

मेरे परिचित ने अपने मिलने वाले से कहा था कि अब जीने की इच्छा नहीं रही, पर बार-बार बीमार पड़ कर ठीक हो जाने को वो अपनी ताकत मान बैठे थे। और जब कोई टोकता तो वो कह देते कि यार, जीने की इच्छा ही नहीं रही। कमाल था, जीने की इच्छा नहीं रही, पीने की रह गई।

कोई इनसे पूछे कि किसी को ऐसा कहने का क्या हक है, वो भी तब, जब आपने शादी की है, बच्चे पैदा किए हैं?

मैं जानता हूँ कि मृत्यु के बाद किसी के विषय में ऐसी बातें नहीं कही जातीं। हमेशा यही कहा जाता है कि वो बहुत बढ़िया इंसान थे, सबका भला चाहते थे, ईश्वर ने उनके साथ बहुत अन्याय किया, पर संजय सिन्हा ऐसा नहीं कह पा रहे। चाहकर भी नहीं

कह पा रहे। कल श्मशान घाट पर उनकी पत्नी और स्कूल में पढ़ने वाले दो बच्चों को देखने के बाद तो बिल्कुल नहीं। अपने परिचित की बूढ़ी माँ के सीने से लिपट कर मैं रोया, पर इसलिए नहीं कि उनके बेटे की मौत हो गई थी, बल्कि इसलिए कि वो बूढ़ीं आँखें मुझे बहुत कातर लग रही थीं।

सरकार ने अपना काम ठीक किया है कि सिगरेट और शराब के डिब्बे पर साफ-साफ लिख दिया है कि ये जानलेवा हैं। इसके बाद भी कोई अगर पीता है, तो यकीनन वो खतरों से खेलता है।

खतरों से खेलने में कोई बुराई नहीं, पर जब दुर्घटना हो जाए, तब?

अगर कोई सिगरेट के डिब्बे पर कैंसर के इतने बड़े घाव की तस्वीर को देखकर भी सिगरेट पीता है, तो जब उसे यही बीमारी हो जाए तो अफसोस कैसा?

मेरी आज की कहानी कहानी नहीं है। इसे मेरी जंग मानिए, नशे के खिलाफ। यह सच है कि जीवन और मृत्यु ईश्वर के हाथ में है, पर इस तरह खुदकुशी पर ईश्वर भी क्या कर सकते हैं?

मेरी हमदर्दी है, परिचित की पत्नी के साथ। उनके बच्चों के साथ। उनके माँ-बाप के साथ।

जो व्यक्ति परिवार बनाते हैं, उन्हें ये कहने का हक नहीं वो जीना नहीं चाहते। जो जीना नहीं चाहते, उन्हें परिवार बनाने का शौक भी नहीं पालना चाहिए।

□

सत्य का नाम

राम का नाम ही सत्य है।

उनके लिए भी जो ईश्वर को मानते हैं और उनके लिए भी जो नहीं मानते हैं।

मैं एक शव यात्रा में शामिल हुआ था। मुर्दे को कंधे पर उठाए लोग जोर-जोर से बोल रहे थे, "राम नाम सत्य है।" मैंने साथ चल रहे एक परिचित से पूछा कि भाई, ये लोग ये किसे सुना रहे हैं कि राम का नाम ही सत्य है? मेरे साथ चल रहे आदमी ने मेरी ओर घूरकर देखा और उलटकर सवाल कर दिया, "संजयजी, क्या आपको इतना भी नहीं पता कि मुर्दे को जब श्मशान घाट ले जाया जाता है, तो ये कहा जाता है कि राम नाम सत्य है। इसमें इतनी हैरानी की बात क्या है? आपके मन में इतने अजीबो गरीब सवाल उठते ही क्यों हैं?"

"पर मुर्दा तो सुन नहीं रहा। फिर कौन सुन रहा है?"

"अजीब है ये संजय सिन्हा भी। जहाँ सब लोग शांत भाव से चुपचाप राम नाम कहते हुए आँखें नम किए हुए चले जा रहे हैं, ये सवाल-पर-सवाल दाग रहा है। अरे भाई, यह रिवाज है। ऐसा बोला जाता है।"

"पर कोई तो सुनने वाला होना चाहिए न! कोई तो समझने वाला होना चाहिए न! मुर्दा तो सुन नहीं सकता। मुर्दा समझ नहीं सकता। फिर उसके आगे कुछ भी बोलें, उससे उस पर क्या फर्क पड़ने वाला है?"

परिचित ने कहा कि राम के नाम से आत्मा को शांति मिलती है।

"मरने वाले की आत्मा को शांति मिलती है, ये तो मैं मान सकता हूँ, पर आत्मा को ये बताने की जरूरत क्या है कि राम का नाम ही सत्य है। वो तो मरकर राम में समाहित हो गया है। फिर उसे उसकी सत्यता का बोध कराने का क्या मतलब?"

कुछ देर की चुप्पी के बाद मैंने धीरे-से अपने परिचित के कान में कहा कि यह असल में मुर्दे के लिए नहीं बोला जा रहा। यह हमारे और आपके लिए बोला जा रहा है। हमें समझना है कि राम ही सत्य है। यह कंधे पर जो शव चल रहा है न, उसे जीव जगत् से मुक्ति मिल गई है। वो संसार के चक्र से आजाद हो चुका है। सांसारिक माया से उसका कोई मतलब नहीं रह गया है। जो रह गया है, वो हमारे आपके भीतर रह गया है।

यहाँ जो लोग बार-बार कह रहे हैं कि राम नाम सत्य है, वो असल में हमें समझा रहे हैं कि आखिर में सब तर्क, सारी दलीलें व्यर्थ हो जाती हैं। रह जाता है तो बस, सत्य। और राम सत्य है। राम का मतलब ईश्वर, गॉड, अल्लाह। राम का मतलब, परमात्मा। राम का मतलब वो आखिरी शक्ति, जिसके आगे कुछ भी नहीं। खुद राम भी नहीं।

"संजयजी, आप न लोगों को कहानियाँ ही सुनाया कीजिए। ये धर्म की बातें हैं।"

"अरे भाई, ये तो बस ढाई अक्षर का एक शब्द है—'सत्य'। जीवन का सत्य कंधे पर चला जा रहा है, जो कंधे पर चला जा रहा है, वो राम में समाहित हो चुका है और उसके साथ चल रहे लोगों को इतना ही तो बताया जा रहा है कि यही सत्य है। सबका सत्य। न इसके पहले कुछ सत्य था, न इसके बाद कोई सत्य है।"

"ये क्यों बताया जा रहा है?"

"ये इसलिए बताया जा रहा है, ताकि हम जिंदगी का अर्थ समझ जाएँ।"

"सत्य को समझने से फायदा?"

"जिंदगी को जीने लगेंगे, जीने की तैयारी में इसे खर्च नहीं कर देंगे।"

"जिंदगी जीना किसे कहते हैं?"

"स्वार्थ, लोभ और ईर्ष्या से मुक्ति। इससे मुक्त हो जाएँगे तो जीवन को जीने लगेंगे।"

"क्या सचमुच हम मुक्त हो पाएँगे?"

"नहीं होंगे तो फिर किसी शव यात्रा में शामिल होना पड़ेगा, यह समझने के लिए कि राम का नाम ही सत्य है बाकी सब व्यर्थ है।"

"बाकी सब व्यर्थ कैसे?"

"क्योंकि कुछ भी आपका नहीं। आप और हम रेल गाड़ी की यात्रा पर हैं। एक सीट आपकी है, एक सीट मेरी। पर सिर्फ इस यात्रा में। असल में ये न आपकी है, न मेरी।"

"फिर समस्या कहाँ है?"

"समस्या है, यह मान लेने की गलती करना कि यह सीट सदा के लिए मेरी है। समस्या है कि यह सोचना काश, सारी सीटें मेरी ही होतीं। ध्यान रहे, आप किसी भी परिस्थिति में एक से अधिक सीट पर एक बार में नहीं बैठ सकते हैं।

अधिक की चाहत को छोड़कर अगर आप यात्रा का आनंद उठाने लगेंगे तो इसका अर्थ हुआ कि आपने लोभ से मुक्ति पाई। आपने अपनी सीट पर किसी को जगह दी तो इसका अर्थ हुआ कि आपने स्वार्थ से मुक्ति पाई। आपने दूसरे की सीट की ओर झाँकना बंद किया तो मतलब आप ईर्ष्या से मुक्त हुए।

जिंदगी एक यात्रा है। इस यात्रा का आनंद उठाइए। आनंद उस सच को जानकर जीने में है कि कुछ भी हमारा नहीं। सब राम का है। हम भी राम के हैं। राम ही सत्य है।"

राम!!

□

प्रेम की कोख

लड़की की उम्र तीस साल से कम थी। लड़का भी तीस-पैंतीस के बीच ही रहा होगा। दोनों दिल्ली से पटना जा रहे थे।

उस दिन दिल्ली-पटना राजधानी एक्सप्रेस 14 घंटे विलंब से चल रही थी। जिस ट्रेन को सुबह पटना पहुँचना चाहिए था, वो ट्रेन उस समय तक कानपुर नहीं पहुँची थी।

खैर, आज संजय सिन्हा को उस ट्रेन यात्रा की दुःखद कहानी नहीं सुनानी। आज तो संजय सिन्हा कहानी सुनाने जा रहे हैं उस लड़की की, जिसकी चर्चा ऊपर पहली पंक्ति में की गई है।

दोनों पति-पत्नी थे। दोनों साथ-साथ यात्रा कर रहे थे।

अचानक किसी बात को लेकर पति-पत्नी में बहस शुरू हुई। ट्रेन में बाकी यात्री उनकी बातें न सुन पाएँ, इसलिए दोनों बाथरूम के पास जाकर झगड़ने लगे। हमारे साथ दस लोग दिल्ली से पटना यात्रा कर रहे थे। अपने शंभुनाथ शुक्लाजी वॉश रूम के पास गए थे। उन्होंने आकर बताया कि बाहर पति-पत्नी खूब लड़ रहे हैं। तब तक हम इलाहाबाद भी नहीं पहुँचे थे।

पति-पत्नी के बीच लड़ाई कोई बड़ी बात नहीं। सब लोग लड़ते हैं। शंभुजी ने हमें बताया, हम मुस्कुराकर रह गए।

अब शाम हो चली थी। ट्रेन मुगल सराय पहुँची, वहाँ अजय शर्मा ने चाय-समोसे का जुगाड़ करवा कर रखा था। संजय कुमार सिंह मुगल सराय स्टेशन पर उतरकर फोटो खिंचवा रहे थे। कह रहे थे कि जिंदगी में अगर पाँच सौ बार मुगल सराय स्टेशन से उनकी ट्रेन गुजरी होगी, तो आज तक एक बार भी मुगल सराय स्टेशन नहीं देख पाए। ट्रेन मुगल सराय हमेशा आधी रात को या एकदम तड़के ही क्रॉस करती है। मुगल सराय स्टेशन पर कभी उतरने का मौका ही नहीं मिला। इसलिए जब शाम को ट्रेन

मुगल सराय पहुँची, तो संजय सिंह फोटो खिंचवाने के लिए उतर पड़े।

खैर, मुगल सराय पुराण की कहानी फिर कभी सुनाऊँगा। अभी तो इतना ही कि ट्रेन मुगल सराय से खुली और हम चाय, समोसे का आनंद लेते हुए आगे बढ़े।

ट्रेन आरा पार कर चुकी थी, दानापुर आनेवाला था। तभी ट्रेन में हंगामा शुरू हुआ कि वो लड़की ट्रेन से कूद रही है।

मैं भागकर दरवाजे के पास पहुँचा। आर.पी.ए.एफ. के दो सिपाहियों ने उस लड़की को पकड़ लिया था। ट्रेन फुल स्पीड से चली जा रही थी। दरवाजा खुला हुआ था।

मैं तुरंत लड़की के पास पहुँचा। लड़की अपने होश में नहीं थी। बस, रोए जा रही थी। उसे बगल वाले डिब्बे में साइड वाली सीट पर बैठाया गया। पर्दा बंद कर दिया गया।

कुछ देर मैं साथ में वहीं बैठा। लड़की बस रोए जा रही थी। उसका पति पता नहीं किस कोच में चला गया था। हम सब खामोश बैठे थे। लड़की कुछ बोलने को तैयार ही नहीं थी। काफी कोशिश के बाद, मैंने उससे पूछा कि बहन क्या हुआ ?

लड़की ने सुबकते हुए इतना ही बताया कि वो अब 'उनके' साथ नहीं रहना चाहती।

मैंने सुबकती हुई लड़की से कहा कि तुम 'उन्हें' छोड़ दो, पर जिंदगी को मत छोड़ो। पहली बार लड़की ने मेरी ओर देखा।

मैंने धीरे-से इतना ही कहा, "जिंदगी ईश्वर की बहुत बड़ी नेमत है। उसे ऐसे बेकार न करो। तुम अपने पति के साथ नहीं रहना चाहती, मत रहो।"

उसने कुछ कहा नहीं, पर उसका मन थोड़ा शांत हो रहा था।

आर.पी.एफ. के सिपाहियों से मैंने कहा कि तुम नजर रखना और अपनी सीट पर चला आया। आसपास के लोग मुझसे पूछ रहे थे कि माजरा क्या है ? ये पति-पत्नी बहुत देर से झगड़ा कर रहे थे। हुआ क्या ? मैंने बताया कि लड़की चलती ट्रेन से कूद कर जान देने जा रही थी।

लोग हैरान हो रहे थे।

बाद में उसका पति भी वहीं आकर खड़ा हो गया था। मैंने पति से बात की, दोनों की शादी कुछ साल पहले ही हुई थी। दोनों दिल्ली में रहते हैं।

मैंने लड़के से पूछा कि बात क्या हुई, तो कहने लगा, "कोई ऐसी खास बात भी नहीं है, पर पता नहीं क्यों हमारी बन नहीं रही ?"

"ओह! तुम अपनी पत्नी को छोड़ दो। वो तुम्हारे साथ खुश नहीं है। तुम इस रिश्ते को तोड़ लो।"

आदमी हैरान होकर मेरी ओर देख रहा था। ये कैसा आदमी है, जो रिश्तों को जोड़ने की जगह तोड़ने की बात कह रहा है?

मैं उसकी हैरानी को समझ रहा था। मैंने उससे इतना ही कहा कि रिश्ते निभाने चाहिए, पर आज जो होते-होते रह गया है, उसके बाद किसी बात की गुंजाइश बचती ही नहीं। जब वो लड़की चलती ट्रेन से कूद रही थी, तुम गुस्से में दूसरी ओर थे। मुझे नहीं पता कि तुम्हारे मन में तब क्या चल रहा था, पर यह लड़की तो बाल-बाल बची है। भला हो आर.पी.ए.एफ. के सिपाहियों का कि उन्होंने कूदती हुई लड़की को पकड़कर रोक लिया। सिपाही थे, बलिष्ठ थे, उन्होंने रोक लिया। पर जिस पल लड़की ने चलती ट्रेन के दरवाजे को खोल कर कूदने के लिए पाँव बाहर निकाल लिया था, वो तुम्हारी जिंदगी से दूर हो गई।

"मुझे नहीं पता कि तुम दोनों के बीच किस बात को लेकर इतना बड़ा झगड़ा हुआ कि एक ने जान देने की सोच ली। पर वो तुम्हारे साथ खुश नहीं है। तुम दोनों अलग हो जाओ।"

पति खामोश खड़ा रहा।

मैंने कई लोगों को यह बात बताई। सबने मुझसे कहा कि संजयजी, आप तो रिश्तों को जोड़ते हैं, यहाँ आपने तोड़ने की बात क्यों की?

मैंने सिर्फ इतना ही कहा कि प्रेम की कोख से विश्वास का जन्म होता है, नफरत की कोख से अविश्वास का। सिर्फ नफरत के साथ तो आप किसी के साथ रह भी सकते हैं, पर अविश्वास के साथ किसी रिश्ते में नहीं रहा जा सकता, न ही रहना चाहिए। इस लड़की को अपने इस रिश्ते पर विश्वास नहीं रहा। ऐसे में अलग हो जाना ही एकमात्र विकल्प है।

जब तक संभव हो, रिश्तों में विश्वास को बनाए रखिए। पर इसके लिए प्रेम का होना जरूरी है। जिन रिश्तों में प्रेम मर जाता है, उन रिश्तों में साथ रहने का मतलब होता है कि एक मृत्यु से लड़ेगा, दूसरा मृत्यु की आशंका से। लड़ाई दोनों ओर से जारी रहेगी।

बहुत-से पौधे हर मिट्टी में नहीं पनपते। ऐसे में या तो मिट्टी बदल देनी चाहिए या पौधा।

□

दुश्मन और बीमारी

माँ जिन दिनों बहुत बीमार हो गई थी, मुझे अपने पास देर रात तक बिठाकर जिंदगी का पाठ पढ़ाया करती थी। माँ को पता था कि वो अब बहुत दिनों तक इस संसार में नहीं रह पाएगी, शायद इसीलिए वो अपने संजू बेटे को दुनियादारी का पाठ रोज पढ़ाया करती थी।

उस दिन भी माँ ने मुझे अपने पास बुलाया और बहुत देर तक मुझे प्यार करती रही। कभी मेरे सिर को सहलाती, कभी मेरे गालों को छूती। माँ लेटी हुई थी और मैं माँ के सिरहाने बैठा था।

धीरे-धीरे माँ ने कहना शुरू किया कि बेटा, जिंदगी में कभी बीमारी और दुश्मन को छोटा करके आंकने की गलती नहीं करनी चाहिए। मैं समझ रहा था कि माँ ऐसा क्यों कह रही है। माँ की तबीयत खराब नहीं थी। शुरू में तो उसे अपच की बीमारी ही हुई थी। वो खाना खाती और खाना पचता नहीं था। ऐसा बहुत-से लोगों के साथ हो जाता है कि खाना खाए और खाना नहीं पचा।

माँ ने नींबू पानी लिया, पाचक खाए, चूरण खाए पर तबीयत ठीक ही नहीं हुई। माँ को बार-बार टॉयलेट जाना पड़ता था। कई दिन माँ ने ऐसे ही निकाले। पिताजी को ही बहुत दिनों के बाद पता चला था कि माँ का पेट ठीक नहीं। वो तो बहुत दिन बीत गए फिर पिताजी ने माँ से कहा था कि चलकर डॉक्टर को दिखलाते हैं, कब तक पाचक खाती रहेंगी आप ?

माँ डॉक्टर के पास जाना नहीं चाहती थी, पर उसे कमजोरी बहुत हो गई थी, इसलिए उसने सोचा कि चलो, एक बार डॉक्टर को भी दिखाला दिया जाए।

डॉक्टर ने माँ को देखा था, पिताजी को किनारे ले गया था और पहली बार में ही बता दिया था कि उन्हें बहुत खराब बीमारी हो गई है। पिताजी को तो उसने उसी वक्त बता

दिया था कि बीमारी का नाम कैंसर है।

अपच की अनेदखी के इस रूप से माँ इस कदर आहत थी शायद इसीलिए संजू बेटे को समझा रही थी कि बीमारी को कभी छोटा समझने की भूल नहीं करनी चाहिए, पर इसमें दुश्मन को छोटा समझने की बात कहाँ से आ गई?

मैं चुपचाप माँ के चेहरे को देख रहा था।

माँ धीरे-धीरे कहानी सुना रही थी।

चित्तौड़गढ़ के राजा रतन सिंह ने अगर अपने दुश्मन को समय पर पहचान लिया होता और उसे छोटा समझने की भूल नहीं करते तो खिलजी कभी उसके राज्य पर हमला नहीं करते।

तब मेरे लिए खिलजी, रतन सिंह, चित्तौड़गढ़—सब नए नाम हुआ करते थे। पर मैं जानता था कि माँ मुझसे कुछ कह रही है तो इसका अर्थ है कि ये मेरे लिए भविष्य की कहानी है। मैं चुपचाप कहानी सुन रहा था।

माँ बता रही थी कि राजा रतन सिंह का जीवन अपनी पत्नी पद्मावती के साथ बहुत ही खुशी से गुजर रहा था। राजा अच्छा था, प्रजा खुश थी।

पर रतन सिंह के दरबार में एक तांत्रिक भी रहा करता था, जो राजा का मुँह लगा था। राजा के साथ-साथ ही वो रहता था। उसका नाम था, राघव चेतन।

राजा के कई सलाहकारों ने उन्हें समझाया था राघव चेतन ठीक आदमी नहीं है, वो आपको धोखा देगा।

पर राजा नहीं मानता था, लेकिन एक दिन राजा ने जब प्रमाण समेत यह देख लिया कि उनका करीबी बनकर राघव उसके साथ धोखा कर रहा है, तो उन्होंने उसे राज्य निकाला दे दिया। हालाँकि सबने राजा रतन सिंह से यह बात कही थी कि महाराज वो अब आपका दुश्मन बन चुका है, आप उसे इस तरह मत छोड़िए। उसे कारागार में डालिए या मृत्यु दंड दीजिए। उसे छोड़ने का मतलब है, अपने लिए मुसीबत बुलाना।

माँ इतनी कहानी सुनाकर चुप हुई थी। वो मेरी ओर देख रही थी।

मैं मन-ही-मन सोच में डूबा था कि चित्तौड़ के राजा रतन सिंह ने अपने दुश्मन को राज्य से निकाल दिया, ठीक ही तो फैसला लिया था, फिर सलाहकार क्यों कारागार में डालने की बात कर रहे थे?

माँ अपने संजू बेटे की दुविधा को समझ रही थी।

माँ ने धीरे-धीरे कहानी आगे बढ़ानी शुरू की, “बेटा, उस दिन राजा रतन सिंह ने अपने उस दुश्मन को छोटा समझने की भूल की थी। उसे तड़ीपार की सजा देकर वो संतुष्ट बैठ गया था।”

पर राघव संतुष्ट नहीं था। वो खुद को अपमानित महसूस कर रहा था।

अपमान के दंश का डंसा हुआ आदमी करैत साँप से कम नहीं होता।

राज्य के सभी पदाधिकारी राजा रतन सिंह को समझा रहे थे कि महाराज, आप उसे पकड़कर कारागार में रखिए। उसे छोड़ देना तो अपने लिए खुले धोखे को निमंत्रण देना है। वो सिर्फ आपके लिए नहीं, पूरे राज्य के लिए खतरा बन सकता है, पर राजा रतन सिंह इसके लिए तैयार नहीं हुए। कहने लगे कि उसने भले अनैतिकता का सहारा लिया मुझे नुकसान पहुँचाने के लिए, पर मैं अनैतिकता का मुकाबला अनीति से नहीं करूँगा। मैल से मैल को नहीं धोया जाता।

“पर अगर उसने आपके साथ कुछ भी किया तो जनता भी तो उसका दु:ख भोगेगी, उसका क्या?” राज रतन सिंह चुप रह गए थे उस दिन।

संजय सिन्हा उस दिन माँ के इन बड़े-बड़े शब्दों को सुनकर चुप थे।

अब सोचता हूँ तो लगता है कि उस दिन माँ मुझे राजनीति का पाठ पढ़ा रही थी। राजधर्म की बातें समझा रही थी। राजा कोई भी एक फैसला ऐसा नहीं ले सकता, जिससें सिर्फ उसका संतोष छिपा हो। फैसला वही सही होता है, जिसमें प्रजा का संतोष छिपा हो।

माँ की कहानी आगे बढ़ी।

राघव चेतन राज्य से निकलकर बदले की भावना में डूबा था। वो राजा रतन सिंह को बर्बाद करना चाहता था, पर कैसे? वो चित्तौड़ से दिल्ली की ओर बढ़ा। रास्ते में जंगल से गुजरते हुए उसे पता चला कि दिल्ली के बादशाह खिलजी इन दिनों शिकार पर निकले हैं और इसी जंगल में कहीं हैं। उसने जंगल में बाँसुरी बजानी शुरू की। उसकी बाँसुरी की मधुर आवाज खिलजी तक पहुँची। खिलजी ने उसे अपने पास बुलवाया और खूब तारीफ की। पूछा कि तुम कौन हो और इतनी बढ़िया बाँसुरी कैसे बजा पा रहे हो? तुम हमारे साथ दिल्ली चलो। तुम हमारे साथ रहना। राघव चेतन को इसी का इंतजार था।

उसने कहना शुरू किया कि महाराज, आप मुझे ले जाकर क्या करेंगे? मैं तो यहीं पास में चित्तौड़ राज्य में रहता हूँ। हमारे राजा के पास एक से बढ़कर एक कमाल की चीज हैं।

खिलजी हँसा, "तुम्हारे राजा के पास ऐसा क्या है जो मेरे पास नहीं? मैं ही दुनिया का राजा हूँ।"

राघव ने हाथ जोड़कर खिलजी से कहा, "महाराज, गुस्ताखी माफ हो। आप होंगे दुनिया के राजा, पर मेरे राजा के पास हीरामन तोता है। दुनिया में दूसरा कोई तोता उसके मुकाबले का नहीं। वो पूरी बात करता है।"

खिलजी ने कहा, "तोते का क्या करना? होगा। और?"

"मेरे राजा के पास पारस पत्थर है, लोहे को छू ले तो लोहा सोना बन जाता है।"

खिलजी हँसा था। "मेरे पास इतनी दौलत है कि मेरी हजार पीढ़ियाँ भी खत्म नहीं कर सकतीं।"

"और?"

"मेरे राजा की पत्नी पद्मावती संसार की सबसे खूबसूरत महिला है। उससे खूबसूरत दूसरी कोई महिला न हुई है, न होगी।"

खिलजी फिर हँसा था। "मेरे पास सैकड़ों हजार दासियाँ हैं, जो तुम्हारी महारानी से कहीं अधिक खूबसूरत होंगी। तुम क्या बकवास कर रहे हो? पद्मावती, पद्मावती की रट लगाए बैठे हो।"

इस बार चेतन राघव अड़ गया। कहने लगा, "महाराज, यह मेरा सिर है और यह आपकी तलवार। आप एक बार पद्मावती को देख लें। वो विशेष महिला है। आप एक बार अपनी आँखों से देख लीजिए और मेरी बात झूठी साबित हो जाए, फिर मेरा सिर कलम कर दीजिएगा। आप उसे देख लीजिए, मैं तब तक आपका गुलाम बनकर यहीं बैठा रहूँगा।"

यही वो बात थी, जो भविष्य में चित्तौड़गढ़ की चूलें हिलाने जा रही थी। यही उस दुश्मन का बदला बनने जा रहा था, जिसे राजा रतन सिंह तब समझ नहीं पाए थे। यही अपच की छोटी बीमारी अनदेखी के अभाव में अब कैंसर बनने जा रही थी।

खिलजी ने राजा रतन सिंह के पास संदेश भिजवाया कि वो उनसे मिलना चाहते हैं और रानी पद्मावती की एक झलक पाना चाहते हैं। राजा रतन सिंह ने खिलजी के इस पैगाम

को नकार दिया। "हमारी महारानी किसी गैर मर्द के सामने नहीं आ सकतीं।"

खिलजी ने राजा रतन सिंह से कहा कि उसने महारानी पद्मावती की बहुत तारीफ सुनी है। वो उनकी एक झलक सिर्फ दर्पण में देखकर चला लौट जाएगा। सामने से उन्हें देखेगा भी नहीं।

बहुत सोच-विचार के बाद तय हुआ कि ठीक है, अगर रानी को सामने नहीं आना तो फिर कोई बात नहीं।

खिलजी आया। पूरा अतिथि सत्कार हुआ। चलते हुए रानी को उसने दर्पण में देखा।

रानी को उसने देखा और फिर देखता ही रहा। वो बाँसुरी बजाने वाला सही कह रहा था। संसार में इनसे खूबसूरत महिला न हुई है, न होगी।

खिलजी ने अपने साथ आए सैनिकों को इशारा किया और तुरंत राजा रतन सिंह को बंदी बना लिया गया। राजा रतन सिंह अतिथि सत्कार कर रहे थे, उन्हें इल्म ही नहीं था कि ऐसा भी हो सकता है। उसके बाद तो सबकुछ या तो इतिहास है या फिर जायसी की कविता।

माँ ने धीरे-धीरे अपने संजू बेटे को बताना शुरू किया कि कैसे फिर राजा रतन सिंह ने बहादुरी से खिलजी का मुकाबला किया। कैसे रानी पद्मावती ने अपनी आन-बान-शान बचाए रखने के लिए खुद को अग्नि के हवाले कर दिया था। माँ कह रही थी कि संजय बेटा, ये सारी कहानियाँ तुम बड़े होकर राजपूती आन-बान-शान के पाठ्यक्रम में पढ़ोगे, पर कोई तुम्हें चित्तौड़ की बर्बादी के पीछे छिपे एक छोटे-से दुश्मन की कहानी नहीं सुनाएगा कि कैसे राजा रतन सिंह ने अपने दुश्मन को छोटा समझने की गलती कर अपना सबकुछ लुटा दिया।

माँ ने आँखें बंद कर ली थी और कह रही थी, "बेटा, यह जीवन का पाठ है। किसी स्कूल में तुम्हें कोई नहीं पढ़ाएगा। पर याद रखना, दुश्मन और बीमारी को कभी छोटा मत समझना।"

□

दो संत

मेरी एक परिचित ने संदेश भेजकर मुझे बताया है कि पति से उनकी बिल्कुल नहीं बन रही। ऐसा भी नहीं है कि रोज झगड़ा होता हो, लेकिन बन नहीं रही। असल में, मेरी परिचित ने मुझे बताया है कि उनकी शादी माँ-बाप ने उस व्यक्ति के साथ कर दी, जो उनसे दस साल बड़ा था।

मैंने परिचित से पूछा कि क्या उम्र का अंतर ही आपके और उनके बीच नहीं बन पाने की वजह है? परिचित ने कहा कि नहीं। उम्र की तो मैंने यूँ ही चर्चा कर दी।

"क्या आप किसी और से प्रेम करती थीं और आपके पिता ने आपके मन की परवाह न करते हुए आपकी शादी अपनी पसंद के व्यक्ति से कर दी?"

"नहीं, मैं किसी से प्रेम नहीं करती थी। जब मेरी शादी हुई थी, तब मेरी उम्र बहुत कम थी। उन दिनों प्रेम वगैरह किसी से होता नहीं था। न इतने मौके थे, न हिम्मत।"

"फिर तो आपके पति का कहीं कोई चक्कर होगा?"

"बिल्कुल नहीं। वो तो प्रेम-व्रेम के मामले में मुझसे भी गए-बीते हैं।"

"फिर क्या है, जो आप कह रही हैं कि आपकी उनसे नहीं बनती? आपको अपने पति में क्या अच्छा नहीं लगता? आपने कहा कि आपकी आपस में बनती नहीं। वो कौन-सी बात है, जिससे आपको लगता है कि आपकी उनसे नहीं बन रही। आप का कहीं कोई चक्कर हुआ नहीं, उनका कोई चक्कर है नहीं। उम्र आपके लिए मायने नहीं रखती। फिर तो यकीनन पैसा कारण होगा।"

"संजयजी, पैसे की तो कोई तंगी ही नहीं। अब आप इतना पूछ रहे हैं, तो मैं खुद सोच रही हूँ कि वो कौन-सी बात है, जिसकी वजह से मैंने आपसे कहा कि मेरी उनसे नहीं बनती। असल में हमारे बीच लड़ाई भी नहीं होती। सच कहूँ तो हमारे दो बच्चे भी हैं,

पर हम आपस में बातचीत नहीं करते।

मैं घर के काम करती हूँ। बच्चों को देखती हूँ। वो ऑफिस जाते हैं। शाम को आते हैं, चुपचाप अखबार पढ़ते हैं, टी.वी. देखते हैं। हमारे बीच 'हाँ', 'हूँ' के अलावा और कोई बात नहीं होती।

मैंने परिचित से कहा कि यह तो नहीं बनने वाली बात नहीं हुई। आप इसे इस तरह बयाँ कर सकती हैं कि आप दोनों के बीच संवाद नहीं होता।

"हाँ, शायद यही सही है।"

"सुनिए, मैं आपको माँ की सुनाई एक छोटी-सी कहानी सुनाता हूँ।"

एक बार एक संत से मिलने के लिए एक और संत आए। दोनों ने एक-दूसरे को देखा। कुछ देर देखते रहे। फिर दोनों अपने-अपने काम में लग गए। दोनों साथ-साथ बैठते, आँखें बंद कर चिंतन में डूब जाते। दोनों ने आपस में एक शब्द भी बात नहीं की। दो दिनों के बाद दूसरे संत अपने आश्रम को लौट गए।

पहले वाले संत का शिष्य अपने गुरु का दूसरे संत के साथ इस तरह का मिलन देखकर हैरान था। दो संत मिले। आपस में कोई बात नहीं हुई। शिष्य हैरान होकर गुरु के पास गया और उसने कहा, "प्रभु, आपको आपत्ति न हो तो एक सवाल पूछूँ?"

संत ने कहा, "जरूर पूछो।"

शिष्य पूछा, "आप दोनों गुरु दो दिनों तक साथ-साथ रहे। वो इतनी दूर से खास तौर पर आपसे मिलने आए थे। आप साथ बैठे भी। आपने ध्यान भी साथ किया, पर आपने आपस में कोई बात क्यों नहीं की। क्यों?"

संत मुस्कुराए। उन्होंने कहा, "वत्स, हमने तो आपस में खूब बातें कीं।"

शिष्य हैरान हुआ। "खूब बातें कीं? पर कब? आप दोनों तो साथ बैठकर भी चुप रहे।"

संत ने कहा कि हम दोनों का मन मिल गया था। हम दोनों एक ही एक जैसा ही सोच रहे थे। हम दोनों एक-दूसरे से जो कहना और सुनाना चाह रहे थे, हम कह और सुन पा रहे थे। असल में कहूँ तो हम दोनों को लगा ही नहीं कि हम दो हैं। जब वो मेरे पास आए तो मुझे नहीं लगा कि वो मेरे पास आए हैं, मुझे लगा कि मैं ही उनके पास पहुँच गया हूँ। ऐसे में, हम जैसे ही आपस में मिले, हम दो से एक हो गए। अब जब हम एक हो गए तो फिर क्या एक अकेला किसी से बात करता है?

शिष्य गुरु के चरणों में बैठ गया। “समझ गया, गुरुदेव। जब दो एक हो जाते हैं तो मौन ही संवाद बन जाता है।”

कहानी सुनकर मेरी परिचित दस सेकंड तक खामोश रहीं। फिर धीरे-से उन्होंने कहा कि संजय सिन्हाजी, इसका मैं क्या मतलब समझूँ?

मैंने भी धीरे-से ही कहा, “असल में आपके पति के साथ आपका कोई विवाद ही नहीं। बस, आपने आँखें खोल कर उस रिश्ते को समझने की कोशिश भर नहीं की है। आपको उनसे शिकायत नहीं। आपको शिकायत है उन अरमानों से, जिसे आपने विवाह पूर्व मन में पाल लिया है। आपने मन की दुनिया में माँ की कहानियों के राजकुमार को, जो सफेद घोड़े पर सवार होकर आता है उसे बसा लिया है।

“जो गलती आपसे हुई, वही गलती आपके पति ने भी की। उन्होंने भी परी लोक की किसी राजकुमारी को अपनी पत्नी के रूप में मन में बसा लिया है। सच्चाई यह है कि आप दोनों दो नहीं। बस जरूरत है उस सत्य को समझने की, जिसे दो संतों ने एक-दूसरे को देखकर समझ लिया था।”

□

आँखों में जमी बर्फ

1988 में मार्च का महीना ठंडा ही था। 29 साल पहले मैं भोपाल से 'जनसत्ता' अखबार में नौकरी की चिट्ठी हाथ में लेकर जब दिल्ली आया था, तब मन में यही था कि दस दिनों तक दिल्ली दर्शन करूँगा और फिर भोपाल लौट जाऊँगा। भोपाल मुझे संसार का सबसे सुंदर शहर लगता था। पर एक बार दिल्ली आया तो फिर यहीं फँस गया।

उन दिनों पंजाब में आतंकवाद अपने चरम पर था। ऐसे में एक शाम मैं बंगाली मार्केट से पैदल ऑफिस चला आ रहा था कि आई.टी.ओ. चौराहे के पास मैंने देखा कि एक सरदारजी और एक पुलिसवाले में कहा-सुनी हो रही है। सरदारजी स्कूटर पर थे, साथ में उनकी सरदारनी भी थीं।

मैं नया-नया पत्रकार बना था, वो भी हिंदुस्तान के सबसे दबंग अखबार में, तो मैंने सोचा कि चलकर देखते हैं कि माजरा क्या है ? मैं पास गया तो देखा कि पुलिसवाला सरदारजी से पगड़ी उतारने को कह रहा था। सरदारजी कह रहे थे कि पगड़ी नहीं उतारूँगा।

अचानक मेरे भीतर का पत्रकार जागा। मैंने सरदारजी से पूछा कि माजरा क्या है ?

सरदारजी ने कहा कि यह पुलिसवाला बेवजह मुझे तंग कर रहा है। इसने रोककर लाइसेंस माँगा। स्कूटर के पेपर्स भी लिये। फिर तलाशी ली। अब कह रहा है कि पगड़ी उतारो। यह नहीं हो सकता।

मुझे लगा कि पुलिसवाला सचमुच सरदारजी को परेशान कर रहा है। आमतौर पर पुलिसवालों को जब कुछ नहीं मिलता, तो कुछ-न-कुछ ढूँढ़ने की कोशिश करते हैं। मैं खुद पुलिस परिवेश में पलकर बड़ा हुआ था, ऐसे में कुछ-कुछ तो पुलिस का खेल मुझे पता भी था, पर दिल्ली में ऐसा होता है, यह नहीं पता था।

मैंने पुलिसवाले से कहा कि भाई, तुम इन्हें वेवजह परेशान कर रहे हो। पुलिसवाले ने

घूर कर मेरी ओर देखा।

मैंने कहा कि मैं पत्रकार हूँ, 'जनसत्ता' में काम करता हूँ।

'जनसत्ता' का नाम सुनकर उसकी अकड़ थोड़ी कम हुई। कहने लगा, "आतंकवाद इतना है...।"

मैंने कहा कि तुमने सब चेक कर लिया है। अब तुम सिर्फ परेशान करने के लिए परेशान कर रहे हो। वर्दी की अकड़ तुमसे यह सब करवा रही है। मैं तुम्हारी शिकायत करूँगा। इतने के बाद पुलिसवाला चुप हो गया।

सरदारजी ने मुझे धन्यवाद कहा और चले गए।

29 साल बीत गए हैं।

निजी तौर पर भले मेरा पाला पुलिस से नहीं पड़ता, पर बतौर पत्रकार खबरों में तो मेरा पाला पुलिसवालों से पड़ता ही रहता है। पुलिसवालों के कई चेहरे मेरे सामने आते रहते हैं, कभी शब्द बनकर तो कभी तस्वीर बनकर।

पर दो दिन पहले गुड़गाँव के एक स्कूल के बस के खलासी का जो वीडियो मेरे सामने आया, उससे तो मैं सिहर ही उठा हूँ।

उस खलासी का नाम आप जानते हैं, पर मैं थोड़ा पीछे आपको ले चलता हूँ, ताकि पूरी घटना आपकी आँखों के आगे घूम उठे।

आपको याद होगा कि कुछ दिन पहले गुड़गाँव के एक स्कूल में एक छोटे बच्चे की किसी ने चाकू मारकर हत्या कर दी थी। हाई प्रोफाइल मामला था, टी.वी. पर खूब खबरें चमकीं। जिस दिन घटना घटी, उसी दिन पुलिस ने हत्यारे को पकड़ लिया था।

हत्यारा टी.वी. स्क्रीन पर था। कह रहा था कि उसी ने उस बच्चे को मारा है।

जिसने भी उस दिन टी.वी. पर उसे देखा, सबने यही कहा कि इस खबर में कुछ गड़बड़ है।

स्कूल बस के उस खलासी का नाम था, अशोक। अशोक चार पुलिसवालों से घिरा हुआ था और टी.वी. कैमरे पर कह रहा था कि उसी ने उस बच्चे को मारा है।

चारों ओर गुड़गाँव पुलिस की वाह-वाह हो रही थी। कितनी चौकस पुलिस है। हत्या के कुछ ही घंटों में हत्यारा पकड़ा गया। पुलिस अधिकारी टी.वी. कैमरे पर पोज दे-देकर बता रहे थे कि देखो, हम कितने सक्षम हैं।

शाम होते–होते हमारे न्यूज रूम में इस बात पर बहस होने लगी कि वो खलासी हत्यारा नहीं हो सकता है। मामला कुछ और है। कुछ लोगों ने कहा कि जब वो कबूल रहा है, फिर शक की गुंजाइश कहाँ?

खैर, बाकी खबरें आपने भी देखी हैं, आपने भी पढ़ी हैं। पर कुछ दिन पहले जब इस सच का खुलासा हुआ कि खलासी का पकड़ा जाना ही प्लांटेड खेल था, तो मैं हैरान रह गया।

लेकिन इसमें हैरानी की क्या बात थी? पुलिस तो ऐसा करती रहती है।

लेकिन दो दिन पहले जब खलासी अशोक जेल से छूटकर निर्दोष बाहर आया तो हमारे रिपोर्टर उसका इंटरव्यू करने उसके घर गए।

अशोक, जो जेल जाने के दिन तक अपने पाँव पर चलकर जेल गया था, वो बिस्तर पर पड़ा था और ठीक से कुछ बोल नहीं पा रहा था, पर जितना उसने बताया, वो किसी की आत्मा को थर्रा देने के लिए काफी है।

मार्च 1988 में जब मैं दिल्ली आया था, उन्हीं दिनों पंजाबी कवि अवतार सिंह पाश की हत्या की खबरें खूब उछली थीं।

आतंकवादियों ने पाश की हत्या कर दी थी, क्योंकि वो कविता लिखते थे।

उन्होंने एक कविता लिखी थी, "मेहनत की लूट सबसे खतरनाक नहीं होती, पुलिस की मार सबसे खतरनाक नहीं होती। बैठे–बिठाए पकड़े जाना बुरा तो है, सहमी- सी चुप्पी में जकड़े जाना बुरा तो है, पर सबसे खतरनाक नहीं होता। सबसे खतरनाक होता है, मुर्दा शांति से भर जाना। न होना तड़प का, सबकुछ सहन कर जाना...।"

जब से मैंने खलासी अशोक का इंटरव्यू देखा है कि पुलिस ने झूठी हामी भरवाने के लिए उसके साथ क्या–क्या किया है, तब से मेरे दिमाग में लगातार यही कविता घूम रही है।

अशोक को पुलिस ने सिर्फ इसलिए फँसा दिया, क्योंकि गरीब आदमी को फँसाना आसान होता है। अगर यह मामला दुबारा नहीं खुलता, तो शायद कुछ दिन बाद उसे फाँसी भी दे दी जाती, पर जिस तरह उसे मार–मारकर उस गुनाह को अपने सिर लेने को कहा गया, जिसे उसने किया ही नहीं था, वो बेहद दर्दनाक है।

बेहद दर्दनाक है, दर खतरनाक नहीं। खरतनाक तो यह है कि हम सब मुर्दा शांति से भर गए हैं। अब हम सबकुछ सहने को तैयार रहते हैं। हम में से कोई ये पूछ भी नहीं

रहा कि अशोक को जिस पुलिसवाले ने पकड़ा और मारकर गुनाह कबूल करवाया, उस पुलिसवाले का क्या हुआ?

हमें असल में पता भी नहीं है कि हमारी खुद की आँखें कितनी खतरनाक हो गई हैं, जो सबकुछ देखती हुई भी जमी बर्फ बन गई हैं। हमारी नजरें दुनिया को मुहब्बत से चूमना भूल गई हैं। हमारी आँखें रोजमर्रा के क्रम को पीती हुई एक लक्ष्यहीन दुहराव के उलट-फेर में खो गई हैं। सच में हमारी आत्मा का सूरज डूब गया है और उसकी मुर्दा धूप का कोई टुकड़ा हमारे जिस्म के पूरब में चुभ गया है।

29 साल में कुछ नहीं बदला है।

□

लाइट एंड हीट

मुझे नहीं पता कि जिसने मुझे ये कहानी सुनाई, उसने इसमें विवेकानंद का नाम यूँ ही जोड़ दिया था या सचमुच वो छात्र विवेकानंद ही थे, जिनकी कहानी आज मैं आपको सुनाने जा रहा हूँ। क्योंकि कहानी मुझे बहुत पसंद आई और मेरी माँ की कहानियों से होकर गुजरती हुई नजर आई, इसलिए आज मैं आपके लिए यह खास कहानी लेकर आपके पास आया हूँ।

माँ कहती थी कि बेटा, अँधेरा कुछ नहीं होता। अँधेरा बस उजाले का अभाव है।

ओह! आपके संजय सिन्हा भी अजीब हैं। जो बात अंत में बतानी है, उसे शुरू में ही बता देते हैं। खैर, कोई बात नहीं। बता दिया तो बता दिया। अब सुनिए पूरी कहानी, पर आज मेरा आपसे एक अनुरोध है। अनुरोध यह कि आप पूरी कहानी पढ़ने के बाद अपने बच्चों को भी संजय सिन्हा की कहानी सुनाइएगा। संजय सिन्हा वही कहानी सुनाते हैं, जिनमें जीवन का संदेश होता है।

तो बात यह हुई कि एक दिन कॉलेज में प्रोफेसर ने विद्यार्थियों से पूछा कि इस संसार में जो कुछ भी है, उसे भगवान ने ही बनाया है न?

सभी ने कहा, "हाँ, भगवान ने ही बनाया है।"

प्रोफेसर ने कहा कि इसका मतलब ये हुआ कि बुराई भी भगवान की बनाई चीज ही है।

प्रोफेसर ने इतना कहा तो एक विद्यार्थी उठ खड़ा हुआ और उसने कहा कि इतनी जल्दी इस निष्कर्ष पर मत पहुँचिए, सर।

प्रोफेसर ने कहा, "क्यों? अभी तो सबने कहा है कि सबकुछ भगवान का ही बनाया हुआ है, फिर तुम ऐसा क्यों कह रहे हो?"

विद्यार्थी ने कहा कि सर, मैं आपसे छोटे-छोटे दो सवाल पूछूँगा। फिर उसके बाद

आपकी बात भी मान लूँगा।

प्रोफेसर ने कहा, "तुम संजय सिन्हा की तरह सवाल-पर-सवाल करते हो। खैर, पूछो।"

विद्यार्थी ने पूछा, "सर, क्या दुनिया में ठंड का कोई वजूद है?"

प्रोफेसर ने कहा, "बिल्कुल है। सौ फीसदी है। हम ठंड को महसूस करते हैं।"

विद्यार्थी ने कहा, "नहीं सर, ठंड कुछ है ही नहीं। ये असल में गर्मी की अनुपस्थिति का एहसास भर है। जहाँ गर्मी नहीं होती, वहाँ हम ठंड को महसूस करते हैं।"

प्रोफेसर चुप रहे।

विद्यार्थी ने फिर पूछा, "सर, क्या अँधेरे का कोई अस्तित्व है?"

प्रोफेसर ने कहा, "बिल्कुल है। रात को अँधेरा होता है।"

विद्यार्थी ने कहा, "नहीं सर, अँधेरा कुछ होता ही नहीं। यह तो जहाँ रोशनी नहीं होती, वहाँ अँधेरा होता है।

प्रोफेसर ने कहा, "हाँ-हाँ, संजय सिन्हा की माँ भी ऐसा ही कहती थीं। खैर, तुम अपनी बात आगे बढ़ाओ।"

विद्यार्थी ने फिर कहा, "सर, आप हमें सिर्फ लाइट एंड हीट (प्रकाश और ताप) ही पढ़ाते हैं। आप हमें कभी डार्क एंड कोल्ड (अँधेरा और ठंड) नहीं पढ़ाते। फिजिक्स में ऐसा कोई विषय ही नहीं। सर, ठीक इसी तरह ईश्वर ने सिर्फ अच्छा-अच्छा बनाया है। अब जहाँ अच्छा नहीं होता, वहाँ हमें बुराई नजर आती है। पर बुराई को ईश्वर ने नहीं बनाया। यह सिर्फ अच्छाई की अनुपस्थिति भर है।"

दरअसल दुनिया में कहीं बुराई है ही नहीं। ये सिर्फ प्यार, विश्वास और ईश्वर में हमारी आस्था की कमी का नाम है।

जिंदगी में जब और जहाँ मौका मिले, अच्छाई बाँटिए। अच्छाई बढ़ेगी तो बुराई होगी ही नहीं। अच्छाई को आगे बढ़ाने के लिए संजय सिन्हा की कहानियाँ लोगों को सुनाइए। उसे दिल खोलकर शेयर कीजिए। कुछ तो अच्छा होगा ही।

□

जनगण श्याम

कितना सच है, कितना झूठ, मुझे नहीं मालूम।

बचपन में किसी से सुना था कि जापान में अगर किसी कंपनी के मजदूरों को मालिक से शिकायत होती है, तो वो काम नहीं रोकते, बल्कि दोगुना काम करने लगते हैं। अधिक काम करके वो मालिकों को मजबूर कर देते थे कि उनकी आवाज सुनी जाए। मालिक सुनते थे।

अगर ऐसा है तो अपनी बात रखने का यह तरीका मेरी समझ में बहुत ही नायाब है।

हो सकता है, जिसने मुझे ये बात बताई होगी, उसने सिर्फ कहने के लिए ऐसा कहा होगा। लेकिन आप तो जानते हैं कि संजय सिन्हा हर संदेश को गंभीरता से आत्मसात् करते हैं। मेरी इसी कोशिश का परिणाम है कि विकट-से-विकट परिस्थिति में भी मैंने काम करने से खुद को नहीं रोका। ऐसा भी कई बार हुआ होगा जब मैंने ऑफिस के काम में बहुत मेहनत की होगी, पर मुझे उसका वाजिब फल नहीं मिला होगा, लेकिन मैंने मन में कभी शिकायत का पौधा नहीं पनपने दिया। मुझे हमेशा लगता रहा कि जो करना है, उसे करते जाना है। अपनी बात रखने का यही तरीका शानदार है।

अब आप सोच रहे होंगे कि संजय सिन्हा आज पता नहीं कहाँ का तीर कहाँ छोड़ने जा रहे हैं?

सुनिए, पूरी कहानी सुनिए।

कल मैं दिल्ली से जबलपुर पहुँचा। जाना मुझे आदिवासी जिला मंडला था, लेकिन उससे पहले मुझे जबलपुर नगर निगम आयुक्त ने भँवर ताल स्थित कल्चरल स्ट्रीट पर आमंत्रित किया, जहाँ गोंड कलाकारों की बनाई चित्रकला की प्रदर्शनी लगी थी। सुबह आठ बजे की फ्लाइट से मैं दिल्ली से जबलपुर के लिए उड़ा था और दस बजे एयरपोर्ट से सीधे पहुँच गया कल्चरल स्ट्रीट।

वहाँ मुझे कई कलाकार दिखे, जो अपनी सधी हुई उँगलियों से कैनवास पर रंग भर रहे थे। अपने काम में तन्मय, संसार से बेखबर।

कल्चरल स्ट्रीट पर मैंने एक छोटा-सा कटआउट देखा, जिस पर लिखा था "(पाटनगढ़) गोंड चित्रकारी के अंतर्राष्ट्रीय कलाकार स्व. श्री जनगण श्याम को सादर नमन।"

ये जनगण श्याम कौन हैं? ये किनकी पेंटिंग की प्रदर्शनी है?

मैं चुपचाप पेंटिंग को देखता रह। कुछ स्थानीय लोग भी नजर आए, जो कलाकारों को पेंटिंग बनाते हुए देख रहे थे। कलाकार अपने काम में एकदम तन्मय थे।

मैंने अपने भीतर के पत्रकार को जगाया।

आप संजय सिन्हा का यकीन कीजिए। जो मैंने सुना, जो मैंने देखा और जिसे मैं आज आपको सुना रहा हूँ, उसे आज चाहे आप जितना भी लाइक करें, शेयर बटन दबाएँ, कम होगा। मेरे आज के नायक की कहानी एक दिन देश भर के बच्चे या फिर दुनिया भर के बच्चे स्कूल में पढ़ेंगे। यकीन कीजिए, अगर यह कहानी हिंदुस्तान के किसी आदिवासी जिले के छोटे-से गाँव की न होती, तो आप अब तक इसके बारे में काफी कुछ जानते रहते, पढ़ चुके होते। पर जिस तरह गुरुदत की दो फिल्मों 'कागज के फूल' और 'प्यासा' पर जब तक किसी पारखी की निगाह नहीं पड़ी थी, उन्हें किसी ने पहचाना ही नहीं था, ठीक उसी तरह जब संजय सिन्हा की निगाह इस कहानी पर पड़ गई, तो अब दुनिया भर में देर-सबेर ये कहानी फैल ही जाएगी।

फिलहाल तो आप मेरी आज की कहानी को अपने बच्चों को जरूर सुनाइएगा और बताइएगा कि कैसे एक चित्रकार को श्रद्धांजलि देने के लिए आदिवासियों का एक पूरा गाँव चित्रकारों का गाँव बन गया, एकदम जापानी स्टाइल में। काम रोकने की जगह और काम करेंगे वाला स्टाइल।

कहानी इस तरह शुरू होती है।

मध्य प्रदेश के डिंडोरी जिले के एक बहुत छोटे-से गाँव में एक पेंटर रहता था। नाम था—जनगण श्याम।

वो अपनी गोंड कला को कागज पर उकेरता था। वो जंगलों में भटकता। जो कुछ देखता-समझता, उसे मन में बसा कर कागज पर रंगों से रंग देता। 1984 में जब मध्य प्रदेश की राजधानी भोपाल में कला को बढ़ावा देने के लिए 'भारत भवन' का

निर्माण हुआ तो उसके संचालक जे. स्वामीनाथन को यह जिम्मा सौंपा गया कि वो जन कलाकारों को उससे जोड़ें। इसी कड़ी में उन्हें मंडला के जंगलों में भटकता वो चित्रकार मिल गया, जिसका नाम था—जनगण श्याम।

जनगण की उम्र तब सिर्फ 22 साल थी, जब पहली बार उसने शहर का मुँह देखा था। उससे पहले तो हाथी, शेर, हिरण, पेड़, पत्ते, चिड़िया उसने देखे थे। वो उन्हीं में जीवन तलाशता था, उन्हीं में रंग भरता था।

जनगण जब भोपाल पहुँचा तो बहुत कम समय में उसकी तस्वीरों पर पारखियों की नजर पड़ गई। पारखी समझ गए कि यह तो वो हीरा है, जिसे खुद अपना मोल नहीं पता।

जनगण ने खूब तस्वीरें बनाईं। 1989 में उनकी पेंटिंग 'मैजीशियन ऑफ आर्ट' को पेरिस में दुनिया के तमाम बड़े कलाकारों के साथ प्रदर्शनी में रखा गया तो पहली बार दुनिया की निगाह उन पर गई। जनगण की पेंटिंग में जीवन के कई रंग लोगों को नजर आए। पेरिस से वापसी के बाद पता नहीं कैसे उन्हें जापानी पारखी अपने साथ जापान ले गए। किसी को नहीं पता कि वहाँ उनसे कितनी और कैसी तस्वीरें बनवाई गईं? लोगों को तो एक दिन बस इतना पता चला कि जापान गया यह युवा कलाकार एक दिन वहीं मर गया। किसी ने कहा कि जनगण ने खुदकुशी कर ली, किसी ने कहा कि मार दिया गया।

कुछ पता नहीं चला, पर जब यह खबर जनगण के गाँव पहुँची तो गाँव वाले बहुत विचलित हुए। वो कुछ कर नहीं सकते थे। उनका प्यारा चित्रकार उनसे जुदा हो गया था। ऐसे में उस छोटे-से गाँव के लोगों ने तय किया कि जनगण भले मर गया, पर उसे मरने नहीं देना है।

और उसे श्रद्धांजलि देने के लिए गाँव के हर व्यक्ति ने पेंटिंग बनानी शुरू कर दी। हर घर में एक जनगण तैयार हो गया। गाँव वालों ने तय किया कि पाटनगढ़ के लोग पेंटिंग्स के माध्यम से न सिर्फ जनगण को जिंदा रखेंगे, बल्कि गोंड कला को भी जिंदा रखेंगे।

अपने साथी की याद में गोंडों ने पेंटिंग्स को इस मुकाम पर पहुँचा दिया कि आज पाटनगढ़ की अर्थ-व्यवस्था में उनकी पेंटिंग्स का बहुत बड़ी भूमिका है।

एक कलाकार मर गया। हजार कलाकारों का जन्म हो गया।

कल संजय सिन्हा ने एक काल्पनिक कहानी को सच होते हुए देखा।

कहानी यह कि हम और काम करेंगे।

□

चित्र के शेर

कई साल पहले राजेंद्र नामक एक विद्यार्थी कोलकाता के प्रेसीडेंसी कॉलेज में पढ़ता था। बिहार के एक छोटे-से गाँव का यह बालक जब कोलकाता विश्वविद्यालय में पढ़ाई करने पहुँचा था, तब किसी ने सोचा भी नहीं होगा कि उसकी किसी परीक्षा का परिणाम कभी पूरी दुनिया में एक नजीर बन जाएगा।

राजेंद्र ने कॉलेज की परीक्षा दी और उसके प्रोफेसर को जब कॉपी दी गई जाँच करने के लिए तो प्रोफेसर कोई नंबर नहीं दे पाए। पूरी कॉपी जाँचने के बाद उन्होंने बस इतना लिख दिया था—"परीक्षार्थी परीक्षक से अधिक योग्य है।"

इतनी बड़ी बात!

परीक्षा देने वाला परीक्षा लेने वाले से अधिक जानकार? छात्र शिक्षक से अधिक योग्य है? यह तो कमाल था।

बाद में वही विद्यार्थी आजाद भारत का पहला राष्ट्रपति बना और दुनिया ने उसे जाना, डॉ. राजेंद्र प्रसाद के नाम से।

जब मैं छोटा था, तब पिताजी ने मुझे राजेंद्र प्रसाद की कहानी सुनाई थी और पूरी कहानी में इस बात पर उनका बहुत जोर था कि कुछ विद्यार्थी ऐसे भी होते हैं।

संजय सिन्हा को हमेशा इंतजार रहा कि शायद कभी कोई शिक्षक उनकी परीक्षा की कॉपी पर भी लिख देंगे कि परीक्षार्थी परीक्षक से बेहतर है, पर ऐसा कभी नहीं हुआ। अपने को तो एक बार स्कूल की परीक्षा में मास्टर साहब ने दस में सात अंक दिए, तो मैंने उनसे पूछा था कि आपने दस में दस क्यों नहीं दिए? मास्टर साहब हैरान रह गए थे। यह भी भला कोई पूछने की बात है? दस में दस कहीं किसी को मिलते हैं क्या?

मास्टर साहब ने मुझे समझाया था कि दस में सात बहुत हैं। दस में दस मिलते ही नहीं।

मैं मास्टर साहब के पीछे पड़ गया था कि सर, फिर दस नंबर का प्रावधान ही क्यों है?

अगर है, तो आप एक उदाहरण तो दिखाएँ कि इस तरह लिखोगे तो दस में दस मिलेंगे।

मास्टर साहब कहने लगे कि गणित के अलावा बाकी किसी विषय में दस में दस मिलते ही नहीं।

बात बढ़कर प्रिंसिपल साहब के पास गई। प्रिंसिपल साहब ने पूरी कॉपी खुद चेक की और कहा कि दस में आठ दे दीजिए।

संजय सिन्हा को आप जानते ही हैं। वो अड़ गए थे कि आप दस अंक का प्रावधान ही हटा दीजिए। अगर आप दस में दस नहीं दे सकते तो फिर फुल मार्क्स जैसी कोई चीज होनी ही नहीं चाहिए, पर मास्टर साहब और प्रिंसिपल, दोनों नहीं माने।

उसके बाद संजय सिन्हा ने भी प्रतिज्ञा कर ली कि जीवन अब कभी न फुल परीक्षा देंगे न फुल मार्क्स की उम्मीद रखेंगे। आठवीं कक्षा से लेकर एम.ए. की पढ़ाई तक में उन्होंने सिर्फ उतने ही सवाल हल किए, जिनसे वो ठीक से पास हो जाएँ। नतीजा यह रहा कि स्कूल से लेकर एम.ए. तक की परीक्षा में संजय सिन्हा ने प्रथम श्रेणी का मुँह नहीं देखा।

कई बार तो परीक्षा के बाद टीचर पूछते थे कि तुम सभी सवालों के जवाब क्यों नहीं देते? संजय सिन्हा कहते कि क्या फायदा? जो पचास फीसदी अंक लाएगा, वो भी अगली कक्षा में जाएगा, जो सत्तर फीसदी लाएगा वो भी अगली कक्षा में ही जाएगा। आप किसी कॉपी पर यह तो लिखने वाले नहीं कि परीक्षार्थी परीक्षक से बेहतर है।

मेरे ऊटपटांग जवाब पर टीचर घूरकर मेरी ओर देखते और कहते कि जो मन में आए करो। घाटा तुम्हारा है। और संजय सिन्हा खुशी-खुशी घाटा उठाते रहे।

खैर, आज मेरी कहानी मेरे छात्र जीवन की नहीं। आज की कहानी शुरू होती है, मध्य प्रदेश के मंडला जिले की मेरी यात्रा से।

मैं कल जस्टिस तन्खा मेमोरियल स्कूल के एक कार्यक्रम में मंडला आया था। मध्य प्रदेश के इस आदिवासी इलाके में राज्यसभा सांसद विवेक तन्खा की मदद से उनके पिता के नाम पर दिव्यांग बच्चों का स्कूल है। जो बच्चे बोल और सुन नहीं पाते, उन बच्चों को यहाँ पढ़ाया जाता है। उन छोटे-छोटे बच्चों की कई उपलब्धियों को देखने मैं स्कूल पहुँचा था। वहाँ मुझे बहुत-से बच्चों की चित्रकला का मूल्यांकन करने का जिम्मा मिला। ढेरों बच्चे बहुत सुंदर चित्र बनाकर लाए थे।

मैं पत्रकार हूँ। मैं इन दिनों कहानियाँ भी लिखता और सुनाता हूँ, पर मैं किसी भी कोने

से चित्रकार नहीं। बचपन में मैं भी चित्र बनाया करता था, लेकिन वो स्कूल तक ही सिमटकर रह गया।

कल जब मेरे सामने ढेरों चित्र आए तो मैं समझ नहीं पा रहा था, कैसे मूल्यांकन करूँ ?

मैं एक-एक चित्र को गौर से देख रहा था। एक चित्र को देखते हुए मैं ठिठका। बच्चों को विषय दिया गया था 'जानवरों की रक्षा'।

किसी बहुत छोटी-सी बच्ची ने एक शेर की तस्वीर बनाई थी। पूरा पन्ना खाली। सिर्फ एक शेर। एक उदास शेर।

मेरे मन में सवाल उठा कि सिर्फ शेर क्यों ? बाकी बच्चों ने तो पेड़, पौधे और कई जानवर बनाए हैं। सिर्फ शेर का क्या अर्थ हुआ ?

चित्र पर बच्ची का नाम लिखा था, शुभ्रा। यकीनन शुभ्रा सात-आठ साल की बच्ची होगी।

तस्वीर देखते हुए मेरे मन में कहानी ने आकार लेना शुरू किया।

एक जंगल में बहुत-से जानवर थे। वहाँ एक शेर भी था। शेर का बहुत आतंक था। शेर से सभी जानवर थर्राते थे। शेर ने बहुत-से जानवरों को मार दिया। कुछ जानवर बचे थे, वो शेर के आतंक से उस जंगल को छोड़कर दूसरे जंगल में भाग गए। फिर यह शेर वहाँ अकेला रह गया। अब अगर शेर अकेला रह गया तो फिर वो शेर क्या और गीदड़ क्या ?

अकेलापन किसी को पसंद नहीं, चाहे वो शेर हो या गीदड़। जब कोई राजा आतंक फैलाता है, अपनी जनता को डराता है, तो चाहे वो कितना भी बड़ा और शक्तिशाली हो, एक दिन वो अकेला रह जाता है। आतंक, भय और खौफ फैलाने वाले को एक दिन अकेलेपन का दंश झेलना ही पड़ता है।

इसका मतलब यह हुआ कि इस छोटी-सी बच्ची ने इस तस्वीर के माध्यम से हमें संदेश देने की कोशिश की है कि दुनिया में भय का माहौल बनाने वाले को तन्हा और उदास रह जाना पड़ेगा।

जिन्हें खुशी चाहिए होती है, वो प्रेम बाँटते हैं। हिंसा और आतंक बाँटने वाले तो एक दिन चित्र के शेर ही बन जाएँगे।

एक तस्वीर में पूरी कहानी पढ़ने के बाद मैंने मंच से ऐलान किया कि परीक्षार्थी परीक्षक से अधिक योग्य है।

□

अच्छा-बुरा

एक राजा ने जानना चाहा कि उसके राज्य में कौन अच्छा है और कौन बुरा।

राजा ने महामंत्री को बुलाया और कहा कि पता लगाओ कि राज्य में कौन लोग अच्छे हैं, कौन लोग बुरे?

बहुत अजीब-सा प्रश्न था। कौन अच्छा है, कौन बुरा? कैसे पता चले? कौन खुद को बुरा कहेगा? सब तो खुद को अच्छा ही मानते हैं। महामंत्री ने न्यायाधीश को बुलवाया और उनसे लिस्ट मँगवाई कि आप उन लोगों की सूची दे दें, जिन्हें आपने अब तक सजा सुनाई है। न्यायाधीश हैरान था, "उस सूची का आप क्या करेंगे?"

"उससे पता चलेगा कि नगर में कितने लोग बुरे हैं।"

न्यायाधीश ने महामंत्री से कहा कि सजा किसी के बुरे होने का प्रमाण नहीं। बेहतर हो कि आप जिसे बुरा मानते हैं, उसके पास खुद जाएँ और उन्हीं से पूछें।

महामंत्री सबसे पहले एक शराबी के पास गया, जो कुछ ही दिन पहले जेल से लौटा था।

उसने शराबी से पूछा कि तुम खुद को अच्छा आदमी मानते हो या बुरा?

शराबी ने कहा कि वो एक अच्छा आदमी है। उसने जीवन में शराब पीकर कभी किसी को नुकसान नहीं पहुँचाया। हालाँकि आसपास के लोग उसे बुरा आदमी मानते हैं, पर वो खुद को बुरा नहीं मानता। हाँ, एक दिन शराब के नशे में नगर सेठ को गाली दे दी थी, इसलिए उसने गिरफ्तार करवा दिया था।

फिर महामंत्री एक नर्तकी के घर गया। उसने नर्तकी के कहा कि तुम पूरे नगर में बदनाम हो। बताओ तुम अच्छी हो या बुरी?

नर्तकी ने कहा कि लोग क्या कहते हैं, इसकी परवाह उसे नहीं। वो नृत्य करती है।

लोगों का मनोरंजन करती है। उसके पास लोग चलकर आते हैं, इससे वो कैसे बुरी हुई?

महामंत्री बहुत हैरान था। वो फिर न्यायधीश के पास आया और कहने लगा कि पिछले दिनों आपने जिस शराबी को सजा सुनाई थी, वो तो कह रहा था कि वो अच्छा आदमी है। इसी तरह नगर नर्तकी भी खुद को अच्छा बता रही है। अब कैसे पता चले कि बुरा कौन है?

न्यायाधीश ने कहा कि अब आप उनके पास जाएँ, जिन्हें आप अच्छा मानते हैं।

महामंत्री नगर सेठ के घर गया। नगर सेठ ने महामंत्री की खूब आवभगत की। आने का कारण पूछा। महामंत्री ने कहा कि उन्हें अच्छे और बुरे लोगों की तलाश है। राजा ने लिस्ट मँगवाई है। मैं शराबी के पास गया तो कह रहा था कि वो अच्छा आदमी है। नर्तकी के पास गया तो वो भी कहने लगी कि वो अच्छी है। फिर बुरा कौन है?

नगर सेठ ने कहा कि आप मुझे राजा के पास ले चलिए। मैं जवाब दूँगा।

महामंत्री नगर सेठ को लेकर राजा के पास गया।

राजा ने सेठ से पूछा कि आप बताएँ कि कौन अच्छा है, कौन बुरा?

नगर सेठ ने कहा कि राजन, मैं बुरा हूँ। आप बुरे हैं। बाकी पूरी प्रजा ठीक है।

"आप और मैं? ऐसा कैसे भला?"

"राजन, बहुत साल पहले एक आदमी मेरे पास मदद माँगने आया था, पर मैंने उसकी मदद नहीं की। बाद में पता चला कि वो शराबी बन गया है और नगर में हुल्लड़ मचाता फिरता है। अगर मैंने उस दिन उसकी मदद की होती तो वो ऐसा नहीं होता।"

"और मैं कैसे दोषी हूँ?"

"बहुत साल पहले आपका एक सेवक आपके साथ शिकार पर गया था। वहाँ किसी दुर्घटना में उसका निधन हो गया। उसके निधन के बाद आपने कभी जानने की कोशिश भी नहीं की कि उसके परिवार का क्या हुआ? उस सेवक की लड़की बड़ी होकर नर्तकी बन गई और नाच-गाकर लोगों का मनोरंजन करती है। लोग उसके पास जाते भी हैं और उसे बुरा भी कहते हैं।"

मेरी माँ इतनी कहानी सुनाकर रुक जाती। फिर अपने संजू बेटे से कहती, "बेटा, जो लोग सक्षम होकर भी किसी मदद नहीं करते, वही बुरे होते हैं। बुराई कभी नीचे से ऊपर नहीं जाती, हमेशा ऊपर से ही नीचे आती है।"

राजा समझ गया। अगर नगर में कहीं बुराई है तो उसके लिए किसी और को दोष देने से पहले खुद के भीतर झाँकना जरूरी है। इस संसार में कोई बुरा नहीं होता। परिस्थितियाँ अगर किसी को बुरा बनाती हैं तो राजा उसके लिए जिम्मेदार होता है न कि प्रजा।

□

असली योद्धा

तब मेरा स्कूल जाना शुरू नहीं हुआ था। दीदी स्कूल जाने लगी थी। मैं तो माँ की गोद में ही पढ़ाई कर रहा था। मेरी पढ़ाई का सिलेबस माँ की कहानियों तक सिमटा हुआ था। पिताजी ने एक–दो बार माँ से कहा होगा कि संजू का भी दाखिला स्कूल में करा देते हैं, पर माँ का कहना था कि घर पर मैं अपने बेटे को पढ़ा रही हूँ।

माँ का इतना कहना पिताजी को पूरी तरह संतुष्ट कर देता।

माँ मुझे रोज कहानियाँ सुनाती थी।

उस दिन भी माँ मुझे एक ऐसे बच्चे की कहानी सुना रही थी।

एक बच्चा जब थोड़ा बड़ा हुआ तो एक गुरु के पास गया और उसने गुरु से कहा कि उसे भी युद्ध का कौशल सीखना है। गुरु ने बच्चे की ओर देखा और उसे धक्का दे दिया।

बच्चा गिर पड़ा। बहुत हिम्मत से उसने खुद को उठाया और गुरुजी से कहा कि आपने मुझे धक्का दे दिया। कोई बात नहीं, मैं फिर आऊँगा। मुझे आपसे ज्ञान लेना है।

गुरुजी ने बच्चे से कहा कि मैंने तुम्हें धक्का दिया, पर तुम्हें अपना ध्यान रखना चाहिए था।

बच्चा कुछ बोला नहीं। दो दिनों के बाद वो फिर गुरु के पास गया। इस बार वो कुछ बोलता, इससे पहले ही गुरु ने उसकी ओर एक छड़ी फेंकी। छड़ी बच्चे के सिर पर लगी। बच्चे ने गुरुजी से पूछा कि आखिर मेरा कसूर क्या है?

गुरुजी ने कहा कि कसूर इतना ही है कि तुम रोज मेरे पास चले आते हो। अब जब तुम आते हो तो तुम्हें सतर्क रहना चाहिए।

बच्चे ने कहा कि कोई बात नहीं। मैं फिर भी आऊँगा।

एक दिन गुरुजी शाम की पूजा करने जा रहे थे कि सामने वही बच्चा पड़ गया। गुरुजी ने बच्चे को देखा और अपना खड़ाऊँ उठाकर उसकी ओर फेंकी। बच्चे ने जरा सा सिर हिलाया और खड़ाऊँ उसके पास से निकल गई।

बच्चा गुरु के इस व्यवहार के बाद फिर घर लौट गया।

एक दिन सुबह-सुबह गुरुजी ने उसी बच्चे को फिर आश्रम के बाहर देखा। इस बार गुरुजी डंडा लेकर उसके सामने पहुँच गए। उन्होंने बिना कुछ कहे उस पर डंडों की बरसात कर दी, पर कमाल की बात यह थी कि एक भी डंडा बच्चे को छू भी नहीं पा रहा था। गुरुजी डंडा मारते, बच्चा कभी इधर-कभी उधर होकर बिजली की गति से अपनी जान बचा लेता। काफी कोशिश के बाद गुरु ने डंडा नीचे फेंक दिया और चले गए।

बच्चे ने कुछ कहा नहीं। वो भी लौट गया।

अगले दिन गुरु ने युद्ध कौशल का परीक्षण रखा। ढेर सारे विद्यार्थी आए। एक से बढ़कर एक। गुरु ने देखा कि वो बच्चा भी वहाँ आया है।

गुरु ने उस बच्चे को अपने पास बुलाया और सभी विद्यार्थियों से कहा कि आज के इस परीक्षण का विजेता है, यह बालक।

"यह बालक ?"

"यह कौन है ?"

विद्यार्थी हैरान होकर गुरु की ओर देखने लगे। "आपके आश्रम में एक से बढ़कर एक योद्धा तैयार हो चुके हैं और आप इसे सबसे योग्य बता रहे हैं ?"

गुरु ने अपने विद्यार्थियों से कहा कि यह भी मेरा ही विद्यार्थी है। इसने बेशक तुम सबके साथ आश्रम में शिक्षा नहीं पाई। यह अभावों के विद्यालय से पढ़कर निकला है, पर इसने युद्ध की सबसे बड़ी विद्या सीख ली है।

"युद्ध की सबसे बड़ी विद्या ? वो भला क्या है ?"

"वो है, खुद को बचा लेना। तुम में से जो कोई भी इसे छू तक पाएगा, वो सर्वश्रेष्ठ माना जाएगा। नहीं तो यही होगा सर्वश्रेष्ठ।"

सभी विद्यार्थियों ने बारी-बारी से उस पर हमला किया, पर उसे छू तक नहीं पाए। वो

अपनी जगह पर खड़ा रहा और खुद को बचाता रहा।

इतनी कहानी सुनाकर माँ रुकती और अपने संजू बेटे से कहती कि योद्धा वो नहीं होता, जो किसी पर हमला करता है। योद्धा वो होता है रक्षा करना जानता है। अपनी भी, दूसरों की भी।

□

मीना का आत्मविश्वास

मीना जब पहली बार नौकरी के सिलसिले में मेरे पास आई थी, तब वो ठीक से खड़ी भी नहीं हो पा रही थी। ऐसा नहीं था कि उसके पाँव में कोई तकलीफ थी, पर वो बहुत नर्वस थी और उसके पाँव काँप रहे थे। जिसने उसे मेरे पास भेजा था, उसने बताया था कि मीना की पढ़ाई-लिखाई बनारस विश्वविद्यालय में हुई है और वो 'जनसत्ता' अखबार में बतौर प्रशिक्षु पत्रकार काम भी कर चुकी है, लेकिन उसे कहीं नौकरी नहीं मिली।

मेरे पास उसे भेजने वाले ने कोई सिफारिश नहीं की थी। बस, इतना कहा था कि संजयजी, आप भी 'जनसत्ता' में काम कर चुके हैं, आप एक बार मीना से मिल लीजिए।

मीना मुझसे मिलने आई तो मैंने इतना ही कहा था कि तुम लिखित परीक्षा दो। अगर उसमें पास कर गई तो फिर आगे बात करूँगा।

मेरे इतना कहते ही उसकी साँस में साँस आई। वो इंटरव्यू से घबरा रही थी। उसे लगा कि चलो, आज इंटरव्यू तो टला। मैंने अपने सहयोगी प्रणव रावल को बुलाया और कहा कि तुम इनकी लिखित परीक्षा ले लो। मेरे मन में था कि प्रणव की लिखित परीक्षा पास करना कोई बच्चों का खेल तो है नहीं। प्रणव बड़े-बड़ों को लिखित परीक्षा में लुढ़का चुके थे। वो हिंदी में बिंदी का दोष तो जब चाहे निकाल सकते थे, पर वो अंग्रेजी में नुक्तों की कमी भी ढूँढ़ सकते थे।

मीना प्रणव के साथ चली गई।

दो घंटे बाद प्रणव मेरे पास आए। कहने लगे कि सर, लड़की की हिंदी और अंग्रेजी दोनों ठीक है। पर उसे रखने का फायदा नहीं, क्योंकि उसे टी.वी. की समझ नहीं।

मैंने प्रणव से कहा कि देखो, कभी मैं भी प्रिंट में था। कोई माँ के पेट से कैमरा सीखकर

तो आता नहीं। अगर कॉपी ठीक है, तो उसे यहाँ ट्रेनी बनाने में क्या परेशानी है ?

प्रणव कुछ देर चुप रहे फिर धीरे-से उन्होंने कहा, "आपको जैसा ठीक लगे।"

अब मैंने मीना को इंटरव्यू के लिए बुलवाया।

केबिन में आते ही मैंने उससे बैठने को कहा। वो ठीक से बैठ नहीं पा रही थी। उसके पाँव थर-थर काँप रहे थे।

सामने अपने सहयोगी प्रमोद चौहान और प्रणव भी बैठे थे।

मैंने मीना से इतना ही कहा कि तुम पत्रकार बनना चाहती हो और इस तरह काँप रही हो, ये कैसे चलेगा ?

मीना ने धीरे-से कहा कि सर, कभी इंटरव्यू में नहीं गई। ये पहला मौका है। थोड़ा नर्वस हूँ। रिजेक्ट होने से डर लगता है।

मैंने कुछ सवाल पूछे। उसने जवाब दिए। और इस तरह 'आजतक' से 'तेज' में आने के बाद मीना पहली लड़की थी, जिसे मैंने नौकरी दी।

प्रमोद और प्रणव, दोनों ने मुझसे कहा कि सर, ये टी.वी. के लायक नहीं है, पर मुझे उसकी हिंदी, अंग्रेजी और सामान्य ज्ञान ठीक लगा और मैंने उसे रख लिया।

तीन साल बीत गए। वो अपने काम से काम रखती। न कभी किसी काम के लिए वो मेरे पास आई, न मुझे सीधे उससे काम पड़ा। आमतौर पर रोजमर्रा के काम के लिए मेरा वास्ता मेरे दो संपादकों प्रमोद और प्रणव से ही पड़ता है। बाकी सभी लोग उन्हीं से मिलते हैं, उन्हीं से उनका काम हो जाता है।

बीच में एक-दो बार प्रमोद और प्रणव, दोनों ने मुझे बताया कि मीना बहुत अच्छा काम कर रही है।

तीन साल के बाद पिछले महीने मीना प्रमोद के साथ मेरे पास आई थी।

केबिन में आकर उसने बस इतना ही कहा था कि वो दिसंबर में एक महीने की छुट्टी चाहती है। आमतौर पर किसी को छुट्टी के लिए मेरे पास आने की जरूरत नहीं होती। ये सब काम प्रमोद और प्रणव ही देखते हैं। सबको पता है कि मेरे सहकर्मी मुझसे जब भी छुटटी माँगते हैं तो मैं न कारण पूछता हूँ, न मना करता हूँ। मुझे लगता है कि छुट्टी माँगने वाले को यकीनन जरूरी काम होगा।

ऐसे में पिछले महीने वो छुट्टी माँगने आई, तो मैंने खुशी-खुशी 'हाँ' कह दिया था, हालाँकि मैं जानता था कि छुट्टी प्रमोद पहले ही दे चुके होंगे, वो तो कोई और बात होगी।

मैंने बस इतना ही पूछा कि इतनी लंबी छुट्टी ? शादी करने जा रही हो क्या ?

मीना ने कहा, "सर, बिल्कुल सही अंदाजा लगा रहे हैं आप। मेरी शादी तय हो गई है। सगाई हो चुकी है। अगले महीने शादी होगी। आपको इतना पहले इसलिए बता रही हूँ, ताकि आप शादी में आने की तैयारी भी कर लें। शादी कोलकाता में होगी।"

मैं, भले किसी की शादी में न जाऊँ, पर मना किसी को नहीं करता। मैं पहले बधाई देता हूँ, फिर कहता हूँ कि पूरी कोशिश करूँगा। मीना को भी मैंने बधाई दी।

मीना खुश होकर चली गई।

कई दिन बीत गए।

मेरा ध्यान इस बात से हट गया था कि मीना ने शादी की छुट्टी ली है। नवंबर बीत गया, पर कल जब दिसंबर शुरू हुआ तो पता नहीं कैसे मेरा ध्यान उसकी ओर चला गया। वो चुपचाप कंप्यूटर पर आँखें गड़ाए काम कर रही थी। उसे देखते ही मुझे ध्यान आया कि इसने तो शादी की छुट्टी ली थी। दिसंबर में इसकी शादी थी। फिर ध्यान आया कि इसने मुझे शादी में आने को कहा तो था, पर कोई कार्ड वगैरह नहीं आया। न उसने मुझे शादी की तारीख ही बताई है।

मैंने दिमाग को ज्यादा नहीं दौड़ाया। लगा कि उसने दिसंबर कहा है तो हो सकता है, अगले हफ्ते या उसके अगले हफ्ते वो छुट्टी पर जाए।

मैं अपने केबिन में बैठा था कि मेरे सहयोगी प्रमोद चौहान मेरे पास आए और अपनी छुट्टी की बात करने लगे। कहने लगे कि भानजे की शादी में जाना है, चार दिनों की छुट्टी चाहिए। शादी और छुट्टी से मेरा ध्यान फिर मीना की ओर चला गया।

मैंने प्रमोद से यूँ ही पूछ लिया कि मीना ने दिसंबर में शादी की छुट्टी माँगी थी, वो कब से छुट्टी पर जा रही है ? प्रमोद का ध्यान भी इस ओर नहीं गया था कि उसने छुट्टी ली थी तो फिर आगे क्या हुआ ? उसने मीना को बुलाया और पूछा कि तुम तो छुट्टी पर जा रही थी, तुम्हारी शादी थी। कब से जा रही हो छुट्टी पर ?

मीना ने कहा कि सर, आपको बताना भूल गई। मैं अब छुट्टी नहीं ले रही।

"क्यों ?"

"सर शादी नहीं हो रही।"

"अरे ? क्या हुआ ? कोई समस्या आ गई क्या ?"

"नहीं सर, मैंने ही मना कर दिया।"

"तुमने ? पर क्यों ?"

मीना ने धीरे-से कहा, "सर, सारी बात पक्की होने के बाद लड़केवालों ने दहेज की माँग की। पिताजी तैयार भी हुए, लेकिन मैं तैयार नहीं हुई। मैंने कह दिया कि चाहे जो हो, लड़का दहेज लेगा तो उससे मैं शादी नहीं करूँगी।"

मैं काम रोककर मीना की ओर देखने लगा।

वो बोल रही थी, "संजय सर, आपके साथ काम करती हूँ। आपकी इतनी कहानियाँ पढ़ती और सुनती हूँ। उसके बाद भी किसी दहेज लेने वाले से शादी करूँ, ये तो मेरी पूरी ट्रेनिंग ही बेकार गई।"

मैं चुप था। मन-ही-मन सोच रहा था कि समय कैसे बदल रहा है ?

एक वक्त था, जब मैंने बिना दहेज के विवाह करने का फैसला लिया था तो मुझे लड़की वाले ही नहीं मिल रहे थे, जो बिना दहेज के अपनी बेटी की शादी के लिए तैयार होते। अरेंज्ड मैरिज में लड़की वालों को लगता था कि बिना दहेज के शादी करनेवाले लड़के में जरूर कोई कमी होगी।

लड़कियों के माँ-बाप की सोच से मैं बहुत परेशान हुआ था। लड़की के माँ-बाप वैसे तो दहेज देने का दुःख मनाते थे, पर बेटी को सामान्य ढंग से कोर्ट में ब्याहने को तैयार भी नहीं होते थे।

पर कल मीना ने जब कहा कि वो दहेज लेने वाले से शादी नहीं करेगी तो लगा कि संजय सिन्हा की कहानियों का असर हो रहा है। चाहे एक ही सही, पर किसी लड़की ने अगर दहेज माँगनेवाले को शादी के लिए न कह दिया है, तो मेरा सलाम है उसे।

दहेज एक कुरीति है। सच कहूँ तो मर्दानगी पर चोट है। जिन लड़कों को अपने मर्द होने का गुमान हो, उन सबसे मेरा अनुरोध है कि आप साहस दिखलाएँ। बिना दहेज शादी करें। मैंने तो पच्चीस साल पहले अपने पिता को समझा लिया था। आज मीना ने अपने पिता को समझा लिया है।

कल मैंने नोट किया कि मीना के पाँव नहीं काँप रहे थे। वो फुल कांफिडेंस के साथ सामने खड़ी थी। तीन साल पहले जिस मीना को नौकरी में रिजेक्ट होने का डर था, आज उसी मीना ने दहेज लोभी लड़के को रिजेक्ट करने का साहस दिखलाया है।

□

पूर्व जन्म

क्या पूर्व जन्म होता है?

कुछ सवाल अपने में जवाब भी समेटे होते हैं। आप में से कुछ लोग कहेंगे, पूर्व जन्म नहीं होता। अगला जन्म भी नहीं होता। जो है, यही है। इतना ही है।

मैं भी यही सोचता अगर दो दिन पहले अबोहर न गया होता, वहाँ जाकर साध्वी ब्रह्मऋता से न मिला होता।

1980 में माँ की मौत के बाद मैं घर से निकल गया था, ईश्वर की तलाश में। तब मुझे लगता था कि ईश्वर कहीं रहते हैं, जो मुझे मिल जाएँगे। माँ के इस संसार से चले जाने के बाद सबने यही कहा था कि माँ ईश्वर के पास चली गई है। वो अब कभी लौट कर नहीं आएगी।

मेरे बाल मन ने खुद से कई सवाल पूछे थे कि माँ जब नानी के घर जाती है, तो वापस चली आती है। बुआ के घर से भी माँ लौट आती है, फिर ईश्वर के घर से माँ क्यों नहीं लौटेगी? क्या ईश्वर का घर बहुत दूर है? इतनी दूर कि माँ चाहकर भी नहीं लौट पाएगी?

मैंने यह सवाल सबसे पहले अपने पिताजी से ही पूछा था। पिताजी ने कहा था कि ईश्वर को माँ की जरूरत थी। उनके इसी जवाब ने मुझे उकसाया था, ईश्वर की तलाश में निकलने के लिए।

उस दिन भी सोनभद्र एक्सप्रेस पटना से दिल्ली के लिए चली थी और उसके जनरल क्लास में एक बच्चा ईश्वर की तलाश में निकल पड़ा था। रास्ते में किसी ने खिला दिया, किसी ने सुला दिया। ट्रेन चलती रही, रुकती रही। किसी ने उस बच्चे से पूछा नहीं कहाँ जा हो, बच्चे ने किसी को बताया नहीं कि कहाँ जाना है।

दिल्ली से कैसे जम्मू पहुँचा, याद नहीं। फिर आगे साधुओं की एक टोली में समाकर

उस घाटी में चला गया था, जिसके बारे में किसी ने कहा था कि संसार में अगर कहीं स्वर्ग है, तो वहीं है।

कश्मीर तब स्वर्ग ही था। मुझे पूरी उम्मीद थी कि ईश्वर मिल जाएँगे। ईश्वर मिलेंगे तो पूछूँगा कि मेरी माँ को क्यों नहीं आने देते मेरे पास?

आज याद करने बैठा हूँ तो इतना ही याद कर पा रहा हूँ कि अगर सफेद वस्त्रों में लिपटा वो बूढ़ा आदमी मुझे नहीं मिला होता, जिसने पहली बार मुझसे पूछा था कि तुम यहाँ क्यों आए हो और मैंने उसे बताया नहीं होता कि ईश्वर की तलाश में आया हूँ, तो संजय सिन्हा आज आपके संजय सिन्हा नहीं होते।

कई बड़ी घटनाओं से गुजरने के बहुत वर्षों के बाद हम सोच पाते हैं कि वो नहीं हुआ होता तो क्या होता?

उस दाढ़ी वाले बुजुर्ग ने मुझसे पूछा था कि तुम्हारे पिता कहाँ हैं?

मैंने कहा था कि मेरे पिता बहुत दूर पटना में रहते हैं। उस बुजुर्ग ने कहा कि तुम यहाँ खड़े होकर अपने पिता को आवाज दो। मैंने हैरान होकर कहा था कि आप कैसी बातें करते हैं?

"कैसी बातें? मतलब? तुम अपने पिता को यहाँ से आवाज देकर नहीं बुला सकते?"
"वो यहाँ नहीं हैं।"

"बिल्कुल सही, ईश्वर भी यहाँ नहीं हैं। तुम लौट जाओ अपने पिता के पास। ईश्वर तुम्हें वहाँ मिलेंगे, जहाँ होते हैं। वो जब चाहेंगे, तुम तभी उनसे मिल पाओगे। तुम्हें उनकी तलाश नहीं करनी, वो तुम्हारी तलाश स्वयं कर लेंगे। अभी लौट जाओ। जाओ, घर चले जाओ। तुम्हारे पिता परेशान हो रहे होंगे।"

ईश्वर ने तब नहीं चाहा था कि मैं उनसे मिल पाऊँ, पर पंजाब के अबोहर शहर में अपने गुरु महायोगी ब्रह्मर्षि विश्वात्मा बावराजी महाराज के ज्ञान की दिव्य ज्योति को जन-जन तक पहुँचाने में तपस्यारत साध्वी ब्रह्मऋता ने जब मुझे याद किया तो इसका मतलब मैं समझ गया कि यह प्रश्न ही बेमानी है, क्या पूर्व जन्म होता है?

विश्वात्मा बावराजी महाराज की दिव्य ज्योति के एक प्रकाश पुंज से मैं कुछ समय पहले जबलपुर में मिल चुका था। दीदी ज्ञानेश्वरी से मेरी मुलाकात चाहे जिसने कराई हो, पर मुझे अब लगता है कि वो मेरा प्रारब्ध था। एक ऐसा प्रारब्ध, जिसकी तलाश में अपनी माँ को खो देने के बाद मैं निकल पड़ा था। तब न राह का पता था, न मंजिल का। पर मैं निकल पड़ा था।

उसी प्रारब्ध ने मुझे फिर आवाज दी थी।

सफेद वस्त्र में लिपटा वो बुजुर्ग एक छोटे-से बालक से कह रहा था कि तुम लौट जाओ। तुम्हें उनकी तलाश नहीं करनी। वो तुम्हारी तलाश कर लेंगे। और सैंतीस साल बाद मेरे पास फोन आया था कि संजय सिन्हा तुम्हें आना है प्रकाश पुंज से मिलने।

संजय सिन्हा ने 'हाँ' कहने में कितना समय लगाया होगा?

शायद एक क्षण!

नहीं, एक क्षण भी नहीं। ठीक वैसे ही, जैसे बिना कुछ सोचे हुए 13 साल की एक छोटी-सी बच्ची अपने गले में स्कूल का बस्ता लटकाए लुधियाना के अपने स्कूल में जाती है और रास्ते में एक साधु को मंच पर बैठे देखकर बाहर गेट पर खड़ी हो जाती है। वहाँ खड़े पुजारी पंडित पुरुषोत्तम लाल को एक गुलाब का फूल वो बच्ची पकड़ाती है और कहती है कि उसे उस साधु बाबा को दे देना।

वो नहीं जानती कि वो बाबा कौन हैं?

उसे वो साधु अलौकिक लग रहा था। अपरिचित, पर अलौकिक।

वो छोटी-सी बच्ची जिसका नाम था—विनेश आनंद, घर लौट आती है। उसे अपने कई जन्म याद आ रहे हैं। सैकड़ों जन्म। जन्म-पर-जन्म। और फिर वो निकल पड़ती है संन्यस्त के मार्ग पर।

उसका इस जन्म का नाम अब उसके लिए कुछ भी नहीं। उसे उसका वो नाम मिलता है, उसी गुरु से, जिसे देखकर वो रुक गई थी। ठिठक गई थी।

नाम मिला, ब्रह्मऋता।

मैं संजय सिन्हा, गृहस्थ जीवन में मगन। संसार के दुःख-सुख में समाहित। लोभ-लालच में सिमटा। एक अदना-सा प्राणी। उसके प्रारब्ध को 37 साल पहले एक गुरु का आशीर्वाद मिला था। आशीर्वाद था, "तुम उसे नहीं ढूँढ़ोगे। वो तुम्हें ढूँढ़ लेगा।"

वो आशीर्वाद साकार हो रहा था।

मैं दीदी ब्रह्मऋता के चरणों में था। दीदी ने मुझे बुलाया था, आश्रम के स्कूल में पढ़ रहे बच्चों को संजय सिन्हा की कहानी सुनाने के लिए, पर वो तो एक बहाना था।

हकीकत तो यह है कि वो मुझे बुला रहा था, मेरी कहानी मुझे सुनाने के लिए।

□

सितारे अस्त नहीं होते

माँ जब तक थी, चाहती थी कि उसका संजू बेटा खूब खाए और मोटा हो जाए।

जब से पत्नी जिंदगी में आई है, चाहती है कि उसका पति खाना कम खाए और पतला हो जाए। बड़ी दुविधा है। एक पुरुष को दो महिलाएँ अलग-अलग ढंग से प्यार करती हैं। एक चाहती थी कि मैं खाकर तंदुरुस्त रहूँ। दूसरी चाहती है कि कम खाकर तंदुरुस्त रहूँ।

मैंने पत्नी से कई बार कहा कि माँ होती तो तुम्हें टोकती कि तुम उसके बेटे के खाने पर कंट्रोल करने लगी हो। पत्नी कहती है कि तुम्हारी माँ इस बात के लिए मेरी तारीफ करतीं कि उनके बेटे के खाने पर मैं रोक लगाती हूँ।

पत्नी का कहना है कि मैं अपना ध्यान नहीं रखूँगा तो मोटा हो जाऊँगा। वो ये बात पिछले बीस सालों से कह रही है, पर वो ये भूल गई है कि उसके पति का वजन बढ़ाने में उसकी मम्मी का रोल सबसे अधिक है। जितनी बार मैं ससुराल गया हूँ, मुझे मक्खन लपेटकर आलू के पराँठे खिलाए गए हैं। हालाँकि मैंने कभी बुरा नहीं माना कि मेरा वजन दस किलो बढ़ गया है।

पर अब मेरी पत्नी ने मेरा पूरा कंट्रोल अपने हाथ में ले लिया है। रात में इतने बजे सो जाना है, इतने बजे से पहले नहीं जगना है। जगने के बाद पहले मेथी वाला पानी पीना है, फिर कम-से-कम दो किलोमीटर दौड़कर आना है, तब कंप्यूटर मिलेगा।

वो ऐसा कई दिनों से कह रही थी, पर आज तो अमल में ही ले आई।

सुबह से अपना लैपटॉप ढूँढ़ रहा था, आपके पास अपनी कहानी लेकर आने के लिए। पर लैपटॉप मिल ही नहीं रहा था। इधर-उधर खूब ढूँढ़ा। आखिर बगल में सोई पत्नी ने धीरे-से आँखें खोल कर कहा कि जाओ, पहले दो किलोमीटर दौड़कर आओ। फिर तुम्हारा लैपटॉप यहीं बिस्तर पर पड़ा मिल जाएगा।

मैंने कहा कि तब तक बहुत देर हो जाएगी। मेरे परिजन इंतजार कर रहे होंगे। उसने कहा कि तुम्हारे परिजनों को मैं समझा लूँगी, पर अभी तुम थोड़ा दौड़कर आओ।

मन मारकर ठंड में अपनी सोसाइटी में ही टहलने के लिए निकला। टहलहते हुए कुछ-कुछ सोचता रहा। बाहर हल्का कोहरा था। न सुबह हुई थी, न रात थी। थोड़ा पहले उठता तो शायद सितारे दिखते। छोटा था तो मैं माँ से पूछता था कि आसमान में सितारे क्यों होते हैं?

माँ कहती थी कि जब सूरज छिप जाता है, तब ये छोटे-छोटे सितारे मंद-मंद प्रकाश दिखलाते हैं। पूरी रात जगमगाते हैं। ये अँधेरे में मुसाफिर को रास्ता दिखलाते हैं। उस मुसाफिर को, जो सूरज के ढल जाने के बाद नहीं समझ पाता कि उसे किधर जाना है। अपनी नन्ही सी चमक से ये पथ-प्रदर्शक बन जाते हैं। सूरज चला जाता है दूसरे संसार को रौशन करने, ये सितारे सूरज का काम सँभाल लेते हैं। ये कभी अपनी आँखें बंद नहीं करते।

अब संजय सिन्हा को आसमान में नन्हे सितारे जगमगाते हुए नजर आने लगे थे।

माँ चली गई थी दूसरे संसार को रौशन करने, पर माँ ने भेज दिया था मेरे पास एक सितारा।

माँ मुस्कुरा रही थी। कह रही थी कि मैंने कहा था न कि मैं कहीं नहीं जाऊँगी। मैं सदा तुम्हारा खयाल रखूँगी। देखो, तुम्हारा खयाल रखने के लिए एक सितारे को तुम्हारे पास मैंने ही भेजा है। अब वही है पथ-प्रदर्शक। मैं लौट कर घर आया। मेरा लैपटॉप बिस्तर पर पड़ा था। चाय की ट्रे लेकर पत्नी सामने से चली आ रही थी।

माँ सच कहती थी। वो कहीं गई नहीं। मेरी पत्नी में समाहित होकर मेरे पास लौट आई है। रिश्ता बदल गया है। औरत वही है। हर औरत माँ होती है। वही ध्यान रखती है मुसाफिर का, वरना मुसाफिर तो अँधेरे में भटक ही जाएगा। सितारे कभी अस्त नहीं होते। वो हमेशा होते हैं हमारे पास। अँधेरे में वही पथ-प्रदर्शक होते हैं। जिसने सितारों की रोशनी में जीना सीख लिया, उसे अँधेरे का खौफ कभी नहीं सताएगा।

आप भी पहचानिए अपनी जिंदगी में सितारे की रोशनी को। यकीन कीजिए, जिंदगी में कभी अँधेरा होगा ही नहीं।

□

बादलों की हड़ताल

सर्दी हो या गर्मी, माँ घर का सारा काम करने के बाद दोपहर में स्वेटर बुना करती थी या फिर कुछ-कुछ सिलाई-कढ़ाई करती थी।

यह माँ का रोज का काम था—सुबह नाश्ता, दोपहर में खाना और फिर स्वेटर बुनना या सिलाई-कढ़ाई करना।

माँ मेरे लिए स्वेटर बुन चुकी थी। पिताजी के लिए भी एक स्वेटर बुना जा चुका था। फिर भी, माँ उस दिन दोपहर में धूप में बैठकर स्वेटर बुन रही थी।

संजय सिन्हा स्कूल से आने के बाद माँ की गोद में बैठकर कहानी सुनने के मूड में थे। उस दिन खेलने जाने का मन नहीं था, पर माँ तो स्वेटर बुन रही थी।

मैं माँ के पास गया और मैंने पूछा कि माँ आप रोज-रोज किसके लिए स्वेटर बुनती हैं?

माँ ने मेरी ओर देखा। कहने लगी कि अभी तो सिर्फ नया डिजाइन तैयार कर रही हूँ। जब थोड़ा बन जाएगा, तो तय करूँगी कि तुम्हारे लिए यह स्वेटर बनेगा या पिताजी के लिए।

"पर माँ, मेरे पास तो इतना सुंदर नारंगी रंग का स्वेटर है। पिताजी के पास भी कितना अच्छा स्वेटर है। आप रोज-रोज स्वेटर क्यों बुनती हैं?"

माँ ने स्वेटर को किनारे टेबल पर रख दिया और मुझे गोद में बिठा कर कहने लगीं, "कहानी सुनने का मन कर रहा है न?"

माँ कितनी समझदार थीं। बिना कहे सब समझ जाती थीं।

माँ ने कहानी शुरू कर दी।

"एक बार बादलों ने हड़ताल कर दी थी। तय कर लिया था कि अब नहीं बरसेंगे। इस साल नहीं बरसेंगे। उन्होंने ऐलान कर दिया था कि चाहे जो हो, नहीं बरसना।

बादलों की हड़ताल से किसान घबरा गए, पर वो क्या कर सकते थे? उन्होंने अपना काम छोड़ दिया। हल किनारे खड़े कर दिए। खेतों की जुताई बंद कर दी, पर एक किसान बिना किसी से कुछ कहे रोज खेत में जुताई करता रहा। सारे किसान उसे देखकर हँसते। कहते कि पागल है। अरे, जब बादल बरसेंगे ही नहीं, तो फिर खेत की जुताई से क्या फायदा?

किसान कुछ कहता नहीं। बस, खेत की जुताई करता रहा।

एक दिन बादलों के नेता की नजर किसान पर पड़ी। वो हैरान था यह देखकर किसान चुपचाप जुताई कर रहा है। वो किसान के पास पहुँचा और पूछा कि भाई, क्या तुम्हें नहीं पता इस साल हम नहीं बरसने वाले? हम हड़ताल पर हैं।

किसान ने कहा कि हमें पता है कि आप हड़ताल पर हैं। इस साल आप नहीं बरसने वाले, पर मैं अपना काम नहीं छोड़ सकता। मुझे डर है कि मैंने अगर अपना काम छोड़ दिया तो कहीं मैं भूल ही न जाऊँ कि जुताई कैसे होती है? अब जब आप कभी बरसने का फैसला लेंगे और मैं अपना काम तब तक भूल गया, फिर आप बरसेंगे तो भी मैं क्या कर पाऊँगा?

बादलों का नेता उसकी बाद सुनकर काफी देर तक सोचता रहा। वो बादलों के पास गया और उन्हें बताया, "धरती पर एक किसान रोज जुताई कर रहा है, यह जानते हुए भी हम नहीं बरसने वाले। कह रहा था कि उसे डर है कि वो अपना काम छोड़ देगा तो कहीं वो उसे भूल ही न जाए। उसकी बात सुनने के बाद हमें तो डर लग रहा है कि कहीं हम भी इस तरह काम छोड़ने के बाद कहीं एक दिन बरसना ही न भूल जाएँ।"

बादलों ने कहा, "यह तो खतरा है।"

बस फिर क्या था, झमाझम बादल बरसने लगे। हड़ताल टूट गई।

सबके खेत बेकार पड़े रहे, पर जो किसान जुताई कर रहा था उसका खेत लहलहा उठा।

संजय सिन्हा माँ की गोद में और दुबक गए, "माँ आप इसीलिए स्वेटर रोज बुनती हो न कि कहीं आप बुनना न भूल जाओ।"

"हाँ, मेरे लाल। तुम भी तो रोज स्कूल इसीलिए जाते हो। हमें अपना काम नहीं छोड़ना चाहिए।"

प्रैक्टिस से आदमी परफेक्ट होता है।

□

कुछ तो है

मेरे पिताजी का सबसे बड़ा डर यही था कि जिस दिन उनकी मृत्यु होगी, उस दिन मैं उनके पास नहीं रहूँगा। वो हमेशा कहते थे कि संजय अगर मेरे पास होगा, तो वो मुझे मरने नहीं देगा। पिताजी जरा सा बीमार पड़ते, मुझे याद करते थे। उनके इस विश्वास का आधार क्या था, मुझे नहीं पता। लेकिन उनके विश्वास ने मुझे आत्मविश्वास से भर दिया था कि मैं कुछ भी कर सकता हूँ, कुछ भी।

मेरी छोटी बहन की शादी पटना में हो रही थी। मैं कुछ दिन पहले ही मॉस्को से लौटा था और वहाँ से एक जेनिथ कैमरा खरीद लाया था। छोटी बहन की शादी में मैंने फोटोग्राफी का जिम्मा सँभाला था। मुझे लगने लगा था कि मैं एक बेहतरीन फोटोग्राफर हूँ। शादी में मंच पर जयमाल के समय मैंने कैमरा वर-वधू पर फोकस किया था, अचानक मुझे पिताजी की याद आई। कहाँ हैं पिताजी?

कुर्सी पर बैठे ढेरों मेहमानों के बीच पिताजी को तलाशने के लिए मैं कैमरे समेत मुड़ा। वो पीछे बैठे थे और मैंने देखा कि वहाँ बैठे-बैठे उनका बदन ऐंठ रहा था। वो कुछ कहना चाह रहे थे, पर किसी की नजर उन पर नहीं पड़ रही थी। सभी लोग सामने मंच की ओर देख रहे थे। मैं पिताजी की ओर दौड़ा, पिताजी मेरे हाथों में झूल गए।

मुझे कुछ सूझ नहीं रहा था। उन्हें गोद में उठाए हुए मैं गाड़ी की ओर भागा। यह भी याद नहीं की किसकी गाड़ी थी, जिसमें पिताजी को मैंने लिटाया था, पर ड्राइवर गाड़ी में था। मैंने कहा कि अस्पताल ले चलो। ड्राइवर कुछ समझ नहीं पाया। पटना मेडिकल कॉलेज अस्पताल वहाँ से बहुत दूर नहीं था। वो चुपचाप अस्पताल की ओर चल पड़ा।

मैंने गोद में उठाकर ही पिताजी को इमरजेंसी तक पहुँचाया। पिताजी स्ट्रेचर पर थे, मैं 'डॉक्टर-डॉक्टर' चिल्ला रहा था। डॉक्टर आया और फिर तुरंत पिताजी का इलाज शुरू हो गया। उन्हें दिल का दौरा पड़ा था।

बाद में कई रिश्तेदार अस्पताल आए थे और यही तय हुआ था कि शादी हो जाए। पिताजी के साथ मैं अस्पताल में रुक जाऊँ।

शादी के दो दिनों के बाद पिताजी घर लौटकर आए थे। वो कह रहे थे कि संजय के होते मैं नहीं मरूँगा। उनके इस भरोसे का आलम यह था कि मेरी शादी के बाद जब वो दिल्ली चले आए थे, तब एक दोपहर मैं, मेरी पत्नी और पिताजी दिल्ली के पंचकुइयाँ रोड पर एक सोफे की दुकान में सोफा खरीद रहे थे कि अचानक वहीं पिताजी को दिल का दौरा पड़ा और फिर तो हम दिल्ली की सारी लाल बत्तियों को छोड़कर पिताजी को लेकर अस्पताल पहुँच गए थे। पिताजी तब भी ठीक हो गए थे।

पर उस दिन वो बड़ौदा में थे और उन्हें सिर्फ बुखार हुआ और वो चल बसे। हालाँकि उन्होंने एक रात पहले मुझे बड़ौदा बुलाया था, लेकिन उस रात मैं दिल्ली से बड़ौदा नहीं पहुँच पाया था। मैंने घर में सबसे बात की थी, सबने यही कहा था कि ठीक हैं, कुछ खास नहीं हुआ।

मैं जानता था कि पिताजी को सिर्फ बुखार हुआ है, पर मैं सारी रात सो नहीं पाया। मुझे लगा कि पिताजी ने मुझे बुलाया था, मुझे किसी भी तरह जाना चाहिए था। सुबह-सुबह मैंने पत्नी को जगाया और कहा कि मुझे हवाई जहाज से बड़ौदा जाना है। पत्नी ने पूछा भी कि इमरजेंसी जैसी बात है क्या? मैंने कहा, पता नहीं पर मुझे लग रहा है। और मैं स्कूटर स्टार्ट करके कनाट प्लेस पहुँचा। इंडियन एयर लाइंस का काउंटर खुला, मैंने टिकट लिया वापस चल पड़ा घर की ओर। मेरी फ्लाइट दोपहर की थी।

जैसे ही कनाट प्लेस से आई.टी.ओ. चौराहे पर पहुँचा, लाल बत्ती पर रुका था कि मैंने सामने पिताजी को देखा। मैंने हेलमेट के शीशे को ऊपर उठाया। हैरान था। पिताजी यहाँ कैसे?

पिताजी मेरे सामने खड़े थे और धीरे-से उन्होंने कहा, “जा रहा हूँ। तुम परेशान मत होना।”

पीछे वाली गाड़ी ने हॉर्न बजाया तो मेरी तंद्रा टूटी। हरी बत्ती हो चुकी थी। मैंने देखा कि कहीं कोई नहीं है। यह मेरे मन का भ्रम था। शायद बहुत सोचने की वजह से ऐसा हुआ था। किसी भी समझदार आदमी से इस बारे में बताता हूँ तो सब यही कहते हैं। यही है समझदारी। जो बात विज्ञान से परे, वो सही नहीं।

पिताजी बड़ौदा के अस्पताल में थे। वो दिल्ली कैसे आ सकते थे?

तब मोबाइल फोन नहीं होते थे। हमारे घर एम.टी.एन.एल. का फोन था। स्कूटर नीचे

खड़ा कर मैं पहली मंजिल के अपने फ्लैट में पहुँचा। पत्नी सामने खड़ी थी। मैंने धीरे पूछा कि पिताजी नहीं रहे न? बहुत रुआँसी होती हुई उसने कहा, तुम्हें कैसे पता? अभी एक मिनट पहले ही फोन आया तुम्हारे छोटे भाई का। कह रहा था, बाबूजी नहीं रहे।

ठीक वही समय था पिताजी के जाने का, जिस वक्त मैंने आई.टी.ओ. की लाल बत्ती पर उनके होने को महसूस किया था। ये बात मैंने कई लोगों से साझा की। मुझे याद है, आपसे भी साझा की है। आप सोचेंगे कि आज संजय सिन्हा फिर उसी कहानी को क्यों साझा कर रहे हैं?

कल मैंने जबलपुर की अपनी परिजन प्रज्ञा मोहिले की एक कहानी उनकी वॉल पर पढ़ी। उन्होंने यही लिखा है कि उनके पिताजी की जिस दिन मृत्यु हुई, उसके दो दिन पहले उन्हें इस बात का एहसास होने लगा था कि पिताजी के साथ कुछ होनेवाला है। वो पिताजी के लिए कुछ खरीदने के लिए बाजार गई थीं, पर उन्होंने नहीं खरीदा, क्योंकि उन्हें लग रहा था कि कोई रोक रहा है। पिताजी के लिए अब क्यों खरीद रही हो, प्रज्ञा?

हालाँकि सुबह-सुबह प्रज्ञा की शादी की सालगिरह पर बधाई देने के लिए पिताजी का फोन आया था और तब कहीं से पता नहीं चला था कि पिताजी की तबीयत खराब है, पर दो दिन बाद पिताजी नहीं रहे।

मैंने प्रज्ञा की आप बीती कई बार पढ़ी। कई बार पढ़ने के बाद मुझे लगा कि विज्ञान बेशक इसे सिर्फ इत्तेफाक माने, इसे मन का वहम कहे पर हम जिससे दिल से जुड़े होते हैं, उसकी ढेर सारी खबरें हमें बिना तार-बेतार के मिल जाती है। कभी वो एहसास के रूप में सामने आता है, कभी ख्वाब के रूप में।

कुछ तो है। क्या है, नहीं पता। मैं अपनी किसी कहानी से अंधविश्वास नहीं फैलाना चाहता, पर कुछ है। क्या है, नहीं जानता।

पिताजी की मौत के बहुत बाद मैंने अपने अमेरिका प्रवास में स्वामी योगानंदजी की जीवनी पढ़ी थी—'एक योगी की कथामृत'। उसमें भी उन्होंने चर्चा की है कि एक बार विदेश यात्रा के दौरान वो अपने बड़े भाई के लिए कुछ खरीद रहे थे तो किसी ने उन्हें रोका, "अब भाई के लिए कुछ भी खरीदने की जरूरत नहीं।" तब तो विदेश से देश में बात कर पाना बहुत मुश्किल था।

कुछ दिनों में योगानंदजी को पता चला कि उनके बड़े भाई का निधन हो गया है। उन्होंने भी यही लिखा है कि यह एहसास है। एक ऐसा एहसास, जिसे सिर्फ वही

समझ पाता है, जो उसे महसूस करता है। योगानंदजी को तो अपनी माँ की मौत का भी एहसास हो गया था।

अपनी किताब में पहले अध्याय में ही उन्होंने लिखा है, "यह बरेली में अर्धरात्रि का समय था। मैं पिताजी के साथ अपने बँगले के बारमदे में सोया हुआ था। पलंग पर लगी मच्छरदानी की विचित्र फड़फड़ाहट की-सी ध्वनि से मेरी नींद खुल गई। पतली मच्छरदानी के पर्दे खुल गए और मुझे अपनी प्रिया माँ दिखाई पड़ी।

"अपने पिताजी को जगाओ।" माँ की आवाज केवल एक फुसफुसाहट की तरह लगी, "आज ही भोर को चार बजे चलने वाली गाड़ी पकड़ो, यदि मुझे देखना चाहते हो तो जल्दी करो।" इसके बाद वो छाया मूर्ति अदृश्य हो गई।

कहने की बात नहीं कि योगानंदजी के पिताजी ने उनकी बात पर यकीन नहीं किया था, पर बेटे ने बहुत जिद की कि माँ के पास चलिए। माँ तब कोलकाता में थीं। रास्ते में ही उन्हें पता चल गया था कि माँ नहीं रहीं।

इस संसार में बहुत-से सवाल अभी भी हैं, जो अनसुलझे हैं। यही कुछ सवाल हमारी ताकत हैं। हमारी कमजोरी हैं। यही सवाल हमें 'हम' बने रहने पर मजबूर करते हैं।

□

भीतर की कमजोरी

गोपाल भैया हमारे कैसे रिश्तेदार थे, इसे बयाँ कर पाना मुश्किल है, क्योंकि उनका रिश्ता बहुत दूर से निकलता था। पर गोपाल भैया हमारे घर आते थे, रुकते थे और हमसे काफी घुले-मिले भी थे। वो मुझसे बहुत बड़े थे। कॉलेज की पढ़ाई कर चुके थे।

अब कोई कॉलेज की पढ़ाई कर ले तो उसकी शादी भी होती ही है, तो गोपाल भैया की शादी पटना में ही किसी लड़की से तय हो गई।

जिस लड़की से उनकी शादी होनेवाली थी, उससे गोपाल भैया को छोड़कर बाकी सब लोग मिल चुके थे। उनके बड़े भैया ने शादी तय की थी। जब लड़की देखने सब लोग जा रहे थे, तब मैं भी वहाँ गया था। खूब खातिर हुई थी। मिठाई और समोसे खाने को मिले थे।

घर के बड़े शादी की बातें कर रहे थे, पंडितजी कुंडली का मिलान कर रहे थे।

सारी बातें हो चुकी थीं। शादी लगभग फाइनल हो गई थी।

गोपाल भैया खूब खुश थे। मुझे बार-बार कुरेदते कि संजू, बताओ भाभी कैसी लगीं?

मेरा ध्यान तब भाभी पर कहाँ था? मोतीचूर के लड्डू और समोसों पर ध्यान देकर मैं चला आया था। वैसे भी मुझे लगता था कि सब लड़कियाँ अच्छी होती हैं, उसमें कैसा क्या लगना? पर गोपाल भैया का मन रखने के लिए मैंने कह दिया था कि बहुत सुंदर हैं।

तब मुझे नहीं पता था कि मन में लड्डू फूटने का अर्थ क्या होता है, पर आज लिखते हुए समझ पा रहा हूँ कि मन में लड्डू फूटना क्या होता है। गोपाल भैया ने लड़की की तस्वीर भी नहीं देखी थी और शादी तय हो चुकी थी। वो गाना गुनगुनाते हुए टहलने निकल गए। उनके चेहरे की चमक मैं क्या, कोई भी देख सकता था।

घर में अब बस गोपाल भैया की शादी की चर्चा थी।

क्योंकि शादी पटना से होनेवाली थी, इसलिए मेरे घर काफी 'गेस्टिंग' होनेवाली थी। जब हमारे घर बहुत-से लोग आ जाते, तो यही कहा जाता था कि आजकल काफी गेस्टिंग चल रही है। गेस्ट का आना यानी गेस्टिंग। ये टिपिकल बिहारी शब्द है।

शादी तय होने के बाद अचानक एक दिन खबर आई कि उस लड़की से गोपाल भैया की शादी नहीं हो सकती।

शादी नहीं हो सकती? पर क्यों?

घर में फुसफुसाहट शुरू हो गई। किसी ने लड़की के पिता को चिट्‍ठी लिख दी है कि गोपाल भैया को मिर्गी की बीमारी है, पर गोपाल भैया को तो कोई बीमारी नहीं।

नहीं है। पर किसी ने गुमनाम पत्र भेजकर उन्हें बताया है कि गोपाल भैया को मिर्गी है।

मुझे याद है, काफी परेशानी हुई थी। फिर पिताजी को लड़कीवालों के घर जाना पड़ा था। उन्होंने वहाँ जाकर खुद चिट्‍ठी पढ़ी। लड़की के पिता से बात की और उन्हें समझाया कि कई लोग ईर्ष्यावश ऐसा करते हैं। गाँव के ही कुछ लोग विवाह तोड़ने के लिए ऐसी झूठी खबरें फैलाते हैं। कुछ लोग दूसरों की खुशी नहीं देख सकते।

पिताजी के समझाने पर लड़की के पिता मान गए थे।

गोपाल भैया की शादी कटते-कटते बच गई थी।

अब आप सोच रहे होंगे कि इस कहानी को संजय सिन्हा आज क्यों सुना रहे हैं?

पिछले हफ्ते एक लड़की हमारे यहाँ नौकरी के लिए टेस्ट देने आई थी। लिखित परीक्षा के बाद वो मेरे पास इंटरव्यू के लिए आई। मैंने अपने सहयोगी प्रमोद चौहान से कहा कि इनका ऑडिशन करवा लेना।

दो दिनों के बाद मेरे ही साथ काम करनेवाली एक दूसरी लड़की मेरे पास आई और उसने मुझसे पूछा कि क्या आप उसे नौकरी पर रख रहे हैं?

मैंने कहा, "हाँ, पर ऑडिशन की रिपोर्ट देखने के बाद।"

उस लड़की ने कहा कि वो ठीक नहीं। उसे काम भी नहीं आता।

"तुम कैसे जानती हो?"

"मैंने सुना है।"

मैं हैरान था। कोई सिर्फ सुनी-सुनाई बात पर किसी के खिलाफ अपनी राय कैसे रख सकता है ?

आज कहानी लिखने में काफी देर हो चुकी है, इसलिए पूरी बात फिर कभी।

कौटिल्य ने इसे इस ढंग से कहा है, "मूर्ख लोग बुद्धिमान लोगों से ईर्ष्या करते हैं।"

ईर्ष्या एक मानवीय भाव है, जो अपने भीतर की कमजोरी से पैदा होता है।

□

दरवाजा खोलेंगी बेटियाँ

कुछ दिन पहले अपनी पत्नी के फुफेरे भाई के बेटे की शादी में गुड़गाँव गया था। शादी बहुत धूमधाम से हुई।

जैसा कि होता है, सबने शादी में कुछ-न-कुछ तोहफा वर-वधू को दिया। हमने भी कुछ रुपए शगुन के तौर पर लिफाफे में दिए। नाचे-गाए, खाना खाकर लौट आए।

दो दिनों के बाद पत्नी के फुफेरे भाई हमारे घर आए और ढेर सारी मिठाई और दो लिफाफे दे गए।

पत्नी ने मिठाई तो रख ली पर लिफाफा देखकर उसने पूछा कि यह क्या है ?

भाई ने कहा कि यह बहन का नेग है।

"बहन का नेग ? चलो ये ठीक है। पर ये दो लिफाफे क्यों हैं ?"

भाई ने कहा कि एक लिफाफा तू दे गई थी। भला बहनों से शादी में कुछ लिया जाता है ?

मतलब, एक लिफाफे में हमारे ससुराल की तरफ से नेग आया था, दूसरा लिफाफा वही था, जो हम दे आए थे। पूरे पैसे जस-के-तस वापस। बात सिर्फ हमारी नहीं थी, जितनी बहनों ने वहाँ शगुन के पैसे दिए थे, सबके वापस कर दिए गए।

जब मेरी शादी हुई थी, तब पत्नी की बुआ थीं। अब नहीं हैं, पर मुझे याद है कि बुआ एक बार हमारे घर आई थीं, तो उन्होंने हमारे घर पानी भी नहीं पिया था। मुझे बहुत आश्चर्य हुआ था कि ऐसा क्यों ? मेरे बहुत बार कहने पर उन्होंने इतना ही कहा था कि बेटी के घर पानी नहीं पीते। यहाँ तक कि वो अपनी बेटी के घर भी जाती थीं तो कुछ भी खाती-पीती नहीं थीं।

कुछ साल पहले उनका निधन हो गया, पर परंपरा अब भी जिंदा है।

मुझे इसका धार्मिक कारण नहीं पता।

हमारे शगुन का लिफाफा तो लौट आया है, पर साथ में ढेरों सवाल भी लौट आए हैं। और लौट आई है मेरी ही एक पुरानी कहानी...जो शायद आज भी प्रासंगिक है।

मैंने कुछ दिन पहले आपको एक सच्ची कहानी सुनाई थी। सच कहूँ तो वो कहानी मेरी आँखों के सामने घटी थी। मैं एक परिचित के ऑपरेशन के दौरान दिल्ली के मैक्स अस्पताल में उन्हें देखने गया था और ऑपरेशन थिएटर के बाहर उनका इंतजार कर रहा था। मेरी तरह ही कई लोग अपने-अपने परिजनों का इंतजार कर रहे थे।

ऐसे में मेरी निगाह एक लड़की पर गई थी, जो ऑपरेशन थिएटर के बाहर बहुत बेचैनी से अपने पिता का इंतजार कर रही थी। कई घंटों के इंतजार के बाद पिता ऑपरेशन थिएटर से बाहर निकले थे। डॉक्टर जब उन्हें स्ट्रेचर पर बाहर लेकर आ रहे थे, तो लड़की की आँखों की चमक मैंने देखी थी। पिता होश में थे और लड़की पिता को देखकर बहुत खुश थी। अपनी खुशी में बेटी ने पिता से कहा था कि भैया का भी फोन आया था, आपके बारे में पूछ रहे थे। पिता ने बेटी की ओर बहुत कातर भाव से देखा था।

बेटी ने पिता से कहा था कि भैया ने आपका हाल पूछा था। डॉक्टर बेटी की बातें सुन रहा था। उसने बेटी से कहा कि आप चाहें तो फोन पर अपने भाई से पिता की बात भी करा सकती हैं, वो बात कर पाने की स्थिति में हैं। बेटी ने चहकते हुए भाई को फोन लगाया था। फोन स्पीकर पर था। फोन की घंटी बजी, उधर से हेलो की आवाज आई थी, जिसे आपके संजय सिन्हा ने भी सुनी थी। बेटी ने करीब-करीब उछलते हुए कहा था कि भैया, पापा का ऑपरेशन सफल रहा, लो तुम बात कर लो।

भाई को नहीं पता था कि फोन स्पीकर पर है। उसने उधर से कहा था कि यहाँ अमेरिका में इतनी रात है, अभी फोन करने की क्या जरूरत थी? तुम हो तो वहाँ, कल बात करूँगा। पिता ने भी बेटे के इस कहे को सुना था। स्ट्रेचर पर लेटे पिता ने अपनी आँखें पोछीं थीं और संजय सिन्हा के मन ने कहा था कि सचमुच उस वक्त हिंदुस्तान में दिन था और अमेरिका में रात थी। जहाँ बेटी थी, वहाँ उजाला था और जहाँ बेटा था, वहाँ अँधेरा था। इसी फलसफे में संजय सिन्हा की कहानी ने संदेश दिया था कि जहाँ बेटियाँ होती हैं, वहाँ उजाला होता है। मेरा विश्वास है कि सचमुच जहाँ बेटी होती है, वहाँ उजाला होता है।

मैं आज आपको ये कहानी नहीं सुनाता, पर कल मेरे पास एक-एक कर चार लोगों

ने एक ही संदेश व्हाट्सऐप पर भेजा। बहुत छोटा, लेकिन मेरे विश्वास की रक्षा करता हुआ संदेश। उस संदेश आज मैं आपके सामने रख रहा हूँ और चाहता हूँ कि इस संदेश को आप भी सुनें, समझें, आत्मसात् करें।

एक लड़के-लड़की की शादी हुई। दोनों ने तय किया कि उस रात जब वो कमरे में साथ-साथ होंगे तो वो किसी के लिए दरवाजा नहीं खोलेंगे। चाहे कोई भी मिलने चला आए, वो अपने प्रेम को जीते रहेंगे, दरवाजा नहीं खोलेंगे। दोनों कमरे में थे, तभी दरवाजे पर खट-खट की आवाज हुई। लड़के ने खिड़की से झाँककर देखा कि उसके पिता दरवाजा खटखटा रहे हैं। शायद किसी मुसीबत में थे और चाह रहे थे कि बेटा उनकी बात सुन ले।

लड़के ने लड़की की ओर देखा। दोनों को शर्त याद थी कि किसी के लिए दरवाजा नहीं खोलेंगे, चाहे कुछ भी हो जाए। पिता ने दो-चार बार कुंडी खटखटाई, लड़का चुपचाप बिस्तर पर लड़की की बाँहों में खो गया। लड़के के पिता लौट गए।

कुछ देर बाद फिर दरवाजे पर खट-खट हुई। इस बार लड़की के पिता दरवाजे पर दस्तक दे रहे थे। पता नहीं, क्या जरूरी काम था? लड़की ने लड़के की ओर देखा। दोनों को अब भी शर्त याद थी। पर लड़की ने कहा कि उसके पिता को पता नहीं क्या जरूरत है, वो इस तरह उनकी अनदेखी नहीं कर सकती। दरवाजा खोलना ही पड़ेगा। लड़की ने शर्त तोड़ दी और पिता से मिलने चली गई।

बहुत दिन बीत गए। लड़की एक बेटे की माँ बनी। कुछ साल बाद एक बेटी की भी माँ बनी। जब बेटी हुई तो लड़के ने बहुत बड़ी पार्टी दी। लड़की ने अपने पति से पूछा कि तुमने बेटा होने पर तो कोई पार्टी नहीं दी थी, लेकिन बेटी होने पर पार्टी क्यों दी?

लड़के ने कहा कि दरवाजा तो बेटी ही खोलेगी।

संजय सिन्हा का आज का ज्ञान यह है कि बेटियाँ ही दरवाजा खोलती हैं।

□

बंदरिया की छलाँग

मेरे एक जानने वाले अपनी नौकरी से बहुत दुःखी हैं। पिछले पंद्रह वर्षों से तो मैं ही सुन रहा हूँ कि वो जल्दी अपना बिजनेस शुरू करेंगे, क्योंकि नौकरी उन्हें पसंद नहीं।

पहले मुझे लगता था कि वो जो कह रहे हैं, उसे कर दिखाएँगे। संजय सिन्हा भोले हैं और किसी के कहे पर फौरन यकीन कर लेते हैं।

मैंने कई बार अपनी पत्नी को भी बताया कि फलाँ साहब अपनी नौकरी से खुश नहीं। वो बिजनेस शुरू करनेवाले हैं। पत्नी पूछती भी थी कि कैसा बिजनेस?

"मुझे नहीं पता, पर बिजनेस तो बिजनेस है। चाहे जो भी करें, पर करेंगे कुछ अपना।"

पत्नी मुस्कुराती। कहती, "जो कुछ करना चाहता है, वो करता है। कहने में समय नहीं खर्च करता। संजय, तुम्हारे जानने वाले तो कई वर्षों से ये कह रहे हैं कि उन्हें अपनी नौकरी पसंद नहीं, कुछ और करेंगे। कब करेंगे?"

मैं हर बार अपने परिचित के कहे की रक्षा करता। कहता कि ऐसे कैसे नौकरी छोड़ दें। पहले कुछ सॉलिड हाथ में होना चाहिए। ऐसा तो नहीं कर सकते न कि नौकरी भी छोड़ दें और बिजनेस भी न चले। फिर तो न घर के रहेंगे न घाट के।

मेरी पत्नी को जिंदगी का तजुर्बा मुझसे अधिक है। वो हमेशा कहती रही कि जो अपनी नौकरी से इतना दुःखी है कि हर मुलाकात में उसी का रोना रोता है, उसके लिए कुछ भी सॉलिड और तरल नहीं होता। ऐसे लोग बस कर गुजरते हैं। अब तक तो उनका बिजनेस सेट भी हो चुका होता।

खैर, सच्चाई यही है कि पंद्रह साल बीत गए हैं, उनकी नौकरी के दुःख के।

कल ऑफिस में चाय पीते हुए अपने सहयोगी प्रणव रावल से मैंने चर्चा की कि फलाँ आदमी पंद्रह साल से नौकरी छोड़कर कुछ और करना चाह रहा है तो प्रणव ने मुझे ही

एक कहानी सुना दी। संजय सिन्हा को प्रणव की कहानी इतनी पसंद आई कि पूछिए मत। हालाँकि उन्होंने मुझे बताया कि बंदर-बंदरिया की यह कहानी उन्हें भी किसी ने दो दिन पहले ही सुनाई है।

मुझे उम्मीद है कि इस कहानी को सुनते ही आप समझ जाएँगे कि वो कौन लोग होते हैं, जो कुछ करना चाहते हैं और कर गुजरते हैं।

नदी के किनारे एक पेड़ पर बंदर और बंदरिया रहते थे। पेड़ फलों से लदा था। दोनों दिन भर फल खाते, इस डाल से उस डाल पर झूलते, पर दोनों दुःखी थे। दोनों आपस में बातें करते कि बहुत साल पहले महान वैज्ञानिक डॉर्विन के जमाने में कई बंदर आदमी बन गए। पता नहीं उन लोगों ने किस पेड़ का फल खाया कि वो बंदर जन्म से आजाद हो गए।

बंदरिया भी सोचती कि सचमुच उनके कई पूर्वज कुछ-न-कुछ अलग कर बंदर से आदमी बन गए, पर वो बंदर ही रह गए। दोनों आपस में बातें करते कि उनका जीवन कितना बोरिंग है? पता नहीं कब तक बंदर की जिंदगी उन्हें काटनी है?

एक दिन आकाशवाणी हुई कि जो भी अगले पल इस नदी में छलाँग लगाएगा, वो राजा बन जाएगा। उसकी जिंदगी बदल जाएगी।

प्रणव ने इतनी कहानी सुनाई और चाय की चुस्की लेने लगे। पहले तो जब प्रणव ने बंदर की कहानी शुरू की थी तो संजय सिन्हा को लगा था कि वो बंदर, जामुन और मगरमच्छ वाली कहानी सुनाएँगे, पर कल मैं पहली बार कहानी सुन रहा था, जिसमें बंदर के साथ बंदरिया भी थी।

खैर, चाय की चुस्की के बाद उन्होंने आगे कहना शुरू किया कि जैसे ही आकाशवाणी हुई, बंदरिया फटाक से नदी में कूद पड़ी। अगले ही पल वो नदी से बाहर निकली एक सुंदर राजकुमारी बनकर। एकदम लक-दक। नदी से बाहर आते ही उसने देखना शुरू किया कि उसका राजकुमार कहाँ है?

इधर-उधर बहुत देखने के बाद उसे पेड़ पर बंदर नजर आया। राजकुमारी ने बंदर की ओर देखा और सिर पीटने लगी। अरे तुम नदी में क्यों नहीं कूदे?

बंदर ने सिर खुजाते हुए कहा कि उसे लगा कि ये सब बेकार की बातें हैं। बेकार में वो नदी में क्यों कूदता? भला नदी में कूदने से कोई राजा बनता है?

राजकुमारी ने कहा, "मूर्ख बंदर, तुम्हारी जिंदगी में ऐसा क्या था, जिसे तुम खो देते?

बंदर हो। इस पेड़ पर पैदा हुए यहीं मर जाओगे। नदी में कूदने पर अगर राजा बनने की बात कही गई थी, तो तुम कूद जाते। खोने को क्या था? कुछ नहीं होता तो थोड़ा गीले होकर बाहर निकल आते, पर एक बार खुद पर भरोसा करके कूद तो जाते।"

संजय सिन्हा का आज का ज्ञान—

भाई और बहन लोग, जिसे कुछ करना होता है न, सोचने में समय नहीं खर्चते। नदी में छलाँग लगा देते हैं।

जो छलाँग लगाते हैं, वही बंदर जन्म से मुक्ति पाते हैं।

□

मन की आकाशवाणी

आकाशवाणी हुई तो बंदरिया नदी में कूद गई और बंदर सोचता रह गया।

आकाशवाणी यही तो हुई थी कि अगले पल जो इस नदी में छलाँग लगाएगा, वो राजा बन जाएगा। खोने के लिए न बंदर के पास कुछ था, न बंदरिया के पास। बंदरिया कूद कर रानी बन गई, बंदर बंदर ही रह गया। कल जो कहानी मैंने आपको सुनाई थी, उसका मर्म इतना ही था कि आपका पहला प्रयास ही आपकी दिशा तय करता है।

एक बाबा के पास ढेरों दुखियारे जाते थे। किसी को नौकरी नहीं मिलती थी, किसी की शादी नहीं हो पा रही थी। किसी की बीमारी नहीं ठीक हो रही थी। बाबा उस दुखियारे से पूछते थे कि तुम समोसे के साथ हरी चटनी खाते हो या लाल? वो अगर कहते कि लाल चटनी खाता हूँ तो बाबा कहते कि हरी खाया करो।

ऐसे ही एक आदमी से बाबा ने कहा कि हरी चटनी खाओ तो आदमी खुश होकर लौट आया। कितना आसान उपाय मिला है? नौकरी पाने के लिए इससे आसान उपाय और क्या हो सकता है? अब तक समोसे के साथ लाल चटनी खाता रहा, पर अब हरी खाऊँगा। पर समोसे वाला तो हरी चटनी बनाता ही नहीं। वहाँ सिर्फ लाल चटनी ही मिलती है। कोई नहीं, दूसरे समोसे वाले के पास जाऊँगा। और वहाँ भी उसने बढ़िया धनिये और पुदीने वाली हरी चटनी नहीं बनाई तो बाजार से धनिया और पुदीना खरीद कर लाऊँगा। खुद ही घर में पीस कर चटनी बना लूँगा। बाबा ने कहा है कि हरी चटनी से कल्याण होगा।

आदमी समोसे की दुकान पर जाता है। समोसे वाला हरी चटनी बनाता ही नहीं। आदमी धनिया और पुदीना खरीद लाता है। खुद ही पीसता है, नमक, मिर्च और नींबू डालता है और चटनी तैयार।

अब वो समोसा हरी चटनी के साथ खाता है। उसे लगने लगा है कि उसने हरी चटनी

खाई है, मतलब उसका काम बनने ही वाला है। अब उसका मन करता है कि वो देखे कि नौकरी के लिए जिस परीक्षा से उसे गुजरना है, उसमें सवाल क्या-क्या पूछे जानेवाले हैं? वो किताब उठाता है, उसके सवाल देखता है। उसके मन में है कि उसने हरी चटनी खाई है, इसलिए उसका काम बनने ही वाला है। मतलब, वो उम्मीद से है।

उसे सारे सवाल समझ में आ रहे हैं। एकाध नहीं समझ में आ रहे तो वो उनके भी जवाब तलाशने की कोशिश कर रहा है। उसे हैरानी हो रही है कि कल तक जिन सवालों को देखकर उसके आगे जमीन घूमने लगती थी, आज उसे सब समझ में आ रहा है। लगता है, यह हरी चटनी का कमाल है।

वो सारी रात पढ़ता रह जाता है। पहले वो इसी नौकरी के लिए परीक्षा देने गया था तो उसे किसी ने समझा दिया था कि ऐसे नौकरी नहीं मिलती। सिफारिश चाहिए होती है। पैसे खिलाने पड़ते हैं। वो बुझे मन से परीक्षा देने जाता था, बुझे मन से इंटरव्यू देता था, पर आज आत्मविश्वास से भरा है। उसे बाबा के कहे पर भरोसा है। बाबा ने हरी चटनी खाने को कहा है। मतलब, काम हो जाएगा।

वो परीक्षा देता है, इंटरव्यू भी देता है। उसे नौकरी मिल जाती है।

नौकरी मिलते ही वो संजय सिन्हा के पास आता है। कहता है कि संजयजी, वो बाबा महान हैं। उन्होंने कहा था कि हरी चटनी खाओगे तो नौकरी मिल जाएगी। संजय सिन्हा उसे समझाते हैं कि कमाल हरी चटनी का नहीं, आपका है।

"वो कैसे?"

"जब बाबा ने कहा कि हरी चटनी खाओ तो आपने हरी चटनी की तलाश शुरू की। नहीं मिलने पर आपने खुद ही हरी चटनी बना ली। हरी चटनी बनाने और खाने के क्रम में आपके भीतर एक विश्वास पनपा कि अब आपका काम बन जाएगा। आपने जिस किताब को कई महीनों से छुआ भी नहीं था, उसे देखना शुरू किया। आपने एक हरी चटनी के विश्वास में उसे पढ़ना शुरू किया। आपने तैयारी करनी शुरू की। आपको यकीन था कि नौकरी में सिफारिश और पैसे की जरूरत नहीं। बस, हरी चटनी काम करेगी। इस आत्मविश्वास ने आपको उस परीक्षा और इंटरव्यू के लिए तैयार किया और आज आप उसमें पास हो गए।"

"बात तो सही है।"

"सारा खेल पहले प्रयास का है। आप बिना हरी चटनी खाए भी यह सब करते तो हो जाता।"

"इसका मतलब, बाबा अंधविश्वास बेचता है?"

"नजरिए का सवाल है। बाबा को भी लगता है कि हरी चटनी का कमाल है। उसके भक्त उसके पास यही जाकर कहते हैं कि बाबा, हरी चटनी से काम बन गया।"

"क्या सबके काम बन जाते होंगे?"

"बिल्कुल नहीं। काम उनके ही बनते हैं, जो हरी चटनी की तलाश में धनिया-पुदीना खरीदने निकल पड़ते हैं। जो उसे पीसने का दम दिखलाते हैं। उसे समोसे के साथ खाने के बाद अपनी किताब झाड़ते हैं और उसे पढ़ने बैठते हैं। हरी चटनी कुछ नहीं है। बस, उम्मीद है। उम्मीद से भरा आदमी ही कुछ पा सकता है।"

कहते हैं न कि ज्ञानी तर्क के सहारे मंजिल तक पहुँचता है और अज्ञानी अंधविश्वास के सहारे। दोनों मार्ग में कॉमन चीज एक ही है। वो है, उम्मीद।

बंदरिया को उम्मीद थी कि आकाशवाणी हुई है कि नदी में कूदने से जिंदगी बदल जाएगी, बंदर को उम्मीद नहीं थी। बंदरिया कूदकर रानी बन गई। बंदर बंदर ही रह गया।

बात जिंदगी बदलने से अधिक उस भरोसे की थी। जो खुद पर भरोसा करके नदी में छलाँग लगा देता है, वो राजा या रानी नहीं बनता, यह एक वैज्ञानिक सच्चाई है, पर हकीकत की सच्चाई यह है कि नदी में छलाँग लगाने वाला दिल से अपनी जिंदगी को बदलना चाहता है। जो दिल से कुछ भी चाहता है, वो उसे प्राप्त कर लेता है।

कई लोग संजय सिन्हा की कहानी में तर्क तलाशते हैं, पर बहुत-सी कहानियाँ तर्क से परे होती हैं। ठीक वैसे ही, जैसे मेरी माँ मुझे बचपन में यह कहकर दूध पिलाती थी कि दूध पीकर मेरा राजा बेटा पहलवान बन जाएगा। फिर वो किसी से नहीं डरेगा।

मैं गटागट दूध पी जाता और तुरंत अपनी पतली-पतली भुजाओं को फैलाकर देखता कि वाह! मैं कितना शक्तिशाली हो गया हूँ? दूध पीते ही मेरा डर खत्म हो जाता।

कल की कहानी पर कुछ लोगों ने कहा कि अब आकाशवाणी नहीं होती।

आकाशवाणी होती है, मन के भीतर होती है। एक बार अपने मन की सुनकर पूरी शिद्दत से नदी में छलाँग लगाकर देखिए। आपका काम सौ फीसदी बन जाएगा। ध्यान रहे, पहला प्रयास जरूरी है।

□

थोड़ी भूख दे दो

एक बहुत अमीर आदमी चमचमाती गाड़ी में सड़क से गुजर रहा था। गाड़ी लाल बत्ती पर रुकी। अचानक एक भिखारी दौड़ता हुआ गाड़ी के पास आया और खिड़की पास खड़ा हो गया।

आदमी ने शीशा नीचे किया और पूछा कि क्या बात है?

भिखारी ने बहुत कातर शब्दों में कहा कि साहब, बहुत भूख लगी है, कुछ दे दो।

"भूख लगी है? पर यह भूख क्या है? कैसी होती है भूख? तुम जो चाहो मैं दे दूँगा, पर तुम मुझे थोड़ी-सी भूख दे दो।"

भिखारी ने आदमी की ओर देखा। फिर धीरे-से उसने कहा, "जाओ साहब, जाओ। पहले सोचता था कि संसार में सबसे बड़ा दरिद्र मैं हूँ, पर अब लग रहा है कि कोई मुझसे भी अधिक दरिद्र है।"

संजय सिन्हा वहीं दूसरी लेन में अपनी गाड़ी में बैठे थे। दोनों की बातें साफ सुनाई दे रही थीं।

भिखारी ने कहा था कि भूख लगी है, कुछ दे दो। आदमी ने कहा था, पहले तुम मुझे थोड़ी-सी भूख दे दो। तो क्या उस आदमी को पता ही नहीं कि भूख क्या होती है?

लाल बत्ती हरी हो चुकी थी। गाड़ियाँ आगे बढ़ चलीं। भिखारी रुक गया।

बड़ी-सी गाड़ी चलती रही। कई मोड़ों से होती हुई वो एक आश्रम के बाहर रुक गई। आदमी गाड़ी से बाहर निकला और आश्रम के भीतर चला गया।

वहाँ एक संत तख्त पर बैठे कुछ पढ़ रहे थे।

आदमी ने संत के पाँव छुए। फिर धीरे-से पूछा, "बाबा, यह भूख क्या होती है? रास्ते

में एक भिखारी मिला था, कह रहा था, भूख लगी है। मैंने कहा कि थोड़ी-सी भूख मुझे दे दो, तो उसने कहा कि जाओ साहब, आप मुझसे अधिक दरिद्र हो। बाबा, क्या जिसके पास भूख नहीं होती, वो दरिद्र होता है?"

बाबा ने आदमी की ओर देखा। फिर धीरे-से पूछा, "यह किताब तुमने पढ़ी है?"

आदमी ने कहा, "नहीं, पढ़ी तो नहीं, पर मेरे पास यह किताब है। मेरे पास बहुत-सी किताबें हैं। सच कहूँ तो मेरे पास पूरी लाइब्रेरी है। पर बाबा, मैंने किताबें नहीं पढ़ीं।"

बाबा ने आदमी से बैठने के लिए कहा। फिर कहने लगे, "भिखारी ने सही कहा है, तुम दरिद्र हो। तुम्हारे पास कुछ भी नहीं। असल में तुम्हारे पास जो कुछ भी है, वो तुम्हें प्राप्त है। तुम्हारे पास अपना अर्जित कुछ भी नहीं। क्योंकि तुम्हारे पास कुछ भी स्वयं अर्जित नहीं, इसलिए तुम्हें भूख के बारे में पता नहीं। तुम्हारी जिंदगी किताबों में बंद ज्ञान की तरह है, जो तुम्हारे घर की आलमारी में बंद है। तुमने पा लिया है, अर्जित नहीं किया है। जिसे हम अर्जित नहीं करते, उसे महसूस भी नहीं कर पाते, चाहे वो सुख हो या दुःख। भूख हो या ज्ञान। जिसने कुछ महसूस ही नहीं किया, वो तो दरिद्र होगा ही, बेटा। जाओ, कुछ अर्जित करो। प्राप्त पर मत रुको।"

संजय सिन्हा पूरी बात सुनकर लौट पड़े। लौटना ही था, आखिर आपके लिए एक कहानी उन्होंने अर्जित की थी।

गौतम बुद्ध ने भी प्राप्त को छोड़कर अर्जित किया था। प्रभु ईशु ने भी प्राप्त को छोड़कर अर्जित किया था। संजय सिन्हा भी प्राप्त को छोड़कर अर्जित करने में ही भरोसा करते हैं।

□

सेठ की दौलत

नौकर सेठजी से पूछ रहा था कि आपके पास इतनी दौलत है, मेरे पास नहीं। आखिर इसकी क्या वजह है ?

सेठजी समझा रहे थे कि पैसा पैसे को खींचता है।

नौकर ने अमीर बनने का राज समझ लिया था। रात में सेठजी सो गए तो नौकर अपनी सालों की कमाई का एक चाँदी का सिक्का लेकर सेठजी की तिजोरीवाले कमरे पास गया और बाहर दरवाजे की दरार के पास अपने सिक्के को रखकर बैठ गया। वो मन-ही-मन सोच रहा था कि सेठजी की तिजोरी से सिक्के निकलेंगे और उसके सिक्के के पास चले आएँगे। सेठजी ने कहा है कि पैसा पैसे को खींचता है। उसका एक सिक्का सेठजी कि तिजोरी से कई सिक्कों को खींचकर लाएगा और फिर वो अमीर बन जाएगा।

अचानक वो थोड़ा हिला और सिक्के पर उसका हाथ लगा सिक्का लुढ़ककर तिजोरी वाले कमरे के भीतर चला गया। बहुत बड़ी मुश्किल आ गई। नौकर का इकलौता सिक्का सेठजी की तिजोरी वाले कमरे के भीतर चला गया। बाहर ताला बंद था, भीतर कोई जा ही नहीं सकता था, पर सिक्का चला गया।

नौकर की समझ में न आए कि वो क्या करे ?

बहुत मुश्किल से रात कटी। सुबह नौकर सेठजी के पास गया और कहने लगा कि आप तो कहते थे कि पैसा पैसे को खींचता है, पर मेरा सिक्का तो आपकी तिजोरी वाले कमरे के भीतर चला गया।

सेठजी ने कहा कि मैंने ठीक ही तो कहा था। मेरी तिजोरी में अधिक पैसे थे, तुमने अपना सिक्का वहाँ रखा, वो लुढ़ककर उधर चला गया। पैसे ने पैसे को खींच लिया। अब जाओ, वो सिक्का मेरा हुआ।

नौकर माथा पीटता हुआ और किस्मत को कोसता हुआ चला गया।

कल मुझसे मिलने मेरे एक परिचित आए थे। बहुत दिनों के बाद आए थे।

कुछ साल पहले जब वो मेरे पास आए थे तो बहुत खुश थे। कई बार उन्होंने खुश होकर बताया था कि संजयजी, मेरे बेटे की शादी है, आप जरूर आइएगा।

मैंने पूछा था कि बेटे की शादी कहाँ तय हुई है तो उन्होंने चहकते हुए कहा था कि बहुत अमीर पार्टी है। लड़की अपने माँ-बाप की इकलौती संतान है। लड़की के पिता दुबई में रहते हैं और अमेरिका तक उनका कारोबार फैला है। वो तो मेरा बेटा इंजीनियर बन गया है, तो उसकी किस्मत चमक गई है। हमारी तो जिंदगी ही बदल गई समझिए।

मैंने हैरान होकर उनकी ओर देखा था, "लड़की के पिता बहुत अमीर हैं, तो आपकी जिंदगी कैसे बदलेगी?"

"अरे, लड़का तो अपना है। अंत में सबकुछ तो उसी का है।"

मैंने कुछ कहा नहीं था। मैं उनकी खुशी में शामिल था। इकलौते बेटे की शादी तय हुई है, वो भी बहुत अमीर घर में। मैंने पत्नी से कहा था कि इनका मुँह मीठा कराओ।

परिचित खुश होकर चले गए थे।

मेरी पत्नी ने मुझसे कहा भी था कि संजय, बहुत अच्छा हुआ। इनके जीवन भर की समस्या खत्म हुई। बेटे ने अच्छी पढ़ाई करके इनके जीवन भर के दु:ख को धो दिया।

मैंने पत्नी से कहा था कि इतनी जल्दी निष्कर्ष न निकालो।

खैर, कल मेरे वही परिचित घर आए थे। काफी देर बैठे। बहुत उदास थे। उदास क्या, ये समझ लीजिए कि रो रहे थे। कह रहे थे कि बेटा अमेरिका चला गया। वहीं सेटल हो गया है।

मैंने कहा कि ये तो अच्छी बात है। आप यही तो चाहते थे।

"संजयजी, लड़की वालों ने मेरे बेटे को हथिया लिया है। बेटा उनका गुलाम बन गया है। शादी के बाद उन्होंने बेटी को अपने पैसे से पढ़ने के लिए अमेरिका भेज दिया। फिर पीछे से मेरे बेटे को भी आगे की पढ़ाई के नाम पर अमेरिका भेज दिया। अब वो वहीं सेटल हो गया है। उनकी गाड़ी, दौलत में वो खो गया है। शुरू में तो मेरी समझ में नहीं आया। मैं सबसे यही कहता रहा कि उसने बहुत कुछ पा लिया है, पर सच्चाई यह है कि बेटे का मुझे कोई सुख नहीं। वो सास-ससुर और पत्नी तक सिमटकर रह गया है।

शुरू में तो एक–दो दिनों पर उसका फोन आता था, पर अब वो भी नहीं।"

इतना कहकर मेरे परिचित फूट–फूटकर रोने लगे।

"संजयजी, मैं बर्बाद हो गया। इकलौता बेटा हाथ से निकल गया। माँ तो रो–रोकर बीमार हो गई है।"

बहुत मुश्किल से मैंने उन्हें चुप कराया। फिर उन्हें समझाया कि कोई बात नहीं। बेटा खुश है, आप उसी की खुशी में खुश होने की आदत डालिए।

जब वो चले गए तो मैंने पत्नी से कहा कि मैंने उस दिन तुमसे कहा था न कि इतनी जल्दी निष्कर्ष न निकाला करो। देखो, उनका सिक्का सेठजी की तिजोरी में चला गया है।

आज संजय सिन्हा का ज्ञान यही कहता है कि जब भी आप दूसरों की दौलत को देखकर उसे अपने पास लाने की कोशिश करेंगे तो आपका इकलौता सिक्का भी आपका साथ छोड़ जाएगा।

□

गलती की कीमत

जब मैं पहली बार अमेरिका गया था तो यह देखकर बहुत हैरानी हुई थी कि वहाँ दुकानदार नकद के साथ-साथ चेक भी ले लिया करते थे। मतलब, आपने कुछ खरीदा और आपके पास नकद नहीं तो आप चेक से भी भुगतान कर सकते थे।

हालाँकि जिन दिनों मैं वहाँ गया था, क्रेडिट कार्ड खूब प्रचलन में था, पर नए लोग, जिनके पास क्रेडिट कार्ड नहीं था, वो चेक से भुगतान करके सामान खरीद सकते थे। मैंने अपने एक दोस्त से पूछा था कि हमारे यहाँ तो जब तक चेक कैश न हो जाए, कोई सामान नहीं देता, पर यहाँ के लोग चेक को कैश की तरह ही समझते हैं। ऐसा क्यों?

दोस्त ने बताया था कि यह देश भरोसे पर चलता है। यहाँ सबसे अधिक महत्त्वपूर्ण चीज है, आपकी क्रेडिट हिस्टरी। आप इस देश के अच्छे नागरिक इसी आधार पर माने जाते हैं कि आपकी विश्वसनीयता कितनी है? अमेरिका ने ही क्रेडिट कार्ड शुरू किया है। मतलब, पहले खर्च कीजिए, बाद में भुगतान कीजिए। अब कोई चोरी करना चाहे, तो एक बार कर सकता है, पर इससे आपकी छवि को जो नुकसान पहुँचेगा, वो ज्यादा बड़ा होगा।

बात-बात में उसने यह भी बताया था कि कुछ साल पहले एक आदमी अपने फोन का बिल चुकाए बिना दिल्ली लौट गया था। इन लोगों ने कुछ नहीं कहा था। आदमी खुश था कि उसने फोन का इस्तेमाल भी कर लिया और उसके डॉलर भी बच गए।

उस आदमी को उम्मीद थी कि वो दुबारा अमेरिका नहीं आएगा, पर उसकी कंपनी ने उसे यहाँ दुबारा भेजा तो उसके कई काम अटक गए। हर जगह फोन कंपनी ने यह खबर भेज दी थी कि इन्होंने उनका बकाया भुगतान नहीं किया है। अंत में उसे सूद समेत उस फोन बिल का भुगतान करना पड़ा।

आप सोच रहे होंगे कि संजय सिन्हा आज ये कहानी क्यों सुना रहे हैं?

असल बात यह है कि मेरा बेटा आजकल हमारे पास आया हुआ है। वो मुझे बता रहा था कि पापा, इस संसार में सबसे कीमती चीज है, भरोसा। भरोसा आदमी एक बार खो देता है, तो कई साल लग जाते हैं उसे दुबारा पाने में। आजकल दुनिया की सारी कंपनियाँ रेटिंग के आधार पर चलती हैं, जैसे आप टैक्सी में कहीं जाते हैं तो आपको उस टैक्सी ड्राइवर को रेटिंग देनी पड़ती है। अगर वो अच्छा होता है तो आप उसे फाइव स्टार देते हैं। कई बार फोर या थ्री स्टार भी देते हैं। उस टैक्सी ड्राइवर की असली कमाई उसे मिलने वाला पैसा नहीं, असली कमाई यही रेटिंग है।

मैं चुपचाप उसकी बातें सुन रहा था। उसने किसी अमेरिकी टी.वी. सीरियल का हवाला देते हुए बताया कि बहुत जल्दी वो दिन आनेवाला है, जब सबकुछ आपकी रेटिंग पर निर्भर करेगा। एक-एक आदमी की रेटिंग होगी। अगर आपका किसी से झगड़ा हुआ तो सामनेवाला आपकी रेटिंग कम कर देगा। इसलिए यह समझने की जरूरत है कि आनेवाले कुछ वर्षों में आदमी के लिए सबसे अहम होगा, उसको किसने कितना रेट किया है यानी आपके बारे में जो राय होगी, वही आपकी सबसे बड़ी कमाई होगी।

बेटे की बातें सुनकर मैं सोच में डूब गया था।

मेरे एक परिचित ने कुछ साल पहले एक क्रेडिट कार्ड से कुछ खरीदारी की थी। उसके कुछ सौ रुपए उन्होंने नहीं चुकाए थे। क्रेडिट कार्ड कंपनी ने कई बार उनसे संपर्क किया। आखिर में मेरे परिचित ने मूल धन चुका दिया, पर तब तक उस पर कुछ ब्याज लग चुका था और उन्होंने ब्याज के पैसे नहीं दिए। काफी लंबी मेलबाजी चली और अंत में परिचित ने क्रेडिट कार्ड को बंद करा दिया।

बात आई-गई हो गई। मित्र खुश थे कि झंझट खत्म हुआ।

कुछ महीने पहले उन्होंने एक मकान खरीदने के लिए बैंक से लोन लेने की कोशिश की। अच्छी-खासी आमदनी होने और लोन की हर शर्त पूरी करने के बाद भी बैंक ने उन्हें लोन देने से मना कर दिया, यह कहते हुए कि आपकी क्रेडिट हिस्टरी ठीक नहीं। आपने कुछ साल पहले फलाँ बैंक के कुछ सौ रुपए नहीं चुकाए, इसलिए हम आपको लोन नहीं दे सकते। मतलब यह कि क्रेडिट कार्ड वाले बैंक ने उनकी रेटिंग कम कर दी।

बेटा मुझे बता रहा था कि आनेवाले समय में लोगों की आपके बारे में राय ही आपकी कमाई होगी। मतलब, अब ये कहकर कोई बच नहीं सकता कि कोई उसके बारे में क्या सोचता है, उसे परवाह नहीं। आपको परवाह करनी होगी।

जब तकनीक का जमाना नहीं था, तब भी यह राय मायने रखती थी। स्कूल-कॉलेज में दाखिले के वक्त और नौकरी में भी किसी वरिष्ठ अधिकारी से चरित्र प्रमाण-पत्र का लिया जाना इसी कड़ी का हिस्सा था। आज भी पासपोर्ट बनवाने में पुलिस वेरिफिकेशन उसी कड़ी का पार्ट है, पर अब सबकुछ आपके फोन से होगा। एक फोन से आपकी रेटिंग तय हो जाएगी।

बेटा बता रहा था कि ऐसा वक्त आनेवाला है, जब आपको खुद मालूम रहेगा कि आपकी रेटिंग क्या है ? मतलब, आपको कदम-कदम पर खुद को दुरुस्त रखना होगा। एक भी गलती आपकी रेटिंग कम कर सकती है।

बेटे ने मुझे जो ज्ञान दिया आज उसे आपसे साझा कर रहा हूँ—गलती छोटी हो या बड़ी, उसकी एक कीमत होती है। बेहतर यही होगा कि हम गलत काम करने से बचें। आदमी की सबसे बड़ी कमाई उसकी विश्वसनीयता है, पैसा नहीं।

□

असली करेंसी

अपनी जिंदगी के पूरे पाठ्यक्रम को अगर मैं बहुत संक्षेप में समेटने बैठूँगा तो कुल तीन अध्याय में समेट पाऊँगा। कभी-कभी हर व्यक्ति को अपनी जिंदगी में पीछे मुड़ कर देखना चाहिए और यह सोचना चाहिए कि हम कहाँ के लिए निकले थे, कहाँ पहुँचे।

मेरी माँ ने मुझे पहला अध्याय यही पढ़ाया था, "संजू बेटा, तुम चाहे कुछ बनो न बनो, पर अच्छा इंसान जरूर बनना।"

माँ का फोकस एकदम साफ था। वो मानती थी कि अच्छा बने बिना जिंदगी का कोई अर्थ नहीं। माँ का पाठ मैं कभी नहीं भूला।

जब मैं नौकरी करने के लिए पहली बार घर से निकला था, तो पिताजी ने पास बिठा कर समझाया था, "संजय, तुमने पैसा कितना कमाया, इसकी कोई अहमियत नहीं। पैसा कैसे कमाया, इसकी बहुत अहमियत होगी।" पिता के पाठ को भी मैं कभी नहीं भूला।

अब कल बेटा पढ़ा रहा था।

वो कह रहा था, "पापा, इस दुनिया में एक ही करेंसी है। वो है, समय।"

मैं हैरान होकर उसकी बात सुन रहा था। समझने की कोशिश कर रहा था।

"समय? समय का करेंसी होने से क्या मतलब है?"

बेटे ने समझाया कि हम जिंदगी में जो कुछ भी कमाते हैं, वो दिए हुए समय के बदले कमाते हैं। यह आप पर निर्भर करता है कि जो समय आपने दिया है, वो कितनी गुणवत्ता वाला था? एक मजदूर अपने एक दिन के समय के बदले कुछ सौ रुपए पाता है, एक मैनेजर कुछ हजार रुपए पाता है, एक सी.ई.ओ. कुछ लाख रुपए पाता है। होते तो सबके पास 24 घंटे ही हैं, पर कुछ लोग अपने समय की कीमत कम कर लेते

हैं, कुछ बढ़ा लेते हैं। यह कीमत ठीक वैसे ही तय होती है, जैसे डॉलर और रुपए की कीमत तय होती है।

जब बेटे ने बात शुरू की थी तो मुझे लगा था कि वो मुझे कोई फिलॉसिफिकल बात समझाने जा रहा है कि समय सबसे बलवान होता है, इसलिए समय की कीमत समझनी चाहिए। पर वो एकदम वैज्ञानिक अंदाज में मुझे समझा रहा था कि समय ही असली करेंसी है। हाँ, अपने काम से हम अपने समय की कीमत को बढ़ा या घटा सकते हैं।

बेटे की बात सुनकर मैं सोच में पड़ गया।

मेरे एक मित्र का बेटा अमेरिका में है। वहाँ बहुत बड़ी कंपनी में अच्छी पोस्ट पर है। पिछले दिनों पिता की तबीयत खराब हो गई तो उसने काफी डॉलर भेजे, पिता के इलाज के लिए, पर समय की कमी के कारण खुद नहीं आ पाया। उसके पास डॉलर थे, उसने दे दिए। समय कम था, नहीं दे पाया। बेटे की एक झलक देखने की लालसा मन में लिये पिता दिल्ली के अस्पताल में दम तोड़ गए। बेटा आ ही नहीं पाया। उसने हर बार यही संदेश भेजा कि पापा, सबकुछ है। बस, समय नहीं।

लोग धन जमा करने में समय गँवा देते हैं। जिस समय को वो जी सकते थे, उसे जीने की तैयारी में खर्च कर देते हैं। सोचते हैं कि एक दिन जी लेंगे। जब कागज के ढेरों नोट वो जमा कर लेते हैं और सोचते हैं कि अब जी लेंगे तो समय नहीं बचता, जीने के लिए। सबसे बड़ी करेंसी खत्म हो चुकी होती है। बचता है, बस कागज का टुकड़ा।

संजय सिन्हा ने माँ का ज्ञान मैंने बचपन में आत्मसात् कर लिया था कि कुछ भी बनने से अधिक महत्त्वपूर्ण है एक अच्छा इंसान बनना। पिता के दिए ज्ञान को भी उन्होंने नौकरी के समय आत्मसात् कर लिया था कि पैसा कितना कमाया, इससे अधिक महत्त्वपूर्ण है कि पैसा कैसे कमाया? आज वो बेटे का दिया ज्ञान आत्मसात् कर रहा है कि समय ही असली करेंसी है।

□

काला शीशा

आप अपने बच्चों के साथ बैठिए। उनसे बातें कीजिए। उनके सुख-दुःख के भागीदार बनिए। ऐसा मत कहिए कि आज की जेनरेशन ही ऐसी है, माँ-बाप की बातें नहीं सुनती।

बच्चे माँ-बाप की सुनते हैं, लेकिन तभी सुनते हैं, जब आप उनके सुख-दुःख के भागीदार बनते हैं। वो तभी सुनते हैं, जब आप उनके साथ बैठते हैं, बातें करते हैं।

कल किसी ने फोन करके कहा कि संजयजी, बेटा हाथ से निकल गया है। देर रात तक दोस्तों के साथ घूमता रहता है। लगता है कि नशा भी करने लगा है। समझ में नहीं आ रहा, क्या करूँ?

मैंने फोन करनेवाले से पूछा कि आप घर में कितना समय देते हैं? अपने बच्चे को कितना समय देते हैं? आपकी पत्नी क्या करती हैं? वो कितना समय बच्चे के साथ बिताती हैं?

फोन करनेवाले ने कहा, "नौकरी ऐसी है कि सुबह निकलता हूँ, देर रात घर लौटता हूँ। पत्नी भी बैंक में नौकरी करती है। पर सबकी कहानी यही है, मेरी जैसी। सभी सुबह निकलते हैं, देर रात घर लौटते हैं। और आजकल सिंगल इनकम में घर कहाँ चल पाता है? डबल इनकम का जमाना है।"

उनकी पूरी बात सुनकर मैंने अधिक कुछ कहा नहीं।

दो दिन पहले बेटे ने 'ब्लैक मिरर' सीरियल का एक एपिसोड टी.वी. पर दिखलाया था, संक्षेप में उसी की कहानी सुना दी।

कहानी छोटी-सी है, पर हम सबकी है। हम सबके बच्चों की है।

एक किशोर अकेला अपनी जिंदगी जी रहा है। हालाँकि घर में माँ-बाप, बहन हैं, पर

सब अपनी जिंदगी में व्यस्त हैं। किशोर कंप्यूटर पर अश्लील फिल्मों के संपर्क में आता है और फिर किसी तरह कुछ हैकर्स के जाल में फँस जाता है।

अब शुरू होता है उसे ब्लैक मेल करने का सिलसिला। हैकर्स उस किशोर से कंप्यूटर पर संपर्क करके उसका फोन नंबर माँगते हैं और नहीं देने पर धमकी देते हैं कि सबको बता देंगे कि वो कंप्यूटर पर क्या करता है। किशोर डर जाता है और अपना नंबर उन्हें दे देता है।

इसके बाद तो चलने लगता है एक खेल। हैकर्स किशोर तक एक बंदूक पहुँचाते हैं। खेल लंबा चलता है। किशोर से एक बैंक लूटने को कहा जाता है और आखिर में एक व्यक्ति हत्या करने को भी कहा जाता है।

किशोर एक के बाद एक गलती करता जाता है और बुरी तरह उसमें फँस जाता है।

आज संजय सिन्हा का इरादा आपको किसी टी.वी. सीरियल के बारे में बताने का बिल्कुल नहीं, पर इस सीरियल को देखते हुए मुझे कई बार अपने एक मित्र के बेटे की याद आई। उनका बेटा भी ऐसे ही दोस्तों के संग किसी ट्रैप में फँसा और धीरे-धीरे बर्बाद हो गया। बच्चा जब आठवीं कक्षा में पढ़ता था तो माँ-बाप उसे घर में अकेला छोड़कर दिन भर कहीं-कहीं जाते थे। अमूनन तो वो नौकरी में ही व्यस्त रहते थे। बच्चा पता नहीं कैसे नशे की गिरफ्त में फँस गया? मुझे यकीन है कि जब उसने पहली बार छिपकर सिगरेट पी थी, तो किसी को पता नहीं चला था। फिर धीरे-धीरे उसका एक गुट बन गया, ऐसे बच्चों के साथ।

पाँच साल बाद बच्चा दिल्ली की सड़क पर ड्रग्स खरीदता हुआ पकड़ा गया और जेल भेजा गया। वहाँ से छूटा तो नशा मुक्ति केंद्र में भेजा गया। वहाँ से आया तो तो घर से भागकर पहाड़ों में कहीं गया। उसके बाद तो घर में माँ-बाप ने हजार धर्म-कर्म किए, पर बच्चा नहीं सुधरा।

अब माँ-बाप दोनों रोते हैं, काश! समय रहते ध्यान दिया होता।

असल बात है कि उनके पास समय नहीं था।

टी.वी. सीरियल वाले माँ-बाप के पास भी समय नहीं था। आखिर में मेरे मित्र को भी अफसोस हुआ और टी.वी. वाले माँ-बाप को भी। दोनों को अफसोस था कि काश! बच्चे से बात की होती। समझने की कोशिश करते कि उसका सुख और दु:ख क्या है?

ध्यान रखिए अपने बच्चों का। इनकम भले सिंगल हो, पर बच्चे को समय डबल दीजिए।

माँ–बाप बनना सिर्फ शारीरिक प्रक्रिया भर नहीं। यह एक मानसिक प्रक्रिया भी है। जब तक मन से माँ–बाप बनने को तैयार न हों, प्लीज संतान पैदा न करें।

ध्यान रहे, गमले में एक पौधा भी लगाते हैं तो उससे बात करनी पड़ती है, वरना पौधा सूख जाता है।

□

मनुष्य कहलाने का हक

आजकल दिल्ली में कुछ लोग बैलगाड़ी पर फल, सब्जी और गुड़ बेचते हैं। ये बैलगाड़ी वाले शहर में सड़क के किनारे खड़े हो जाते हैं और लोग गाड़ियों से उतरकर फल, सब्जी, गुड़ खरीदते हैं। लोग ऐसा मानते हैं कि ये बैलगाड़ी वाला गाँव से सीधे अपना सामान लेकर यहाँ तक आया है। खरीदने वाले के मन में रहता है कि यह गाँव का खांटी माल है।

संजय सिन्हा भी तब तक ऐसा ही सोचते थे, जब तक एक बैलगाड़ी वाले ने कबूल नहीं लिया कि उनकी गाड़ी सिर्फ किराए पर ली गई है। वो जानता है कि गाँव के नाम पर शहर में माल बिक जाता है।

खैर, आज संजय सिन्हा आपको बैलगाड़ी पर बिकने वाले माल की कहानी नहीं सुनाने जा रहे। आज कहानी है, एक बाप और बेटे के संवाद की। कहानी ऐसे शुरू होती है कि एक रात मैं अपने बेटे के साथ कनाट प्लेस जा रहा था तो लक्ष्मीनगर वाले यमुना ब्रिज पर मुझे एक बैलगाड़ी नजर आई। बैल गाड़ी बीच सड़क पर धीरे-धीरे चली जा रही थी। ऐसे में मेरी बी.एम.डब्ल्यू. कार जब वहाँ पहुँची और उसे अचानक ब्रेक लगाकर रोकना पड़ा तो मैं खीझा। मैंने हॉर्न बजाया और बुद्‌बुदाया, "लोगों को तमीज नहीं। बैल गाड़ी लेकर शहर में घुस आते हैं। इनका तो चालान होना चाहिए। ऐसे बीच सड़क पर बैलगाड़ी चलाने की इजाजत देश की राजधानी में नहीं मिलनी चाहिए।"

बेटे ने मेरी बात सुनी और मुझसे कहने लगा कि पापा, इतना नाराज मत हो। देखो, तुम्हारे हॉर्न बजाने से वो बैलगाड़ी वाला उस बैल को किस बुरी तरह चाबुक मार रहा है। तुम्हारे मन में उस बैल के प्रति समानुभूति होनी चाहिए। यह सही है कि दिल्ली की इस सड़क पर बैलगाड़ी नहीं चलनी चाहिए। लेकिन सोचो, क्या दोष इस बैल या बैलगाड़ी वाले का है ? अगर बैलगाड़ी का इस शहर में घुसना अपराध है तो उसे उसे वहीं रोक देना चाहिए, जहाँ से अपराध की सीमा तय होती है। तुम्हारी सरकार पहले

गलत काम करने देती है, फिर पुलिसवाले बीच सड़क पर पकड़कर उसे धमकाते हैं, डराते हैं, पैसे भी ऐंठते हैं। जिसे रोकना है, उसे ठीक समय पर रोक लेना चाहिए। सोचो पापा, जब एक बार वो अपनी गाड़ी लेकर शहर में घुस गया तो फिर उसके पास चारा क्या है ? इतनी रात में वो घर ही लौट रहा होगा। तुमने गुस्से में इतनी तेज हॉर्न बजाई तो वो बैल को मारने लगा। यह सही नहीं है। पापा, मन में सभी के लिए एंपैथी यानी समानुभूति का होना बहुत जरूरी है।

एक दिन हो सकता है कि मनुष्य और मशीन में भेद मिट जाए। हो सकता है कि मनुष्य जो काम कर रहा है, वो सब काम मशीन ही करने लगे। काफी कुछ तो मशीनें कर ही रही हैं। लेकिन पापा, ये जो शब्द है न एंपैथी, वो कभी मशीन के भीतर समाहित नहीं हो सकेगा। यही फर्क रह जाएगा आदमी और मशीन के बीच। आदमी हो या जानवर, हर किसी के लिए मनुष्य के मन में एंपैथी का होना एक अनिवार्य शर्त है। अगर तुम यह नहीं सोचोगे तो तुम्हारी खीझ की कीमत किसी बैल की पीठ पर पड़ने वाले चाबुक से चुकाई जाएगी।

तुम्हें बैलगाड़ी से खीझ हे न तो तुम पुलिस के बड़े अधिकारी को फोन करो और उनसे पूछो कि ये बैलगाड़ी शहर में घुसी किधर से ? जिस सड़क से घुसी वहाँ के ट्रैफिक वाले ने उसे क्यों नहीं रोका ? सोचो पापा, असली दोष किसका है ? सजा असली दोषी को नहीं मिल रही, उस लाचार बैल को मिल रही है।

बेटे ने एक ही रौ में इतनी बातें कह दीं।

मैंने तब कुछ नहीं कहा, पर लगातार सोचता रहा कि सचमुच बहुत-सी गलतियों के लिए जो जिम्मेदार नहीं होता, हम उस पर खीझ निकाल बैठते हैं और उन्हें उस चाबुक का हकदार बना देते हैं, जो किसी और की पीठ पर पड़नी चाहिए थी।

बेटे की ओर से मिला संजय सिन्हा को ज्ञान—अपने भीतर से एंपैथी यानी समानुभूति को कभी मरने मत दीजिएगा। जिस दिन ये मरा, हम मनुष्य कहलाने का हक खो देंगे।

□

कौन पार्टी के पत्रकार

जब मैं पत्रकार बन गया तो मेरी दादी ने मुझसे पूछा था कि कितनी सैलरी मिलेगी?

दादी की चिंता इतनी ही थी कि उनके बेटे के बेटे को कितने पैसे हर महीने मिलेंगे? इतने पैसे तो मिलेंगे न, जिसमें उसका परिवार ठीक से पल जाए।

दादी की चिंता जायज थी। जिन दिनों संजय सिन्हा ने पत्रकार बनने का फैसला लिया था, उन दिनों पत्रकार वही बनते थे, जो कुछ और नहीं कर सकते थे। अस्सी के दशक में हिंदी पत्रकारिता में अधिकतर लोग वही आए थे, जो जेपी आंदोलन के नाकाम सिपाही (?) थे। उनकी पढ़ाई बीच में छूट गई थी और वो आई.ए.एस., आई.पी.एस. या कोई दूसरी महान नौकरी में जाने की योग्यता खो चुके थे, तो पत्रकारिता में चले आए। ठीक वैसे ही, जैसे आजादी की लड़ाई के बाद बहुत-से लोग पत्रकार बन बैठे थे।

खैर, दोनों दौर की तुलना सही नहीं, पर असली बात ये है कि भारत में पत्रकारिता पेशा नहीं, मिशन के रूप में उभरा था। पर बहुत जल्दी मिशन से दलाली में बदल गया। अर्ध शिक्षित लोग ही कम पैसों में मिल सकते थे, तो कम पैसों में जो पत्रकार बने, उनसे मेरी दादी का जरूर साबका रहा होगा, तभी उन्होंने संजय सिन्हा से पूछा था कि तुम्हें कितनी सैलरी मिलेगी?

दादी को बहुत हैरानी थी कि एम.ए. तक की पढ़ाई करके उनका पोता हिंदी अखबार में क्यों नौकरी करने जा रहा है? उन्होंने एक बार कहा भी था कि बेटा, आई.ए.एस., आई.पी.एस. नहीं बन पाओगे तो भी बैंक और बीमा की नौकरी थोड़े न खत्म हो गई है?

मैं दादी की बातों पर हँस पड़ता था। उनके मन में बिठाने की कोशिश करता रहा कि दादी, बड़े अखबारों में अच्छी सैलरी मिलती है, पर दादी को यकीन नहीं हुआ।

खैर, दादी को जब मैंने बताया था कि 'जनसत्ता' में नौकरी मिल गई है तो उनका सवाल इतना ही था कि सैलरी मिलेगी न?

मैंने दादी के सवाल को कई लोगों से साझा किया। याद है कि आपको भी दादी की चिंता बता चुका हूँ, पर आज संजय सिन्हा अपने ही पेशे से उपजे एक चुटकुले को लेकर चिंता में हैं।

किसी ने मेरे पास एक चुटकुला भेजा कि एक पत्रकार की शादी तय हो गई। लड़की की दादी ने पोती के होनेवाले दूल्हे से पूछ लिया कि बेटा, क्या करते हो?

लड़के ने दादी से कहा कि मैं पत्रकार हूँ।

दादी ने बिना रुके ही पूछ लिया कि कौन-सी पार्टी से पत्रकार हो बेटा?

दादी का सवाल बहुत मासूम था, मेरी दादी जितना ही मासूम सवाल। पर आपके संजय सिन्हा इस सवाल से भारी दुविधा में चले गए हैं। सचमुच, आजकल पत्रकार जिस तरह खुलेआम किसी एक पार्टी के पक्ष में लिखने या बोलने लगे हैं, वो चिंता का विषय है।

संजय धृतराष्ट्र को महाभारत की कहानी सुना रहे थे। धृतराष्ट्र लगातार सुनना चाह रहे थे कि कौरवों की पार्टी जीत रही है, लेकिन संजय बिना लाग-लपेट के, जो देख रहे थे, वो बता रहे थे। उनकी पत्रकारिता की विश्वसनीयता का आलम यह है कि कई हजार साल बीतने के बाद भी किसी ने उन पर संदेह नहीं किया।

सच तो यह है कि कृष्ण ने युद्ध भूमि पर जो कुछ अर्जुन से कहा, उसे किसी ने नहीं सुना, सिवाय अर्जुन के। जिसे दुनिया 'गीता' कहती है, उसे कृष्ण के मुख से किसी और ने कभी नहीं सुना, पर जो कुछ संजय ने सुनाया, उसे ही पूरा संसार सत्य मानता है। संसार मानता है कि कृष्ण ने अर्जुन से यही कहा था।

अगर वो संजय किसी पार्टी विशेष से सहानुभूति रखते तो क्या 'गीता' की वो विश्वसनीयता रहती, जो है?

चुटकुला ही सही, पर जिस दादी ने अपनी होनेवाली पोती के पति से ये पूछा है कि कौन-सी पार्टी के पत्रकार हो बेटा, वो हमारे पेशे के लिए किसी गाली से कम नहीं।

□

गाइड की कहानी

ऐसा नहीं है कि सिर्फ मेरी माँ ही मुझे कहानियाँ सुनाया करती थी।

मैं जानता हूँ, सबकी माँएँ अपने संजुओं को कहानी सुनाकर ही बड़ा करती हैं। मेरी माँ ने मुझे जब संसार के सृजन की कहानी सुनाई थी, तब मैं बहुत छोटा था। 'सृजन' शब्द मेरे लिए नया था।

नया युग, नया साल, नया दिन।

माँ कहती थी सृष्टि का निर्माण जल से हुआ था। भगवान सबसे पहसे धरती पर आए थे, मत्स्य अवतार में। मत्स्य यानी मछली। जीव का जन्म जल से हुआ।

कल मध्य प्रदेश के साँची में यही कहानी मुझे मेरा राजू गाइड सुना रहा था। ईसा पूर्व करीब तीन सौ साल पहले सम्राट् अशोक के बनवाए बौद्ध स्तूपों में दुनिया भर के संजुओं की माँ की वही कहानी पत्थरों पर उकेरी हुई थी।

राजू गाइड बता रहा था कि देखो, जीव का जन्म जल से हुआ यानी ईश्वर का प्रथम अवतार मत्स्य ही था। फिर कच्छप यानी कछुआ अवतार। जीवन के सृजन की संपूर्ण कहानी पत्थरों पर उकेरी हुई साफ नजर आ रही थी। वही कहानी, जिसे सभी संजुओं की माँ ने सुनाई होंगी।

पिछले दिनों किसी ने व्हाट्सऐप पर यही कहानी मेरे पास भेजी थी। संजू की माँ की कहानी। राजू गाइड की कहानी।

पर व्हाट्सऐप की कहानी में माँ ने अमेरिका में रह रहे अपने बेटे से इतना ही पूछा था कि तुम वहाँ पूजा-पाठ तो करते हो न, बेटा? बेटे ने हँसते हुए कहा था, "माँ, मैं यहाँ जीवन पर शोध कर रहा हूँ। डॉर्विन के सिद्धांतों को पढ़ रहा हूँ। आदमी के निर्माण के रहस्य को भेद रहा हूँ। तुम मुझसे पूजा-पाठ और ईश्वर की बातें कर रही हो? खैर, तुम

नहीं समझोगी कि क्या है आदमी के निर्माण की कहानी?"

माँ ने गंभीर होकर कहा था कि मैं जानती हूँ बेटा, डॉर्विन के सिद्धांत को। आदमी के विकास के क्रम की कहानी मैं जानती हूँ। उसके लिए मुझे अमेरिका जाने की जरूरत नहीं पड़ी। हमारे धर्म ग्रंथों में सब लिखा है। सुनो, तुम भी सुन लो वो कहानी, जिस पर तुम शोध कर रहे हो।

जीवन जल से शुरू हुआ, मत्स्य अवतार के रूप में। फिर कच्छप (कूर्म) अवतार के रूप में जीवन जल से जमीन की ओर बढ़ा यानी मछली के बाद कछुआ। फिर वराह यानी सूअर अवतार। जल से जमीन और अब जंगली जानवर। तुम डायनासोर के बारे में पढ़ते हो न? फिर नरसिंह अवतार में। यानी आधा जानवर और आधा मनुष्य। मतलब, जीवन बढ़ा शक्ति से बुद्धि की ओर।

फिर वामन अवतार यानी बौना। यहीं से वानर और आदमी की उत्पति होती है। तुमने होमो इरेक्टस (नरवानर) और होमो सेपियंस (मानव) के बारे में पढ़ा ही होगा, बेटा। आखिर में होमो सेपिंयस ने ये लड़ाई जीत ली। वही लड़ाई, जिसे तुम्हारे डॉर्विन साहब ने आदमी के क्रमिक विकास के रूप में तुम्हें पढ़ाया है।

फिर हुआ छठा अवतार यानी परशुराम अवतार।

आदमी पैदा तो हो गया। वो गुस्सैल था। उसके पास शस्त्र (कुल्हाड़ी) की ताकत भी आ चुकी थी।

फिर सातवाँ अवतार हुआ, राम के रूप में। मर्यादा पुरुषोत्तम राम, जिन्होंने समाज के नियम बनाए। समस्त रिश्तों का आधार रखा। फिर हुए कृष्ण। महान राजनीतिज्ञ। जिन्होंने हमें सिखलाया कि सामाजिक जीवन का आनंद लेते हुए कैसे फला-फूला जा सकता है। फिर नौवाँ अवतार था, महात्मा बुद्ध का।

नरसिंह से उठे मानव को जिन्होंने बताया कि जीवन क्या है? आदमी का सही स्वभाव क्या होना चाहिए? वही बुद्ध बेटा, जिसके ज्ञान को सम्राट अशोक ने मध्य प्रदेश के साँची में पत्थरों पर उकेरा है, दुनिया भर के संजुओं के लिए।

और सुनो, बेटा। अभी एक और अवतार होगा। उसे कल्कि अवतार कहा जाएगा। अनुवांशिक रूप से सर्वश्रेष्ठ मनुष्य होगा वो। तुम फिलहाल उसी पर काम कर रहे हो। अनुवांशिक रूप से श्रेष्ठ मनुष्य पर।

□

हँसकर करो

दुनिया में दु:ख है। दु:ख का कारण है। इसका निवारण है। इच्छा दु:ख का कारण है।

इतना ज्ञान तो गौतम बुद्ध ने सबको दिया है। सबको पता है कि दु:ख का कारण इच्छा है। जिसका लस्ट खत्म नहीं होता, वो कष्ट में रहता है। पर इस बार की मध्य प्रदेश यात्रा में मेरे उस ज्ञान की पुनरावृत्ति हुई, जिसे सुनकर हम सभी बड़े हुए हैं।

आप सोच रहे होंगे कि संजय सिन्हा कहाँ रोज सुबह-सुबह ज्ञान का पाठ पढ़ाने बैठ जाते हैं? अरे नया साल शुरू हुआ है, कुछ पार्टी की बातें बताइए। किन-किन लोगों से नए साल पर मुलाकात हुई, उसकी कहानी सुनाइए। ये मुफ्त का ज्ञान क्यों लेकर बैठ जाते हैं? वैसे भी आजकल ये जुमला खूब चलता है, "कृपया यहाँ ज्ञान न बाँटें, यहाँ सब ज्ञानी हैं।"

मैं जानता हूँ कि इस संसार में सभी ज्ञानी हैं, पर मैं ये भी जानता हूँ कि सब दु:खी भी हैं। सबके दु:ख की अपनी-अपनी कहानियाँ हैं। आपके संजय सिन्हा ने फेसबुक पर लिखने की शुरुआत अपनी कहानियों से ही की थी। मन में यही भाव था कि अपनी सारी कहानियाँ आपको सुनाऊँगा। मेरी कहानियों में माँ हैं, पिता हैं, पत्नी है, बेटा है, भाई है, दादी और नानी भी हैं। इसके अलावा बेबी दीदी, सुनयना दीदी की कहानियाँ भी मेरे पास हैं। पिछले चार सालों में आपने सबकी कहानियाँ सुनी हैं। आप में से जो लोग चार साल से मुझसे जुड़े हैं, वो जानते हैं कि इन बीते वर्षों में एक भी दिन ऐसा नहीं गुजरा है, जब मैंने आपको एक कहानी न सुनाई हो। मुझे याद है कि पहली बार मैंने फेसबुक पर 12 नवंबर, 2013 को एक पोस्ट लिखी थी। इसका मतलब चार साल बीत चुके हैं और यह पाँचवाँ साल चल रहा है, जब मैं बिना एक दिन भी रुके रोज आपके लिए एक कहानी लिख रहा हूँ। अच्छी या बुरी पर करीब डेढ़ हजार कहानियाँ आपको सुना चुका हूँ।

सोचने बैठता हूँ तो खुद भी हैरान होता हूँ। चार साल बीत गए, बिना रुके लिखता चला

जा रहा हूँ? सोचा नहीं था कि ऐसा मैं करूँगा। पर ये आपका प्यार था, जिसकी वजह से देश-विदेश कहीं भी रहा, सुबह नींद खुलती रही, कंप्यूटर ऑन होता रहा, इंटरनेट कनेक्शन मिलता रहा और मैं आपके लिए लिखता रहा।

इन चार वर्षों में मेरी जिंदगी में कोई ऐसा मौका नहीं आया, जब मैंने सोचा कि बस, बहुत हुआ। अब लिखना बंद करो, संजय सिन्हा। एक बार भी मेरा मन उचाट नहीं हुआ। हालाँकि कई लोगों ने मेरा मजाक उड़ाया कि संजय सिन्हा फालतू में रोज कुछ-कुछ लिखते रहते हैं। कई लोगों ने मेरे लिखने में मोटिव की भी तलाश की, पर संजय सिन्हा टिके रहे। बिना नागा लिखते रहे।

जानते हैं ऐसा क्यों हुआ?

मेरी माँ कहा करती थी कि बेटा, जो भी काम हो, उसे हँसकर करना। माँ कहती थी कि काम है, उसे करना है, तो दुःखी होकर, रोकर, नाराज होकर करने से बेहतर है कि हँसकर करो। माँ को लाफिंग बुद्धा की कहानी पता थी या नहीं, पर माँ का जोर इस बात पर बहुत रहता था कि जो भी करना हो, हँसकर करना चाहिए। खुश होकर करना चाहिए।

दो दिन पहले मध्य प्रदेश के साँची में बौद्ध स्तूपों को देखते हुए एक द्वार पर मैं रुका। चार लोगों की तस्वीर इस पर उकेरी गई थी। आज नहीं, ईसा पूर्व साढ़े तीन सौ साल पहले। सम्राट अशोक के जमाने में।

चार लोग काम कर रहे हैं। चारों ने हाथ में कुछ उठा रखा है यानी सब काम कर रहे हैं। लेकिन एक हँस रहा है। दूसरा रो रहा है। तीसरा नाराज है। चौथा क्रोध में है।

यहीं संजय सिन्हा को बुद्ध की ओर से ज्ञान मिला।

ज्ञान वहीं, जिसे संजय सिन्हा की माँ ने दिया था। "जो करना है, उसे हँसकर करो।"

□

पकड़े हुए रिश्ते

मेरा नाम विनोद है। आपका नाम भी विनोद है। हम सब विनोद हैं।

विनोद रो रहा है। तड़प रहा है। चीख-चीखकर दुनिया को बता रहा है कि उसके साथ अन्याय हुआ है। वो जिस रिश्ते को नहीं जीना चाहता, उस रिश्ते को जबरन उस पर थोप दिया गया है। मुमकिन है, हम और आप भी कई थोपे हुए रिश्तों को नहीं जीना चाहते हों, पर हम और आप विनोद की तरह चीख-चीखकर दुनिया को नहीं बता पा रहे कि हमारे साथ भी अन्याय हुआ है। सब लोग ऐसा नहीं कर पाते। हालाँकि विनोद जो कर रहा है, उसकी समस्या का भी हल रोने से नहीं निकलने वाला।

इतनी कहानी सुनकर तो आपके मन में सवाल उठ रहा होगा कि कौन है यह विनोद? संजय सिन्हा किन रिश्तों की बात कर रहे हैं? भला किसी पर कोई रिश्ता थोपा भी जा सकता है?

आपके सभी सवालों के जवाब दूँगा। अगर आपने सही सवाल सोचने की जहमत उठाई तो आपको कई-कई दिनों तक मैं जवाब दे सकता हूँ, पर आज तो उन्हीं सवालों के जवाब लीजिए, जो आपके मन में अभी उठ रहे हैं।

विनोद हमारी आपकी तरह एक अच्छा आदमी है। पटना में वो अच्छी-सी नौकरी करता था। एक दिन उसके किसी जाननेवाले ने उसे किसी काम से अपने पास बुलाया और किसी के घर ले गया। वहाँ शादी का मंडप सजा था, पंडित बैठे थे, एक लड़की पीली साड़ी में लिपटी बैठी थी। विनोद जैसे ही वहाँ पहुँचा, कई लोगों ने पकड़कर विनोद की शादी करा दी। खूब हल्ला मचा। विनोद रोया, गिड़गिड़ाया, चीखा कि उसे यह शादी नहीं करनी, पर सुनने वाला कौन था। यह था 'पकड़ौवा विवाह'।

आप लोगों ने कई तरह के विवाह देखे होंगे, पर पकड़ौवा विवाह देखने का मौका नहीं मिला होगा। जो लोग बिहार के हैं और बिहार से वाकिफ हैं, उन्होंने इस विवाह का

नाम जरूर सुना होगा। कई लोगों ने नहीं भी सुना होगा।

क्योंकि आपके मन में सवाल उठ रहे हैं, इसलिए संजय सिन्हा आपको शुरू से बताते चलते हैं कि बिहार में कुछ इलाकों में कई दशकों से इस तरह के विवाह का रिवाज चल रहा है। घर में बेटी है, उसकी शादी के लिए लड़का नहीं मिल रहा, पर क्योंकि बेटी है और उसकी शादी न हो तो बिरादरी में कई सवाल उठ खड़े होते हैं, इसलिए उसे किसी के गले बाँध दिया जाता है। इस विवाह में लड़के को पकड़कर, पीटकर, डंडा दिखाकर, बंदूक छाती पर तानकर पंडित से मंत्र पढ़वाया जाता है और एक बार शादी हो गई तो फिर शादी हो गई, कहकर लड़की को उसके साथ विदा कर दिया जाता है।

विनोद पिछले महीने इसी चक्कर में पड़ गए। वो पटना में अच्छी नौकरी करते हैं, कुँवारे थे तो किसी की नजर उन पर पड़ गई। उनके किसी परिचित ने ही उन्हें फोन करके अपने पास बुलवाया और फिर अपनी गाड़ी से वापस पटना छोड़ने का प्रस्ताव दिया। जैसे विनोद गाड़ी में बैठे, गाड़ी लड़की के घर पहुँच गई और फिर वही हुआ जिसकी चर्चा मैंने की है।

कल मैं ऑफिस से घर निकल रहा था, उसी वक्त यह खबर आई। हालाँकि इस शादी का वीडियो काफी वायरल भी हो चुका है और कहा जा रहा है कि लड़की वालों ने ही इस वीडियो को वायरल किया है। क्योंकि इस शादी में लड़के वाले की तरफ से तो कोई था नहीं, तो शूट उधर से ही हुआ है। विनोद ने पुलिस में कंप्लेन लिखा दी है। पर कंप्लेन से क्या होता है?

विनोद कोई पहले और आखिरी व्यक्ति नहीं है, जिनका पकड़ौवा विवाह हुआ है।

सुनयना दीदी की शादी तो जेपी आंदोलन के समय हुई थी। तब वो बहुत छोटी-सी थीं। स्कूल की परीक्षा ही उन्होंने पास की थी। वो आगे पढ़ना चाहती थीं, पर उनके पिताजी ने पकड़कर उनकी शादी कर दी थी। सुनयना दीदी भी खूब रोई थीं। कह रही थीं कि शादी नहीं करनी। पर उनके रोने से क्या हुआ? चालीस साल से अधिक बीत गए। उनके बच्चे भी हो गए। उनकी भी शादी हो गई, पर सुनयना दीदी का मन आज भी चीखता है।

मैंने दीदी से एक बार पूछा भी था कि आप अपने पति को छोड़ क्यों नहीं देतीं?

उन्होंने कहा था कि इस देश में आदमी थोपे हुए रिश्तों को नहीं छोड़ पाता, बाकी सब छूट सकता है।

विनोद ने भी पुलिस में कंप्लेन की है कि उसकी शादी जबरन कर दी गई है, पर लड़की वाले कह रहे हैं कि सबकुछ तय था। अब दहेज को लेकर बखेड़ा हुआ है तो शिकायत कर रहे हैं कि ये माँग रहे थे, वो माँग रहे थे। नहीं मिलने पर शादी से बिदक गए। कहने लगे कि शादी नहीं करेंगे। ऐसा भला कहीं होता है?

अग्नि के सात फेरे गोद में उठाकर विनोद को दिला दिए गए हैं। पंडित ने मंत्र पढ़ दिए हैं। अब इसे तोड़ा कैसे जाए?

बहुत होगा तो कोर्ट जाना होगा। मुकदमा लड़ना होगा। वकील-कचहरी के चक्कर लगाने होंगे। ऐसे में मुमकिन है कि एक- दो बच्चे भी हो जाएँ। फिर क्या?

ये सब इतना आसान होता तो सुनयना दीदी अपनी शादी से आजाद न हो गई होतीं।

इतना आसान होता तो हमारे बीच के कई विनोद आजाद हो गए होते, पर नहीं होंगे। होकर भी नहीं हो सकते।

मैं व्यक्तिगत रूप से कई विनोदों को जानता हूँ, जो अपने ही रिश्तों में पकड़ लिये गए हैं। सदियों से आजादी की आस लगाए बैठे हैं। उनके वीडियो नहीं बने, पर वो भी चीखते हैं। विनोद किसी लड़के या लड़की का नाम नहीं। विनोद हम सब हैं। विनोद वो सभी हैं, जो रिश्तों में पकड़ लिये जाते हैं। विनोद वो सभी हैं, जो चीखते तो हैं, पर आजाद नहीं हो पाते।

मेरी हमदर्दी दुनिया के सभी विनोदों से है।

□

साँप और नेवला

डुगडुगी वाला मदारी मुझे पहली बार स्कूल से घर लौटते हुए रमना मैदान में मिला था। बहुत-से लोग गोल घेरा बनाकर खड़े थे और मदारी बार-बार अपना थैला हिला कर कहता कि आज वो होगा, जो कभी नहीं हुआ। आज आप वो देखेंगे, जिसे आपने कभी नहीं देखा। लोग आँखें फैलाए मदारी की ओर देख रहे थे। पीठ पर बस्ता लटकाए संजय सिन्हा भी साइकिल किनारे कर भीड़ में घुस गए थे। आज संजय सिन्हा भी वो देखने जा रहे थे, जिसे कभी नहीं देखा।

मदारी का थैला इधर-उधर हिलता। लगता, उसमें कुछ है। क्या पता बिल्ली हो, या फिर चूहा।

लोगों का कौतुहल बढ़ता जा रहा था। मदारी बीच-बीच में बोलता, "बच्चा लोग, ताली बजाओ और थोड़ा किनारे हो जाओ। अभी थैले से निकलेगा बहुत खूँखार जहरीला नाग।" इतना कहकर उसने थैले में हाथ डाला और मुट्ठी में पकड़कर सचमुच का साँप बाहर निकाला। साँप की जीभ लप-लप कर रही थी।

कुछ थोड़ी देर तक वो साँप को इधर-उधर नचाता रहा, फिर उसने दूसरे थैले से एक नेवला निकाला। अब सबको मजा आने लगा था।

मदारी चिल्ला रहा था आज ये नाग रहेगा या ये नेवला। आज दोनों के बीच भयंकर युद्ध होने जा रहा है। आज एक बचेगा, एक मर जाएगा। क्या पता लड़ते-लड़ते दोनों मर जाएँ?

नेवले की पूँछ बँधी हुई थी, साँप नीचे बाँस की एक टोकरी से फुफकार रहा था। ऐसा लग रहा था मानो नेवले पर वो हमला बोलने को व्याकुल है। उधर नेवला भी साँप को देखकर अपने जबड़े में दबोचने को छटपटा रहा था।

भीड़ बढ़ती जा रही थी। दोनों ओर से हुंकार और फुफकार बढ़ रही थी। बच्चा लोग ताली बजा रहे थे।

कुछ लोग सामने पड़े बोरे पर पैसे भी फेंक रहे थे। आधे घंटे तक मदारी चिल्लाता रहा अब होगा हमला। आज एक बचेगा, एक मर जाएगा। देखते हैं, कौन बचता है, कौन मरता है ?

आधे घंटे बाद अचानक मदारी उछला और उसने साँप को बाँस की टोकरी से बाहर निकाल दिया। साँप जमीन पर दौड़ा। गोल घेरा बनाकर खड़ी भीड़ डरकर छिटक गई। मदारी मुस्कुराया और उसने साँप को पकड़कर वापस थैले में डाला और ये कहकर चलता बना कि आज ये बहुत हिंसक हो गया है, कल फिर आऊँगा। कल होगा पूरा तमाशा। लोग छिटक गए। मैं भी साइकिल लेकर घर चल पड़ा।

इस खेल में मुझे खूब मजा आया था। कल फिर आऊँगा और देखूँगा कि कौन जीतता है, कौन हारता है। अगले दिन स्कूल से निकलकर मैं वहीं पहुँचा, पर सँपेरा नहीं आया था। काफी देर इंतजार करके मैं घर लौट आया। कई दिनों तक मन में साँप-नेवले की लड़ाई देखने का खयाल पलता रहा। कई दिनों बाद फिर वही मदारी मुझे रमना मैदान के दूसरे कोने में दिखा।

इस बार भी सबकुछ वैसे ही हुआ। न साँप ने नेवले पर हमला किया, न नेवले ने साँप पर। दोनों बस एक-दूसरे पर गुर्राते रह गए।

मेरी समझ में नहीं आ रहा था कि आखिर वो दोनों को लड़ाता क्यों नहीं ? माँ तो कहती थी कि जहाँ नेवले होते हैं, वहाँ साँप नहीं होते, पर यहाँ तो दोनों साथ हैं।

मुझे वो मदारी फिर कई बार मिला। उसकी तरह और कई मदारी मिले, जो थैले में नेवला और साँप साथ लेकर चलते थे। कहते थे कि आज वो होगा, जो कभी नहीं हुआ। पर वो कभी नहीं हुआ।

स्कूल से निकलकर मैं कॉलेज गया। कॉलेज से निकलकर मैं पत्रकार बन गया। पहले प्रिंट वाला, फिर टी.वी. वाला। मैंने देखा कि यहाँ भी अलग-अलग तरह के लोग आते हैं। लगता है कि आज वो होगा, जो कभी नहीं हुआ। पर आधे घंटे के बाद दोनों अपने-अपने थैले में बंद होकर चले जाते हैं। कई बार तो स्क्रीन पर लड़ने वाले एक साथ एक ही गाड़ी में घर चले जाते हैं, कल फिर आने के लिए।

मैं हैरान होता हूँ। कभी-कभी सोचता हूँ कि जिंदगी रमना मैदान है। हम स्कूल में पढ़ते हैं। कहीं कोई मदारी है, वो रोज खेला लेकर आता है। कभी रमना मैदान के इस कोने

में, कभी उस कोने में। वो साँप और नेवले को निकालता है। दोनों फुफकारते हैं। दोनों फिर थैले में बंद होकर चले जाते हैं।

मुझे लगता है कि उन दोनों की आपस में दोस्ती हो गई है, पर मुझे इंतजार है कि कभी-न-कभी तो वो दिन आएगा, जब साँप नेवला की असली लड़ाई होगी।

जिस दिन होगी उस दिन मैं खूब ताली बजाऊँगा।

□

राँझा-हीर

अनिता एक लड़की का नाम है। अजय एक लड़के का नाम है।

अनिता और अजय, दोनों कॉलेज में साथ पढ़ते थे। दोनों को एक-दूसरे से प्रेम हो गया।

संजय सिन्हा कितनी आसानी से लिख देते हैं कि दोनों में प्रेम हो गया? उन्हें क्या पता कि प्रेम क्या होता है? एक लड़का दिखा, एक लड़की दिखी। दोनों साथ-साथ घूमने लगे, संग-संग बैठकर कॉफी पीने लगे। बस, यही प्रेम हो गया?

नहीं, प्रेम इतना ही नहीं। संजय सिन्हा प्रेम को जानते हैं, समझते हैं। उन्होंने प्रेम को देखा है। इसीलिए इतने विश्वास के साथ उन्होंने ये कहा कि अनिता और अजय को एक-दूसरे से प्रेम हो गया।

संजय सिन्हा, बातें न बनाइए। आप बताइए कि आप प्रेम के बारे में क्या जानते हैं? स्त्री-पुरुष का मिलन आपको प्रेम लगता है? एक-दूसरे के साथ घूम लेना, आई लव यू कह देना आपको प्रेम लगता है? शादी कर लेना आपको प्रेम लगता है?

नहीं, बिल्कुल नहीं। किसी को पाने की चाहत तो कम-से-कम प्रेम नहीं ही है। प्रेम का अर्थ ही है, खुद को खो देना। कोई और आपसे अधिक महत्त्वपूर्ण हो जाए, तब वो प्रेम में बदल सकता है। जब कोई आपके 'आप' से ज्यादा महत्त्वपूर्ण हो जाए, इतना कि आपको अपने मिट जाने का दु:ख भी न हो, तभी वो प्रेम हो सकता है।

मेरी दादी पत्थर की मूर्तियों से प्रेम करती थीं। उनकी जिंदगी में ठाकुरजी ही सबकुछ थे। पत्थर के दो गोल टुकड़ों में उनकी आत्मा अटकी थी।

मेरे पिता मेरी माँ से प्रेम करते थे। माँ जब इस संसार को छोड़कर चली गईं, तो घर के मंदिर में पिताजी ने माँ की तस्वीर लगा दी थी। दादी अपने ठाकुरजी की पूजा करती थीं, पिताजी मेरी माँ की।

दोनों प्रेम में डूबे थे। एक को पत्थर में भगवान दिखता था, दूसरे को पत्नी की तस्वीर में।

बड़े-से-बड़े दुःख में दादी कहती थीं कि जो भगवान को मंजूर हो, वही मुझे मंजूर है। उसी दुःख में पिताजी कहा करते थे कि मुझे गम भी उनका अजीज है कि ये उन्हीं की दी हुई चीज है। दोनों ने अपने-अपने दुःखों को अपने-अपने प्रेम में आत्मसात् कर लिया था। दोनों का प्यार उनके दुःख के आकार से बड़ा था। दोनों ने किसी और को खुद से अधिक महत्त्वपूर्ण मान लिया था।

मेरे दादा का जब निधन हुआ था, तब दादी की उम्र अधिक-से-अधिक तीस साल रही होगी। तीस से लेकर नब्बे साल की उम्र तक यानी जीवन के साठ साल उन्होंने ठाकुरजी से प्रेम करते हुए काट लिये। यही पिताजी के साथ हुआ। पिताजी की पत्नी ने जब उन्हें अलविदा कहा था, तब उनकी उम्र चालीस साल रही होगी। पिताजी ने बाकी का जीवन माँ की तस्वीर के संग काट लिया।

क्योंकि संजय सिन्हा ने अपने ही घर में प्रेम को देखा है, इसीलिए इतने विश्वास के साथ उन्होंने लिखने का साहस किया कि अनिता और अजय दोनों प्रेम में थे।

दोनों को पता था कि घर के लोग प्रेम को न समझेंगे, न मानेंगे। दोनों ने चुपचाप शादी कर ली।

छिह! कैसे लोग थे, छुपकर शादी कर ली?

खैर, उनकी छुपी हुई शादी चलती रही। घर में किसी को कुछ पता नहीं चला। दोनों ने तय किया कि जल्दी अपने पाँव पर खड़े होकर दुनिया को बता देंगे और संग-संग रहने लगेंगे।

पर एक दिन अजय अपने बड़े भाई के साथ गाड़ी में कहीं जा रहे थे कि अचानक उनकी गाड़ी की किसी दूसरी गाड़ी से टक्कर हो गई।

टक्कर इतनी जोरदार थी कि अजय के बड़े भाई का मौके पर ही निधन हो गया। रह गए अजय। तो अजय को इतनी गंभीर चोट आई कि वो कॉमा में चले गए।

अनिता को जैसे ही पता चला वो भागकर अस्पताल पहुँची। जेठ की मृत्यु हो चुकी थी, पति बेड पर पड़ा था। उसकी याददाश्त जा चुकी थी। वो हिल भी नहीं सकता था। डॉक्टरों ने कुछ दिन अपने पास रखा, इलाज किया और फिर कहा कि अब इन्हें घर ले जाइए।

घर में तो सबका रो-रोकर बुरा हाल था। ऐसे में अनिता ने एक फैसला लिया।

उसने सबके सामने अपने प्रेम को कबूला और बताया कि अजय के साथ उसकी शादी हो चुकी है। उसने फोटो प्रमाण-पत्र सब सामने रख दिया।

अजीब दुविधा थी। जिस लड़की ने सब ठीक रहते हुए किसी को कुछ नहीं बताया, वो अब बता रही है?

वो किसी को नहीं बताती तो शायद पता भी नहीं चलता। दुर्घटना अजय के साथ हुई थी। अजय पूरी तरह लाचार हो चुका था। वो कुछ कहने और बताने की स्थिति में भी नहीं था। फिर अनिता को बताने की जरूरत ही क्या थी?

अनिता तब पढ़ ही रही थी। जो हुआ, वो हुआ मानकर आराम से कहीं और अपनी जिंदगी तलाश सकती थी, पर नहीं।

कोई और था, जो उसके लिए उससे अधिक महत्त्वपूर्ण हो चुका था। उसने अपने घर में सबको मनाया, अजय के घर में सबको समझाया और पिछले चार वर्षों से अपने पति के संग अपने प्रेम को जी रही है।

पति बिस्तर पर पड़ा है। पत्नी उसकी पूरी सेवा करती है। पति कुछ बोल नहीं पाता। पत्नी सारा दिन उससे बातें करती है। बिस्तर पर उसके कपड़े बदलती है, उसे खाना खिलाती है। पत्नी ने पति के प्रेम में खुद को मिटा दिया है।

उसने पढ़ाई पूरी कर ली है और अब नौकरी करना चाहती है। उसे एक नौकरी चाहिए अपने लिए, अपने प्रेम के लिए। घर से बहुत सहारा नहीं है, पर प्रेम को किसी और के सहारे की दरकार कब होने लगी?

अनिता, अब अनिता नहीं है। वो खुद अजय हो चुकी है। हीर जब राँझा बन गई, तभी उसका प्रेम, प्रेम कहलाया था।

"राँझा-राँझा करदी वे, मैं आपे राँझा होयी।"

□

अपना सफर

कुछ साल पहले मेरे एक दूर के रिश्तेदार की किडनी खराब हो गई थी। काफी इलाज हुआ। पटना से लेकर हैदराबाद तक। उन्हें एक किडनी डोनर मिल गया और हैदराबाद में ही किडनी का ऑपरेशन हो गया।

पर मेरे वो रिश्तेदार किडनी बदले जाने के बाद भी ठीक नहीं हुए। मैं उनसे मिलने गया था, वो बिस्तर पर पड़े हुए थे। मैंने उन्हें सांत्वना देने के लिए कहा था कि आप जल्दी ठीक हो जाएँगे। पर मेरे रिश्तेदार कह रहे थे कि नहीं, ठीक नहीं होऊँगा। पता नहीं किसकी किडनी है?

"किसकी किडनी? अरे अब तो वो आपकी किडनी हो गई।"

"नहीं, किसी और की है। मैं तो उसे जानता भी नहीं।"

कुछ दिनों के बाद ही मेरे उस रिश्तेदार की मृत्यु की खबर आई। सभी बहुत हैरान थे। सब कह रहे थे, "डॉक्टर ने कहा था कि किडनी ट्रांसप्लांट एकदम सफल रहा है, सारी सावधानी भी बरती गई। फिर गड़बड़ी कहाँ हुई?"

मैं श्राद्ध में गया था। सबके सामने एक ही सवाल था, "गड़बड़ी कहाँ हुई?"

मैंने एक जाननेवाले से कहा कि मुझे पता है कि उनका ऑपरेशन क्यों सफल नहीं रहा? वो मेरी ओर हैरान होकर देख रहे थे। मन-ही-मन सोच रहे थे कि संजय सिन्हा डॉक्टर से बढ़कर हो गए हैं। जो डॉक्टर को नहीं पता, वो संजय सिन्हा जानते हैं। उन्होंने पूछा, "कहाँ गड़बड़ी हुई?"

"जिनका ऑपरेशन हुआ, उनके मन में यह बात बैठी थी कि किडनी दूसरे की है। दूसरा जब अपना नहीं तो फिर वो स्वीकार्य कैसे हो? दूसरा या अन्य कोई जब आपकी जिंदगी में आता है तो जिंदगी नर्क हो जाती है। आदमी मर भी जाता है।"

बोलने को तो संजय सिन्हा इतना सब एक ही साँस में बोल गए थे, पर जानते थे कि जिससे ये बात उन्होंने कही है, वो इसे मानने वाले नहीं और जैसे ही मैं वहाँ से हिलूँगा, मेरी बुद्धि पर वो हँसेंगे भी। पर मुझे जो कहना था, मैंने कह दिया।

बहुत दिन बीत गए। मेरे ऑफिस में काम करनेवाली एक लड़की की बड़ी बहन को भी किडनी में समस्या आई। उसके सामने भी किडनी ट्रांसप्लांट का मामला आया। आखिर में माँ की किडनी बेटी को लगाई गई।

कुछ दिन हॉस्पिटल में रहने के बाद माँ-बेटी दोनों घर चली आईं। एक दिन मैंने ऑफिस में काम करनेवाली लड़की से पूछा कि आपकी बहन बिल्कुल ठीक तो हैं न?

लड़की ने कहा, "बिल्कुल ठीक। दीदी को लगता ही नहीं कि उनका ऑपरेशन हुआ है। दीदी को थोड़ी सावधानी खान-पान की रखनी पड़ती है, पर वो बिल्कुल ठीक हैं। माँ कभी-कभी दीदी के पास आती हैं, महीना भर रह भी जाती हैं। जब वो चली जाती हैं तो दीदी कहती हैं कि माँ तो मेरे पास ही हैं। माँ मेरे पेट में हैं, कहकर वो हँसने लगती हैं।"

वो मुझसे कह रही थीं कि संजयजी, ऑपरेशन के बाद डॉक्टर ने कहा था कि आप इसे जिस रूप में स्वीकारेंगी, उसी रूप में ये स्वीकार्य होगा।

असल बात यही है।

हमारा आपका जीवन दु:खमय बनता ही तब है, जब 'दूसरा' उसमें समाहित होता है। शरीर का भीतरी हिस्सा 'दूसरे' को स्वीकार नहीं करता। वो उसे सीधे 'न' कह देता है। नहीं मानने पर खुद काम करना बंद कर देता है। असल में 'दूसरा' किसी को स्वीकार्य नहीं।

बहुत-से लोग मेरे पास अपनी दु:ख भरी कहानियाँ भेजते हैं। चाहते हैं कि मैं उन्हें दु:ख से निकलने में मदद करूँ। कई लोग सवाल पूछते हैं, चाहते हैं कि मैं जवाब दूँ।

मैं सबकी बातें सुनता हूँ। समझने की कोशिश करता हूँ कि दु:ख की वजह क्या है?

जितनी बार मैंने समझने की कोशिश की है, हर बार निष्कर्ष इतना ही निकला है कि 'दूसरे' के भाव ने दु:ख को जन्म दिया है।

अधिकतर लोगों की शिकायत है कि शादी के बाद उनकी जिंदगी खराब हो गई है। यकीनन हो गई होगी। जब आपने शादी के बाद दूसरे को अपना नहीं माना तो आपका जीवन नर्क हो गया। सास-बहू के रिश्ते खराब हो गए, क्योंकि आपने पति की माँ को

अपनी माँ नहीं माना इसलिए जिंदगी नर्क हो गई। ननद से नहीं बनी, क्योंकि आपका मन है कि वो मेरी बहन नहीं, रिश्ते बिगड़ गए।

हमारे यहाँ विवाह को संपूर्णता का दर्जा इसी आधार पर मिला है कि दोनों एक-दूसरे के आधे अंग हैं। पत्नी को अर्धांगिनी कहा गया है। पर पत्नी ने खुद को पति का आधा अंग जब माना ही नहीं, या पति ने पत्नी को आधा अंग नहीं माना तो फिर रिश्तों की मृत्यु तय है। डॉक्टरी भाषा में दोनों एक-दूसरे के लिए 'फॉरेन पार्टिकल' हो गए।

मुझे दुःख नहीं होता, क्योंकि मेरे लिए कोई दूसरा नहीं।

मैं इस सच से बहुत पहले वाकिफ हो गया था। माँ की मौत के बाद ही मैं यह समझ गया था कि दूसरा कोई नहीं। दस साल की उम्र में अपनी माँ को खो देने वाले संजय सिन्हा ने अपने लिए कई माँएँ ढूँढ़ ली थीं। चंदन की माँ, गौतम की माँ, मुन्ना की माँ—सब की सब मेरी माँएँ हो गईं। इतना ही नहीं, फेसबुक पर भी मुझे मेरी माँएँ मिलीं।

ऐसे ही जब छोटा भाई भी इस संसार से चला गया तो मैंने कई भाई तलाश लिये।

इस संसार में सबकुछ है। बस, उसकी तलाश करनी पड़ती है। और यह तलाश तब पूरी होती है, जब आपके मन से 'दूसरे' का भाव निकल जाता है। जैसे ही कोई दूसरा आएगा, मन उसे स्वीकार करने से मना कर देगा। फिर शुरू होगा, दुःख।

आदमी अकेला आता है, अकेला ही जाता है। इस संसार में रहने के लिए दूसरों को अपना मानना पड़ता है। अपना मानने से सफर आसान हो जाता है।

ट्रेन चलती रहती है। यह आप पर निर्भर करता है कि आप यात्रा कैसी करना चाहते हैं? अपनों के साथ या दूसरों के साथ? सुख के साथ या दुःख के साथ?

□

खूँटे की गाय

अमेरिका में रह रहे उस भारतीय बच्चे की कहानी मैंने आपको सुनाई है, जो अपने पिता के खिलाफ रिपोर्ट लिखाने पुलिस स्टेशन पहुँच गया था। पिता ने स्कूल जानेवाले अपने बेटे को किसी बात पर एक थप्पड़ मार दिया तो बच्चे ने 911 नंबर डायल कर पुलिस को बुला लिया।

अमेरिका में 911 डायल करने का मतलब ही है कि पुलिस आएगी। बच्चा अच्छी तरह अपने अधिकार से परिचित था और जानता था कि बच्चों को पीटने का हक किसी को नहीं, पिता को भी नहीं।

पुलिस पिता को पकड़कर थाने में ले गई थी। माफी माँगने और दुबारा बच्चे को नहीं पीटने की शर्त पर दो दिनों बाद जब पिताजी पुलिस की पकड़ से छूट कर आए तो उन्होंने भारत लौटने का प्रोग्राम बना लिया। लौटना क्या, यह कहा कि चलो बहुत दिनों से अपने वतन नहीं गए, घूम कर आते हैं।

मैंने ऐसा सुना था कि भारत लौटते ही पिताजी ने बच्चे की खूब पिटाई की और कहा कि बच्चू, अब जाओ थाने और करो मेरी शिकायत। देखता हूँ, कौन तुम्हें बचाता है? बच्चा पिटकर रह गया था। मैंने ये भी सुना था कि पिताजी बाद में अमेरिका लौट गए थे, परिवार यहीं छोड़ गए थे।

खैर, कहानी कितनी सच्ची थी और कितनी झूठी, आज संजय सिन्हा इसमें नहीं जा रहे।

आज तो मैं आपको उस बच्चे की कहानी सुनाने जा रहा हूँ, जिसका वीडियो किसी ने मेरे पास भेजा ये कहते हुए कि संजयजी, पूरा वीडियो देख लीजिए और देखिए कि हमारे यहाँ रिश्तों का क्या हश्र हो रहा है?

मैं जान-बूझकर यहाँ वीडियो साझा नहीं कर रहा। मैं नहीं चाहता कि वीडियो सदा के लिए यहाँ दर्ज हो जाए और बच्चे को बाद में किसी मुश्किल से गुजरना पड़े, पर पूरा

वीडियो देखने के बाद मैं हैरान रह गया।

पंद्रह साल पहले अमेरिका से आए पिता ने अपने बेटे को भारत पहुँचते ही पीटने के बाद कहा था, "जाओ, थाने में मेरी कंप्लेन लिखवा आओ। बच्चू, ये अमेरिका नहीं इंडिया है। यहाँ बाप, बाप होता है, बेटा, बेटा।"

पर जिस वीडियो को मैंने कल देखा, उसमें छह-सात साल का बच्चा पिता से किसी बात पर पिटने के बाद थाने पहुँच गया और पुलिस से उसने गुहार लगाई कि उसके पिता के खिलाफ शिकायत दर्ज की जाए। पुलिसवाले हैरान होकर उसकी बातें सुन रहे थे। बच्चा कह रहा था कि पिताजी उसकी बात नहीं सुनते, उसे मेला घुमाने नहीं ले जाते और गुस्सा होने पर उसे पीट भी देते हैं। बेटे ने ये भी शिकायत की कि छुट्टी वाले दिन वो मोटरसाइकिल लेकर खुद घूमने निकल जाते हैं।

पुलिस ने बच्चे से पूछा कि माँ क्या कहती है, तो बच्चे ने कहा कि माँ तो कहती है कि तुम लोगों की वजह से तुम्हारे पिता के साथ हूँ, वरना कब की छोड़ गई होती।

पुलिसवालों ने पूछा कि तुम अपने पिता के खिलाफ क्या कार्रवाई चाहते हो, तो बच्चे ने कहा कि पकड़कर उनकी खूब तोड़ाई करो।

आप सोच रहे होंगे कि संजय सिन्हा आज कहानी यही सुनाना चाह रहे हैं कि पंद्रह साल में अपना इंडिया कितना बदल गया है कि पिता की शिकायत करने छह-सात साल का बच्चा पुलिस थाने पहुँच गया?

पर ये सही नहीं है। संजय सिन्हा ऐसी कोई कहानी नहीं सुनाने जा रहे।

संजय सिन्हा को इस बात पर हैरानी नहीं कि बेटा तो किसी बात पर नाराज हुआ पिता के खिलाफ थाने पहुँच गया। यकीनन यह बदलते समय का एक रूप है, पर जो नहीं बदला है, वो है मम्मी का ये कहना कि बच्चों की वजह से वो पापा के साथ हैं, वरना कब की छोड़ गई होतीं।

चालीस साल पहले पड़ोस में रहनेवाली सुनयना दीदी के मुँह से यही सुना था, "बच्चे हो गए, वरना कब की उन्हें छोड़ देती।" बगल वाली बेबी दीदी ने भी माँ से यही कहा था कि चाची वो तो...।

मैं बड़ा होता गया, कई महिलाओं से मिलता रहा। अधिकतर ने यही कहा कि बच्चों का मुँह देखकर वो अपने पति के साथ बँधी हैं, वरना कब की छोड़ गई होतीं।

यह सत्य है कि पुराने जमाने में घर के बड़े-बुजुर्ग लड़कियों की शादी करते हुए

अक्सर ये कहते थे कि अरे एक बार चौका-चूल्हा में फँसी तो फिर सब ठीक हो जाएगा।

चौका चूल्हा में महिलाओं के फँसने के पीछे उनके माँ बन जाने से भी उनका मतलब होता था। वो जानते थे कि औरत एक बार माँ बन गई, फिर खूँटे से बँधी गाय हो जाएगी।

कल जब उस वीडियो में बच्चे ने पुलिसवाले से कहा कि माँ तो उसकी वजह से पापा को नहीं छोड़ रही, तो मेरे रोंगटे खड़े हो गए।

यकीनन माँ ने कभी पापा के सामने इस सच को उजागर नहीं किया होगा। कई बार पति को देखकर उसके मन में कोफ्त हुई होगी, पर वो जाए तो जाए कहाँ?

कल से मन में ये सवाल रह-रहकर उठ रहा है कि दुनिया की हर शादी में क्या औरत पीड़ित होती है? क्या हर मर्द सचमुच अपनी पत्नी को बहुत आहत करता है?

आज मैं पहली बार बहुत बड़ी दुविधा में खुद को फँसा हुआ पा रहा हूँ। मुझे आजीवन लगता रहा है कि मेरी माँ मेरे पिता के साथ खुश रही होगी, पर अब लगता है कि क्या पता, शायद न भी रही हो। पहली बार लग रहा है कि क्या पता, मेरी पत्नी भी यही सोचती हो...।

बहुत-से सवाल मन में कौंध रहे हैं। दुनिया की जितनी कहानियाँ मैंने पढ़ी और सुनी हैं, सभी में यही कि मर्द अच्छे नहीं होते। जितनी महिलाओं से मिला हूँ सबने अपने पतियों को मजबूरी का साथ ही बताया है। किसी ने कम, किसी ने अधिक। किसी ने फटाफट, किसी ने थोड़ा झिझककर।

अगर ऐसा है तो मुझे अपने मर्द होने का अफसोस है।

□

भूली यादें

माँ बहुत बीमार थी। सारा दिन दर्द से कराहती थी। डॉक्टर ने कह दिया था कि अब दवा की नहीं, दुआ की जरूरत है।

मैं बहुत करीब से माँ को देखता था। जो माँ अकेले में सारा दिन दर्द से कराहती थी, पिताजी के घर आते ही एकदम खामोश हो जाती। पिताजी दफ्तर से घर आते, उनके जूतों से टक-टक की आवाज माँ के कानों में पड़ती, माँ मुस्कुराने लगती।

एक बार मैंने माँ से पूछा कि पिताजी के आते ही आप एकदम खामोश हो जाती हैं। आप पिताजी के सामने बिल्कुल नहीं कराहतीं। माँ हल्का-सा मुस्कुराती और कहती, "संजू बेटा, तुम्हारे पिताजी के सामने मैं अपना दर्द भूल जाती हूँ।"

"दर्द भूल जाती हैं? भला दर्द भी भूलने वाली चीज है?"

"हाँ बेटा, आदमी को भूलना आना चाहिए। इस संसार में दुःख की वजह याद रखना होता है। जब अकेली रहती हूँ तो बिस्तर पर पड़े-पड़े दर्द की याद आती है, पर पिताजी के सामने आते ही सब भूल जाती हूँ।"

"पर माँ, कोई दर्द को कैसे भूल सकता है?"

"अभ्यास से आदमी सब भूल सकता है। कायदे से मुझे कभी नहीं कराहना चाहिए। दर्द मुझे है, अपनी कराह से मैं किसी और को क्यों तकलीफ पहुँचाऊँ? सुनो बेटा, आदमी को भूलने का अभ्यास करना चाहिए। जो भूल सकता है, वही जी सकता है। अपना दुःख, अपना शोक, अपना क्रोध, अपना बदला, अपनी नाकामी, अपनी कामयाबी—आदमी को यह सबकुछ भूलना पड़ता है। अगर आदमी सब याद रखता चला जाएगा तो फिर उसके लिए जिंदगी मुश्किल होती चली जाएगी।"

माँ जिन दिनों ये बात अपने संजू बेटे को ये बात समझा रही थी, उन दिनों कंप्यूटर नहीं

आए थे। 'डिलीट' जैसे शब्द प्रचलन में हो ही नहीं सकते थे, पर मुझे याद है कि माँ ने यही कहा था, "यादों को मिटाते चलना चाहिए। उन्हें मन से डिलीट करना चाहिए। मन की एक सीमा है। वो अकेले में अपनी मर्जी की करता है, पर जब वो अपनों के साथ व्यस्त हो जाता है तो फिर उन बातों को भूल जाता है, जिन बातों को लेकर कुछ देर पहले विचलित होता है। पर बेटा, बड़े-बड़े महात्मा और तपस्वी लोग अभ्यास से मन को पूरी तरह काबू में कर लेते हैं। फिर वो जब चाहें, जो चाहे भूल सकते हैं।"

जब माँ मुझे ये ज्ञान दे रही थी, तब मैं सचमुच बहुत छोटा था, पर माँ का दिया ज्ञान मन के गहरे में पैठ गया था। आदमी को भूलना सीखना चाहिए। जो भूलते नहीं, वो जीते नहीं।

एक बार एक आदमी एक संत की पाठशाला में गया और उसने उनसे पूछा कि महोदय, आपके यहाँ क्या सिखाया जाता है?

संत ने कहा, "यहाँ भूलना सिखाया जाता है।"

आदमी हैरान था। ये भला कौन-सी विद्या हुई? उसने थोड़ा झिझकते हुए पूछा, "क्या भूलना सिखाया जाता है?"

संत ने आदमी की ओर देखकर कहा, "ओह! मैं तो भूल ही गया कि यहाँ क्या भूलना सिखाया जाता है।"

संजय सिन्हा का ज्ञान—आप भी भूल जाइए। वो सब भूल जाइए, जिसे याद रखने का कोई फायदा नहीं। अपना दर्द, अपना शोक, अपना क्रोध, अपना बदला। सब भूल जाइए। कुछ याद मत रखिए। फिर देखिए, जिंदगी कितनी खूबसूरत है?

□

छोड़ना और तोड़ना

सात साल पहले सलमान खान की फिल्म 'रेडी' रुपहले पर्दे पर आई थी। फिल्म रिलीज से पहले सलमान खान दिल्ली आए थे और एक फाइव स्टार होटल में मीडिया वालों से मिल रहे थे। मैं सलमान खान से पहले कई बार मिल चुका था।

कुछ फिल्मों को छोड़ दें तो फिल्म 'रेडी' से पहले 'वांटेड' और 'दबंग' से सलमान खान दुबारा रुपहले पर्दे पर चमचमा उठे थे। इससे पहले ऐश्वर्या राय और कैटरीना कैफ के साथ विवादों में सलमान खान ने अपनी काफी नकारात्मक छवि बना ली थी। ऐसा लगने लगा था कि सलमान खान अब फिनिश हो चुके हैं। हालाँकि फिल्म 'तेरे नाम' ने उनकी एक अलग छवि बनाई थी, लेकिन कई लोग उस फिल्म को सलमान खान की निजी जिंदगी की कहानी मान रहे थे।

सलमान खान से मेरी मुलाकात पहली बार उन्हीं दिनों हुई थी।

उसके बाद 'दबंग' के दौरान जब उनसे मेरा मिलना हुआ तो वो एक अलग फॉर्म में नजर आए थे और ऐसा लग रहा था कि वक्त की चोट से वो उबर चुके हैं।

सलमान खान के बारे में कई लोगों की राय है कि वो अक्खड़ हैं, अहंकारी हैं। लेकिन जो उनसे कुछ देर बात कर लेता है, उसकी राय उनके बारे में बदल जाती है। वो मूल रूप से अति भावुक हैं। 'अति' शब्द का इस्तेमाल मैंने इसलिए किया है, क्योंकि ऐसे लोग अपनी भावना में जब बहते हैं, तो उन्हें मूर्ख बनाना आसान होता है और शायद अंग्रेजी में 'इमोशन फूल' शब्द किसी ऐसे ही 'अति भावुक' इंसान को ठगे जाने के बाद गढ़ा गया होगा।

हरिवंश राय बच्चन ने जब अपनी कविता में ये पंक्तियाँ लिखी होंगी कि "शत्रु मेरा बन गया है, छल रहित व्यवहार मेरा" तो यकीनन किसी सलमान खान जैसे इंसान से उनका पाला पड़ा होगा।

कहने का मतलब इतना ही है कि सलमान खान को जो जानते हैं, वो ये भी जानते हैं कि वो बहुत भावुक हैं और अगर सिर्फ सुनी-सुनाई और परसेप्शन को आधार न माना जाए तो वो छल रहित भी हैं। जो छल रहित होते हैं, उनके करीब आने में चाहे किसी को कितनी भी मुश्किल हो, पर एक बार जब कोई उसके करीब पहुँच जाता है तो फिर उसका शिकार करना आसान हो जाता है।

अब आप सोचेंगे कि संजय सिन्हा आज सलमान खान की कहानी सुनाकर संदेश क्या देना चाह रहे हैं?

चलिए, सात साल पहले के टाइम जोन में आपको ले चलता हूँ।

दिल्ली के फाइव स्टार होटल में फिल्म 'रेडी' की पूरी टीम रुकी थी। सुबह हम फिल्म के बाकी कलाकारों से मिले। शाम को सलमान खान से मिलना था।

फिल्म की नायिका थीं, आसिन।

जब हमने आसिन का इंटरव्यू किया और उनसे फिल्म के बारे में पूछा तो उन्होंने अधिकतर सवालों के जवाब में यही कहा कि सलमान खान बहुत अच्छे हैं। उन्होंने शूटिंग में काफी मदद की। आसिन का यह कहना मुझे बहुत अच्छा लगा। शाम को जब सलमान खान के इंटरव्यू का समय आया तो मैंने उनसे कहा कि सुबह आसिन आपकी बहुत तारीफ कर रही थीं। बार-बार कह रही थीं कि सलमान बहुत अच्छे हैं।

सलमान खान ने मेरी ओर देखा और कहा कि संजयजी, उनके पास विकल्प क्या है?

मैं चौंका। वो ऐसा क्यों कह रहे हैं? कहने को तो वो कह सकते थे कि आसिन भी बहुत अच्छी हैं। हमारी ट्यूनिंग शूटिंग में अच्छी रही वगैरह-वगैरह।

पर वो तो एकदम बेलाग कह रहे हैं कि उनके पास मेरी तारीफ करने के सिवा विकल्प क्या है? क्या वो ये कह सकती हैं कि सलमान खान अच्छे नहीं? या फिर उनके साथ काम करके अच्छा नहीं लगा?

इंटरव्यू के बाद हम दोनों ने सिगरेट सुलगाई। आमने-सामने बैठे थे। मैंने खुद को रोकते हुए पूछा कि आपने आज इतना तल्ख जवाब क्यों दिया कि आसिन के पास आपकी तारीफ के सिवा विकल्प क्या था?

सलमान खान मेरी ओर देखते रहे। कमरे में उनके बॉडीगार्ड शेरा भी खड़े थे। सलमान खान ने धीरे-से कहा कि हमारे यहाँ ऐसी तारीफों का कोई अर्थ नहीं होता। मैंने अपनी ऐसी तारीफें बहुत सुनी हैं। ऐसी तारीफ करके लोग आपके करीब आते हैं और फिर

अपना काम निकल जाने के बाद आपको सिर्फ छोड़ ही नहीं जाते, बल्कि तोड़ भी जाते हैं। मैं पहले ऐसी तारीफों में कई बार उलझ चुका हूँ। कई बार खुद को समझा चुका हूँ। बहुत तकलीफ होती है। अधिक क्या कहूँ, आप सब जानते और समझते हैं। मैंने इसके आगे एक शब्द भी नहीं कहा।

मैं सब जानता और समझता था।

मुझे याद आ रहे थे 'जनसत्ता' के अपने प्रधान संपादक, प्रभाष जोशी। प्रभाष जोशी ने एक बार कहा था कि भावुक लोगों को अपने आसपास बहुत कम लोगों को आने देना चाहिए। चालाक लोग भावुक लोगों के दिल में पहले जगह बनाते हैं, फिर नश्तर चलाकर चल देते हैं।

आज संजय सिन्हा आपको कोई कहानी नहीं सुना रहे। आज सिर्फ आपको बता रहे हैं कि अगर आप भावुक हैं तो प्लीज खुद को बचाइएगा, वरना शिकारी आएँगे, जाल बिछाएँगे, दाना डालेंगे और आप उसमें फँस जाएँगे। भले आप दुनिया की निगाह में घमंडी कहे जाएँ, अकड़ू माने जाएँ, पर चालाक लोगों से खुद को दूर रखिएगा। चालाक लोग कभी दया के पात्र बनकर, कभी गरीब बनकर, तो कभी आपको मसीहा साबित करते हुए आपके पास आते हैं, अपना काम निकालते हैं और आपको छोड़ देते हैं। ध्यान रखिएगा, ऐसे लोग आपके आँसुओं की रत्ती भर परवाह नहीं करते और ऐसे लोगों के पास अपने किए को सही साबित करने का पुख्ता इंतजाम भी होता है।

□

छोड़ो मत, मनाओ

क्रोध मन का एक भाव है। कई बार परिस्थितियाँ जब अपने नियंत्रण से बाहर हो जाती हैं, क्रोध का भाव पनपता है। क्रोध किसी को आ सकता है, मनुष्य या जानवर किसी को। अगर किसी को क्रोध आ जाए, तब क्या करना चाहिए?

माँ कहती थी कि क्रोध एक प्रकार का विकार है। क्रोध में तन और मन के बीच नियंत्रण टूट जाता है। वैसे तो क्रोध कभी करना ही नहीं चाहिए, पर कभी-कभी क्रोध सभी को आता है और जब आता है, तब उस व्यक्ति का सामना कैसे किया जाए, यह समझना बहुत जरूरी है।

जब मैं छोटा था और माँ मुझसे ऐसी बातें करती थी, तो मेरी दिलचस्पी माँ की ओर से सुनाई जानेवाली कहानियों तक सिमटी होती थीं। मुझे लगता था कि माँ अपने संजू बेटे को अब कोई कहानी सुनाएगी। माँ कहानी सुनाती भी थी, पर जैसे-जैसे बड़ा होता गया, माँ की छोटी-छोटी कहानियाँ जीवन संदेश बनकर सामने आने लगीं।

माँ ने जब क्रोध के बारे में संजू बेटे को बताना शुरू किया था तो दो बातें स्पष्ट रूप से बताई थीं। पहली बात कि क्रोध नहीं करना चाहिए। दूसरी बात यह कि अगर अपने किसी को कभी क्रोध आ जाए तो उसका सामना बहुत समझ के साथ करना चाहिए।

माँ पार्वती की बेटी अशोक सुंदरी को एक राक्षस उठाकर ले गया था।

माँ पार्वती को जब बेटी की चीख सुनाई पड़ी तो उन्हें उस राक्षस पर बहुत क्रोध आया। क्रोध में उन्होंने काली का रूप धारण किया और बेटी को छुड़ाने निकल पड़ीं। माँ पार्वती का यह रूप अत्यंत डरावना था।

क्योंकि क्रोध में तन और मन का साथ छूट जाता है इसलिए यह कहना अतिशयोक्ति नहीं कि क्रोधित व्यक्ति अपने होश खो बैठता है। उचित-अनुचित का भान मिट जाता है। ऐसे में जो भी सामने आए, उसे क्रोध का शिकार बनना पड़ सकता है। माँ पार्वती

ने बेशक क्रोध में काली का रूप धरा था बेटी को बचाने के लिए, पर जब वो एक बार क्रोध में आ गईं तो फिर वो ये भूल गईं कि वो कौन हैं।

भगवान लोक में खलबली मच गई। अब पार्वती को कौन समझाए? कौन उन्हें बताए कि आपका असली रूप ये नहीं। आप पार्वती हैं। शिव की पत्नी। पर कौन जाए, कैसे जाए? सबको डर था कि जो भी सामने जाएगा, काली के क्रोध का शिकार उसे होना पड़ सकता है। सभी देवताओं ने शिव से प्रार्थना की कि प्रभु आप ही जाएँ। कुछ करें।

माँ इतनी कहानी सुनाकर रुकती थी और अपने संजू बेटे की ओर देखती।

फिर धीरे-से कहती कि ध्यान से सुनना और समझना, बेटा। जब कोई क्रोध में हो तो हम कई बार अपनी हरकतों से उसके क्रोध को बढ़ा देते हैं और ऐसे में बात बनने की जगह बिगड़ जाती है। यह एकदम मनोविज्ञान का विषय है कि जब कोई क्रोध में हो, अपने आपे में न हो तो उसके साथ कैसा व्यवहार किया जाना चाहिए? उसका सामना किस तरह किया जाए कि बात बिगड़े नहीं।

माँ पार्वती क्रोध में थीं। किसी देवता की समझ में नहीं आ रहा था कि उनके क्रोघ तो कैसे शांत किया जाए?

जब शिवजी को यह जिम्मेदारी दी गई तो शिव ने एक छोटे-से बालक का रूप धारण किया। उसे शिव का बटुक रूप कहा गया है।

शिवजी जानते थे कि स्त्री में सबसे सुंदर भाव मातृत्व का होता है। वो जानते थे कि और किसी रूप में उनके क्रोध को दूर करना फिलहाल संभव नहीं। और क्योंकि क्रोध में कोई भी सबकुछ भूल जाता है इसलिए उसे कुछ याद भी नहीं दिलाया जा सकता। ऐसे में सिर्फ बालक बनकर क्रोधित काली माँ के पास जाना ही एक मात्र विकल्प था।

शिवजी बटुक रूप में काली माँ के पास गए। बालक को सामने देखकर माँ का दिल पसीजा, पिघला और उन्होंने उसे गले से लगा लिया। बच्चे को गले से लगाते ही उनका क्रोध मिट गया और उन्हें सब याद आ गया। बिगड़ी बात बन गई।

माँ की यह वाली कहानी मेरी जिंदगी में कई बार काम आई।

कई बार जब मैंने यह देखा कि सामने वाला किसी कारण से क्रोध में है तो मैंने उसे मनाने के लिए अलग-अलग नुस्खे अपनाए। बटुक रूप तो एक उपाय है। और भी कई उपाय हैं। निर्भर करता है कि क्रोध की वजह क्या है, क्रोध का आकार कितना बड़ा है? कई बार हम अपने रिश्तों में किसी से किसी बात पर नाराज हो जाते हैं, क्रोध में

आ जाते हैं, उस समय यह सामने वाले पर निर्भर करता है कि वो अपनी हरकतों से किसी का क्रोध बढ़ा रहा है या फिर उसे मना रहा है?

अपना कोई जब क्रोध में हो तो उसे मनाने के उपाय ढूँढ़ने चाहिए, उसे ऐसे ही छोड़ नहीं देना चाहिए।

□

जनवरी का वादा

मेरे मित्र मनीष पिछले हफ्ते शराब खरीदने मॉल गए थे। मेरे घर से वो जल्दी निकले, यह कहते हुए कि दुकान पर शाम को बहुत भीड़ होती है। देर शाम उस मॉल में गाड़ियों का रेला लग जाता है। उस मॉल में शराब की कई बड़ी और अच्छी दुकानें हैं। दुकानें रात नौ बजे तक खुली रहती हैं और आठ बजे के बाद लोग लाइन में लगकर अपनी पसंद की शराब खरीदते हैं।

खैर, शराब के संसार से अपना रिश्ता जरा कमजोर-सा है। दो-चार ब्रांड के नाम पता हैं, पर अपने को उनमें स्वाद कभी नहीं मिला। चार हजार रुपए शराब पर खर्चने की जगह मैं दो शर्ट खरीदना पसंद करूँगा। छोड़िए, इस पर बहस व्यर्थ है। जिन्हें जो पसंद है, उन्हें वो चाहिए। पीने वाले गलत होते हैं और नहीं पीने वाले महान होते हैं, ऐसा भी नहीं। हाँ, यह सच है कि स्वास्थ्य कारणों से शराब अधिक नहीं पीनी चाहिए, और सस्ती तो बिल्कुल नहीं। मतलब, जिसकी हैसियत हो, उसे ही ऐसे शौक पालने चाहिए।

मेरे मित्र को लत नहीं है, शौक है। पीने का भी, पिलाने का भी। आमतौर पर अधिकतर पत्रकारों को यह शौक होता है। किसी भी मीडिया हाउस में अगर पीने वालों और नहीं पीने वालों का औसत निकाला जाए तो नहीं पीने वाले उँगलियों पर गिने जा सकते हैं।

ओह! संजय सिन्हा भी कहानी कहाँ से शुरू करते हैं और कहाँ पहुँच जाते हैं? बात चल रही थी कि मनीष मेरे घर से उस दिन जल्दी निकले कि दुकान पर बहुत भीड़ हो जाएगी।

मनीष भागते हुए मॉल पहुँचे। वहाँ पहुँचकर उन्हें बहुत हैरानी हुई कि मॉल में सन्नाटा पसरा था। इक्का-दुक्का लोग ही नजर आ रहे थे। मनीष बुद्‌बुदाए, "अरे, यह तो कमाल ही हो गया। पर हुआ क्या? लोग कहाँ गए?"

मनीष के बुद्‌बुदाने को दुकानदार ने शायद सुन लिया। उसने कहा, "सर, नया साल

शुरू हुआ है न! जनवरी के महीने में कम लोग आते हैं।"

"जनवरी में कम लोग आते हैं? ये कौन सा स्टैटिक्स हुआ, भाई? क्या सर्दी में लोग शराब पीना छोड़ देते हैं? पर दिसंबर में तो मार मची हुई थी। तब भी सर्दी पड़ रही थी। जनवरी में नोटबंदी जैसी बात भी नहीं हुई, फिर यह क्या हुआ? और सच तो यह है कि पिछले साल जब नोटों की भारी किल्लत हो गई थी, तब भी भाई लोग पेटीएम, ए.टी. एम. सब लेकर दुकान पर लाइन लगाए खड़े थे। अब क्या हुआ?"

दुकानदार ने कहा, "भाई साहब, पिछले साल जब नोटबंदी हुई थी, तब नवंबर का महीना था। नवंबर में तो धकाधक सेल रहती है। दिसंबर में भी खूब माल बिकता है। पर जनवरी ठंडा रहता है।"

"यही तो सवाल है कि जनवरी ठंडा क्यों रहता है?" मनीष का कौतूहल बढ़ रहा था।

दुकानदार ने कहा, "साहब, जनवरी में लोग नए-नए वादे करते हैं खुद से। हर साल लोग कुछ-न-कुछ नया फैसला लेते हैं। कुछ लोग कहते हैं कि नए साल से शराब बंद। नए साल से सुबह दौड़ना चालू। नए साल से रात में देर से कुछ भी खाना बंद। अलग-अलग लोग अलग-अलग प्रतिज्ञा खुद से करते हैं। हफ्ता, दो हफ्ता यह सब चलता है। फिर उनकी प्रतिज्ञा चली जाती है। मतलब, फरवरी से सबकुछ वैसे ही होने लगेगा, जैसे पहले होता रहा है। जिन-जिन लोगों ने शराब छोड़ने का वादा किया होता है, सब फरवरी में दुबारा लौट आते हैं। फिर अपना बिजनेस चालू हो जाता है। यह हर साल का ट्रेंड है। मैं पिछले कई सालों से यही देख रहा हूँ।"

मनीष ने अपनी पसंद की बोतल खरीदी। खुशी में झूमते हुए गाड़ी में बैठे और वहीं से मुझे फोन किया।

"सर, आपने वादा किया है कि हर रोज सुबह आप पाँच किलोमीटर दौड़ेंगे। प्लीज, फरवरी में भी दौड़ते रहिएगा।"

"फरवरी में भी दौड़ते रहिएगा? इसका क्या मतलब हुआ?"

"सर, नए साल पर लोग कई तरह के वादे खुद से खुद से करते हैं। कई तरह के संकल्प लेते हैं, पर महीने भर में ही उससे डिग जाते हैं।" इतना कहकर मनीष जोर से हँसने लगे।

फिर फोन पर ही उन्होंने संजय सिन्हा को पूरी कहानी सुनाई। शराबियों के संकल्प की मियाद बताई। साथ ही, उन्होंने चिंता भी जताई कि लोग अपने आप से किए वादे पर

क्यों नहीं टिकते? जब तय कर लिया कि नहीं पीना तो नहीं पीना चाहिए।

मैंने मनीष से कहा कि तुम इस तरह का संकल्प क्यों नहीं लेते?

मनीष ने कहा कि सर, जिस दिन मैं संकल्प लूँगा, उस दिन इसे देखना भी बंद कर दूँगा। ऐसे संकल्प का क्या लाभ, जिसमें दुकानदार भी जानता है कि चार दिन से अधिक नहीं टिक पाएँगे।

मनीष कह रहे थे कि सर, वो मर्द ही क्या जो अपने कहे से मुकर जाए? मैंने कभी ऐसा संकल्प नहीं लिया। पर यकीन कीजिए, जिस दिन एक बार कह दूँगा कि शराब बंद, उस दिन से सदा के लिए बंद।

फोन कट गया था।

मैं सोच में डूब था...सचमुच आदमी सबसे पहले खुद से झूठ बोलता है, फिर दुनिया से, वरना आदमी खुद से कोई वादा करे और उसे पूरा न कर पाए, यह तो नहीं होना चाहिए। जो खुद के वादे पर न टिक पाए, उस पर कोई और भरोसा क्यों करे?

□

अनुभव की टॉफी

दीदी तब बहुत छोटी थी। उस दिन सुबह वो स्कूल के लिए तैयार हुई ही कि अचानक उसके पेट में दर्द होने लगा। दर्द शुरू तो धीरे-धीरे हुआ पर अचानक वो बहुत बढ़ गया। इतना कि दीदी जोर-जोर से रोने लगी।

पिताजी उस वक्त घर पर ही थे। दीदी के पेट में दर्द की बात सुनकर वो घबरा गए। तय हुआ कि फटाफट सदर अस्पताल ले चला जाए, पर दीदी के पेट में इतना दर्द था कि वो ठीक से बता भी नहीं पा रही थी कि हुआ क्या है? सब लोग परेशान हो गए। हमारे घर के आसपास कोई डॉक्टर भी नहीं था। तब फोन भी नहीं होते थे। तबीयत अचानक बिगड़ी थी। समझ में नहीं आ रहा था कि क्या दवा दी जाए?

माँ भागकर रसोई से निकल आई थी। दीदी बिस्तर पर लेटकर दर्द से बिलख रही थी। सुबह-सुबह का समय, सब अपनी तैयारी में व्यस्त। अब एक ही उपाय था कि दीदी को अस्पताल ले जाया जाए। पर अस्पताल कौन सा बहुत पास था, जो मुँह उठाते ही पहुँच जाते?

माँ घबरा गई थी। पिताजी के चेहरे पर भी चिंता की लकीरें दौड़ रही थीं। आपके संजय सिन्हा तब बहुत छोटे-से थे। दीदी रो रही थी, उसे रोते देख मैं भी रोने लगा।

एकदम से इतनी अफरा-तफरी में दादी का ध्यान पूजा से हट गया। पूजा उन्होंने बीच में रोकी और दीदी के पास पहुँच गईं। दीदी से उन्होंने पूछा कि क्या हुआ? कहाँ दर्द हो रहा है? दीदी ने इशारे से बताया कि पेट में कहाँ दर्द हो रहा है। दादी ने दीदी के पेट को छुआ। फिर कान लगाकर कुछ सुनने की कोशिश करने लगीं। राम जाने, पेट में कोई सुनकर क्या समझ सकता है, पर दादी ने पेट के पास कान लगाया और फिर माँ से उन्होंने कहा कि रसोई से थोड़ी अजवाइन लाओ। माँ दौड़ी अजवाइन लाने।

दादी ने आधा चम्मच अजवाइन दीदी के मुँह में डाला और थोड़ा पानी पिलाकर कहा कि इसे गटक जाओ।

बहुत मुश्किल से दीदी अजवाइन गटक पाई, पर पाँच मिनट ही बीते होंगे, दीदी का पेट दर्द कम होने लगा और धीरे-धीरे दर्द एकदम दूर।

मैंने पेट दर्द में अजवाइन रूपी दवा को अपनी आँखों से कारगर होते हुए देखा है। मुझे आज भी उसका वैज्ञानिक आधार नहीं पता, पर दादी के मुँह से सुना था कि पेट में अचानक गैस बनी थी, अजवाइन से वो दूर हो गई।

यह था दादी के अनुभव का विद्यालय।

पहले गाँवों में न डॉक्टर होते थे, न आसपास कोई अस्पताल। ऐसी छोटी मोटी मुश्किलों का इलाज तो दादी-नानी के अनुभव के विद्यालय में ही हो जाता था।

कल मैं दिल्ली से भोपाल की उड़ान पर था। रात की फ्लाइट थी। खाना खाने के बाद मैं कुछ पढ़ने की तैयारी कर रहा था कि अचानक बगल वाली सीट पर एक बहुत छोटा बच्चा जोर-जोर से रोने लगा। कुछ महीनों का वो बच्चा इतना रो रहा था कि उसके माँ-बाप की समझ में ही नहीं आ रहा था कि अचानक क्या हुआ? उसे कैसे चुप कराएँ?

बच्चा रोए जा रहा था। कभी मम्मी उसे गोद में उठाती, कभी पापा। इतना छोटा बच्चा तो कुछ कह भी बोल भी नहीं सकता था।

मैं एकदम आगे वाली सीट पर बैठा था।

बच्चे का रोना देखकर समझ में आ रहा था कि उसे कोई तकलीफ है, पर क्या तकलीफ थी, यह किसी की समझ में नहीं आ रहा था। एयर होस्टेस भी वहाँ आई। उसने बताया कि विमान में हवा का दबाव कम होने से कान में उसे तकलीफ हो सकती है।

इतना सुनना था कि पीछे बैठी एक दादीजी ने एयर होस्टेस को अपने पास बुलाया और कहा कि थोड़ी-सी चीनी बच्चे को चटा दो। एयर होस्टेस चीनी लेकर आई। माँ ने थोड़ी-सी चीनी बच्चे को चटाई। मीठी चीनी को बच्चा चाटने लगा और कुछ ही देर में उसका रोना रुक गया।

मैं बहुत हैरान था। कभी-कभी फ्लाइट में सबके कानों में दर्द होता है। बड़े लोग समझते हैं कि दर्द की वजह क्या है, पर कुछ महीनों का बच्चा क्या समझता? मैंने

दादीजी से पूछा कि चीनी से क्या हुआ, जो बच्चा एकदम चुप हो गया?

दादीजी ने कहा कि बेटा, याद करो पहले उड़ान में सबको टॉफी दी जाती थी। वो उड़ान में मुँह मीठा कराने का जो रिवाज था न, बहुत वैज्ञानिक था। उड़ान में हवा का दबाव कम होने पर कानों में तकलीफ होती है। टॉफी खाने से जबड़ों में हरकत होती है, जिससे कान की वो तकलीफ दूर हो जाती थी। इतने छोटे बच्चे की तकलीफ कोई समझ ही नहीं रहा था। थोड़ी-सी चीनी चटाने से उसके मुँह में हरकत हुई। उसका जबड़ा हिला और तकलीफ दूर हो गई।

वाह! कल दिल्ली से भोपाल की उड़ान में संजय सिन्हा को एक बार फिर दादीजी के अनुभव के विद्यालय का लाभ मिला। हवाई जहाज में जब भी उड़िए एक-दो टॉफियाँ जेब में रखिए।

मुझे नहीं पता कि फ्लाइट में टॉफी बंद करने का फैसला किसका रहा होगा, लेकिन जिसका भी रहा होगा, उसे यकीनन अपनी दादी के अनुभव के विद्यालय से गुजरने का सौभाग्य नहीं मिला होगा।

कैसे मिले? आजकल लोग रिश्तों को जीते ही कहाँ हैं?

□

मित्र का मित्र

भोपाल में मेरे एक मित्र के मित्र मुझसे मिलने आए। दोपहर का वक्त था, हमने साथ लंच किया। मित्र के मित्र से काफी देर तक बात होती रही। जल्दी ही हम एक-दूसरे से खुल कर बात करने लगे। बात-बात में मैंने उनसे पूछा कि आप कहाँ रहते हैं?

मित्र के मित्र ने कहा कि शहर से दस-बारह किलोमीटर दूर नई कॉलोनी बनी है, वहीं मकान लिया है। काफी खुली जगह है।

भोपाल मेरे बचपन का शहर है। भोपाल मेरी यादों का शहर है। शिवाजी नगर, टीटी नगर, चार इमली और अरेरा कॉलोनी से तो मेरा काफी करीब का रिश्ता रहा है। हालाँकि मैं पुराने भोपाल से भी काफी वाकिफ रहा हूँ। शुरुआत में हम ईदगाह वाले इलाके में ही रहते थे। मामा को शुरू में जो सरकारी मकान मिला था, वो परी बाजार में था।

ओह! आप भी सोच रहे होंगे कि संजय सिन्हा कहाँ पहुँच गए परी बाजार? दरअसल, आज मुझे आपको परी बाजार की कहानी नहीं सुनानी। आज भोपाल की कहानी भी नहीं सुनानी। आज मुझे मित्र के मित्र की कहानी ही आपको सुनानी है।

मित्र के मित्र से यह मेरी पहली मुलाकात थी। पहली मुलाकात में ही संजय सिन्हा उनसे पूछ रहे थे कि आपका घर कहाँ है? जहाँ आप रहते हैं, वो इलाका कैसा है? वहाँ अगर मैं मकान खरीदना चाहूँ तो कितने में मिल जाएगा?

कोई पहली मुलाकात में इतने सवाल करे तो कोई क्या कहेगा?

यही कहेगा कि आप मेरे घर चलिए। इलाका अपनी आँखों से देख लीजिए। कहने वाला कहेगा और जो सवाल-पर-सवाल कर रहा है, वो कहेगा कि अरे नहीं, फिर कभी।

पर संजय सिन्हा ने फटाक से कहा, "चलिए, आपके घर चलता हूँ।"

मेरी पत्नी कई बार मुझे टोक चुकी है। कोई मुझे एक बार बुलाता है, मैं तुरंत कह बैठता हूँ, चलिए। कोई एक बार खाने को कहता है, संजय सिन्हा बिना जरा सोचे तुरंत कह देते हैं, 'हाँ खाऊँगा।' पत्नी समझती है कि कुछ बातें औपचारिकता में कही जाती हैं।

पर इस बार की भोपाल यात्रा में पत्नी साथ नहीं, तो फिर कौन समझाता कि कोई एक बार कहे कि घर चलिए तो तुरंत चल नहीं पड़ना चाहिए।

संजय सिन्हा अपने मित्र के मित्र के औपचारिक निमंत्रण पर ही उनके घर की ओर चल पड़े। आधे घंटे की ड्राइव के बाद उस इलाके में पहुँच गए, जहाँ मित्र के मित्र का घर था। गाड़ी बाहर पार्क हुई। हम भीतर गए। उन्होंने पत्नी को बताया ही नहीं था कि वो किसी अनजान मित्र को लेकर घर आ रहे हैं।

दरवाजा खुला। सामने मित्र की पत्नी थीं। मैंने नमस्ते कहा तो अनमने से उन्होंने भी नमस्ते कहा। घर में छाई अजीब-सी शांति देखकर मुझे लगा कि कहीं यहाँ आकर मैंने गलती तो नहीं कर दी? कुछ देर मैं सोफे पर बैठा रहा। फिर मित्र के मित्र की पत्नी ने पूछा कि चाय लेंगे?

मेरी पत्नी साथ होती तो मैं थोड़ा झिझकता। हम लंच कर ही चुके थे, पर मैंने चाय के लिए 'हाँ' में सिर हिला दिया। मित्र के मित्र की पत्नी रसोई में चली गईं।

कुछ देर में पत्नी चाय लेकर आईं तो मैंने कहा कि रंग ही बता रहा है कि चाय बहुत अच्छी बनी है। मित्र के मित्र की पत्नी पहली बार मुस्कुराईं। उन्होंने धीरे-से कहा कि पीकर बताइए। मैंने चाय की चुस्की ली और कहा, "वाह! शानदार!"

मित्र के मित्र की पत्नी अब थोड़ा सहज हो चुकी थीं। मैंने उनसे घर की तारीफ की और कहा कि आपने बहुत सुंदर घर सजाया है। सब बैठे थे। फिर मैंने पूछा कि आपके बच्चे? पत्नी ने आवाज देकर बेटे को बुलाया। बेटा बड़ा उदास-सा सामने आया। मैंने उससे पूछा कि कौन-सी क्लास में पढ़ते हो? बेटे ने बहुत धीरे-से कहा, "छठी कक्षा में।" बेटे का चेहरा देखकर मित्र के मित्र की पत्नी ने कहा कि आज इसे डाँट पड़ी है, मूड ऑफ है।

"ओह?"

"आज टीचर के साथ हमारी मीटिंग थी। किसी विषय में कुछ नंबर कम रहे होंगे तो

पापा ने बहुत जोर से डाँटा है। सुबह से ही सबका मूड ऑफ है।"

अब मेरी समझ में आ रहा था कि घर में इतनी शांति क्यों है? मैंने थोड़ा हँसते हुए कहा, "सबका मूड ऑफ है? पर क्यों? पापा ने तो भलाई में ही डाँटा है।"

फिर मैंने बेटे से कहा कि पापा तो रास्ते भर तुम्हारी तारीफ करते आए हैं।

घर का माहौल थोड़ा हल्का हो रहा था। मित्र की पत्नी ने कहा कि जब 'इन्हें' गुस्सा आता है तो ये बहुत जोर से डाँटते हैं।

मित्र के मित्र कह रहे थे, "कहाँ डाँटता हूँ? बेवजह बदनाम कर रही हो।"

उदासी की बर्फ पिघल रही थी। पति-पत्नी भी अब सहज हो रहे थे।

बेटा खुश लग रहा था। माहौल नॉर्मल हो गया था। पत्नी उठीं और कहने लगीं कि भैया, कुछ खाकर जाइएगा। मैंने कहा कि मैं खाकर आया हूँ। अभी चलता हूँ, फिर कभी आऊँगा। आपसे मिलकर बहुत अच्छा लगा। चलते हुए बेटे ने पाँव छुए। पत्नी ने बाय कहा। पति ने कहा कि मैं संजयजी को छोड़कर आता हूँ। तुम लोग तैयार रहना, घूमने चलेंगे।

लौटते हुए मित्र के मित्र ने मुझे 'थैंक्यू' कहा। कहा कि आपके आने से घर का माहौल अच्छा हो गया।

मैंने कहा, "लोगों को घर बुलाते रहिए। अच्छा होता रहेगा।"

मुझे याद है, कभी हमारे घर में यूँ ही कोई मेहमान आ जाता था तो पूरे घर का मूड बदल जाता था। सब खुश हो जाते थे। माँ पकौड़े तलने लगती थी, चाय बनाने लगती थी। पहले मेहमान बिना पूर्व सूचना के ही आते थे और पूरे घर की रौनक बढ़ाकर चले जाते थे।

अब कोई किसी के घर नहीं जाता। लोग अकेले पड़ने लगे हैं। ऐसे में थोड़ी-सी डाँट से भी पूरे घर का मूड खराब हो जाता है। छुट्टी का दिन बोझिल हो जाता है। अपने घर लोगों को बुलाते रहिए। लोग आते हैं, घर में खुशियाँ आती हैं। अपने रिश्तों को जीना शुरू कीजिए। यकीन कीजिए, जिंदगी बोझिल होने से बच जाएगी।

किसी को बुलाइए। मित्र का मित्र भी चलेगा।

□

मन का पाना

मैंने कहीं पढ़ा था कि देश के वित्त मंत्री अरुण जेटली वकील नहीं बनना चाहते थे। वो चार्टेड एकाउंटेंट यानी सी.ए. बनना चाहते थे, पर सी.ए. की परीक्षा पास करना आसान नहीं था, इसलिए वो वकील बन गए। किसी ने अरुण जेटली से एक बार पूछा था कि आपको इस बात का मलाल नहीं कि आप जो चाहते थे, वो नहीं बने ?

इस पर अरुण जेटली ने कहा था कि मन में सी.ए. बनने की इच्छा थी। पर वो कई और कामों में व्यस्त थे, इसलिए वकालत की पढ़ाई को उन्होंने वरीयता दी, क्योंकि सी.ए. की परीक्षा कठिन थी, पर उन्हें इसका अफसोस नहीं। उन्होंने वकालत के पेशे का भी आनंद लिया।

हो सकता है कि अरुण जेटली को आज इस बात का मलाल न हो।

हम में से अधिकतर लोग कुछ पाना चाहते हैं, नहीं मिलने पर कुछ और चुन लेते हैं, फिर उसी को जिंदगी मान लेते हैं और आनंदित रहते हैं। यह जिंदगी का एक फलसफा है। इसमें कोई बुराई नहीं।

कहा भी जाता है कि अगर आप भाग्य को मानते हैं तो जो मिल जाए, उसी को भाग्य मान लेना चाहिए।

कल अखबार में मैं पढ़ रहा था कि दिल्ली का एक लड़का प्रशांत सी.ए. परीक्षा में दूसरे नंबर का टॉपर रहा। बहुत-से बच्चे होते हैं, टॉप करते हैं। जो पढ़ाई में टॉप करते हैं, मैं उनके बारे में विस्तार से पढ़ता हूँ। इसलिए नहीं कि वो टॉपर है, बल्कि इसलिए कि मैं यह समझने की कोशिश करता हूँ कि जिसने अपने सपनों को जीने के लिए इतनी मेहनत की, उसकी अपने बारे में सोच क्या थी ?

प्रशांत ने पत्रकारों को बताया कि वो सी.ए. बनना चाहते थे, बस सी.ए.। उनके मन में दूसरा कोई विकल्प नहीं था। प्रशांत सी.ए. बने, इसलिए संजय सिन्हा आज उनकी

कहानी लिखने नहीं बैठ गए। वो आज मेरी कहानी के हीरो इसलिए बन बैठे हैं, क्योंकि उन्होंने इसे पाने के लिए सारी कायनात को झुकने के लिए मजबूर कर दिया। आप कहेंगे कि कोई सी.ए. बन गया, इसमें इतनी क्या बड़ी बात हो गई?

हो गई, क्योंकि इस परीक्षा को पास करने के लिए वो सबकुछ छोड़कर बस इसी में लग गए थे। सबसे दिलचस्प बात तो यह कि किसी ने बताया कि वो दिल्ली की मेट्रो में जब चलते थे, तब भी सी.ए. की किताब ही पढ़ते थे।

उन्होंने पत्रकारों को बताया कि वो दिल्ली में पीतमपुरा से मेट्रो में कोचिंग के लिए निकलते थे। फिर वहाँ से गुड़गाँव जाते थे। इस सफर में उनके पास काफी समय होता था पढ़ने के लिए।

मैं दिल्ली की मेट्रो में तमाम बच्चों को यात्रा के दौरान कान में ईयर फोन लगाकर दोस्तों या किसी से बातें करते देखता हूँ, गाना सुनते देखता हूँ। ऐसे में कोई अपनी घंटे-दो घंटे की यात्रा को अपने सपनों को पूरा करने में लगा दें तो वो मेरी कहानी का हीरो बन ही जाएगा।

मेरे पिताजी कहा करते थे कि कोई भी काम दो ही तरह के लोग कर सकते हैं। एक तो वो जिनके सामने मजबूरी हो, दूसरे वो जिनमें लगन हो। बहुत साल पहले मैंने दिल्ली के एक लड़के को इतनी ही शिद्दत से ऐक्टिंग की तैयारी करते देखा था। वो कॉलेज में था, तभी से उसका बस एक ही पैशन था, ऐक्टिंग।

उसकी ऐक्टिंग के पैशन का मैं खुद गवाह हूँ, इसलिए मैं आज खुद भी कई बार सोच में पड़ जाता हूँ कि अगर वो लड़का ऐक्टर न बना होता तो वो क्या करता? क्या वो पत्रकार बन जाता?

उस लड़के को आप जानते हैं। पहचानते हैं। फिर भी मैं नाम बता देता हूँ कि उसका नाम शाहरुख खान है।

जिन दिनों उसे टी.वी. सीरियल 'फौजी' में काम मिला था, मैंने उसकी आँखों में उसके सपनों को बढ़ते हुए देखा है। उसने कई बार यह बात कही थी कि वो एक दिन सिनेमा में ऐक्टिंग करेगा। मैंने एक-दो बार कहा भी था कि अगर कामयाब नहीं हुए तो? उसने हर बार यही कहा था कि दूसरा कोई विकल्प ही नहीं। लौटने का रास्ता नहीं।

बस, आज संजय सिन्हा को इतना ही बताना है कि जो लोग ये सोचकर कुछ करना चाहते हैं, पाना चाहते हैं कि और कोई विकल्प नहीं, वो मंजिल को पा लेते हैं।

आज मैं अपने परिजनों से अनुरोध करता हूँ कि आप अपने बच्चों को प्रशांत की कहानी सुनाएगा। उन्हें बताइएगा कि वो जो चाहते हैं, करें। हर काम अच्छा होता है। पर जो चाहते हैं, उसे पाने के लिए उतनी शिद्दत मन में होनी चाहिए, जितनी शाहरुख खान के मन में थी, जितनी प्रशांत के मन में थी।

ऐसा नहीं है कि जो सी.ए. की जगह वकील बन जाते हैं, वो घाटे में रहते हैं, पर मन का पाना अपने प्रेम को पाना होता है।

□

हक का शक

मन में तय कर चुका था कि ये वाली कहानी आपको नहीं सुनाऊँगा। ऐसी कहानियों को सुनाने का कोई फायदा नहीं होता है। पर कल देर रात टी.वी. पर कोई फिल्म देखने के बाद लगा कि मुझे अपने दोस्त की उस कहानी को भी आपसे साझा करना ही चाहिए, जिसकी चर्चा मैंने अब तक किसी से नहीं की।

पिछले हफ्ते देर रात मेरे एक मित्र ने मुझे फोन किया था कि उसका कोई मित्र घर छोड़कर कहीं चला गया है और उसकी पत्नी बहुत परेशान है। क्योंकि मैं पत्रकार हूँ, इसलिए वो उम्मीद कर रहा था कि मैं उसके साथ मित्र की पत्नी से मिलने चलूँ और कुछ मदद की अगर जरूरत हो तो करूँ। मैं अपने मित्र के साथ उसके मित्र के घर जाने को तैयार हो गया।

वहाँ जाने के बाद पता चला कि सुबह पति-पत्नी के बीच झगड़ा हुआ था। पति-पत्नी में झगड़ा कोई बड़ी बात नहीं। पर वहाँ जिस बात को लेकर झगड़ा हुआ था, वो मुझे हैरान कर रहा था।

सुनिए, पहले झगड़े की वजह सुनिए। फिर तय कीजिएगा कि संजय सिन्हा की आज की कहानी सुनकर आपको हँसना है या रोना है?

पति के फोन पर सुबह 'टूँ' की आवाज आई। पत्नी का ध्यान पति के फोन की ओर गया। पति दूसरे कमरे में था, पत्नी ने फोन उठाकर यूँ ही देख लिया। किसी महिला ने संदेश भेजा था, "कैसे हैं आप?"

पत्नी का माथा ठनका। उसने संदेश को पढ़ा, फिर उसके आगे-पीछे के संदेश वो पढ़ने लगी।

संदेश में ऑफिस की कुछ बातें थीं, पर एक संदेश जिसे देखकर पत्नी एकदम भड़क गई, वो एक स्माइली था। आपने व्हाट्सएैप पर वो स्माइली देखा होगा, जहाँ आँखों की

जगह दिल के दो निशान नजर आते हैं। पति ने एक संदेश में वही स्माइली भेजा था। दूसरे स्माइली में होंठों से दिल की तस्वीर निकल रही है।

बस, यही दो संदेश। बाकी सारी ऑफिस की बातें।

पर कोई किसी को दिल वाला स्माइली या चुम्मी वाला स्माइली क्यों भेजे?

पति-पत्नी में खूब झगड़ा हुआ। पत्नी ने सीधे-सीधे आरोप लगाया कि तुम मुझे धोखा दे रहे हो। तुम्हारा चक्कर चल रहा है।

पति ने समझाने की कोशिश की कि ऐसा कुछ नहीं है, पर पत्नी नहीं मानी। देखते-ही-देखते फोड़ा कैंसर में बदल गया। आगे क्या हुआ होगा, उसका सिर्फ अंदाजा ही लगाया जा सकता है। पति अपना फोन वहीं छोड़कर घर से निकल गया। गुस्से में पति घर से निकल जाते हैं। पत्नी आमतौर पर गुस्से में खुद को कमरे में बंद कर लेती है।

पति-पत्नी के बीच झगड़े का गुबार कुछ देर में थम जाता है। सुबह घर से निकला पति शाम ढलने के पहले ही लौट आता है। कहावत यही है कि सुबह का भूला अगर शाम को घर लौट आए तो उसे भूला नहीं कहते, पर वो पति शाम तक घर नहीं लौटा।

शाम तक नहीं लौटा तो पत्नी को चिंता हुई। उसने पति के एक-दो दोस्तों को फोन किया। न चाहते हुए भी सब साझा किया। उसी कड़ी में मेरे मित्र के पास फोन आया था और मैं उनके घर गया था।

वहाँ पुलिस आ चुकी थी। सबके चेहरे पर चिंता की लकीरें थीं। पत्नी परेशान थी। उसने पूरी कहानी भी सबसे साझा की।

मैं अपनी किसी कहानी को ट्रेजेडी के मोड़ पर ले जाकर खत्म नहीं करना चाहता, इसलिए इस कहानी को यहीं रोक रहा हूँ। मत पूछिएगा कि इस मामले में हुआ क्या? पति का पता चला या नहीं?

आप पर ही छोड़ता हूँ कि आप मन में अंदाजा लगाएँ कि क्या हुआ होगा?

प्रेमंचद की कहानी का एक नायक भी अपनी पत्नी से किसी बात पर झगड़ पड़ा था। उसने अपनी पत्नी से कहा था कि मैं जा रहा हूँ, गंगाजी में डूब जाऊँगा। पत्नी ने कहा था कि बहुत देखे हैं डूबने वाले।

पति गुस्से में घर से निकल पड़ा। उसे बहुत देर तक उम्मीद थी कि कोई आएगा, उसकी खोज-खबर लेने। वो गंगाजी के रास्ते की ओर बढ़ रहा था। मन बार-बार कह

रहा था कि घर लौट चलूँ। पर पत्नी का कहा कानों में गूँज रहा था, "बहुत देखे हैं डूबने वाले।"

वो गंगाजी में उतर भी गया। सोचता रहा कि अब लौटूँगा, अब लौटूँगा।

"बहुत देखे हैं डूबने वाले...।" और नदी से एक तेज लहर निकली, वो बह गया।

हाँ, तो कल देर रात एक फिल्म टी.वी. पर देख रहा था। फिल्म में हीरो-हीरोइन साथ घूमने गए थे। वहीं उनकी गाड़ी का एक्सीडेंट हो जाता है। पति को बहुत चोट लगती है। उसके दिमाग में अंदरूनी चोट आई है, जिसकी वजह से वो कोमा में चला जाता है।

पति अस्पताल में है।

एक्सीटेंड के बाद पति का जो बैग मौके पर रह गया होता है, उसे कोई लाकर पत्नी को लौटाता है। पत्नी पति के बैग से उसका मोबाइल फोन निकालती है। वो भी उसके संदेश पढ़ती है। उसमें शीतल के कई संदेश हैं। पत्नी को बहुत अफसोस होता है कि उसका पति उसके साथ धोखा कर रहा था। शीतल ने लिखा है कि तुम कब आओगे? पति ने जवाब दिया है कि बस, घर से निकल पड़ा हूँ। ऐसे कई संदेश हैं।

पत्नी अकेली बैठी सोच में डूबी है कि क्या करूँ?

पति अस्पताल में है। पता नहीं ठीक होगा या नहीं? पत्नी दुविधा में है कि साथ रहूँ या छोड़ दूँ? इसी बीच पति के ऑफिस का एक आदमी वहाँ उससे मिलने आता है। पत्नी उससे पूछती है कि शीतल के साथ मेरे पति के संबंध को आप जानते हैं?

वो आदमी कहता है कि हाँ, उनका बहुत करीब का रिश्ता है शीतल के साथ। वो साथ-साथ टूर पर जाते थे। अक्सर लंच भी साथ लेते थे।

पत्नी का चेहरा बुझ जाता है।

बहुत तल्ख अंदाज में वो कहती है कि दोनों साथ सोते भी होंगे।

आदमी चौंकता है। कहता कुछ नहीं, बैग से एक पत्रिका निकालता है और उसकी ओर बढ़ा देता है। शीतल तेजी से बढ़ता हुआ एक उद्योगपति है। उसके पति के साथ उसकी बिजनेस मीटिंग होती रहती है। अचानक उसकी पत्नी खिलखिला पड़ती है, "अरे, शीतल पुरुष का नाम है... ?"

आज इससे अधिक कुछ नहीं। कई कहानियों को बीच में छोड़ देना ठीक रहता है।

कोई जरूरी नहीं कि हर कहानी का अंत ही हो।

अपने रिश्तों में थोड़ी गुंजाइश छोड़िए उसके जीने के लिए, अपने जीने के लिए। हर रिश्ता बेवफाई के मवाद से भरा नहीं होता। रिश्तों में भरोसा रखना सीखना एक कला है। रिश्तों को सूँघने से रिश्ते बिगड़ते ही नहीं, खत्म भी हो जाते हैं।

□

मँगती डॉल्फिन

बहुत साल पहले सिंगापुर में डॉलफिनों का एक शो देखते हुए, जब लोग तालियाँ बजा रहे थे, मैं अपने आँसू पोंछ रहा था।

बहुत सारी डॉल्फिनें पानी में रिंग मास्टरनी के इशारों पर करतब दिखला रही थीं। मैंने रिंग मास्टरनी इसलिए कहा, क्योंकि वो एक लड़की थी और वो दूर से उन डॉल्फिनों को छोटी-छोटी मछलियाँ दिखलाती और डॉल्फिनें उन मछलियों के लालच में कभी पानी में कूदतीं, कभी जमीन पर रेंगतीं।

सबसे दु:खद तो आखिरी दृश्य था, जब रिंग मास्टरनी के इशारे पर सारी डॉल्फिनें अपने छोटे-छोटे डैनों को आगे भिखारी की तरह फैलाकर लोगों के पास से गुजर रही थीं। इस दृश्य को देखकर दर्शक तालियाँ बजा रहे थे। खुश हो रहे थे कि देखो, डॉल्फिनों का कमाल देखो।

मेरी आँखों के आगे स्कूल के समय का वो दृश्य नाचने लगा था, जब रिंग मास्टर कोड़े बरसाता और एक शेर आग के गोले से कूदता। मेरे एक साथी ने मुझसे कहा था कि देखो संजय, शेर कैसे मालिक के इशारे पर नाच रहा है?

मैंने अपनी आँखें मली थीं और पूछा था कि शेर? कहाँ है शेर?

मेरे साथी ने हैरानी से मेरी ओर देखा और पूछा कि क्या तुम्हें शेर नजर नहीं आ रहा? वो देखो, सामने टेबल पर बैठा है। अभी देखना वो उस आग के गोले से दुबारा छलाँग लगाएगा।

रिंग मास्टर ने चटाक् की आवाज हंटर से निकाली और शेर आग के गोले से कूद कर उस पार चला गया। मेरे दोस्त ने मुझे हिलाया, पूछा अब नजर आया?

मैंने फिर कहा, मुझे कहीं शेर नजर नहीं आ रहा। अगर तुम उस जानवर की बात कर

रहे हो तो वो तो बिल्ली है।

मेरा साथी चौंका था, "संजय सिन्हा, तुम अपनी आँखों का इलाज कराओ, वो शेर है।"

मैं बहुत देर तक सोचता रहा। फिर मैंने धीरे-से कहा कि वो शेर था, पर मांस के कुछ टुकड़ों के लोभ ने उसे बिल्ली बना दिया है। उसे आदमी ने पकड़ा। जंजीरों में जकड़ा। उसे भूखा रखा। जब वो भूख से बिलबिला उठा तो उसने उससे कहा कि तुम नाचो। नाचोगे तो मांस की एक खुराक मिलेगी।

एक शेर जब शिकार करता है तो उतना ही मांस खाता है, जितनी उसे भूख होती है। बाकी वो छोड़ देता है सियार, कुत्तों के लिए। पर यहाँ तो उसे जंजीरों में जकड़कर, भूखा रखकर इतना मजबूर किया गया है कि वो भूख से बिलबिला उठा है। अब उसे रिंग मास्टर जितना मांस दे रहा है, उसे खाकर वो सिर्फ शेर जैसा नजर आ रहा है, पर है बिल्ली।

मेरे साथी को मेरी बातें समझ में नहीं आईं। उसने कहा कि संजय सिन्हा, तुम्हें दिमागी इलाज की जरूरत है।

मैं चुप रह गया।

पर उस दिन सिंगापुर में जब डॉल्फिन को मैंने कुछ मछलियों के लिए भीख माँगते देखा तो मुझे यह उनका करतब नहीं लगा। मुझे लगा कि आदमी ने अपनी चालाकी से उन्हें अपना गुलाम बना लिया है और अब इतराता फिर रहा है अपनी शक्ति पर।

आदमी ने धोखे से शेर को पकड़कर पिंजरे बंद कर लिया और उसे दो वक्त का मांस मुहैया कराकर उसे गुलाम बना लिया।

बिल्ली बने शेर को नाचता देखकर मेरा दोस्त् तालियाँ बजा रहा था।

बहुत-से लोग बिल्ली बने शेरों को देखकर तालियाँ बजाते हैं। अगर आप चाहते हैं कि शेर आपके इशारे पर नाचें तो पहले उसे धोखे से पकड़िए। फिर भूखा रखिए। उसे मजबूर कीजिए बिलबिलाने पर। फिर उसके आगे दो रोटी फेंकिए। देखिए, वो कैसे नाच उठता है?

मैंने उस दिन ये बात अपने साथी को समझाने की कोशिश की थी कि पकड़ा हुआ शेर, शेर नहीं होता तो उसने कहा था कि संजय सिन्हा को इलाज की जरूरत है। डॉल्फिन वाली कहानी भी कई लोगों को मैंने सुनाई, समझाया कि वो डॉल्फिन नहीं, भूख से

बिलबाते तुच्छ प्राणी हैं, पर कोई मेरी बात समझता ही नहीं।

इस देश में बहुत-से लोग बिल्ली बना दिए गए हैं, डॉल्फिन बना दिए गए हैं, पर सब खुश हैं।

लगता है, मुझे सचमुच इलाज की जरूरत है।

□

कसौटी की उड़ान

अगर आप शानदार जिंदगी गुजारना चाहते हैं तो आपको हवाई जहाज के पायलट से मिलना चाहिए। उनसे बात करनी चाहिए।

मैं भी जिंदगी का वो सत्य कभी समझ नहीं पाता अगर मेरी मुलाकात संजय श्रीवास्तव से न हुई होती। संजय श्रीवास्तव भोपाल में रहते हैं और पायलट हैं। पहले वायु सेना में फाइटर प्लेन उड़ाया करते थे, अब सरकारी हेलीकॉप्टर उड़ाते हैं।

संजयजी से मुलाकात हुई, बात हुई। बात-बात में मैंने पूछा कि हेलीकॉप्टर कितने का आता है? एक छोटा विमान कितने का आता है? हेलीकाप्टर में कितने इंजन होते हैं?

संजय सिन्हा सवाल पर सवाव पूछ रहे थे और संजय श्रीवास्तव जवाब-पर-जवाब दे रहे थे। कह रहे थे कि सिंगल इंजन वाला हेलीकॉप्टर तो पंद्रह-बीस करोड़ रुपए में आ जाता है। आमतौर पर कीमत डॉलर के भाव से तय होती है।

मैंने कहा कि सिंगल इंजन का हेलीकॉप्टर तो बहुत खतरनाक होता है। क्या पता, कब हवा में इंजन फेल हो जाए और हेलीकॉप्टर नीचे गिर पड़े?

इस पर संजय श्रीवास्तव हँस पड़े। कहने लगे कि संजयजी, क्या आप जानते हैं कि आज भी हिंदुस्तान में हवाई यात्रा किसी दूसरी यात्राओं की तुलना में अधिक सुरक्षित है?

मैं चौंका। दूसरी यात्राओं से हवाई यात्रा अधिक सुरक्षित कैसे? और रोज ये हेलीकॉप्टर के गिरने की खबरें जो आती हैं, उनका क्या?

संजय श्रीवास्तवजी ने कहा कि आप तुलनात्मक अध्ययन करेंगे तो ये संख्या बहुत कम है। विमान तो और भी सुरक्षित होते हैं और इसकी वजह है, हर उड़ान से पहले इनका कठोर परीक्षण से गुजरना।

कठोर परीक्षण से क्या मतलब है?

इसका मतलब यह है कि हर उड़ान से पहले विमान या हेलीकॉप्टर की बहुत गहन जाँच की जाती है। सूई की नोक के बराबर भी संदेह हुआ तो उसे उड़ान की अनुमति नहीं मिलती।

हर उड़ान से पहले विमान या हेलीकॉप्टर की पूरी सर्विसिंग होती है। बहुत सघन परीक्षा से गुजरने के बाद ही उन्हें हवा में उड़ने की अनुमति दी जाती है। यही नहीं, पायलट को हर दो साल पर नई ट्रेनिंग से गुजरना पड़ता है। उन्हें भी हर बार खुद को साबित करना पड़ाता है कि वो विमान या हेलीकॉप्टर उड़ाने में सक्षम हैं। यही परीक्षण यातायात के दूसरे साधनों में नहीं होता। आप अपनी कार स्टार्ट करते हैं और लेकर निकल पड़ते हैं। साल में एक बार सर्विस कराकर या कई बार उसकी भी अनदेखी करके आपको लगता है कि सबकुछ ठीक है, पर विमान के मामले में ऐसा नहीं होता। जिस पार्ट पर संदेह का जरा भी बादल मँडराया, उस पार्ट को तुरंत बदला जाता है। उसमें किसी भी एक क्षण यह नहीं सोचा जाता कि चलो, थोड़ी गड़बड़ी है, बाद में देख लेंगे। यहाँ बाद के लिए कुछ भी नहीं होता। जो है, अभी है। अगर उड़ना है तो सौ में सौ नंबर आने चाहिए। विमान को भी परीक्षा पास करनी होती है, उड़ानेवाले को भी।

मैं संजयजी की पूरी बातें ध्यान से सुन रहा था। वो कह रहे थे कि जिंदगी में जो लोग खुद को हर बार परीक्षा की कसौटी पर कसते हैं, उनकी उड़ान सुनिश्चित होती है। समस्या वहाँ आती है, जहाँ लोग हर बार खुद को कठिन जाँच की कसौटी पर नहीं कसते और जिंदगी को चलताऊ ढंग से जीने में यकीन करते हैं।

एक पायलट से बात करके संजय सिन्हा को नया ज्ञान मिला।

आप अगर खुद को हर बार कसौटी पर कसेंगे तो आपको कभी हार का मुँह नहीं देखना होगा। आप कभी किसी दुर्घटना के शिकार नहीं होंगे। न हवा में न जमीन पर।

आप भी किसी पायलट से दोस्ती कीजिए। उनसे बात कीजिए और समझिए जिंदगी के फलसफे को। अगर ऐसा मौका न मिले तो आप संजय सिन्हा की कहानियाँ ही पढ़ते रहिए। जिंदगी का ज्ञान यहाँ भी है ही।

□

प्रिंसिपल की पॉवर

बहुत साल पहले अपने बेटे के स्कूल में मैं प्रिंसिपल से मिलने गया था। हमें कुछ वर्षों के लिए सपरिवार अमेरिका जाना था। अमेरिका से वापसी के बाद बेटे की आगे पढ़ाई उसी स्कूल में जारी रह सके, इसके लिए मुझे प्रिंसिपल से अनुमति लेनी थी।

नियम के मुताबिक, स्कूल की पूरी फीस जाती रहती है और वापसी पर बच्चे का फिर से टेस्ट लेकर उसे आगे की कक्षा में दाखिला मिल जाता है, पर इसके लिए प्रिंसिपल की अनुमति जरूरी होती है।

अप्रैल का महीना था। गर्मी शुरू हो चुकी थी। मैं स्कूल के वेटिंग एरिया में बैठा था। मैं कई बार प्रिंसिपल की सेक्रेटरी से अनुरोध कर चुका था कि दो मिनट का काम है। प्लीज, प्रिंसिपल मैडम से मिलवा दीजिए। सेक्रेटरी बार-बार कह रही थी कि मैडम मीटिंग में व्यस्त हैं, आप कुछ देर और इंतजार कीजिए।

एक घंटा तक मैं बैठा रहा। वेटिंग हॉल में कई लोग प्रिंसिपल मैडम से मिलने के लिए बैठे थे, पर मैडम मीटिंग में व्यस्त थीं।

मुझे ऑफिस पहुँचना था। इंतजार लंबा हो चुका था। आखिर में मैं खुद दरवाजा खोल कर प्रिंसिपल मैडम के कमरे में घुस गया। मैडम आराम से कॉफी पी रही थीं। कोई मीटिंग नहीं चल रही थी।

मुझे बहुत हैरानी हुई। बाहर बच्चों के माता-पिता गर्मी में पसीने से तर-ब-तर होकर प्रिंसिपल मैडम से मिलने के लिए परेशान हैं और मैडम वातानुकूलित कमरे में बैठकर कॉफी पी रही हैं। मुझे हैरानी क्या हुई, सच कहूँ तो अफसोस हुआ।

मैडम मुझे इस तरह कमरे में आते देखकर चौंकी। उन्होंने कहा कि आपको इस तरह सीधे कमरे में नहीं आना चाहिए था, इंतजार करना चाहिए था।

मैंने कहा कि मैडम एक घंटे से बाहर बैठा हूँ। आपकी सेक्रेटरी कह रही है कि आप मीटिंग में व्यस्त हैं, पर ये कैसी मीटिंग?

मैडम थोड़ा सकपकाईं। खैर...आज छोड़िए उनकी कहानी।

बाद में मैंने पता किया तो पता चला कि दिल्ली के सभी बड़े और महँगे स्कूलों में प्रिंसिपल का रुख ऐसा ही है।

खुद को व्यस्त दिखलाकर, लोगों को इंतजार करवाकर वो अपनी अहमियत जताते हैं। बात सिर्फ प्रिंसिपल की नहीं, मैंने ढेरों अधिकारियों को भी देखा है कि वो खुद को मीटिंग में व्यस्त बताकर लोगों से नहीं मिलते।

पर कल मैं झारखंड की राजधानी राँची के टेंडर हार्ट स्कूल के एक कार्यक्रम में शामिल होने के लिए पहुँचा। स्कूल के प्रांगण में घुसते ही बाहर बरामदे में मुझे एक टेबल और कुर्सी दिखी। बड़ी-सी टेबल और पीछे कुर्सी।

मैंने किसी से पूछा कि बरामदे में यह ऑफिस किसका है?

बताया गया कि प्रिंसिपल मैडम यहीं बैठती हैं।

"क्या उनका ऑफिस यही है?"

"हाँ, यहाँ से वो खुद सभी क्लासेज पर नजर रखती हैं। आते-जाते बच्चों से मिलती हैं। टीचर से मिलती है। किसी बच्चे के घर से कोई आ जाए तो बिना किसी अनुमति के वो यहीं सबसे मिल लेती हैं। यही उनका ऑफिस है।"

संजय सिन्हा को कहानी मिल गई थी। उन्होंने अपना मोबाइल निकाला और फटाफट शूट करना शुरू कर दिया।

याद आ रहा था अमेरिका में बेटे का वो स्कूल, जहाँ मैं अपने बेटे को लेकर गया था एडमिशन कराने। न कोई परिचय, न कोई सिफारिश। लोगों से पूछता हुआ स्कूल तक पहुँच गया था। भीतर गया। वहाँ एक महिला मिली, मैंने उससे कहा कि मैं इंडिया से आया हूँ, बेटे को पाँचवीं कक्षा में दाखिला दिलवाना है। उसने कहा कि एक मिनट रुकिए। एक मिनट में एक महिला बाहर आई और मुझे अपने साथ लेकर कमरे में गई। उसने बताया कि वो प्रिंसिपल है। बेटे के सारे पेपर्स देखने के बाद उसने कहा कि कल सुबह सात बजे से उसे क्लास में भेज दीजिए।

मैं बहुत देर तक सोचता रहा। चार साल बेटा उसी स्कूल में पढ़ता रहा। मुझे जब लगा कि मैं किसी टीचर या प्रिंसिपल से मिलूँ, वो हमेशा खुशी से मिलने को तैयार रहे।

कल राँची के टेंडर हार्ट स्कूल में प्रिंसिपल मैडम का कमरा देखकर मुझे बहुत खुशी हुई। शायद यह इकलौता स्कूल हो, पर शुरुआत एक से ही होती है।

मैं जानता हूँ कि आज की कहानी सुनकर आपको लग रहा होगा कि काश संजय सिन्हा थोड़ा और लिखते! पर मैं ये भी जानता हूँ कि मैं अपनी पूरी बात कह चुका हूँ और आप मर्म भी समझ चुके हैं।

□

अंधे की आँखें

गांधारी को अँधेरे से डर लगता था।

गांधारी उजाला थीं, पर जब धृतराष्ट्र से उनका विवाह तय हो गया तो अपने उजाले को उन्होंने अंधकार में बदल लिया। भीष्म ने गांधारी से धृतराष्ट्र का विवाह इसलिए कराया था, ताकि वो भारत के सम्राट् की जिंदगी में उजाला बन सकें, पर यहाँ तो उजाला ही अंधकार बन गया था।

अगर गांधारी ने अपनी आँखों पर पट्टी नहीं बाँधी होती, तो उनके सौ पुत्र भी शायद उजाला होते।

अंधकार कुछ नहीं होता। प्रकाश का नहीं होना अंधकार होता है। हाय री किस्मत! यहाँ तो प्रकाश ने अंधकार को गले लगा लिया था। रोशनी ही अँधेरा बन गया था। पति की पीड़ा को महसूस करने के लिए गांधारी ने खुद की आँखें ढक ली थीं।

धृतराष्ट्र ने बहुत मिन्नतें की थीं, "गांधारी, तुम मेरी जिंदगी का उजाला बनो, मेरे अँधेरे को और घना मत करो," पर गांधारी नहीं मानीं।

माँ अपने संजू बेटे को गांधारी की कहानी सुनाती और संजू बेटा अपनी आँखें बंद कर गांधारी के अंधकार को महसूस करने की कोशिश करता।

माँ हौले–से गाल पर चपत लगाती और कहती, "बेटा, ईश्वर ने तुम्हें आँखें दी हैं, रोशनी को जीने के लिए। वहाँ तक रोशनी पहुँचाने के लिए, जहाँ वो नहीं। तुम खुद ही अपनी आँखें बंद कर लोगे, तो फिर तुम किसी को क्या दे पाओगे?"

"पर माँ, गांधारी ने भी तो अपनी आँखें बंद कर ली थीं?"

"वो उनकी गलती थी, बेटा। गांधारी ने ऐसा नहीं किया होता तो धृतराष्ट्र उनकी आँखों से ही सही, दुनिया को देख सकते थे। गांधारी ने एक गलत फैसला लेकर पूरे राष्ट्र को

अंधकार में डूबने को मजबूर कर दिया था।"

"पर माँ, वो तो धृतराष्ट्र के अंधकार को समझना चाहती थीं। वो उनसे प्यार करती थीं।"

"किसी के संसार को समझने के लिए और उनसे प्यार करने के लिए अपनी आँखें बंद नहीं करनी पड़तीं, बेटा।"

"इसके लिए क्या करना होता है, माँ?"

"उनकी आँखें बन जाओ, बेटा।"

"पर कैसे? कोई किसी की आँखें कैसे बन सकता है, माँ?"

"जब तुम बड़े हो जाओगे तो तुम्हें सब समझ में आ जाएगा, मेरे लाल। तुम इंतजार करना।"

माँ चली गई। बहुत साल बीत गए।

कल राँची के टेंडर हार्ट स्कूल में मुंबई की एक लड़की से मुलाकात हुई। नाम था, उपासना। मैं वहाँ जिन बच्चों को जिंदगी का पाठ पढ़ाने गया था, उपासना उन्हीं बच्चों को रोशनी का पाठ पढ़ाने आई थीं।

उपासना से मेरी मुलाकात हुई।

आपको तो पता ही है कि जहाँ कुछ भी अच्छा है, वहाँ संजय सिन्हा की कहानियाँ हैं।

एक लड़की मुंबई में रोज अपने घर से निकलती है और बांद्रा में चाय की एक दुकान 'चायोस' में बैठ जाती है। कोने की एक टेबल पर उसकी जगह तय-सी हो गई है। वो रोज वहाँ जाती है, एक कप चाय का ऑर्डर करती है और अपना लैपटॉप खोल कर बैठ जाती है। वो इंटरनेट पर दुनिया भर की कहानियाँ पढ़ती है। फिर उनका चयन करके उन्हें नेत्रहीनों के लिए ब्रेल लिपि में तब्दील करती है। वो रोज वहाँ आती है, रोज यही करती है। इस तरह वो बहुत-सी कहानियों का चयन करती है, उन्हें एक पत्रिका का रूप देती है और फिर कई पन्नों की एक पत्रिका छपवाती है।

उसकी पत्रिका नेत्रहीनों तक पहुँचाई जाती हैं।

इस पत्रिका में दुनिया भर की कहानियाँ होती हैं। राजनीति से लेकर फिल्मी तक।

मैंने उपासना से पूछा कि इससे आपको क्या मिलता है? क्या आप बहुत पैसे कमाती हैं?

उपासना ने हँसकर कहा, "हर काम पैसे के लिए नहीं किया जाता। आपको याद है न संजयजी, आपकी माँ ने क्या कहा था?"

"क्या?"

"उनकी आँखें बन जाओ। मैं उनकी आँखें बन गई हूँ। इस काम में जो सुख मिलता है, वो पैसे कमाने में कहाँ मिलता? मेरा कोई ऑफिस नहीं। मेरे पास कोई स्टाफ नहीं। यहीं चाय की दुकान में दो कप चाय के साथ मैं वो कर रही हूँ, जिसे करने में मुझे सुख मिल रहा है। मैं सुख दे रही हूँ।"

ओह! माँ ने कहा था कि जब तुम बड़े हो जाओगे तो सब समझ जाओगे। तुम इंतजार करना, मेरे लाल।

तो क्या माँ ने इसी कहानी का इंतजार करने को कहा था?

समझ गया माँ। मैं समझ गया।

हमें गांधारी नहीं बनना। हमें उपासना बनना है, उपासना।

गांधारी उजाले से अंधकार में ले जाने का नाम है। उपासना अँधेरे से उजाले की ओर ले जाने का नाम।

तमसो मा ज्योतिर्गमय।

□

सबका शोक

दिल्ली में तीन एयरपोर्ट हैं—टर्मिलन वन, टर्मिनल टू और टर्मिलन थ्री। कुछ महीने पहले तक दो ही थे, टर्मिनल वन और टर्मिनल थ्री। अपनी हर यात्रा में मेरे मन में यह सवाल उठता था कि वन के बाद सीधे थ्री क्यों? टू कहाँ गया? एक के बाद तीन होने का मतलब ही था कि दो कहीं बीच में छिपा है, जिसके बारे में हमें नहीं पता। खैर, जिंदगी की हजारों उड़ान पूरी करने के बाद एक दिन अखबार में पढ़ा कि सरकार टर्मिनल टू भी खोलने जा रही है।

संजय सिन्हा खबर पढ़कर उछल पड़े।

सरकार ने गितनी ठीक कर ली है। एक के बाद दो और दो के बाद तीन।

कल सुबह मैं 'गो एयर' से दिल्ली आया। मैंने खास तौर पर यह वाली उड़ान ली थी, क्योंकि मुझे पता था कि सिर्फ इसी कंपनी का विमान फिलहाल टर्मिनल टू पर उतरता है। मैं नई जगह को खूब समझता और परखता हूँ। हालाँकि कुछ दिन पहले भी मैं एक बार इस एयरपोर्ट पर उतर चुका था, पर तब अकेला नहीं था, इसलिए बैठने का मौका नहीं मिला। ऐसे में कल जब मैं टर्मिलट टू पर उतरा तो सभी यात्रियों के जाने के बाद कुछ देर वहीं वेटिंग हॉल में बैठ गया। आदमी को अलग-अलग जगहों पर जाकर कुछ देर बैठना चाहिए। क्या पता, कौन-सी जगह पर आपको जिंदगी का ज्ञान मिल जाए?

मैं कुछ देर बैठा रहा। आप यूँ समझ लीजिए कि उस हवाई अड्डे पर सन्नाटा-सा था। एकाध लोग संजय सिन्हा ही जैसे रहे होंगे, पर बाकी लोग अपना सामान उठाकर निकल चले थे।

मैं वहाँ बैठकर कुछ सोच रहा था कि बेटे का फोन आया, "पापा कहाँ हो?"

"अभी दिल्ली उतरा हूँ। तुम बताओ कैसे हो?"

बेटे ने कहा कि बिल्कुल ठीक हूँ।

आमतौर पर बेटे से मेरी बात रोज फोन पर हो जाती है। जब से वो बाहर गया है, हमने नियम बना रखा है कि चाहे कोई कहीं हो, दिन में एक बार हम जरूर बात करेंगे।

बेटा कह रहा था कि पापा, मैंने आपको थैंक्यू कहने के लिए फोन किया है।

"थैंक्यू? पर किस बात का थैंक्यू?"

बेटे ने कहा कि पहले पूरी बात सुनिए, "कल मैं ऑफिस की गाड़ी से घर के लिए निकला तो साथ में एक-दो और लोग थे। पीछे बैठा एक लड़का माँ को फोन पर समझा रहा था कि पापा को मेदांता हॉस्पिटल ले जाओ। इस मामले में लापरवाही ठीक नहीं।

उनका पूरा चेकअप कराओ। पापा तो अपना ध्यान रखते नहीं। ऐसे में उन्हें कुछ हुआ तो वो सिर्फ उनकी तकलीफ नहीं होगी, सबको तकलीफ हो जाएगी। पापा को बोलो कि सिगरेट अब न पिया करें। बहुत हो गया।"

मेरा बेटा कह रहा था कि पापा, रास्ते भर मेरी गाड़ी में पीछे बैठा वो लड़का माँ से मिन्नतें कर रहा था कि पापा का ध्यान रखो। जब उसकी बात पूरी हो गई तो मैंने उससे पूछा कि क्या हुआ पापा को? तुम क्यों परेशान हो? उस लड़के ने बुझे मन से बताया कि पापा की तबीयत खराब है। हार्ट में तकलीफ है। पापा अपना बिल्कुल ध्यान नहीं रखते। मैंने सौ बार कहा है कि सुबह टहला कीजिए, सिगरेट मत पिया कीजिए, पर मानते ही नहीं। अब मैं यहाँ नौकरी कर रहा हूँ, वहाँ माँ अकेली परेशान हो रही है।

इतना कहकर मेरे बेटे ने मुझसे कहा कि पापा मैंने आपको इसीलिए थैंक्यू कहा है कि आप और माँ, दोनों अपना खयाल रखते हैं। मैं सोच रहा हूँ कि जो माँ-बाप अपना ध्यान नहीं रखते उनके बच्चों को कितनी तकलीफ होती है?

मैं चुप था। बेटा बोल रहा था। वो कह रहा था कि पापा आदमी को सुबह उठकर जिम जाने में या टहलने जाने में तकलीफ होती है। कोई गलत आदत छोड़ने में भी तकलीफ होती है, पर ये तकलीफ मीठी होती है। यह वाली तकलीफ सिर्फ उसे ही होती है, जो इससे गुजरता है। यह पीड़ा सुखद होती है, पर जो अपना ध्यान नहीं रखते, उन्हें भी तकलीफ होती है, पर वो तकलीफ पूरे परिवार को होती है।

तकलीफ अपना ध्यान रखने में भी है, नहीं रखने में भी है। पर एक तकलीफ अच्छी होती है, दूसरी बुरी।

"पापा, अपना ध्यान ऐसे ही रखना।"

बेटा ज्ञान दे रहा था, पिता ज्ञान ले रहा था। नए एयरपोर्ट पर पसरे सन्नाटे का लाभ संजय सिन्हा को मिल रहा था।

बेटा कह रहा था कि पापा, एक कहानी लिखकर सबको बताइगा कि जो अपना ध्यान नहीं रखते वो सिर्फ खुद को तकलीफ नहीं देते, पूरे परिवार को तकलीफ में झोंक देते हैं।

□

नंदू भाई साहब

जब मैं छोटा था तो हमारे घर में माँ-पिताजी, मेरी बहनें, मेरे छोटे भाई के अलावा दादी और एक मौसी जिनकी शादी नहीं हुई थी, रहती थीं। हमारा तीन कमरे का सरकारी घर था और किसी के कमरे बँटे हुए नहीं थे। इतने सारे लोग तो थे ही। इनके अलावा गाँव से शंभू बाबा, मनोज चाचा, दूर के रिश्तेदार नंदू भाई साहब, उनका परिवार जब मन करता, तब हमारे घर आता था और किसी को पता भी नहीं चलता था कि इतने सारे लोग एक ही घर में रह रहे हैं।

मुझे याद है, एक रात पिताजी की छाती में दर्द उठा था। बहुत तेज दर्द।

पूरा घर जाग गया था। मौसी पिताजी के पाँव में तेल लगा रही थीं। माँ पिताजी का सिर सहला रही थीं।

पिताजी बहुत बैचैन से थे। उनकी छटपटाहट देखकर लग रहा था कि वो बहुत तकलीफ में हैं। मैं बहुत छोटा था। ठीक से समझ नहीं आ रहा था कि अचानक पिताजी को क्या हुआ? शाम को तो ठीक से हँस-बोल रहे थे।

सब चिंतित थे। अचानक दरवाजे की घंटी बजी। देखा कि नंदू भाई साहब आधी रात को डॉक्टर घोष को जगाकर घर ले आए हैं। डॉक्टर घोष ने पिताजी को देखा, कहा कि दिल का दौरा पड़ा है। फौरन डॉक्टर लाल के अस्पताल चलना होगा। डॉक्टर लाल का अस्पताल हमारे घर से दूर था। डॉक्टर घोष ने अपनी ही गाड़ी में पिताजी को लिटाया और ले चले डॉक्टर लाल के अस्पताल। साथ में नंदू भाई साहब भी गए।

माँ परेशान थी, पर नंदू भाई साहब ने माँ को समझाया था कि आप परेशान न हों, सब ठीक हो जाएगा।

दिल का दौरा पड़ने की खबर सुनकर हम बहुत डर गए थे। इसके बारे में तब हमने कुछ सुना भी नहीं था। सुबह नंदू भाई साहब ही सबसे पहले घर आए। आते ही उन्होंने

बताया कि पिताजी बिल्कुल ठीक हैं। दर्द नहीं है, पर अभी कुछ दिन वहीं रहेंगे। पिताजी ठीक होकर घर लौट आए थे। जितने लोग घर में थे, सभी पिताजी की देखभाल में लगे थे। अपनी तरफ से हर कोई कुछ-न-कुछ कर रहा था। माँ परेशान होती तो कभी दादी उन्हें समझातीं, कभी मौसी।

इस तरह हम सबने मिलकर पिताजी के दिल के उस दौरे को साथ में सह लिया था।

कल मेरे सहयोगी प्रणव रावल देर से ऑफिस पहुँचे थे।

मैंने उनसे यूँ ही पूछ लिया कि आज देर क्यों हो गई? उन्होंने जो बताया उससे मेरा तो दिल ही दहल उठा।

प्रणव ने कहा कि सर, आप स्वाति को जानते हैं? मैंने कहा कि नहीं। प्रणव ने कहा कि हाँ, आप नहीं जानते होंगे। वो पहले हमारे ही ऑफिस में थी। उसका पति भी साथ ही काम करता था।

"अच्छा, क्या हुआ स्वाति को?"

"संजय सर, कल आधी रात को उसका फोन आया ओर वो रोने लगी। मैं बहुत परेशान हुआ। उसने फोन पर इतना ही बताया कि उसके पति को हार्ट अटैक हुआ है और वो अभी फोर्टिस हॉस्पिटल में है। वो बस रोए जा रही थी। मैंने उससे कहा कि तुम परेशान न हो, मैं आ रहा हूँ। आधी रात को मैं भाग कर हॉस्पिटल पहुँचा। पता चला कि उसका पति आई.सी.यू. में है। सर, वो तो बहुत छोटा है। उसे दिल का दौरा कैसे पड़ा, पता नहीं, पर स्वाति बहुत परेशान थी। उसकी समझ में नहीं आ रहा था कि क्या करे? दो छोटे बच्चे घर पर अकेले छोड़कर वो जैसे-तैसे हॉस्पिटल पहुँची थी। मैं कुछ देर रुका। अभी सब ठीक है। उसका कोई रिश्तेदार यहाँ नहीं। वो तो पता नहीं उसने मुझे कैसे फोन कर दिया?"

प्रणव की चिंता यह थी कि उसके पति को इतनी कम उम्र में दिल का दौरा कैसे पड़ा?

संजय सिन्हा सोच रहे थे कि सचमुच जिनके घर में नंदू भाईसाहब, मनोज चाचा, शंभू बाबा नहीं, उनके घर में किसी के पिता को दिल का दौरा पड़ जाए तो क्या होगा?

□

प्रेम ज्ञान

मेरी सबसे छोटी मौसी हमारे साथ ही रहती थीं। तब मैं छठी कक्षा में पढ़ता था और सुबह स्कूल के लिए तैयार करने की जिम्मेदारी मौसी की थी। वो मुझे नहलाती थीं, निकर पहनाती थीं, शर्ट को निकर के भीतर कैसे खोंसते हैं, ये सिखलाती थीं और बालों में कंघी भी करती थीं। नहाने में मुझे तकलीफ नहीं होती थी, निकर पहनने में भी मुझे तकलीफ नहीं होती थी, पर कंघी करने में तकलीफ होती थी। कंघी मुझे चुभती थी। मैं चाहता था कि सिर्फ उँगलियों से बाल बन जाएँ तो कितना अच्छा हो, पर मौसी नहीं मानती थीं। वो बाल में तेल लगाकर करीने से कंघी करती थीं।

एक दिन मौसी की शादी हो गई। मुझे याद है, मौसी की शादी मध्य प्रदेश में पन्ना नामक शहर में हुई थी। हम लोग ट्रेन से इलाहाबाद होते हुए सतना गए थे, फिर वहाँ से बस से पन्ना। मैं बहुत छोटा था, पर याद सब है।

अब आप ये मत सोचिएगा कि संजय सिन्हा आज मौसी की शादी क्यों याद करने बैठ गए हैं?

मौसी की शादी मेरे लिए हैरानी का विषय नहीं था, पर वो हमारे साथ वापस नहीं आई थीं, ये मेरे लिए बहुत दुःखद था। मौसी के बिना मैं कैसे रहूँगा? कौन मुझे तैयार करेगा?

शादी के बाद हम वापस अपने घर लौट आए थे। मुझे तैयार करने की जिम्मेदारी अब दीदी पर आ पड़ी थी। दीदी तैयार तो कर देती थी, पर वो जबरन कंघी नहीं करती थी। मैं ही मना करता था कि कंघी मत करो, तो वो मान जाती थी। मैं नहाकर उँगलियों से बाल को ठीक कर लेता था। इस तरह बालों में कंघी करने की आदत चली गई। आपको चुपके-से बता रहा हूँ कि आज भी मैं नहाकर, बस बालों में उँगलियाँ फेर लेता हूँ। कंघी नहीं करता। इसे आप इस तरह भी समझ सकते हैं कि मौसी की शादी के साथ ही मेरी कंघी छूट गई।

शादी के साल भर बाद मौसी के घर से चिट्ठी आई जिसमें लिखा था कि मौसी को बेटी हुई है। बेटी का नाम रखा है, ट्विंकल।

घर में सब बहुत खुश थे। माँ-पिताजी ने मिठाई भी मँगाई थी।

मैं बहुत हैरान था। मौसी इतने दिन हमारे घर रहीं, उनको बेटी नहीं हुई। शादी करके दूसरे घर में गईं उनकी बेटी हो गई। कितना अच्छा होता कि मौसी की बेटी यहीं हो जाती।

मैं बहुत दिनों तक भारी दुविधा में रहा कि मौसी की बेटी यहीं क्यों नहीं हो गई? अपने दु:ख को मैंने स्कूल में चंदन से बयाँ किया, "यार, मौसी जब तक यहाँ रहीं, उनकी बेटी नहीं हुई। जैसे ही उनकी शादी हुई, बेटी हो गई। शादी में होता क्या है?"

चंदन था तो मेरी ही उम्र का, पर मुझसे अधिक ज्ञानी था। उसने मुझे बताया कि शादी के बाद लड़कियाँ बालों को बीच माँग में जो सिंदूर लगाती हैं, उन्हें बच्चा हो जाता है।

अद्‌भुत ज्ञान था। मैं मन-ही-मन चंदन के ज्ञान से प्रसन्न था।

पूरा घर खुश था।

मौसी की बेटी की फोटो भी डाकिया दे गया था। मौसा, मौसी और गोद में छोटी-सी बेटी। मौसी के बालों में पीछे बड़ा-सा जूड़ा बँधा था। दीदी ने ही मुझे बताया था कि ऐसे जूड़े बालों के पीछे गिलास रखकर बनाए जाते हैं। यहाँ तो कंघी से परेशानी थी, वहाँ बालों के पीछे गिलास? मौसी कमाल की थी। गोद में बच्चा, बालों में गिलास।

फोटो हमारे घर के ड्राइंग रूम में टँग गया था।

पिताजी माँ से कह रहे थे कि ये शादी बहुत अच्छी हो गई है और सबसे अच्छी बात तो यह है कि शादी के बाद बेटी भी हो गई।

मैं वहीं बैठा था। मैंने पिताजी से कहा कि बेकार ही मौसी की शादी हो गई। कितना अच्छा होता कि वो यहीं रहतीं? पिताजी ने हँसते हुए कहा कि फिर तुम्हारी ये छोटी बहन कैसे आती?

मैंने तुरंत कहा कि क्यों नहीं आ सकती थी? मौसी यहीं सिंदूर लगा लेतीं तो बेटी हो जाती।

पिताजी चौंके। उनका चेहरा पहले थोड़ा गंभीर हुआ, फिर वो हँसने लगे।

उन्होंने पूछा कि ये किसने बताया? मैंने कहा कि चंदन ने। चंदन ने बताया है कि जब भी कोई लड़की सिंदूर लगा लेती है तो उसको बच्चा हो जाता है।

पिताजी ने कुछ कहा नहीं। माँ-पिताजी, दोनों बस हँस पड़े थे।

उनकी उस हँसी का नतीजा यह रहा कि मेरे मन में ये बात पुख्ता हो गई कि सारा कमाल सिंदूर का है।

इस सिंदूर कमाल पर फिर कभी लिखूँगा। बस, आपको आज इतना ही बताना है कि आठवीं कक्षा में पढ़ने वाले संजय सिन्हा का जीव विज्ञान संबंधी ज्ञान कितना थुलथुला था, आप अंदाजा लगा सकते हैं।

हमें कभी कोर्स की किताब में जीवन के सबसे बड़े विज्ञान के बारे में नहीं पढ़ाया गया। स्कूल से कॉलेज पहुँचे और फिर धीरे-धीरे पता नहीं किससे आधा-अधूरा सीख कर हम बड़े होते चले गए। इसी का नतीजा यह था कि जब मेरी ही पत्नी माँ बनने वाली थी तो हम दोनों अपने अनाड़ीपन के शिखर पर थे। आपको बता चुका हूँ कि जिस रात उसके पेट में भयंकर दर्द हुआ था, उस रात मैंने अपनी पत्नी को ढेर सारा पुदीन हरा खिलाया था, यह कहते हुए कि तुम्हें अपच है। हालाँकि यह सच है कि तब तक हम चंदन के ज्ञान से काफी ऊपर उठ चुके थे, पर जीव विज्ञान में हम ग्रेजुएशन तक नहीं पहुँचे थे।

अगली सुबह पत्नी को अस्पताल ले गया था, क्योंकि दर्द कम ही नहीं हुआ तो डॉक्टर ने मुझे खा जानेवाली नजरों से देखा था। उसी दिन दोपहर मैं पिता बना था।

पूरी कहानी सुना चुका हूँ, फिर कभी और सुनाऊँगा। पर आज इतना ही कहना है कि हमारे देश में प्रेम को जानना, समझना पता नहीं क्यों पाप समझा जाता है? मनुष्य की उत्पत्ति की कहानी को सात पर्दे में क्यों रखा जाता है?

मुझे नहीं पता कि प्रेम इतना घिनौना विषय क्यों है?

कल मैं दिल्ली राजीव चौक मेट्रो से चाँदनी चौक गया था। दिल्ली में मेट्रो बहुत सालों से चल रही है, पर मैं बहुत कम ही सवारी कर पाया हूँ। तो कल मैंने तय किया कि मेट्रो में जाऊँगा।

राजीव चौक पर मुझे एक पोस्टर दिखा। पोस्टर मैं कल आपको दिखा चुका हूँ। उसमें लिखा है कि 14 फरवरी को 'माता-पिता दिवस' है।

मैंने सुना था कि इस तारीख को वेलेंटाइंस डे के रूप में मनाया जाता है। हालाँकि अपन

को इस त्योहार से कोई लेना-देना नहीं, पर अगर वो प्रेम का त्योहार था, तो उसे माँ-बाप, गुरुजनों के त्योहार में तब्दील करने की क्या जरूरत आ पड़ी?

मुझे नहीं पता कि उस पोस्टर को वहाँ किसने लगाया? पर कल से सोच रहा हूँ कि ये चंदन का दिमाग ही हो सकता है। उसी का प्रेम ज्ञान मुझसे अधिक था।

□

क्रेडिट और डेबिट कार्ड

दरवाजे की घंटी बजती, हम जागते और दरवाजा खोलकर फिर सो जाते।

घंटी के बजने का समय तय था।

सुबह की घंटी का मतलब था कि चंद्रवती आ गई है। चंद्रवती हमारे घर काम करती थी और उसकी सबसे बड़ी खासियत यही थी कि उसके आने के समय से हम घड़ी मिलाते थे। चंद्रवती काम करती रहती, हम सोते रहते।

हमारी गृहस्थी की गाड़ी नई-नई चलनी शुरू हुई थी और चंद्रवती उसमें पायलट की भूमिका में थी।

चंद्रवती की एक खासियत तो यह थी ही कि टाइम पर आती थी, दूसरी खासियत यह थी कि वो एक ही टाइम काम करती थी। आमतौर पर काम वाली माई दो टाइम घर के काम करती हैं, पर चंद्रवती नहीं।

हमारी दिनचर्या कुछ इस तरह थी।

सुबह चंद्रवती आई, उसने रसोई को साफ किया और चली गई। हम उठे हमने नाश्ता तैयार किया, खाना तैयार किया और फिर से रसोई को गंदा करके बैठ गए।

एक दिन मैंने पत्नी से कहा कि क्यों नहीं हम चंद्रवती के जाने से पहले नाश्ता तैयार कर लें? इससे हमारी रसोई साफ रहेगी।

पत्नी ने कहा कि इससे क्या फर्क पड़ेगा? चाहे पहले साफ हो या बाद में?

मैंने तर्क दिया कि एक क्रेडिट कार्ड की तरह है, दूसरा डेबिड कार्ड की तरह। वो साफ करके चली जाती है, हम दुबारा गंदा कर देते हैं। ऐसे में हमारा घर सारा दिन गंदा रहता है। अगर हम पहले नाश्ता बना लें, फिर सफाई हो तो घर सारा दिन साफ रहेगा।

उन दिनों हमारा नया-नया क्रेडिट कार्ड बना था। हमारी जेब में खर्च करने का हथियार पड़ा था। हम जो चाहते थे, पहले खरीदते थे और फिर सैलरी मिलते ही भुगतान करते थे। इस तरह ऐसा भी समय आया, जब हमारे पास एक तारीख को मिलने वाली सैलरी पहले दिन ही खत्म हो जाती थी।

शुरू में तो ठीक लगा, पर बाद में यही क्रेडिट कार्ड हमें चुभने लगा था। हमें लगने लगा कि हम तो पूरे महीने कर्ज में डूबे रहते हैं। बहुत मुश्किल से हम उस कुचक्र से बाहर निकले। पहले खर्च, फिर कमाई वाला कॉन्सेप्ट दु:ख देने लगा था। ठीक वैसे ही, जैसे पहले सफाई, फिर गंदगी।

बहुत पेचीदा विषय था। पत्नी शुरू में मेरे तर्क को नहीं समझती थी, पर बाद में उसने खुद क्रेडिट कार्ड का इस्तेमाल शुरू किया तो वो समझ गई कि संजय सिन्हा कहना क्या चाह रहे थे?

खैर, 'चंद्रवती पुराण' में कुछ नहीं रखा है।

पर कल किसी ने एक संदेश भेजा है। संदेश इतना गहरा है कि आपसे साझा किए बिना रह नहीं सकता।

लिखने वाले ने बहुत कम शब्दों में 'चंद्रवती पुराण' को समेट दिया है। लिखा है कि पाप क्रेडिट कार्ड की तरह होता है।

पहले कुछ भी करके जीवन का आनंद उठाओ, फिर भुगतो।

और पुण्य डेबिट कार्ड की तरह होता है। पहले अच्छे काम करो, फिर उसका आनंद उठाओ।

चंद्रवती के आने से पहले अपना काम कर लीजिएगा तो पूरा दिन घर साफ मिलेगा। उसके जाने के बाद काम शुरू कीजिएगा तो वही घर पूरा दिन घर गंदा मिलेगा।

दोनों में कोई खास अंतर नहीं है। बस, एक क्रेडिट कार्ड है, दूसरा डेबिट कार्ड।

□

अंतरिक्ष में कार

कल देर रात बेटे ने फोन किया और उसने कहा कि पापा आपको पता है न कि इस वक्त अंतरिक्ष में एक कार उड़ रही है।

"कार? अंतरिक्ष में?" मैंने हैरान होते हुए उससे यही पूछा था। मुझे लगा कि बेटा मुझे सैटेलाइट के बारे में बता रहा है।

मेरे सवाल पर वो चौंका। उसने कहा कि क्या आपको नहीं पता कि टेस्ला कंपनी के मालिक इलन मस्क ने अपनी लाल रंग की कार को दुनिया के सबसे आधुनकि रॉकेट से मंगल ग्रह की ओर भेजा है? क्या आपने ये वाली खबर टी.वी. पर नहीं दिखलाई कि टेस्ला रोड स्टार कार को फॉल्कन हेवी रॉकेट मंगल की ओर लेकर पहुँच गया है? और पापा, क्या यह भी नहीं पता कि यह कार सूर्य और मंगल के बीच चलेगी, जिसे हम हाइपरबोलिक कक्षा के रूप में जानते हैं?

वो कह रहा था कि पापा, यह दुनिया की सबसे बड़ी खबर है। आपको इसके बारे नहीं पता होगा, मैं नहीं मान सकता। आपने टी.वी. पर भी ये वाली खबर जरूर दिखलाई होगी, आप ऐसे ही मेरे सामने बुद्धू बन रहे हैं।

मैं चुप था।

वो बता रहा था कि पापा, इलन मस्क अपने नए प्रयोगों को ऐसे ही अंजाम देते हैं। कोई यकीन नहीं कर सकता था कि एक असली कार सचमुच ब्रह्मांड में चल सकती है। पर उन्होंने खुद ट्वीट करके जब सबको ये बताया कि नासा में वहीं से उनका रॉकेट उनकी कार को लेकर उड़ा, जहाँ से कभी चंद्रमा के लिए यान उड़ा था, तो पूरी दुनिया बस तालियाँ बजाती रह गई।

मैं अब भी चुप था। वो मुझे इसके हैरान करनेवाले परिणाम के बारे में बता रहा था। वो बता रहा था कि लोग मंगल ग्रह पर जीवन को देखने के लिए बेताब हैं। पूरा संसार

जीवन की तलाश कर रहा है।

वो कुछ-कुछ बोल रहा था। मैं सोच में डूबा था। मैं सोच रहा था कि पिछले दो दिनों में हमने कौन-सी खबरें लोगों तक प्रमुखता से पहुँचाई हैं?

मुझे याद आ रहा था कि सलमान खान ने एक ट्वीट किया था कि उन्हें लड़की मिल गई है। इस एक लाइन के ट्वीट को हमने खूब प्रमुखता से लोगों तक परोसा। यही लिखा कि सलमान खान को लड़की मिल गई है।

हम जानते थे कि यह सनसनीखेज खबर है। सलमान खान भी यह जानते थे कि उनका यह ट्वीट उन्हें बिना किसी कारण के सुर्खियों में ले आएगा। उन्हें शायद अपनी अगली फिल्म के लिए हीरोइन मिल गई है, इसे उन्होंने अर्धसत्य वाले स्टाइल में प्रचारित किया कि लड़की मिल गई है। सबको पता है कि सलमान खान ऐसा कहकर दुनिया को चौंका रहे थे कि शायद उन्हें शादी के लिए लड़की मिल गई है।

हमने टी.वी. पर खूब दिखलाया। हमने क्या सबने दिखलाया।

कल हमने संसद् को लाइव दिखलाया। प्रधानमंत्री वहाँ भाषण दे रहे थे। बता रहे थे कि इस देश में पटेल के साथ बहुत अन्याय हुआ। नेहरू की जगह उन्हें प्रधानमंत्री बनना चाहिए था। अगर वो बनते तो देश की स्थिति कुछ और होती।

खबर तो खबर है। प्रधानमंत्री ने कुछ कहा तो वो खबर है ही।

बेटा उधर से 'हेलो, हेलो' कर रहा था। पूछ रहा था कि पापा, लाइन पर तो हो न?

एकदम से चौंक कर मैंने बेटे से कहा, "हाँ-हाँ, बोलो बेटा? मैं सुन रहा हूँ। कल्पना कर रहा हूँ कि आसमान में सचमुच की कार उड़ रही है। वाह! कितना अच्छा लगेगा ऐसा देखना?"

बेटा कह रहा था कि हाँ, यह विज्ञान की खबर है। ऐसी खबरें टी.वी. पर खूब दिखलानी चाहिए। इन दिनों बहुत-से ऐसे नए-नए प्रयोग हो रहे हैं। बहुत-से वैज्ञानिक मानव जीवन को बचाने, मनुष्य के लिए नया ठिकाना ढूँढ़ने की तैयारियों में लगे हैं। दुनिया में एक से बढ़कर एक शानदार प्रयोग हो रहे हैं। उन सबको जनता तक पहुँचाने की जिम्मेदारी आपकी है, पापा। इतना कहकर उसने फोन रख दिया।

मैंने फोन नहीं रखा। मैं कान में फोन लगाए रखा। मन ही नहीं कर रहा था कि फोन हटाऊँ।

मैं जानता था कि फोन जैसे ही रखूँगा, फिर घंटी बजेगी। कोई-न-कोई ऑफिस से

फोन करेगा कि संजय सर, पकौड़े वाली खबर को हेड लाइन ले लूँ न ?

अभी तो मैं न 'हाँ' कहने की स्थिति में था, न 'ना'।

अपने ही लोगों को कैसे समझाऊँगा कि अंतरिक्ष में पहली बार एक कार भेजी गई है, वो भी नासा के उस स्टेशन से जहाँ से चंद्रमा पर यान भेजा गया था, उसे पहली खबर दिखलाओ। जिससे कहूँगा वो खुद नहीं समझेगा कि संजय सिन्हा को हुआ क्या ? हमारे देश में तो लोग आज भी, चंद्रग्रहण से दुनिया नष्ट हो जाएगी, इन खबरों को देखना चाहते हैं। नौकरी नहीं है तो पकौड़े बेचो जैसी खबरों पर तालियाँ बजाते हैं। वहाँ कहाँ नासा, कहाँ टेस्ला, कहाँ मंगल ग्रह की बातें हम करने लगे ?

मैं चुप रहा, पर आपके सामने चुप नहीं रह सकता था। नहीं चुप रह सकता था, इसीलिए दिल को उड़ेलकर रख दिया हूँ।

□

कर्तव्य बोध

देश से इमरजेंसी खत्म हो चुकी थी। इंदिरा गांधी प्रधानमंत्री थीं और चुनाव की घोषणा हो चुकी थी।

जगजीवन राम कांग्रेस छोड़कर जनता पार्टी में शामिल हो चुके थे। आरा का रमना मैदान खचाखच भरा था। उस दिन जगजीवन राम का वहाँ भाषण होनेवाला था। संजय सिन्हा तब बहुत छोटे थे। इतने छोटे कि निकर तक ठीक से नहीं पहन पाते थे। पर कोई नेता शहर में आ जाए तो संजय सिन्हा बिना किसी से कुछ कहे, भीड़ में घुस जाते थे।

पूरा मैदान खचाखच भरा था।

जगजीवन राम मंच से भाषण दे रहे थे। उन्होंने इंदिरा सरकार की खुलकर आलोचना की। उन्होंने जनता पार्टी को भारी बहुमत से जिताने की अपील की, पर अपने पूरे भाषण में एक बार भी उन्होंने व्यक्तिगत रूप से इंदिरा गांधी के प्रति अवमानना के एक भी शब्द नहीं कहे। उन्होंने जितनी बार भी इंदिरा गांधी का नाम अपने भाषण में लिया, हर बार इंदिराजी ही कहा।

मुझे याद है कि अपने इस अनुभव को मैंने पहले भी आपसे साझा किया है। मैंने आपको बताया है कि दो दिन बाद ही शहर में जयप्रकाश नारायण का भाषण था। इंदिरा गांधी के खिलाफ पूरा आंदोलन जयप्रकाश नारायण ने ही शुरू किया था। जयप्रकाश नारायण के भाषण को भी मैं सुनने गया था। वो बहुत धीरे-धीरे और रुक-रुककर बोलते थे। अपने पूरे भाषण में उन्होंने कांग्रेसी नीतियों के बारे में बातें कीं। सरकार की कमियाँ गिनाईं। उन्होंने जनता पार्टी की तारीफ की, पर एक बार भी इंदिरा गांधी के बारे में कोई व्यक्तिगत टिप्पणी नहीं की।

अपनी यादों की इन कड़ियों से गुजरते हुए मुझे ये भी याद आ रहा है कि अपनी शादी

के कुछ ही दिनों बाद मुझे उप राष्ट्रपति शंकर दयाल शर्मा के साथ गुजरात जाने का मौका मिला। उनके विशेष विमान में मैं उनके साथ यात्रा कर रहा था। बीच में जब मुझे उनसे बात करने का मौका मिला तो मैंने उन्हें बताया कि मैं भोपाल में रहा हूँ, वहाँ मेरी पढ़ाई हुई है तो हमारी बातचीत भोपाल के बारे में होने लगी। शंकर दयाल शर्माजी से ढेर सारी बातें हुईं।

बातों के बीच किसी एक नेता के विषय में मैंने उनसे कहा कि वो तो ठीक नहीं हैं, तो शंकर दयाल शर्माजी ने मुझे टोका। उन्होंने मुझे धीरे-से समझाया कि हमें किसी और के विषय में तब तक कोई ऐसी-वैसी टिप्पणी नहीं करनी चाहिए, जब तक हम उस व्यक्ति को ठीक से जानते न हों। उन्होंने कहा कि संजयजी, न सिर्फ बतौर पत्रकार, बल्कि बतौर इंसान भी आदमी को ऐसी कोई बात किसी के बारे में कहनी नहीं चाहिए, जिससे अपनी मर्यादा का उल्लंघन होता हो। जब आप किसी के बारे में कोई भी ऐसी टिप्पणी करते हैं, जो नहीं करनी चाहिए तो उससे उसकी मर्यादा बाद में भंग होती है, पहले बोलने वाली की होती है।
मैं चुपचाप उनकी बातें सुन रहा था। वो बहुत प्यार से मुझसे जिंदगी के तजुर्बों को साझा कर रहे थे।

फिर मैं कई नेताओं से मिला।

पहले नेता लोग 'कुछ भी' नहीं बोलते थे। अब 'कुछ भी' बोलने लगे हैं।

कल पूरा दिन ऑफिस में इसी मुद्दे पर बहस होती रही कि रेणुका चौधरी की हँसी किससे मिलती है? रावण से, शूर्पनखा से या फिर ताड़का से?

मैं देर रात घर लौटने के बाद भी यही सोचता रहा कि हम कहाँ से कहाँ चले आए हैं? राजनीति और पत्रकारिता का यह सफर हमें चाहे जहाँ ले जाए, पर हमारी आनेवाली पीढ़ी के लिए हम क्या छोड़कर जानेवाले हैं?

मुझे आज कुछ खास नहीं कहना, पर चलते-चलते अपनी दो दिन पुरानी एक कहानी पर हरदोई में रह रही उर्मिला श्रीवास्तवजी की एक टिप्पणी को आपसे साझा करता चलूँ, ताकि आप समझ जाएँ कि संजय सिन्हा बिना कुछ कहे भी कहना क्या चाह रहे हैं?

उन्होंने मेरी कहानी पर कमेंट में जो कहा, उसमें गहरा सार छिपा है।

"हम एक यात्रा में थे,और कई बार के पड़ावों में हम लोगों के घरों में रुकते थे।

एक घर में नल स्नानागार के बाहर था, पर घर में ये पक्का नियम था कि आपको दो बाल्टियों में पानी भरा हुआ मिलेगा और अपने नहाने के बाद बाल्टियों में पानी भरकर ही छोड़ना है। बड़े-से लेकर छोटे तक उसका पालन करते थे। मुझे बहुत अच्छा लगा था।

क्रमशः पहला दूसरे के लिए, दूसरा तीसरे के लिए और तीसरा चौथे के लिए सोचता जाए, इससे सुंदर व्यवस्था क्या!

सृष्टि भी ऐसे ही चलती है। हम मनोयोग से एक पीढ़ी तैयार करते हैं और वो पीढ़ी दूसरी पीढ़ी तैयार करती है। इस प्रकार जनरेशंस पलती चलती हैं।

दुनिया कर्तव्य बोध पर टिकी है। जिसने किया मात्र उसके लिए सोचने करने भर से नहीं।"

□

खुली मुट्ठी

कभी-कभी मैं सोच में पड़ जाता हूँ कि आज कौन-सी कहानी आपको सुनाऊँ?

जैसे ही मैं कंप्यूटर ऑन करता हूँ, एक साथ सौ कहानियाँ मन में दौड़ने लगती हैं कि संजय सिन्हा, आज प्लीज मेरी कहानी लिखिए। ऐसा कई बार हुआ है कि मैंने कंप्यूटर ऑन किया कुछ और लिखने के लिए और लिखने बैठ गया कुछ और।

अब आज की ही सुन लीजिए। मेरा मन था कर्म और कर्म फल पर आपको एक कहानी सुनाने का, पर कहानी सामने आकर खड़ी हो गई है गंगा चाचा की।

गंगा चाचा उन दिनों छोटी लाइन वाली रेल गाड़ी में टिकट बाबू थे।

सब लोग बोलते थे कि गंगा बाबू की कमाई अफरात है। तब मैं बहुत छोटा था। मेरी समझ में नहीं आता था कि अफरात कमाई का क्या मतलब? गंगा चाचा तो जब भी आते थे, सफेद रंग की पैंट पहनते थे और काले रंग की कोट। सफेद पैंट का रंग धुल-धुलकर मटमैला हो चला था और काला कोट जगह-जगह से चितकबरा, पर वो जब भी हमारे घर आए, उसी कोट पैंट में आए।

एक रात ड्यूटी के बाद गंगा चाचा जब हमारे घर आए और आते ही माँ के पास बैठकर रोने लगे। बड़ी हैरानी की बात थी। एक बड़ा-सा आदमी सुबकने लगे तो कोई भी घबरा जाएगा। मुझे तब पूरी कहानी पता नहीं चली थी, पर इतना समझ में आ रहा था कि गंगा चाचा की घर में चाची से लड़ाई हुई है। माँ बहुत देर तक चाचा को समझाती रहीं। माँ ने चाचा को खाना खिलाया और फिर चाचा अपने घर चले गए। चाचा के जाने के बाद पता चला कि वो अपनी पत्नी से बहुत परेशान थे। चाचा और चाची में शायद बनती नहीं थी।

संजय सिन्हा आज उम्र के इस पड़ाव पर उस पूरी परिस्थिति को ठीक से समझते हैं और पूरी कहानी एक ही झटके में आपको सुना सकते हैं। पर जिस समय की यह कहानी

है, मेरी समझ में नहीं आ रहा था कि आखिर झगड़ा किस बात पर है ? भला बड़े लोग आपस में झगड़ते भी हैं ? माँ-पिताजी को तो मैंने कभी झगड़ा करते नहीं देखा।

खैर, पूरी कहानी इस तरह है कि चाचा का कहना था कि चाची कंजूस थीं। महाकंजूस। चाचा जो कमाते थे, सब चाची अपने पास रख लेती थीं। वो पैसे खर्च नहीं करने देती थीं। उस दिन जब चाचा माँ के पास आए थे, तो यही बताने आए थे कि उनकी माँ घर आई थीं और उन्हें इलाज की जरूरत थी, पर चाची सास के लिए चवन्नी निकालने को तैयार नहीं थीं।

माँ ने उस दिन चाचा को समझा-बुझाकर भेज दिया था कि वो खुद उनके घर आएँगी, माँ से भी मिलेंगी और चाची से बात भी करेंगी।

माँ चाची से मिलने गई थीं। मैं भी साथ था।

बात-बात में माँ ने चाची को एक साधु की कहानी सुनाई कि कैसे एक साधु अपने एक कंजूस शिष्य से पूछ रहा था कि क्या होगा अगर वो हमेशा अपनी मुट्ठी बंद ही रखे तो ? शिष्य ने कहा कि अगर मुट्ठी हमेशा बंद रहेगी, कभी नहीं खुलेगी तो यह विकलांगता कहलाएगी। साधु ने पूछा था कि अगर हमेशा मुट्ठी खुली रहे, कभी बंद ही नहीं हो पाए तो क्या होगा ? शिष्य ने कहा था कि ये भी एक तरह की विकलांगता ही होगी।

साधु ने शिष्य से इतना ही पूछा था और शिष्य समझ गया था कि मुट्ठी न हमेशा बंद रहनी चाहिए, न हमेशा खुली रहनी चाहिए।

चाची को माँ ने समझाया था कि यह सही है कि पैसे बर्बाद नहीं करने चाहिए। ये बुरी आदत होती है। पर पैसे जरूरत पर भी नहीं खर्चना, किसी की मदद नहीं करना, अपनी सास के इलाज पर बौखलाना, पैसे होते हुए फटेहाल रहना भी बुरी आदत होती है। सबकुछ समय देखकर करना चाहिए। आदमी को व्यावहारिक और उदार होना चाहिए।

मुझे नहीं पता कि चाची तब ये बात समझ पाई थीं कि नहीं, पर गंगा चाचा हमारे घर मिठाई का एक डिब्बा लेकर आए थे और जब वो आए थे, तब बहुत खुश थे।

मैंने कभी उनसे पूछा नहीं कि चाची पर कुछ असर पड़ा या नहीं, पर चाचा की खुशी देखकर यही लगा कि अच्छी कहानियाँ अपना असर जरूर छोड़ती हैं।

□

कढ़ा हुआ आदमी

"आदमी पढ़कर बनता है या कढ़ कर बनता है।"

इस बार दिल्ली से जबलपुर की यात्रा में हवाई जहाज के एक इंजीनियर ने यह बात मुझे समझाई। दिल्ली से जबलपुर के लिए एयर इंडिया की सत्तर सीटों वाली उड़ान में सबसे पीछे वाली सीट पर इस बार अपने सहयात्री विमान के इंजीनियर थे।

आपको तो पता ही है कि जहाँ संजय सिन्हा होते हैं, वहाँ कहानियाँ होती हैं। तो आज की कहानी अपने सहयात्री गौरव रावल के नाम।

गौरव सबसे आखिर में फ्लाइट में आए थे और आकर बगलवाली सीट पर बैठ गए। अब कोई बगलवाली सीट पर बैठे बातचीत न हो, ऐसा मेरी माँ ने मुझे नहीं सिखाया था। माँ ने सिखाया था कि सबसे बात करनी चाहिए। बात करने से नए रिश्ते बनते हैं और आपको तो पता ही है कि संजय सिन्हा रिश्तों को जीते हैं।

गौरव से यूँ ही बातचीत शुरू हुई।

मैंने पूछा कि आप जबलपुर जा रहे हैं?

कितना अजीब सा सवाल था न? अरे भाई जब विमान जबलपुर जा रहा है तो उसमें सवार सभी यात्री जबलपुर ही जा रहे थे, पर मैंने पूछ लिया।

उन्होंने कहा, "हाँ, मैं जबलपुर जा रहा हूँ।"

"अच्छा, क्या आप जबलपुर में रहते हैं?"

"नहीं, मैं दिल्ली में रहता हूँ।"

"ओके, आपके रिश्तेदार जबलपुर में रहते होंगे।"

"नहीं-नहीं, मैं तो बस इसी फ्लाइट से वापस लौट जाऊँगा।"

"हाएँ! आप जा रहे हैं और अभी ही लौट भी जाएँगे? समझ में नहीं आया।"

"मैं फ्लाइट मेंटेनेंस इंजीनियर हूँ। क्योंकि जबलपुर में कोई फुल टाइम फ्लाइट इंजीनियर नहीं है, इसलिए हम लोग दिल्ली से जाते हैं। वहाँ उतरने के बाद हम फ्लाइट का पूरा निरीक्षण करते हैं और एक-एक चीज़ की रिपोर्ट देते हैं। हम देखते हैं कि टायर की स्थिति क्या है, डैनों की स्थिति क्या है, इंजन ठीक है न! असल में हर उड़ान से पहले विमान की गहन जाँच होती है।"

संजय सिन्हा समझ गए थे। पूरी बात समझ गए थे।

अब संजय सिन्हा कुछ पूछते उससे पहले उन्होंने पूछा कि क्या आप टी.वी. में काम करते हैं? मैंने आपको कहीं देखा है।

मैंने कहा कि हाँ, मैं टी.वी. चैनल में संपादक हूँ और आपने मुझे रिश्तों की कहानियों में देखा होगा।

बस, यहीं हमने हाथ मिलाकर दोस्ती की।

"मैं गौरव रावल।"

"मैं संजय सिन्हा।"

अब बात शुरू हो गई टी.वी. रिपोर्टिंग की, "आपके यहाँ श्वेता बहुत अच्छी एंकर हैं। अंजना का तो जवाब नहीं और पुण्य प्रसूनजी क्या कहना?"

बात से बात निकलती चली गई। टी.वी. रिपोर्टिंग में उनकी अच्छी-खासी दिलचस्पी थी। मैं अपनी कहानी फटाफट सुनाकर उनकी कहानी की ओर बढ़ना चाह रहा था। मैंने उनसे पूछा कि क्या आप रोज यात्रा करते हैं?

"हाँ, हमें उन एयरपोर्ट पर विमान साथ जाना होता है, जहाँ बेस पर फुल टाइम इंजीनियर नहीं होते। असल में विमान बिना हमारी ओ.के. के उड़ान नहीं भर सकता।"

"क्या हर विमान में एक ही इंजीनियर होता है?"

"किसी में एक, किसी में दो। इसमें दो हैं। वो देखिए, आगे वाली सीट पर जो महिला है, वो भी इंजीनियर है।"

मैंने झाँककर देखा। एक महिला सिर के पीछे तकिया लगाए आराम से आँखें बंद किए बैठी थी।

मेरे मन में ढेरों सवाल थे। हवाई जहाज कितने का आता है? हवाई जहाज का एवरेज कितना होता है? हवाई जहाज कितनी ऊँचाई तक उड़ सकता है?

मैंने एक-एक कर सब सवाल पूछे।

"विमान कितने का आता है?"

"पचास करोड़ का। सौ करोड़ का। हजार करोड़ का। ठीक वैसे ही, जैसे गाड़ी दो लाख की भी आती है और दो करोड़ की भी। सबकुछ साइज और सुविधा पर निर्भर करता है।"

"हवाई जहाज का एवरेज कितना होता है?"

इंजीनियर साहब चौंके। गाड़ी हो या प्लेन, भारतीय आदमी का ध्यान एवरेज पर जरूर होता है। वो कहने लगे कि इनका एवरेज नहीं होता, पर उड़ान के घंटों पर निर्भर करता है कि कितने ईंधन की जरूरत इसे पड़ेगी? यूँ समझ लीजिए कि ये सत्तर सीटों वाला विमान एक घंटे में करीब हजार लीटर पेट्रोल पी जाएगा। इसमें पाँच हजार लीटर तक पेट्रोल होता है। हम उड़ान के घंटों से तय करते हैं कि कौन सा विमान कहाँ तक एक बार में उड़कर जा सकता है?"

"अच्छा! फिर तो जो विमान दिल्ली से सीधे अमेरिका तक उड़ान भरते हैं, उनकी खपत बहुत होती होगी?"

"हाँ, उनमें लाख लीटर से अधिक का टैंक होता है। उनकी खपत और अधिक होती है। वो बड़े प्लेन होते हैं। ईंधन की खपत साइज, लोड और स्पीड पर भी निर्भर है।"

"वाह! नई जानकारी मिली। ये छोटा विमान कितनी ऊँचाई तक उड़ सकता है?"

"ये छोटा वाला विमान अधिकतम पच्चीस हजार फीट तक उड़ सकता है, पर ज्यादतर बीस हजार तक ही उड़ते हैं।"

"इनकी स्पीड कितनी होती है?"

"ये छोटे विमान पाँच सौ किलोमीटर प्रति घंटे की रफ्तार से उड़ान भरते हैं। अलग-अलग इंजन की क्षमता अलग-अलग होती है। ये वाला विमान थोड़ा इकोनॉमिकल है। इनकी स्पीड कम होती है। वैसे हजार किलोमीटर प्रति घंटे की उड़ान वाले विमान भी हैं।"

मुझे याद आया। एयर इंडिया के इस छोटे प्लेन में दिल्ली से जबलपुर जाना दो घंटे का

होता है, जबकि इतनी ही दूरी बड़े विमान सवा घंटे से कम में पूरी कर लेते हैं।"

हमारी बातचीत चलती रही। उन्होंने बताया कि आप मोबाइल फोन पर एक ऐप लोड करके किसी भी फ्लाइट की पूरी जानकारी ले सकते हैं। आप यह चेक कर सकते हैं कि आपके विमान की स्पीड कितनी है, अभी कहाँ के आसमान पर उड़ रहा है? कब उतरेगा? सारी जानकारी आपको मिल सकती है।

मैं बहुत खुश था। मैंने गौरवजी से कहा कि आप अपने काम से बहुत प्यार करते हैं। वो देखिए, दूसरी इंजीनियर आराम से आँखें बंद किए बैठी है। लग रहा है कि सो रही है।

गौरव ने कहा कि ऐसा नहीं है। वो मुझसे अधिक अनुभवी इंजीनियर है। मैं तो अभी नया हूँ। मैं पढ़ा हुआ हूँ, वो कढ़ी हुई है। उसके पास विमान उड़ान का इतना अनुभव है कि वो आँखें बंद कर विमान की आवाज से बता सकती है कि किस हिस्से में कहाँ क्या समस्या है?

"ऐसा भला कैसे हो सकता है?"

"ऐसा ही होता है। आदमी पढ़कर बनता है या कढ़कर बनता है। पढ़ाई तो हम दोनों ने की है, पर समय के साथ वो कढ़ भी गई है। मतलब, अनुभव का विश्वविद्यालय सिद्धांत के विश्वविद्यालय से अधिक बड़ा होता है।"

संजय सिन्हा को पूरा ज्ञान मिल गया था।

"आदमी पढ़कर बनता है या कढ़कर बनता है। जो कढ़कर बनता है, उसका ज्ञान बड़ा होता है।"

□

आपका कलंक

किसी छोटे-से चुनाव में एक नेताजी जीत गए थे। कल जबलपुर में उनसे मिलना हुआ तो वो बता रहे थे कि संजयजी, कैसा भी चुनाव हो, उसे लड़ना बहुत महँगा हो गया है।

मैं हैरान था। चुनाव लड़ना महँगा हो गया है? क्या चुनाव आयोग ने बहुत फीस लगा दी है चुनाव में?

नेता जी ने कहा, "नहीं, फीस की बात नहीं कर रहा। जनता बहुत भ्रष्ट हो गई है। उससे वोट लेना बहुत महँगा हो गया है। देखिए न, इतना छोटा-सा चुनाव था, मुझे हर घर में प्रति व्यक्ति हजार रुपए देने पड़े। जिस घर में चार लोग थे, वहाँ चार हजार रुपए मैंने दिए। जहाँ पाँच लोग थे, वहाँ पाँच हजार। कई घरों में तो लोगों ने खुलकर कहा कि बच्चों के हिस्से के पैसे भी चाहिए। मैंने कितना समझाया कि वो वोटर थोड़े न हैं, पर कुछ लोगों का लालच मरता ही नहीं। यूँ समझ लीजिए संजयजी कि इस छोटे-से वार्ड में मुझे चालीस-पैंतालीस लाख रुपए खर्चने पड़े। तब कहीं जनता ने वोट दिया और मैं चुनाव जीत पाया।"

नेताजी अपनी तारीफ में बोले जा रहे थे।

कह रहे थे कि विधानसभा या लोकसभा चुनाव में तो और बुरा हाल है। जनता की जीभ लपलपाने लगती है। हर पार्टी के नेता से वो मोलभाव करती है। जब कैश का जमाना था, तो नेता लोग खुशी-खुशी दे देते थे, पर आजकल कैश का संकट है। फिर भी किसी तरह जुगाड़ करना पड़ता है। बात इतनी ही नहीं, चुनाव के ऐन वक्त से पहले उनकी माँग और बढ़ जाती है। कई तो खुलकर बताते हैं कि भाई कल फलाँ दो हजार का नोट एक्स्ट्रा दे गया है। दारू की एक बोतल भी मिली है। चुनाव में बूथ तक जाने के लिए कार्यकर्ता गाड़ी लेकर आनेवाले हैं। आप बताइए, आपकी तरफ से क्या पेशकश है? अब बताइए, भला ये क्या बात हुई? जनता का कोई दीन-ईमान ही नहीं। आखिर तक मोलभाव चलता रहता है। आजकल चुनाव आयोग की नजर कितनी सख्त

है, पर सब करना पड़ता है।"

नेताजी ने पूरी बात बता दी थी। बता दिया था कि चुनाव लड़ना और जीतना कितना मुश्किल काम है? ये सबके बूते की बात नहीं। पैसे खर्च करने के बाद भी अगर दूसरे ने आखिरी पत्ता महँगा वाला फेंक दिया तो आप गए काम से।

मैं हैरान था। सुना था कि ऐसा कुछ होता है। कभी यकीन नहीं हुआ कि सचमुच ऐसा होता होगा, पर यहाँ तो नेताजी फर्स्टहैंड अनुभव साझा कर रहे थे।

कल पहली बार मुझे लग रहा था कि नेताजी सचमुच एक सच्चे इंसान हैं।

कल मुझे पहली बार लग रहा था कि नेता भ्रष्ट नहीं होते, जनता भ्रष्ट होती है।

कल मुझे अपने किए पर बहुत अफसोस हुआ। बतौर पत्रकार मैंने न जाने कितने नेताओं को चोर कहा है। मैंने न जाने कितनी रिपोर्ट लिखी है कि शहर में नालियाँ खुली हैं। स्कूल नहीं हैं। सड़कें खराब हैं। अस्पतालों की हालत बदतर है। पीने को पानी नहीं है। मैंने न जाने कितने नेताओं को इसके लिए जिम्मेदार माना है, पर कल नेताजी से बात करके पता चला कि इन सबके लिए वो कतई जिम्मेदार नहीं। इन सबके लिए जनता ही जिम्मेदार है। जनता ने अपने वोट की कीमत पहले ही वसूल ही है, फिर उसे कोई हक नहीं कि वो किसी समस्या के लिए नेताजी का कॉलर पकड़े।

चुनाव आयोग ने बहुत कोशिश की कि चुनाव में नेता पैसे कम खर्च करें, बल्कि चुनाव में पैसे खर्च करने की कोई वजह ही नहीं है।

किसी भी चुनाव में क्यों कार्यकर्ताओं की जरूरत है? क्यों जनता को लाने की जिम्मेदारी नेता की है? क्यों बूथ मैनेज करने की जरूरत है? यह सारी जिम्मेदारी चुनाव आयोग की है। इन्हीं खर्चों को पूरा करने के लिए सरकार हमसे टैक्स लेती है। फिर नेता को क्यों पैसे खर्च करने पड़ते हैं?

यकीनन जनता भ्रष्ट हो गई है।

पार्टी उन नेताओं को टिकट देती है, जिनके बारे में उसे उम्मीद होती है कि वो जनता को पैसे बाँटकर चुनाव जीत जाएगा। पार्टी बड़े-बड़े लोगों इसी काम के लिए चंदा लेती है, क्योंकि उसे जनता को चुनाव में वोट के बदले पैसे बाँटने होते हैं। जो लोग चंदा देते हैं, उनकी सरकार जब बन जाती है तो वो अपने दुगुने पैसे वसूलते हैं। जो जनता हजार रुपए में अपना वोट बेच आती है, वो बाद में दो हजार रुपए नेताजी को चुकाती है। फिर वो रोती है। नेताओं को गाली देती है। लेकिन जैसे ही चुनाव आता

है, उसकी जीभ फिर लपलपाने लगती है। और इस तरह वो आजमाए हुए को फिर आजमाने लगती है। पाँच साल का ख्वाब नेताजी दिखाते हैं, पर उन पर वो यकीन नहीं करती। उसे तो तत्काल फायदा चाहिए। कुछ हजार रुपए कैश चलेंगे।

इस तरह वही जनता उसी नेता को फिर वोट दे आती है।

कल एक नेता ने मेरी आँखें खोल दीं। उसने डंके की चोट पर बताया कि नेता भ्रष्ट नहीं होते, जनता भ्रष्ट होती है।

कुछ हजार रुपए, एक दारू की बोतल, मुफ्त की बिजली, मुफ्त का पानी, मुफ्त का वाई-फाई कुछ भी चलेगा।

नेता ईमानदार हैं। जनता भ्रष्ट है।

प्रिय जनता, आप जागिए। एक-दो टके का नेता आपको खुलेआम चोर कह रहा है। अब भविष्य में अपने इस कलंक को धोने की कोशिश कीजिए।

□

ओ हमनवाज

कल पहली बार विमान में उड़ान के दौरान मन घबराया। बीस हजार फीट की ऊँचाई पर आसमान में पायलट ने अनाउंस किया कि मौसम खराब हो गया है, आप लोग अपनी कुर्सी पर बैठें और सीट बेल्ट बाँध लें।

जबलपुर से दिल्ली की उस उड़ान में अचानक विमान हवा में हिचकोले खाने लगा। विमान जब बादलों के बीच फँस जाता है तो ऐसा होता है, पर कल अधिक हो रहा था। लग रहा था कि आसमान में आँधी के बीच हमारा विमान फँस गया है और उसके डैने अब उखड़ जाएँगे। विमान कभी ऊपर जाता, कभी नीचे आता। जोर-जोर से झटके लगने लगे। बत्ती धीमी कर दी गई थी और बाहर खूब तेज बिजली कड़कने को हम देख सकते थे।

मैं जानता था कि विमान यात्रा पूरी तरह सुरक्षित होती है। ऐसे झटकों से उसका कुछ बिगड़ने वाला नहीं, पर सुबह ही अखबार में पढ़ा था कि रशियन एयर लाइंस का विमान क्रैश हो गया था। सारे यात्री मारे गए थे।

मुझे दो दिन पहले ही एक एयर क्राफ्ट इंजीनियर ने समझाया था कि इस विमान में दो इंजन होते हैं और हर उड़ान से पहले उनकी पूरी जाँच होती है। ऐसे में धोखे की गुंजाइश नहीं के बराबर होती है, पर मैंने इंजीनियर से जब यह पूछा था कि फिर कभी-कभी हादसे की खबरें क्यों आती हैं, तो उसने कहा था कि कभी-कभी मानवीय भूल इसकी वजह होती है और कभी-कभी मौसम का मिजाज अपने नियंत्रण से निकल जाता है। वैसे मौसम की जानकारी रडार से मिलती रहती है, पर कभी-कभी...।

मुझे लगा कि वो कभी-कभी आज ही आ गया।

विमान में सभी घबरा गए थे।

संजय सिन्हा की बगल में बैठी महिला महामृत्यंजय मंत्र का जप करने लगी। वो कह

रही कि ऐसी उड़ान से उसका पहली बार पाला पड़ा है।

बच्चे रोने लगे थे। अजीब-सा माहौल हो गया था। कुछ लोग उल्टी करने लगे थे। बीच कॉरीडोर में उल्टी करने के बाद उन्हें अखबार से ढका गया, पर इस घबराहट में भी मेरी निगाह दूसरी ओर गई तो मैं हैरान रह गया।

एक माँ-बेटी बैठी थीं। माँ ने बेटी का हाथ अपने हाथ में पकड़ रखा था, बेटी ने माँ का हाथ।

उसके ठीक सामने वाली सीट पर एक पति-पत्नी थे। पत्नी पति की बाँहों में सिमटी हुई थी। विमान हिचकोले ले रहा था, ये चारों चुपचाप शांति से बैठे थे। अधिकतर यात्री जो अकेले थे, घबराए हुए थे।

आमतौर पर जबलपुर से दिल्ली की दूरी एक घंटा दस मिनट में पूरी हो जाती है। एयर इंडिया का यह विमान दो घंटे लेता है, पर कल वो ढाई घंटे में दिल्ली पहुँचा।

विमान ने जैसे ही लैंड किया, उसमें सवार सत्तर लोगों की साँसें लौट आईं।

सब बस यही कह रहे थे कि आज तो बच ही गए। एयर पोर्ट पर मेरी मुलाकात उन माँ-बेटी और पति-पत्नी से हुई। मैंने यूँ ही बात करते हुए कहा कि आज का दिन तो बहुत बुरा रहा।

माँ-बेटी ने कहा, "थोड़ी घबराहट तो हुई, पर हम दोनों साथ थे। हमने एक-दूसरे का हाथ थाम लिया था और फिर हम सब भूल गए थे।"

ठीक यही बात उनके सामने वाली सीट पर महिला ने मुझसे कही कि मुझे भी थोड़ा चक्कर-सा आया, पर मेरे पास संसार की दो सबसे महफूज बाँहें थीं। मैं उनमें समा गई तो फिर काहे का डर? बस, मन ने सोच लिया कि जो होगा, वो होगा। हम साथ-साथ हैं।

कल संजय सिन्हा ने महसूस किया कि सचमुच जिनके पास अँधेरों में भी दो हाथों का सहारा होता है, उन्हें यमराज भी दर्प नहीं दिखा सकता है।

आप भी अपने रिश्तों के आगोश की गर्मी को महसूस करते रहिएगा। यकीन मानिए, फिर कोई बात कभी बिगड़ेगी ही नहीं।

"जब कोई बात बिगड़ जाए, जब कोई मुश्किल पड़ जाए

तुम देना साथ मेरा, ओ हमनवाज

न कोई है, न कोई था, जिंदगी में तुम्हारे सिवा

तुम देना साथ मेरा, ओ हमनवाज

हो चाँदनी जब तक रात, देता है हर कोई साथ

तुम मगर अँधेरों में, न छोड़ना मेरा हाथ

ओ हमनवाज।"

□

एक आदर्श कहानी

इस बार जबलपुर की यात्रा में तरण आदर्श से मुलाकात हुई। हमने साथ-साथ लंच किया और ढेर सारी बातें भी।

आप तरण आदर्श को पहचानते हैं? वही तरण आदर्श, जिनके कहने से हम और आप हिंदी फिल्में देखते हैं और नहीं देखते हैं। बतौर पत्रकार, मैं कह सकता हूँ कि तरण आदर्श सचमुच फिल्मी पंडित हैं। फिल्मों के बारे में उनकी भविष्यवाणी कभी फेल नहीं होती। वो हर फिल्म देखते हैं, और उन्होंने अगर कह दिया कि फिल्म चलेगी, तो चलेगी। उन्होंने कह दिया कि फिल्म फुस्स है, तो फिर फिल्म फुस्स।

तरण आदर्श मेरे सामने बैठे थे और हम जिंदगी की कहानियों की चर्चा कर रहे थे। आप तो जानते ही हैं कि संजय सिन्हा जहाँ होते हैं, वहाँ कहानियाँ होती हैं। तो बात से बात निकली और तरण आदर्शजी ने अपनी एक बहुत निजी कहानी मुझसे साझा की।

तरण बेहद जहीन, सुलझे हुए और संकोची इंसान हैं। पहले तो वो बिल्कुल तैयार नहीं थे कि मैं उनकी इस कहानी को आप तक पहुँचाऊँ, पर जब मैंने उन्हें यकीन दिलाया कि आप सब मेरे परिजन हैं, गैर नहीं, तो तरण मान गए।

कहानी कुछ इस तरह है।

कुछ साल पहले तरण आदर्श आईफा अवार्ड में हिस्सा लेने अमेरिका के शहर टैंपा जा रहे थे। अपने टैंपा आने की खबर उन्होंने अमेरिका में रहनेवाले अपने कुछ मित्रों को दी। उनके एक मित्र ने उनसे अनुरोध किया कि आप जब भी अमेरिका आएँ, एक बार न्यूयॉर्क में मिकी निवेली से जरूर मिलिएगा।

"मिकी निवेली? ये कौन हैं? मुझसे क्यों मिलना चाहते हैं?" तरण के मन में सहज सवाल उठे।

उनके दोस्त ने कहा कि मिकी एक बहुत शानदार इंसान हैं। मूल रूप से भारतीय हैं। फिल्मों में गहरी दिलचस्पी है उनकी। उन्हें जैसे ही पता चला कि आप अमेरिका आ रहे हैं, उन्होंने मुझसे अनुरोध किया कि एक बार आपसे उनकी मुलाकात करा दूँ।

तरण को लगा कि वो फिल्मों के बारे में लिखते हैं, इसलिए शायद मिकी निवेली उनसे मिलना चाहते हैं। उन्होंने दोस्त से कह दिया कि ठीक है, मैं मिल लूँगा।

तरण अमेरिका पहुँचे। दोस्त उन्हें मिकी के घर ले गया।

मिकी और उनकी पत्नी, दोनों ने तरण का दिल से स्वागत किया और अनुरोध किया कि वो उनके घर ही रहें।

अजीब बात थी। 'जान न पहचान, बड़े मियाँ सलाम' वाली बात हो गई थी। तरण ने कभी मिकी का नाम भी नहीं सुना था, और मिकी तरण पर मेहरबान हुए जा रहे थे। तरण ने कहा कि वो होटल में रुकना चाहते हैं, पर मिकी नहीं माने। उन्होंने कहा कि इतना बड़ा घर है, इतने कमरे हैं, आप चाहे जिस कमरे में रहें, सब होटल जैसे ही हैं।

उनके प्यार की जिद के आगे तरण झुक गए। वो उनके घर ही ठहर गए।

अगले दिन मिकी ने उनके शहर घूमने का इंतजाम किया। साथ में यह भी कहा कि आप अमेरिका में चाहे जहाँ भी जाएँ, हमारे अतिथि होंगे।

मिकी ने तरण को पूरा शहर घुमाया। खूब खातिर की।

तरण हैरान थे। 80 साल का वो बुजुर्ग आखिर किस बात के लिए इतना मेहरबान हो रहा है? वही नहीं, उनकी पत्नी भी तरण की सेवा में जुटी थीं। तरण का मन बार-बार पूछ रहा था कि कौन हैं ये? क्यों इतनी खातिर कर रहे हैं?

तरण ने यह तो देख लिया था कि मिकी का हिंदी सिनेमा के प्रति अगाध प्रेम था। उनके घर में सुनील दत्त और नरगिस दत्त की कई तस्वीरें टँगी थीं।

जिस दिन तरण को वहाँ से लौटना था, उन्होंने मिकी से पूछ ही लिया कि आपने मुझ पर इतनी मेहरबानी क्यों की? प्लीज, सच-सच बताइएगा।

मिकी ने तरण को जो कहानी सुनाई, तरण ने संजय सिन्हा को वही कहानी जस-की-तस सुनाई। पूरी कहानी संजय सिन्हा ने फोन पर रिकॉर्ड की। आप खुद ही पूरी बात सुन लीजिए, पर प्लीज मुझे लिखने से मत रोकिए, क्योंकि तरण बोल रहे थे, मेरा दिमाग सुन्न हुआ जा रहा था।

तरण कह रहे थे कि मिकी ने जो बताया, उसे सुनकर वो भी उनका दिमाग भी सुन्न हो गया था।

बात साठ साल पुरानी है। मिकी का नाम तब हरबंस कुमार हुआ करता था। देश के बँटवारे के बाद हरबंस मुंबई पहुँचे थे कुछ करने के लिए। मुंबई आकर उन्हें लगा कि शायद फिल्मों में कुछ काम मिल जाए।

जेब में एक पैसा नहीं, सामने पहाड़-सी जिंदगी। मुंबई में हरबंस का संघर्ष शुरू हो गया। न रहने को घर, न खाने को खाना। जहाँ जगह मिली, वहीं सो गए, जहाँ कुछ खाने को मिल गया, खा लिये।

ऐसे ही एक रात वो एक ऑफिस के नीचे सो रहे थे तो एक व्यक्ति ने उन्हें उठाया और अपने घर ले गया। उन्हें खाना खिलाया और उनके मुंबई आने की वजह पूछी।

इतना ही नहीं, उस व्यक्ति ने हरबंस की जितना संभव हो सका, मदद की।

बात खत्म हो गई।

एक लंबी कहानी है कि कैसे हरबंस को फिल्मों में छोटा-मोटा काम मिला भी। पर उन्हीं दिनों वो एक विदेशी परिवार के संपर्क में आए और विदेशी परिवार ने हरबंस को अपना दतक पुत्र मान लिया। हरबंस फिर मुंबई छोड़कर उनके साथ विदेश चले गए। उनका नाम हरबंस से मिकी निवेली हो गया।

मिकी को नया जीवन मिला था।

अमेरिका में रहकर भी उनका फिल्मी प्यार कम नहीं हुआ था, पर उनका संघर्ष मिट गया था।

इस घटना के साठ साल बाद फेसबुक और कुछ मित्रों की मदद से जब तरण आदर्श के अमेरिका आने की खबर मिकी को मिली तो वो मचल उठे कि किसी तरह तरण को घर बुलाना है।

तरण मिकी के घर चले आए। उन्होंने उनकी खूब सेवा की और आखिर में जब उन्होंने पूछ ही लिया कि इतनी मेहरबानी क्यों, तो मिकी ने बहुत संकोच के साथ बताया कि उन्होंने उनके साथ जो कुछ भी किया, वो कुछ भी नहीं। साठ साल पहले जब वो एक ऑफिस के नीचे सड़क पर लावारिस सो रहे थे, तो जो व्यक्ति उन्हें उठाकर अपने घर ले गया था, उनका नाम था, बीके आदर्श और वो तरण के पिता थे। हालाँकि तब तरण का जन्म भी नहीं हुआ था, पर खाने के उस नमक का स्वाद हरबंस नहीं भूले।

समय के साथ हरबंस मिकी बन गए, पर वो नहीं भूले कि किसी दिन एक अनजान व्यक्ति ने उन्हें सीने से लगाया था।

मिकी ने बहुत वर्षों के बाद जब तरण आदर्श का नाम सुना, फेसबुक पर उनके बारे में पढ़ा और उन्हें ये पता चला कि तरण आदर्श बीके आदर्श के पुत्र हैं तो वो उनसे मिलने को बेचैन हो उठे। यह बात वो किसी से बता नहीं पा रहे थे। ऐसे में जैसे ही तरण के अमेरिका आने का पता चला तो उन्होंने उनसे मिलने की हर कोशिश की। और जब तरण ने पूछ ही लिया तो उन्होंने बहुत संकोच से इतना ही कहा, "मैं आपके लिए असल में कुछ नहीं कर रहा। आपके पिता ने जो मेरे लिए किया, उसके मुकाबले यह कुछ भी नहीं।" इतना कहकर मिकी अपनी आँखें पोंछ रहे थे।

तरण संजय सिन्हा को कहानी सुनाते हुए अपनी आँखें पोंछ रहे थे और संजय सिन्हा कहानी सुनते हुए अपनी आँखें।

तरण आज भी मिकी से मिलते हैं। वो कह रहे थे कि उनके पिता अब इस संसार में नहीं, पर मिकी माइकी का स्नेह उनके लिए पिता के आशीर्वाद से कम नहीं।

सचमुच मनुष्य भावनाओं से संचालित होता है। कारणों से तो मशीनें चला करती हैं।

□

मेरी पत्नी

बहुत साल पहले मैंने एक लड़की को अपना दिल दे दिया था।

उसके बाद मेरा दिल मेरा नहीं रहा। जब दिल मेरा रहा ही नहीं तो फिर दुबारा देने का सवाल ही नहीं उठता।

जिस लड़की को मैंने अपना दिल दिया था, उसी से मेरी शादी हो गई।

कॉलेज की पढ़ाई पूरी करके मैं भोपाल से दिल्ली आया था, नौकरी करने। नौकरी भी ऐसी-वैसी नहीं। सीधे तलाब से समंदर की छलाँग। भोपाल में 'दैनिक भास्कर' में कलम आजमा रहा था कि 'जनसत्ता' में नौकरी के लिए प्रभाष जोशी ने बुला लिया।

'जनसत्ता' में नौकरी मिल गई तो मेरे आई.पी.एस. मामा को शांति मिल गई कि उनका प्यारा भांजा भले आई.ए.एस., आई.पी.एस. नहीं बना, लेकिन जिस जगह गया है, वहाँ पॉवर और ठसक रहेगी। अपने को झोला छाप पत्रकार तो बनना नहीं था, इसलिए शुरू से चमचम पत्रकार बने।

दिल्ली आते ही बछावत वेज बोर्ड की सैलरी वाली अनुशंसा लागू हो गई।

राजीव गांधी प्रधानमंत्री थे और 'इंडियन एक्सप्रेस' के साथ उनका छत्तीस का आँकड़ा था।

बोफोर्स को हवा 'इंडियन एक्सप्रेस' से मिली थी और राजीव सरकार हर तरह से 'एक्सप्रेस' को अपना दुश्मन मान बैठी थी। ऐसे में बछावत वेज बोर्ड ने जब ये लिख दिया कि देश के सभी अखबारों के संस्करण जोड़कर पत्रकारों की सैलरी तय होगी, तो 'इंडियन एक्सप्रेस' पर भारी विपदा आ गई।

रामनाथ गोयनका तब जीवित थे और 'इंडियन एक्सप्रेस' एक ही कंपनी थी, दिल्ली से लेकर मद्रास तक।

इस तरह 'इंडियन एक्सप्रेस' देश की सबसे बड़ी कंपनी मान ली गई। राजीव सरकार ने कह दिया कि अपने पत्रकारों को अधिक सैलरी दो।

गजब हो गया था। हमें पता था कि जैसे ही इस रिपोर्ट को माना जाएगा, हमारी सैलरी दुगुनी से भी अधिक हो जाएगी। कंपनी इसके लिए तैयार नहीं हो रही थी।

अब तक रामनाथ गोयनका पत्रकारों की कलम से राजीव गांधी को धौंस दिखा रहे थे, अब वही पत्रकार बछावत की अनुशंसा पर रामनाथ गोएनका को धौंस दिखाने लगे। मैनेजमेंट और पत्रकारों के बीच झगड़ा शुरू हो गया। 'एक्सप्रेस' में हड़ताल हो गई।

संपादक मालिकों के साथ हो गए, श्रमजीवी पत्रकार मजदूरों के साथ। अपन चाहे जितने चमचम पत्रकार रहे हों, पर थे श्रमजीवी, तो हम मजदूरों के साथ हो लिये।

बात है 1989 की।

अखबार छपना बंद हो गया। ऑफिस में ताला लटक गया। मालिक इस बात के लिए तैयार नहीं थे कि दिल्ली, मुंबई, मद्रास, मदुरई, कोयंबटूर और न जाने किन-किन जगहों पर काम करनेवाले सभी पत्रकारों को एक ही सैलरी मिले। वो चाहते थे कि दिल्ली को अलग कंपनी माना जाए, पर ऐसा कैसे होता?

जब अखबार के पास अपना जलवा दिखाने का मौका था, उसने सरकार की ऐसी-तैसी कर दी थी। अब सरकार को मौका मिला था, वो भी ऐसा मौका, जिसमें पत्रकार सरकार के फैसले के साथ थे, तो सरकार ने भी कंपनी की ऐसी-तैसी करने में कोई कसर नहीं छोड़ी।

हड़ताल हो गई थी।

भविष्य में मेरी होनेवाली पत्नी 'इंडियन एक्सप्रेस' ज्वॉइन कर चुकी थी। उसके आने के चार दिनों के बाद ही हड़ताल हो गई थी। उसे दो महीनों की छुट्टी मिल गई थी और मैं दो महीनों के लिए नेता बन गया था।

हम दिन भर बहादुर शाह जफर मार्ग स्थित एक्सप्रेस बिल्डिंग के बाहर सीढ़ियों पर मूँगफलियाँ फोड़ते और अपने से बड़े लोगों से आंदोलन का पाठ पढ़ते।

वहाँ नुक्कड़ नाटक से लेकर काव्य पाठ तक होता रहता था।

कई संगठन के लोग वहाँ आते। हमसे हमदर्दी जताते। हमारा हौसला बढ़ाते।

कुछ लोगों ने हड़ताल तोड़ने की कोशिश की, पर हम कहाँ टूटने वाले थे?

आखिर में मालिक लोग झुके। सरकार की अनुशंसा मान ली गई। हम उप-संपादक भी आई.ए.एस. की सैलरी वाले पत्रकार बन गए।

लड़का जवान हो, ठीक पैसे मिलने लगें तो अगला सवाल सामने आता है, शादी का। हड़ताल टूटी। मेरी होनेवाली पत्नी, जिससे मैं मिला ही नहीं था, वो दुबारा नौकरी में आने लगी।

फिर हम मिले। कैसे मिले, सौ बार सुना चुका हूँ। अभी तो इतना ही बताता चलूँ कि मार्च के आखिर में हम पहली बार मिले, अप्रैल में हमारी शादी हो गई।

जिस दिन पहली बार मिले थे, उसी दिन मैंने अपना दिल उसे दे दिया था। फिर तो मेरा दिल उसका हो गया।

उसके पास दिल का पूरा स्टॉक था। दो दिलों को जोड़कर उसने दिल का आकार बढ़ा लिया। फिर कई-कई मौकों पर उसने उस दिल को मेरे सामने पेश किया।

मैं छोरा हिंदी वाला, वो गर्ल अंग्रेजी वाली।

हम प्यार का मतलब चाहे जितना जानते हों, पर रोमांस का मतलब बिल्कुल नहीं। असल में 'रोमांस' के लिए हिंदी में कोई शब्द है ही नहीं।

कल वेलेंटाइंस डे था। प्यार के ठेकेदार देश भर में प्यार पर पहरा बिठाए बैठे थे। खबरदार! जो प्यार किया या इसका इजहार किया!

पर उन धमकियों से बेखबर मेरी पत्नी ने कल सुबह मुझे नाश्ते में दिल दे दिया।

रात में घर आया तो ड्राइंग रूम में अँधेरा-सा था। मैं हिंदी वाला समझ ही नहीं पाया कि इस कमरे में अँधेरा क्यों है? चुपचाप अपने बेडरूम में आया, कपड़े चेंज किए और ड्राइंग रूम में पहुँचा तो एक मोमबत्ती जल रही थी।

मुझे लगा कि शायद कमरे में लाइट की समस्या आ गई है। कुछ पूछता, उससे पहले ही पत्नी ने इशारा किया कि उधर उस कुर्सी पर बैठो, आज डिनर यहीं है।

"अँधेरे में डिनर?"

"हाँ, आज कैंडल लाइट डिनर है। आज वेलेंटाइंस डे है।"

ले बलईया। यहाँ तो रोमांस है। पत्नी ने सुबह नाश्ते में दिल दिया, रात में कैंडल लाइट

वाले डिनर की तैयारी की और हम हिंदी वाले हाथ डोलाते पहुँच गए चुपचाप। न कोई गिफ्ट, न मुँह से हैप्पी वेलेंटाइंस डे ही बोल पाए।

राम-राम-राम।

पहले मुझे लगता था कि ये फर्क हिंदी और अंग्रेजी का है, पर अब लगने लगा है कि लड़कियाँ जिंदगी को जीना जानती हैं। लड़के बौड़म होते हैं।

□

एक सितारा

कभी-कभी मैं दिल्ली चला जाता हूँ, फिर जबलपुर लौट आता हूँ। कल भी दिल्ली से जबलपुर लौट आया। यहाँ आते ही मेरी व्यस्तता बढ़ जाती है। ऐसा नहीं है कि दिल्ली में मेरे पास अफरात समय होता है, लेकिन जबलपुर में मेरी व्यस्तता लोगों से मिलने-जुलने की हो जाती है। यहाँ अपने को प्यार करनेवाले इतने लोग मिलते हैं कि रातें छोटी हो जाती हैं और दिन गायब।

खैर, कल जब मैं जबलपुर पहुँचा तो पता चला कि इस बार मुझे एक पत्रकार को इंटरव्यू देना है।

संजय सिन्हा अब तक इंटरव्यू लेते आए हैं। पहला मौका था, जब इंटरव्यू देने का मौका मिल रहा था।

इंटरव्यू शुरू हुआ।

पत्रकार पहले पुरानी यादें कुरेदते हैं, फिर भविष्य पर लाठी भाँजते हैं। "संजयजी, आप शाहरुख खान से मिलते रहते हैं। आप उन्हें टी.वी. सीरियल 'फौजी' के दिनों से जानते हैं, फिर आपके मन में कभी नहीं आया कि आप भी ऐक्टिंग-वैक्टिंग करते?"

"संजयजी, दीप से आप कैसे मिले, कैसे उनके साथ आपकी शादी हुई?"

"संजयजी, आप इतनी बार जबलपुर आते हैं। क्या आप चुनाव लड़ने की सोच रहे हैं?"

ऐसे ही कई सवालों के गोले दागे गए।

बहुत दिनों के बाद अपनी पुरानी यादों से गुजरने का मौका मिला। मैंने दिल से याद किया कि कैसे पहली बार मैं दीप से मिला था। कैसे मेरी शादी उनसे हुई थी। कैसे शादी के बाद तक हम दोनों एक-दूसरे को 'आप-आप' कहकर संबोधित करते थे।

कैसे शादी पाँच दिनों बाद ही जब हम पटना में अपने घर में सो रहे थे तो हमारे सिर पर पंखा टूटकर गिर पड़ा था।

कैसे पिताजी इस बात से बहुत घबरा गए थे। उन्होंने कहा भी कि तुम दिल्ली की लड़की से शादी करके उसे पटना लाए हो और यहाँ सिर पर पंखा गिर गया, कहीं कोई यह न सोच बैठे कि घर वालों ने जान-बूझकर ये सब किया।

पंखा गिर जाना सचमुच बहुत हैरान करनेवाला था, पर किस्मत की बात यह थी कि पंखा दाएँ-बाएँ गिरा था और किसी को खरोंच तक नहीं आई थी।

कल देर रात जब लौटकर बिस्तर पर आया तो नींद आँखों से कोसों दूर थी। बहुत देर तक अपनी ही यादों से लिपटा रहा। कई बार मन बहुत पीछे तक गया। फिर वर्तमान में लौटा। पटना से भोपाल, भोपाल से दिल्ली का सफर कई-कई किश्तों में तय करता रहा। याद करता रहा कि कितने लोगों से मुझे मिलने का मौका मिला है?

मैं सचमुच बहुत भाग्यशाली हूँ। मुझे हर तरह के आदमी से मिलने का मौका मिलता है। कई लोगों ने मुझ पर अमिट छाप छोड़ी। उनमें से कुछ बड़े लोग हैं, कुछ आम लोग, पर जिस-जिसने मुझ पर अपनी छाप छोड़ी, मैंने उसकी कहानी आपको सुनाता हूँ।

मुझे याद है कि मैंने आपको कुछ साल पहले शाहरुख खान से हुई इस मुलाकात की कहानी भी सुनाई थी, पर कल क्योंकि उनकी चर्चा निकल पड़ी तो वो मुलाकात मुझे फिर याद आ गई। हालाँकि शाहरुख खान से मेरा कई बार मिलना हुआ, लेकिन वो मुलाकात खास थी। उस मुलाकात में मेरा परिचय एक सितारे से हुआ था।

उस मुलाकात की कहानी मैंने आपके साथ पहले साझा भी की है। आज एक बार फिर वो याद ताजा करने का मन कर रहा है।

बात सर्दियों की है। सर्दी की उस रात मैं शाहरुख खान से मिला था। वो हमारे दफ्तर आए थे। हम काफी देर तक साथ बैठे, फिर दफ्तर की कैंटीन में हमने रात एक बजे खाना खाया, गप-शप की और सर्द रात में करीब ढाई बजे वे निकल गए।

शाहरुख खान से हमारी बातचीत का बहुत बड़ा हिस्सा उनकी फिल्म थी और फिर डिनर के वक्त उनके पहले टी.वी. सीरियल 'फौजी' की यादें थीं। जिस साल मैं आई.आई.एम.सी. में पढ़ रहा था, उसी साल शाहरुख दिल्ली में जामिया इंस्टीट्यूट से पत्रकारिता का कोर्स कर रहे थे और 'फौजी' की शूटिंग भी।

शाहरुख पहली मुलाकात में ही काफी गर्मजोशी से मिले थे। मैं कई बार 'फौजी' की शूटिंग में सेट पर गया, और अपने अखबार में शूटिंग की रिपोर्ट भी छापी। मैं पढ़ाई बस शौकिया कर रहा था, क्योंकि पढ़ाई के बाद ऐसी ही नौकरी की दरकार थी, जो मेरे पास पहले से थी।

तब पत्रकारिता, थिएटर और फिर टी.वी. सीरियल आपस में मिलकर भी जुदा-जुदा थे। शाहरुख टाइम पर शूटिंग करने पहुँचते, दोस्तों को खूब हँसाते और जितना पैसा जेब में होता, उसे फक्कड़ भाव से लुटाकर चले जाते।

'फौजी' टी.वी. पर आने लगा था। दिल्ली का लड़का दिल्ली में ही हीरो बन चला था। शाहरुख शूटिंग के दौरान ही पॉपुलर होने लगे और लगने लगा कि यह हीरो टी.वी. के कई और सीरियल में आएगा। 'फौजी' के बाद 'सर्कस' आया, लेकिन शाहरुख की यह मंजिल नहीं थी।

हमारी पढ़ाई पूरी हो चुकी थी। मैं नौकरी में व्यस्त हो गया, शाहरुख मुंबई चले गए। फिर शाहरुख के बारे में कुछ बताने की जरूरत नहीं। बाकी की कहानी तो खुली किताब है।

समय बीतता गया। मैं प्रिंट से निकलकर इलेक्ट्रॉनिक मीडिया में चला आया। कुछ सालों तक अमेरिका रहा। कई आर्टिकल लिखे, किताब लिखी, दुनिया घूमा, रिपोर्टिंग की, नेताओं से मिला, अभिनेताओं से मिला; लेकिन शाहरुख नाम का वो लड़का मेरे जेहन से कभी नहीं मिटा।

पत्रकारिता की वजह से हम बाद में भी कई बार मिले, लेकिन सर्दियों की वो मुलाकात कुछ अलग-सी थी हम दोनों के लिए।

हमने पुरानी यादों को ताजा किया। दफ्तर की कैंटीन में रात के दो बजे शाहरुख ने 'फौजी' की उस हीरोइन को याद किया, जो मेरे साथ आई.आई.एम.सी. में पत्रकारिता की पढ़ाई कर रही थी। शाहरुख ने पूछा, "कहाँ हैं वो?"

सच यह है कि आई.आई.एम.सी. से निकलने के बाद मैंने कभी किसी के बारे में जानने की कोशिश ही नहीं की, लेकिन शाहरुख खान ने उन्हें याद किया। मुझे शर्म भी आई कि अपने एक दोस्त के बारे में कुछ पता करने की मैंने कभी जहमत नहीं उठाई। मैं कुछ-कुछ बोलता रहा। शाहरुख खामोश रहे। डिनर के बाद हम नीचे साथ-साथ उतरे। रात के ढाई बज चुके होंगे। घना कोहरा था, भयंकर सर्दी थी। नीचे उतरते हुए मैंने शाहरुख से पूछा दिल्ली की सर्दी याद आती है? शाहरुख ने चहकते हुए कहा था,

"बहुत याद आती है।"

मैंने चलते-चलते ये भी पूछा था, "इतनी रात में कहाँ जाएँगे?" तब शाहरुख ने कहा था, "घर जाऊँगा।"

हम गले मिले और फिर मिलने का वादा कर अलग हो गए।

कोहरा बहुत था, मेरे लिए घर जाना मुश्किल लग रहा था। मैं अपने ड्राइवर से पूछना चाह रहा था कि गाड़ी चलाने में मुश्किल तो नहीं आएगी? उससे कुछ पूछता इसके पहले ही उसने मुझसे कहा, "साहब, शाहरुख खान अपनी माँ से मिलने गए हैं।"

"माँ से?" मैं चौंका।

तो ड्राइवर ने साफ किया। उसने कहा कि जब शाहरुख साहब के साथ लिफ्ट से नीचे उतर रहे थे, तब उन्होंने मुझसे पूछा था कि कहीं टॉर्च मिल जाएगी? मुझे अपनी माँ से मिलने जाना है।

शाहरुख अपनी माँ से बेइंतहा मुहब्बत करते थे, करते हैं। सुना था। उन्होंने मुझसे कहा था घर जाऊँगा, लेकिन ये नहीं कहा था कि इतनी रात वो अपनी माँ से मिलने उनकी मजार पर जाएँगे।

ये शाहरुख खान हैं, जो 28 साल पुराने दोस्तों को याद करते हैं। रात के ढाई बजे धुंध में माँ की मजार पर अकेले जाकर उनसे गुपचुप बातें करते हैं। मैं ड्राइवर से कह रहा था, "कार धीरे चलाना, धुंध है," पर रास्ते भर सोचता रहा, इतनी धुंध में शाहरुख खान गए हैं माँ की मजार पर। उन्हें न रात का खौफ है, न कोहरे का। दरअसल वो इतने बड़े सितारे हैं कि दिन में चाहकर भी माँ से नहीं मिल सकते। लाखों लोगों की भीड़ उन्हें उन्हीं की माँ से नहीं मिलने देगी। इसलिए शायद दिल्ली आकर वो अक्सर रात में माँ से मिलते हैं। मेरा ड्राइवर कह रहा था, कोहरा बहुत है, और शाहरुख खान इसी कोहरे को चीरते हुए माँ से मिलने जा रहे थे।

बहुत सोचा और जो समझा, वो यही कि जो यादों को जिंदा रखते हैं, जो यादों की परवाह करते हैं और जो उन यादों से मिलने के लिए धुंध को चीर देते हैं, वही सितारा बनते हैं, वरना क्या हम सभी सितारा नहीं बन जाते?

□

बुशरा अंजुम

पंद्रह–सोलह साल की उस लड़की को मैं क्या, वहाँ मौजूद कोई शख्स नहीं जानता था। दुबली–पतली, उस लड़की के चेहरे पर कोई भाव नहीं। मेरी समझ में नहीं आ रहा था कि वो खुद पर यकीन नहीं कर रही थी, या उसे मुझ पर यकीन नहीं था।

उसका नाम तब मुझे नहीं मालूम था, पर उसे आवाज देकर बुलाया मैंने ही था।

आप सोच रहे होंगे कि संजय सिन्हा कैसी–कैसी कहानियाँ सुनाने लगते हैं? पता नहीं किन–किन लोगों से मिलने पहुँच जाते हैं? उन लोगों को क्यों आवाज देने लगते हैं, जिनका नाम भी नहीं मालूम।

माँ कहती थी कि आसमान में लाखों सितारे हैं। किसी को नहीं पता उन लाखों सितारों के नाम क्या हैं? ध्रुव तारा, सप्त ऋषि, पुच्छल तारा जैसे कुछ सितारों की कहानियाँ हमने सुनी हैं, लेकिन जिन सितारों की कहानियाँ हमने नहीं सुनीं, क्या वो सितारे नहीं?

मैं बचपन में आसमान के नीचे लेटकर जब उन सितारों की ओर देखता था, तब मेरे मन में कई–कई कहानियाँ हिलोरें मारा करती थीं। माँ ने जब ध्रुव तारे की कहानी सुनाई थी, तब से मेरे मन में था कि हर तारे की एक कहानी होगी। कभी–कभी उन्हीं तारों में मैं खुद को देखता था। माँ कहती थी कि जो अच्छे लोग होते हैं, वो बाद में तारा बन जाते हैं।

उस दिन आसमान से उतरकर वही लड़की मेरे सामने चली आ रही थी। उसकी आँखों में टिमटिमाहट थी, मगर खामोश।

मौका था, जबलपुर के राइट टाउन स्टेडियम में 'कदम' संस्था की ओर से बीजारोपण समारोह का। जबलपुर में 'कदम' संस्था हर साल बच्चों को स्कूल में बीज बाँटती है और बच्चे उस बीज को बोकर पौधा बनाते हैं। हजारों की संख्या में बच्चे इस कार्यक्रम में हिस्सा लेते हैं। साल भर बाद वही बच्चे अपने पौधों को लेकर पहुँचते हैं

और फिर लॉटरी से उनके नाम का चयन कर उन्हें पुरस्कृत किया जाता है। सैकड़ों साइकिलें बच्चों को बाँटी जाती हैं।

इन्हीं में बंपर पुरस्कार के रूप में किसी बच्चे को नैनो कार दी जाती है।

सभी बच्चों को एक रजिस्ट्रेशन नंबर मिलता है और उन नंबरों को एक डिब्बे में रखकर एक नंबर चुना जाता है।

मैं पिछले कई वर्षों से इस कार्यक्रम में लगातार शामिल हो रहा हूँ। शहर के जाने-माने उद्योगपति, नेता यहाँ आते हैं। उद्योगपति कैलाश गुप्ता अपनी ओर से एक कार बतौर पुरस्कार देते हैं।

इस बार भी नैनो की ऑटोमेटिक कार पुरस्कार में रखी गई थी, पर डिब्बे से एक नंबर चुनने का जिम्मा मुझे सौंपा गया था।

मैंने डिब्बे में पड़े हजारों नंबरों को हिलाया और एक नंबर अपनी मुट्ठी में उठा लिया।

माइक से नंबर अनाउंस किया गया।

मुझे लगा कि भीड़ में मौजूद उन बच्चों में से अभी एक कूदकर बाहर आएगा और झूमता हुआ मंच पर पहुँचेगा। आखिर उसकी किस्मत ने उसे एक कार का मालिक बना दिया है।

मंच से नंबर अनाउंस हुआ। बच्चों की भीड़ में सन्नाटा पसरा था। सभी अपने नंबर मिला रहे थे।

किसके नाम निकली कार?

एक मिनट के बाद भीड़ से एक लड़की बाहर निकली। पंद्रह-सोलह साल की दुबली-पतली लड़की। काले और नारंगी रंग के फूलों वाले सूट में वो लड़की धीरे-धीरे मंच की ओर बढ़ रही थी।

सभी तालियाँ बजा रहे थे। बहुत-से लोग उस बच्ची की किस्मत पर खुशी जता रहे थे, पर लड़की भाव शून्य थी।

वो अपनी माँ के साथ मंच पर आई। हमने उससे हाथ मिलाया।

मैंने पूछा, "तुम्हारा नाम क्या है?"

"बुशरा अंजुम।"

"मैंने ठीक से सुना नहीं। एक बार फिर से बताओ अपना नाम।"

"बुशरा अंजुम।"

मैं अभी भी समझ नहीं पा रहा था कि उसका नाम क्या है। उसकी आवाज इतनी धीमी थी कि वहाँ मौजूद कोई शख्स नहीं सुन पा रहा था—बुशरा अंजुम।

"कौन-सी क्लास में पढ़ती हो?"

"बारहवीं में।"

"वाह! तुम्हें उपहार में कार मिली है। कैसा लग रहा है?"

"पता नहीं कैसा लग रहा है।"

"क्यों तुम्हें खुशी नहीं कि कार तुम्हारे नाम निकली है? अब ये कार, जो सामने खड़ी है, वो तुम्हारी है।"

"जी।"

"तुम्हारे पिताजी क्या करते हैं?"

"मजदूर हैं।"

मैं पल भर को चुप रहा। मैं जितने सवाल पूछ रहा था, मेरे सारे सवाल खत्म हो चुके थे। वो लड़की अब भी भाव शून्य थी। सुख उसे सुखी नहीं कर रहा था, दुःख दुःखी नहीं।

साढ़े तीन लाख की नैनो ऑटोमेटिक उसके सामने खड़ी थी, पर वो समझ नहीं पा रही थी कि वो करे क्या?

मुझे लग रहा था कि संसार का सबसे महान संत मेरे सामने खड़ा है। दुनिया जिसे पाने के लिए जिंदगी गँवा देती है, उसे पाकर भी संत निर्लिप्त भाव में खड़ा रहता है। वो लड़की भी मेरे सामने निर्लिप्त भाव खड़ी थी।

मैंने पूछा, "कार में कभी बैठी हो?"

"नहीं।"

"तुम इस कार को चलाओगी?"

"नहीं।"

"फिर क्या करोगी?"

"पापा को दे दूँगी।"

"पापा क्या करेंगे?"

"वो मजदूरी करने जाएँगे, कार से।"

संजय सिन्हा चुप थे। उनके भीतर का पत्रकार मर गया था। सारे सवाल खत्म हो चुके थे।

उस रात जबलपुर में आसमान साफ था। ढेर सारे सितारे टिमटिमा रहे थे। उत्तर की ओर ध्रुव तारा था। उसके बगल में सप्त ऋषि थे। उन तारों के बीच लाल रंग का मंगल भी चमचमा रहा था।

पर एक तारा, जो बहुत दूर टिमटिमा रहा था, वो तारा हमेशा चुपचाप टिमटिमाता रहता था। बहुत दूर, एकदम कोने में। माँ से मैंने उसी का नाम पूछा था। माँ ने कहा था कि बहुत-से सितारे हैं आसमान में। तुम बड़े होगे तो तुम्हें उनका नाम पता चलेगा। तुम उनकी कहानियाँ सबको सुनाना।

उस तारे का नाम मुझे मिल गया था।

बुशरा अंजुम।

जब सूरज ढल जाता है। चंद्रमा लुप्त हो जाता है, तब भी तारे टिमटिमाना नहीं छोड़ते। वो आसमान में टिमटिमाते रहते हैं। वो बहुत दूर रहकर भी पथ-प्रदर्शक बने रहते हैं।

संजय सिन्हा झुककर संसार की करोड़ों बुशरा अंजुम को सलाम करते हैं कि काली अँधेरी रात में भी उन्होंने टिमटिमाना नहीं छोड़ा है। उन्हें न सूरज की चाहत है, न चाँद की तमन्ना।

तुम्हें सलाम है, बुशरा अंजुम। तुमने मुझे ही नहीं, बहुतों को सिखा दिया है जीवन का पाठ।

'गीता' में पढ़ा था, तुम्हें तो देख लिया।

जब सुख सुखी न करे, दुःख दुःखी न करे तो आदमी मुक्त हो जाता है।

वो सितारा बन जाता है।

□

सुखवर्षा सहगल

"माँ, कोई कहानी सुनाओ।"

"ठीक है, आज तुम्हें मैं एक चुलबुली-सी लड़की की कहानी सुनाऊँगी, जो बात-बात पर खिल-खिलाकर हँसती थी। सबको खुश रखती थी, खुद भी खुश रहती थी।"

"नहीं माँ। मुझे तो राजा-रानी की कहानी सुनाओ। बात-बात पर हँसने वाली, सबको खुश रखनेवाली लड़की की कहानी में भला क्या रखा है?"

माँ मेरी बातों पर हँसती। कहती कि बेटा, जहाँ हँसी है, खुशी है वहीं कहानी है।

माँ ने उस लड़की की कहानी उस दिन अपने संजू बेटे को नहीं सुनाई थी। उसे लगा था कि बेटा राजा-रानी की कहानी सुनाने को कह रहा है, तो वो कहानी उस दिन रह गई थी।

फिर वो कहानी रह ही गई।

एक दिन माँ भगवानजी के पास चली गई। मैं बड़ा होता गया, पर मन में उस लड़की की कहानी कहीं रह गई थी। कभी-कभी सोचता कि वो लड़की कैसी होगी, जिसकी कहानी माँ सुनानेवाली थी। वो लड़की अब कितनी बड़ी हो गई होगी, जो बात-बात पर खिल-खिलाकर हँसती थी, सबको खुश रखती थी और खुद भी खुश रहती थी। बेकार ही माँ को मैंने उस दिन रोक दिया था, लड़की की कहानी सुनाने से।

जहाँ हँसी है, खुशी है वहीं कहानी है।

मैं मन में सोचता था कि माँ की कहानीवाली वो लड़की अब तो बहुत बड़ी हो गई होगी। क्या वो अब भी वैसे ही हँसती होगी, खुश रहती होगी?

कल मुझे मेरे सभी सवालों के जवाब मिल गए।

कल वो मुझे मध्य प्रदेश में कान्हा जाते हुए मिल गई। अपनी जिस प्राइवेट बस से मैं

कान्हा के लिए निकला था, वो लड़की उसी बस में थी। मैं उसे नहीं पहचानता था, पर वो मुझे जानती थी। उसे जैसे ही पता चला कि संजय सिन्हा कान्हा जा रहे हैं, वो भी उस बस में निकल पड़ी, मेरी सहयात्री बनकर।

वो बिल्कुल नहीं बदली थी। जस-की-तस थी। माँ जिस लड़की की कहानी सुनाना चाह रही थी, कल वो लड़की मेरे साथ बैठी थी।

बात-बात में खिलखिलाना, खूब खुश रहना और सबको खुश रखनेवाली वो लड़की बिल्कुल वैसी ही थी।

वैसी ही मतलब, जिस तरह माँ मुझे बता रही थी।

कैलेंडर में कई तारीखें बदल गई थीं, पर वो बात-बात पर खिलखिला रही थी। न जाने किन-किन बातों पर 'दे ताली' कहकर मुझसे हाथ मिलाती रही। मैंने एक-दो बार झुककर प्रणाम करने की कोशिश की तो कहने लगी, "माँ के लाडले, तू मुझसे हाथ मिला। तुझसे मिलने तो मैं यहाँ आई हूँ और तू है कि मुझसे दोस्ती करने में संकोच कर रहा है? देख, इस बस में मेरे इतने सारे ब्वॉय फ्रेंड बैठे हैं, कोई मुझे झुक कर प्रणाम कर रहा है क्या? सब मेरे गले मिलते हैं, सब मुझसे हाथ मिलाते हैं। सब जी रहे हैं। मैं भी जी रही हूँ। इतने सालों के बाद अब खुलकर जी रही हूँ। इतने सालों के बाद तो मैंने अपना नाम सुना है। मैं तो अपना नाम ही भूल गई थी। जब घर में थी, छोटी थी तो सब बेटी, बेटी बुलाते रहे। किसी ने लड़की कहा, किसी ने फलाँ की बिटिया।

"एक-दो लोग तो मुझे मेरे भाई के नाम से भी पहचानते रहे। कहते थे कि ये उसकी बहन है।

"फिर शादी हो गई तो मैं मिसेज सहगल बन गई। मेरा कोई नाम ही नहीं था। जहाँ गई, पति के नाम से मेरा नाम जुड़ा रहा। मैं हूँ तो पंजाब की, पर रही लखनऊ में। मुंबई में। वो तो भला हो मेरी उस बेटी का, जिसकी शादी जबलपुर में हो गई।"

मैं चुपचाप सुन रहा था। लड़की बोल रही थी।

"मैं बड़ी होती गई। फिर सब लड़कियों की जैसे शादी होती है, मेरी भी शादी हो गई। फिर मेरी तीन बेटियाँ हुईं। दो अभी कैनेडा में हैं, एक जबलपुर में। मेरे पति इश्योरेंस कंपनी की नौकरी से रिटायर होने के बाद जबलपुर चले आए। इस शहर से मेरा कोई लेना-देना नहीं रहा, पर पता नहीं कैसे एक बार यहाँ आई तो यहीं रह गई।

"जब पति रिटायर हुए थे, तब मैं 58 की ही थी। अब 83 की हो गई हूँ। दस साल से

अधिक समय बीत चुका है, पति मुझे छोड़कर भगवानजी के पास चले गए। तब से अकेली हूँ, पर सुनो संजय, मैं अब जिंदगी जी रही हूँ। पहली बार जी रही हूँ। अपनी मर्जी की जिंदगी जी रही हूँ। मैं खुश हूँ। अपने आप को खुश रखती हूँ।

"मैंने अपने सारे दाँत बदलवा लिये हैं। सारे नए हैं, चमचम।

"ढेर सारी संस्थाओं से जुड़ी हूँ। सुबह उठकर कदम संस्था पहुँच जाती हूँ। दस बजे पौधा रोपण करती हूँ। वहाँ कोई मुझे मिसेज सहगल के नाम से नहीं बुलाता। सब मेरा नाम लेते हैं।

"सुखवर्षा। यही मेरा नाम है।

"मैं बहुत सारी संस्थाओं से जुड़ी हूँ। जिंदगी छककर जी रही हूँ। जो मिलता है, उससे दोस्ती कर लेती हूँ। ढेर सारे दोस्त हैं। मैं सबको अपना ब्वॉय फ्रेंड मानती हूँ। देखो, तुम्हारे साथ बस में कान्हा चल रही हूँ। लोग कहते हैं, 83 साल की हो गई हूँ।

"क्या 83 साल में जिंदगी नहीं जीनी चाहिए? लोग कहते हैं कि पति मर गए, तो भी इतना खुश कैसे रहती है?

"मैं तो कहती हूँ कि मेरी जिंदगी अब शुरू हुई है। इतने साल तो मैं बस दूसरों के लिए जीती रही। अब अपने लिए जी रही हूँ। नहीं तो सुबह उठकर बस इनको देखो, उनको देखो। इंडिया में महिलाएँ जीती कहाँ हैं? उन्हें जीने ही कब दिया जाता है? वो तो बस कभी बेटी होती है, कभी पत्नी, कभी माँ।

"पर मैं जी रही हूँ। छककर जी रही हूँ। देख, तेरी भी मैं गर्ल फ्रेंड हूँ। वही वाली, जिसकी कहानी माँ तुझे उस दिन सुनाना चाह रही थी, पर तूने मना कर दिया था। पर अब तू कैसे मना करेगा, मेरी कहानी सुनने से और अपने परिजनों को सुनाने से?

"लिख दे मेरी कहानी। बता दे सबको कि सुखवर्षा भी जीती है। दुनिया की सभी सुखवर्षाओं को जीने का हक है, बिना पिता के नाम के, बिना पति के नाम के।"

बस अपनी गति से चली जा रही थी।

सुखवर्षा सहगल की जो कहानी उस दिन छूट गई थी, वो मेरे कानों में गूँज रही थी।

महिलाओं को जीने ही कब दिया जाता है? वो तो बस कभी बेटी होती हैं, कभी पत्नी, कभी माँ।

□

सूफिया फारुकी

कान्हा से लौटते हुए छोटी-सी बस में झपकी आ गई थी।

शाम का समय, जंगल की ठंडी हवा के बीच मैंने मन-ही-मन सोच लिया था कि तीन-चार घंटे लगेंगे जबलपुर पहुँचने में। तीन घंटे में तो संजय सिन्हा तीन दिनों की नींद पूरी कर सकते हैं। बगल में राजीव चतुर्वेदी भी सो रहे थे, आगे की सीट पर योगेश गनोरे एकदम चुस्त अंदाज में बैठे थे। अपने बलजीत सिंह मैनी भैया चुपचाप बैठे थे। पीछे की सीट पर प्रियंका श्रीवास्तव और अनुसुइयाजी गप कर रही थीं।

मैं तो मन के खयालों में खोता हूँ और दुनिया से बेखबर हो जाता हूँ। सबका अपना-अपना संसार होता है। मैं अपने संसार में चला गया था। बस अपनी रफ्तार से चली जा रही थी।

अचानक एक आवाज आई, "संतोष, लग रहा है कि मंडला आ गया है। कहीं कॉफी पीने के लिए गाड़ी रोकना।"

आवाज योगेश गनोरेजी की थी।

मंडला?

अचानक मुझे याद आया कि कुछ महीने पहले ही मैं मंडला आया था, मूक-बधिर बच्चों के स्कूली कार्यक्रम में। मैं मंच पर बैठा था, बगल में सूफिया फारुकी बैठी थीं, मंडला की कलेक्टर।

उनसे यह मेरी पहली मुलाकात थी।

यूँ ही बात शुरू हुई तो मैंने कहा कि आप तो मेरी छोटी बहन जैसी हैं। बिल्कुल वैसी दिखती हैं।

पता चला कि सूफिया भोपाल की रहनेवाली हैं और वहीं नूतन कॉलेज में उन्होंने पढ़ाई की है।

नूतन कॉलेज भोपाल में साढ़े छह नंबर बस स्टॉप के पास है, ठीक मेरी मौसी के घर के सामने।

भोपाल का नाम लेते ही मैं कई साल पीछे लौट गया। हम लोग तब पाँच नंबर पर रहते थे। मौसी का घर साढ़े छह नंबर पर था। सामने लड़कियों का कॉलेज था—नूतन कॉलेज। बहुत सारी लड़कियाँ सुबह-सुबह कॉलेज जाती थीं। मेरी मौसी की बेटियाँ भी वहीं पढ़ती थीं।

मेरा कॉलेज दूर था। हमीदिया कॉलेज जाने के लिए मुझे बस लेनी पड़ती थी, लेकिन मेरी बहनें तो कॉलेज की घंटी बजने के बाद भी दौड़कर नूतन कॉलेज पहुँच जाती थीं। जो बहुत-सी लड़कियाँ कॉलेज जाती दिखती थीं, उनमें यकीनन एक सूफिया भी रही होगी, मेरी बहनों के बीच ही।

सूफिया ने वर्ष 2008 में आई.ए.एस. की परीक्षा पास की थी। टॉप बीस लोगों में उनका नाम था।

मेरे मामा मध्य प्रदेश कैडर के आई.पी.एस. थे। मामा की बहुत इच्छा थी कि उनका भांजा भी आई.ए.एस. या आई.पी.एस. बने, पर भांजे ने तो तय कर लिया था कि सरकारी नौकरी करनी ही नहीं। एम.ए. की पढ़ाई पूरी होते-होते भांजे ने दिल्ली में प्रभाष जोशीजी को चिट्ठी लिखकर नौकरी की गुहार लगा दी थी। तब मुझे यह भी नहीं पता था कि नौकरी के लिए कैसे आवेदन भेजा जाता है? मैंने तो अंतर्देशीय पर बस लिख दिया था कि मेरा नाम संजय सिन्हा है, मैं भोपाल में रहता हूँ। मुझे 'जनसत्ता' में नौकरी चाहिए।

मेरी चिट्ठी 'जनसत्ता' के ऑफिस पहुँच गई थी। संपादक ने उसे पढ़ लिया था। मेरे पास संदेश आया था कि लिखित परीक्षा पास करनी होगी, दिल्ली चले आओ। संजय सिन्हा लिखित परीक्षा में भला फेल होनेवाले थे?

मालवा एक्सप्रेस में सवार होकर दिल्ली चले आए।

टेस्ट में पास हो गए। इंटरव्यू में भी पास हो गए।

बस, तब से दिल्ली ही घर बन गया। भोपाल छूट गया। यहीं शादी हो गई, यहीं बेटा हो गया।

पर उस दिन मंडला के उस कार्यक्रम में सूफिया से बात करते हुए मैं कई बार भोपाल लौटा। साढ़े छह नंबर गया। अपनी मौसी के घर गया, बहनों से मिला। चार इमली गया। दुबे अंकल से मिला। समारोह चलता रहा। मैं भोपाल की यादों में डूबता-उतराता रहा।

मंच से नाम अनाउंस हुआ कि अब संजय सिन्हा कुछ बोलेंगे।

संजय सिन्हा क्या बोलेंगे?

माइक हाथ में आया। मैंने सबको संबोधित किया और साथ में कहा, "मेरी छोटी बहन, सूफिया।"

मेरा भाषण पूरा हो गया।

फिर सूफिया को बोलना था। उन्होंने बच्चों को संबोधित किया और मेरे नाम के साथ कहा, "भइया। बस, भइया।"

हमें उस दिन जल्दी निकलना था। जबलपुर से मेरी फ्लाइट थी, दिल्ली के लिए।

हम लौट आए।

दो दिन पहले मैं फिर कान्हा गया था। वहाँ से अपनी बस में लौटते हुए मुझे झपकी सी आ गई थी। योगेश गनोरेजी ने ड्राइवर से अगर कॉफी पीने के लिए बस रोकने को नहीं कहा होता तो मैं कुछ देर और सोता, पर जैसे ही कानों में आवाज आई कि मंडला आ गया है, मेरी नींद टूट गई।

"अरे, यहीं तो अपनी बहन रहती है।" मैंने यूँ ही कह दिया कि योगेशजी, यहाँ मेरी बहन रहती है। उसके यहाँ चलें क्या?

"आपकी बहन? यहाँ?"

"हाँ-हाँ, मेरी बहन। यहीं कलेक्टर है।"

योगेशजी ने कहा, "सतोष, गाड़ी रोको।"

गाड़ी रुक गई। योगेशजी ने कहा, "करिए फोन।"

मैंने फोन किया। फोन नहीं उठा। कलेक्टर व्यस्त होते हैं। ढेरों मीटिंग होती हैं। मैंने कहा, "लग रहा है, अभी कहीं व्यस्त होंगी।"

गाड़ी आगे चल पड़ी। पंद्रह किलोमीटर आगे निकलने के बाद मेरे फोन की घंटी बजी।

"भइया, आपने फोन किया था?"

"हाँ, बहन। मंडला से गुजर रहा था तो सोचा, मिलता चलूँ।"

"अरे आप मंडला में हैं?"

"हाँ, कान्हा से लौट रहा था। जबलपुर जा रहा हूँ।"

"ओह! कुछ लोग आनेवाले हैं, उनके लिए खाने की तैयारी कर रही थी, इसलिए फोन पर आपसे बात नहीं हो पाई, पर आप तो घर आइए।"

"नहीं बहन, अब तो काफी आगे निकल गया हूँ।"

"ऐसा नहीं हो सकता। आप इधर आए और बहन से बिना मिले चले जाएँगे?"

"मेरे साथ बहुत-से लोग हैं। अगली बार आऊँगा।"

फोन कट गया।

हम कॉफी पीने के लिए मध्य प्रदेश पर्यटन विभाग के रेस्तराँ में गाड़ी पार्क करने ही वाले थे कि फोन की घंटी फिर बजी।

"भइया, मैं व्यस्त तो हूँ। आपने पहले नहीं बताया कि आप मंडला आ रहे हैं। पर इधर से बिना मिले चले जाएँगे, यह अच्छा नहीं लग रहा।"

"कोई बात नहीं, बहन। फिर आऊँगा।"

"नहीं भइया, चाहे दो मिनट के लिए ही, पर मिल लीजिए। आप आ जाइए।"

गाड़ी फिर मुड़ी, पंद्रह किलोमीटर पीछे।

सामने कलेक्टर बँगले के भीतर बस खड़ी हो गई।

एक-एक कर बस से छह लोग उतरे। बहन रसोई में थी। भागते हुए आई, मिली।

बहन ने सभी की खूब आव-भगत की।

फिर मुझसे मिलने आए मेरे बहनोई, इरशाद वली। इरशाद भारतीय पुलिस सेवा अधिकारी हैं। फिलहाल बालाघाट और मंडला रेंज के डी.आई.जी. हैं। इरशाद पटना के रहनेवाले हैं, यह मेरे लिए नई जानकारी थी।

हम बातें करते रहे। भोपाल की बातें, पटना की बातें। रिश्तों की बातें। संजय सिन्हा की कहानियों की बातें। समय कम था, बातें बहुत थीं।

फिर हम निकल पड़े जबलपुर के लिए, मन में रिश्तों की ढेरों यादें लिये हुए।

बस तेज रफ्तार से चली जा रही थी।

कान में मधुर सी आवाज गूँज रही थी, "आप इधर आए और बहन से बिना मिले चले जाएँगे?"

जो रिश्तों को जीते हैं, वही जिंदगी भी जीते हैं।

रिश्ते सिर्फ संबोधन भर नहीं होते। ये मन के वो भाव होते हैं, जिन्हें जीना पड़ता है।

वैसे ही, जैसे संजय सिन्हा जीते हैं। वैसे ही, जैसे मेरी छोटी बहन सूफियाजी रही है।

□

सिनेमा हॉल वाली लड़की

संजय सिन्हा का क्या है, किसी से भी मिल सकते हैं और किसी की कहानी आपको सुना सकते हैं।

सुनाने का मन थ पाँच सौ रुपए के उस नोट की कहानी, जो मेरे पर्स से अचानक निकलकर बाहर आ गया या फिर मुझे कहानी सुनानी थी मेट्रो में सवार उस आदमी की, जो अपनी पत्नी को फोन पर लगातार कोस रहा था कि किस अशुभ घड़ी में तुमसे आ मिला।

दोनों कहानियाँ आपको सुनाऊँगा, पर अभी सुनिए उस लड़की की कहानी, जो कल रात मुझे मिल गई सिनेमा हॉल में।

जबलपुर में अपने डॉक्टर हंसमुख वर्मा ने मुझे बताया था कि 'अय्यारी' बहुत ही अच्छी फिल्म है। उनके कहने के बाद मेरे मन में था कि ये वाली फिल्म देखूँगा।

कल जैसे ही टाइम मिला, पत्नी के साथ लेट नाइट शो में 'अय्यारी' देखने पहुँच गया।

मॉल ऑफ इंडिया के हॉल में पंद्रह-बीस लोग थे। फिल्म शुरू हो गई थी। सितारों के नाम चल रहे थे, बत्ती बंद हो चुकी थी।

मैंने देखा कि एक लड़की अपने बूढ़े माँ-बाप के साथ हॉल में घुसी।

माँ को चलने में तकलीफ थी। वो बेटी का सहारा लेकर अँधेरे में आगे बढ़ रही थीं।

सिनेमा हॉल में बैठे सभी दर्शकों का ध्यान फिल्म की ओर था। एक भी सीन मिस न हो जाए। लेकिन संजय सिन्हा की आँखें उस लड़की की ओर थीं, जो अँधेरे में अपनी माँ का हाथ थामे हुए आगे बढ़ रही थी। पिताजी दरवाजे के पास खड़े होकर बेटी की वापसी का इंतजार कर रहे थे।

माँ धीरे-धीरे अपनी सीट तक पहुँची। माँ को बैठाकर बेटी तेजी से दरवाजे की ओर

बढ़ी। फिर उसने पिता को सहारा दिया और उन्हें उनकी सीट तक लेकर आई।

आपको तो पता ही है कि संजय सिन्हा ये सब देखकर चुप नहीं बैठ सकते थे।

उन्होंने मोबाइल फोन को बाहर निकाला और अँधेरे में ही एक तस्वीर उस बेटी की उतारी, जो अपने माँ-बाप को फिल्म दिखलाने आई थी। मैं तस्वीर उतार रहा था तो मेरी पत्नी का ध्यान मेरी ओर गया। उसने पूछा कि अँधेरे में किसकी तस्वीर ले रहे हो? और तस्वीर ठीक थोड़े न आएगी?

मेरे मुँह से निकला, "आज मैं संसार की सबसे खूबसूरत बेटी की तस्वीर उतार रहा हूँ। मैं जानता हूँ कि अँधेरा है, तस्वीर धुँधली आएगी। पर शायद ये मेरे मोबाइल से उतारी हुई अब तक की सबसे सुंदर तस्वीर होगी।"

एक लड़की, बूढ़े माँ-बाप। लेट नाइट शो। माँ-बाप दोनों को चलने में तकलीफ।

लड़की उसी लाइन में आकर बैठी थी, जिस लाइन में हम बैठे थे।

फिल्म चलती रही।

अय्यार का अर्थ होता है—भेष बदलने वाला। ऐसा व्यक्ति तो मायावी तरीके से अपना चेहरा बदल सकता है। 'चंद्रकांता' की कहानी में इस शब्द का पहली दफा इस्तेमाल हुआ था। कदम-कदम पर छल, धोखा और कई चेहरों की कहानी है, 'अय्यारी'।

लोग देख रहे थे। देख रहे थे, आदमी के बार-बार बदलते रूप को। उसके बदलते चेहरों को।

पर संजय सिन्हा का ध्यान अटका था, उस बूढ़े माँ-बाप पर। उनके भाग्य पर।

आज जब घर में लोग अपने रिश्तों को नहीं जीते, बड़े-बूढ़ों की अनदेखी करते हैं, वहाँ एक लड़की अपने पिता को और अपनी माँ को सिनेमा दिखाने लाई है।

इंटरवल हुआ।

मैं पानी लाने के लिए अपनी जगह से उठा। लड़की भी पिताजी के लिए कुछ लाने के लिए उठी।

बाहर भीड़ नहीं थी। फिल्म ही कम लोग देखने आए थे।

पता नहीं कैसे मैंने पूछ लिया कि आप अपने माता-पिता के साथ फिल्म देखने आई हैं? लड़की ने मेरी ओर देखा, फिर धीरे-से बोली, "हाँ, ये मेरे सास-ससुर हैं। पति

अपने काम में व्यस्त थे, तो मैं इन्हें फिल्म दिखाने ले आई।"

"इन्हें तो चलने-फिरने में थोड़ी तकलीफ है।"

"हाँ, उम्र का प्रभाव है। किसे तकलीफ नहीं होती? दोनों मुझे बहुत मानते हैं। मुझे जब भी मौका मिलता है, मैं इनके साथ फिल्म देखने आती हूँ। मम्मी को फिल्में बहुत पसंद हैं।"

"और आपको?"

"मुझे मम्मी-पापा की खुशी पसंद है। उन्हें जिस काम से खुशी मिलती है, वो सब चीजें मुझे अच्छी लगती हैं। इनके सारे शौक मैं पूरा करने की कोशिश करती हूँ। मुझे अच्छा लगता है।"

मेरी फिल्म पूरी हो चुकी थी।

हर पल चेहरा बदलने वाले चरित्र की कहानी अब मैं क्या देखता? मेरे सामने तो पूरी फ़िल्म थी, रिश्तों की फिल्म।

इंटरवल के बाद मेरे मन में मानवीय रिश्तों की ढेरों कहानियाँ दौड़ने लगी थीं। लोगों की अय्यारी दिखने लगी थी।

फिल्म खत्म होने के बाद मेरी पत्नी ने कहा भी, "क्या सचमुच दुनिया में इस तरह के लोग होते हैं? कदम-कदम पर धोखा, छल को जीने वाले लोग? रिश्तों को तार-तार करनेवाले लोग?"

मैंने कहा, "नहीं, यह सिनेमा है। दुनिया में ऐसे लोग कम ही होते हैं। अधिकतर लोग तो यारी निभाने वाले होते हैं। बस, देखने के लिए आँखें चाहिए।"

□

पाँच सौ का नोट

किसी-किसी को अजीब बीमारी होती है। मुझे भी दो बीमारियाँ हैं।

पहली बीमारी तो यह है कि मैं रास्ते याद नहीं रख पाता। पूरी दुनिया घूम चुका हूँ, पर कहीं के रास्ते याद नहीं। बहुत बार ऐसा हुआ है कि अपने ही घर पहुँचने में भी मुझे मुश्किल होती है। वजह शायद इतनी सी है कि मैं हमेशा किन्हीं खयालों में रहता हूँ। ऐसे में रास्तों को मैं दिमाग में बिठाता ही नहीं। हमेशा सोचता हूँ कि जहाँ जाना होगा, पूछकर पहुँच जाऊँगा।

दूसरी बीमारी यह है कि मैं रुपए नहीं गिन पाता।

मेरी इस बीमारी का पता सबसे पहले 'इंडियन एक्सप्रेस' में नौकरी के दौरान सैलरी वाले बाबू को लगा था। मुझे नहीं मालूम कि कितनी बार उसने मुझे सौ-दो सौ रुपए कम सैलरी दी होगी और मैंने उसे बिना गिने जेब में रख लिया होगा। फिर ऐसा भी नहीं हुआ कि घर जाकर मैंने अपनी सैलरी गिनी हो, क्योंकि गिनता तो पता चल ही जाता। पर मुझे हमेशा यही लगा कि उसने ठीक सैलरी दी होगी। मेरा काम चलता रहा। कभी परेशानी नहीं हुई।

पर जब मेरी शादी हो गई और शादी के बाद अपनी नकद सैलरी मैंने पत्नी के हाथों में रखी तो पत्नी ने फटाक-फटाक सारे नोट गिन लिये।

"संजय, दो सौ रुपए कम हैं।"

"ऐसा नहीं हो सकता। जितनी सैलरी मिलती है, उतनी ही मिली है। मैंने तो कुछ खरीदा भी नहीं।"

पत्नी समझ गई कि उसके भोले पति के बारे में सैलरी बाबू को पहले से पता है। पत्नी शादी के बाद ये जान ही गई थी कि मैं पैसों के लेन-देन और उन्हें गिनने के मामले में

संपूर्ण रूप से कच्चा हूँ। उसने कुछ कहा नहीं। वो भी तब 'इंडियन एक्सप्रेस' में ही नौकरी करती थी। उसने कहा कि अगले महीने तुम सैलरी लेने मेरे साथ ही चलना। मैं पीछे खड़ी रहूँगी और तुम्हारे नोट गिन दूँगी।

मेरे लिए तो यह अच्छी बात थी। यही हुआ। सैलरी लेने हम साथ-साथ गए। बाबू ने नोटों पर थूक लगाकर उन्हें गिना और मुझे पकड़ा दिया। पत्नी तुरंत आगे आई और उसने वहीं खड़े-खड़े सारे नोट गिन दिए। दो सौ रुपए कम थे।

उसने टोका तो बाबू ने कहा कि ओह, गिनने में लगता है गलती हो गई है। उसने तुरंत दो सौ रुपए मुझे दे दिए।

हमने इस मामले की शिकायत जनरल मैनेजर से की। तब सुदर्शन कोहली जनरल मैनेजर थे। उन तक शिकायत गई तो उन्होंने पहली बार यह व्यवस्था की कि जो लोग नकद सैलरी नहीं लेना चाहें, उन्हें चेक से सैलरी मिल सकती है। हालाँकि बाद में सबको चेक से ही सैलरी मिलने लगी थी। सिर्फ नाइट ड्यूटी का भत्ता नकद मिलता था।

मुझे सैलरी चेक से मिलने लगी। मैंने कैनरा बैंक में एकाउंट खोला था, सैलरी वहीं जमा होने लगी। जितने पैसों की जरूरत होती, उतने पैसे हम निकालते।

उन्हीं दिनों कैनरा बैंक के जन संपर्क अधिकारी से हमारा परिचय हुआ और उसने हमें बताया कि बैंक ने कैनकार्ड लॉञ्च किया है। दस हजार की लिमिट है। आप ले लीजिए। मैंने और संजय सिंह, दोनों ने वो कार्ड ले लिया। यह हमारा पहला क्रेडिट कार्ड था। 28 साल पहले क्रेडिट कार्ड एक अचंभा था। खैर, मुझे याद है, मैंने यह सारी कहानी आपको पहले सुनाई है। आज उस कहानी को सिर्फ प्रसंगवश याद कर रहा हूँ, क्योंकि आज मुझे पाँच सौ रुपए के उस नोट की कहानी आपको सुनानी है, जो मेरे पर्स से दो दिन पहले निकला।

जब क्रेडिट कार्ड बन गया तो मेरा नाता नकद से एकदम टूट गया।

नकद का सारा काम पत्नी के पास था। वही मेरे पैसों को भी सँभालती थी।

पिछले दिनों जब देश में हजार और पाँच सौ रुपए के नोट बंद हो गए तो मुझे इस बात की बहुत खुशी थी कि हमारे पास एक भी नोट नहीं था, जिसे बदलने के बारे में सोचना भी पड़े। नोटबंदी में मैंने और मेरी पत्नी ने बैंक में एक बार भी रुपए न डाले, न निकाले।

हमारा काम क्रेडिट और डेबिट कार्ड से चलता रहा। हमने पेटीएम और दूसरे ऐप का जमकर इस्तेमाल किया। कामवाली को पैसे देने के समय भी यही व्यवस्था हुई कि चेक ले लो, लाइन में खड़े होकर पैसे निकाल लो। हमें बैंक जाने की जरूरत नहीं।

कुल मिलाकर काम चलता रहा।

पुराने नोट गए, नए नोट आए। मुझे रत्ती भर अंतर नहीं पड़ा।

पर दो दिन पहले अपने पुराने पर्स को बदलते हुए मेरे सामने पाँच सौ का एक पुराना नोट निकलकर बाहर आ गिरा।

मैं हैरान था। मेरे पास पाँच सौ का नोट। वो भी पुराना। ऐसा भला कैसे हुआ?

बहुत देर तक सोचता रहा। यह पुराना नोट है। अब तो बदलेगा भी नहीं। मैंने इसे क्यों रखा है। यह तो पाँच सौ रुपए डूब ही गए।

फिर मैंने पत्नी से पूछा कि मेरे पर्स में एक पाँच सौ का नोट निकला है। ये कहाँ से आया होगा?

पत्नी ने भी याद करने की कोशिश की, "हाँ, याद आया। एक बार तुमने पाँच सौ रुपए का एक नोट पर्स में यह कहकर रख लिया था कि गाहे-बेगाहे काम आएगा। पुरानी बात है।"

मुझे भी याद आया। कुछ साल पहले मैंने इस नोट को छिपाकर रख लिया था।

मेरा काम नियमित रूप से चलता रहा। ऐसा नहीं कि पाँच सौ रुपए की इमरजेंसी नहीं आई होगी, पर काम चलता रहा। ऐसे में यह पाँच सौ का नोट छिपा-का-छिपा रह गया।

अब पर्स बदलते हुए पाँच सौ का नोट जब मुझे मिला, तो मैं हैरान रह गया। फिर अफसोस भी हुआ कि हमने पाँच सौ का नोट बेकार कर दिया।

आज आपको लग रहा होगा कि क्या पाँच सौ रुपए के लिए संजय सिन्हा ने इतनी बड़ी कहानी लिख दी? आज अरबों-खरबों की बात होने लगी है, ऐसे में इस चिंदी चिल्लर की कहानी क्या सुननी?

पर सुनिए। आज मुझे कहना है कि हम बहुत-सा धन यूँ ही छिपाकर रखते हैं, इस उम्मीद में कि एक दिन काम आएगा।

छिपाकर रखा हुआ धन कभी काम नहीं आता। जो रखता है, उसके काम तो कतई

नहीं। आदमी रोज काम करता है। धन कमाता है, पर जीता नहीं। जीने की तैयारी करता रहता है। एक दिन जी लेंगे। इतना हो जाएगा तो अच्छे से जी लेंगे, पर वो कभी नहीं जीता। वो अतिरिक्त श्रम करता है, अपने भविष्य के भय से घबराकर। वो संचय करता है, एक अज्ञात भय से डरकर। पर वो नहीं जानता कि जिंदगी का सामना कभी उस अज्ञात भय से होता ही नहीं।

मेरे तो पाँच सौ डूबे हैं और मैंने ज्ञान प्राप्त कर लिया है कि धन का भोग करना चाहिए, उसका संचय नहीं।

रहने, खाने और पहने की जरूरतों के बाद बचा हुआ धन कब बेकार कागज के टुकड़े में तब्दील हो जाएगा, आपको पता भी नहीं चलेगा।

आपसे पहले भी कह चुका हूँ, दुबारा कह रहा हूँ कि आपके नहीं होने के बाद आपके बैंक, आपकी आलमारी या जहाँ कभी भी आप जितना धन आप छोड़ जाएँगे, वो आपका अतिरिक्त श्रम होगा। ऐसा श्रम, जिसे करने की आपको दरकार नहीं थी।

मैं कल मिला पाँच सौ के नोट से। ज्ञान प्राप्त किया पाँच करोड़ का।

□

श्लोक कुमार

सुनिए, मेरी आज की कहानी आप अपने बच्चों को जरूर सुनाइएगा। हमें अपने बच्चों को ऐसी प्रेरणादायक कहानियाँ सुनानी ही चाहिए। आप तो जानते ही हैं कि संजय सिन्हा हर रोज जिंदगी के समंदर में गोता लगाते हैं और वहाँ से आपके लिए कहानियाँ ढूँढ़कर लाते हैं।

कल मुझे मेरी कहानी आगरा में मिली।

मुझे बुलाया गया था, आनंद इंजीनियरिंग कॉलेज में बच्चों से अपनी जिंदगी की कहानी साझा करने के लिए।

अपने परिजन अयूब खान पिछले कई दिनों से मुझसे कह रहे थे, "भाई, आपको आगरा आना है अपने इंजीनियरिंग कॉलेज में।" खान साहब वहीं कंप्यूटर साइंस के प्रोफेसर हैं।

कॉलेज में मेरी मुलाकात कई लोगों से हुई। प्रोफेसर अनिल किशोर सक्सेना, वी.के. शर्मा, प्रदीप माहता, अतुल नारंग और नवीन गुप्ताजी से। सबकी अपनी कहानियाँ हैं।

मैं कॉलेज के ऑफिस में बैठा था। तभी एक पुलिस अधिकारी की एंट्री वहाँ हुई।

लंबा कद, आँखों पर चश्मा।

उन्होंने हाथ बढ़ाकर अपना परिचय दिया, "हेलो, मैं श्लोक कुमार।"

"मैं संजय सिन्हा।"

आगरा में ए.एस.पी. के पद पर तैनात श्लोक कुमार 2014 बैच के आई.पी.एस. हैं।

श्लोक कुमार ने बताया कि कैसे पटना से स्कूल की पढ़ाई पूरी करने के बाद वो इंजीनियरिंग करने वेल्लोर चले गए। अपने आई.ए.एस. पिता को देखकर स्कूल के

दिनों में वो भी सिविल सर्विसेज में जाने का सपना देखते थे, लेकिन एक बार कॉलेज गए तो फिर वहाँ के रंग में रँग गए।

सिविल सर्विसेज में जाने का उनका सपना मर गया। उन्होंने मान लिया कि अब तो इंजीनियर बन जाऊँगा, नौकरी मिल जाएगी और जीवन कट जाएगा।

कॉलेज के दिनों में उन्होंने खूब मस्ती की। दोस्तों के साथ घूमना, खाना और पढ़ना।

पर जिस मेहनत की दरकार थी, उसकी आदत छूट चुकी थी।

कॉलेज से निकलते ही इंडियन ऑयल कॉरपोरेशन में नौकरी मिल गई। हो गया जीवन सेट।

किसी को और क्या चाहिए ? अच्छी नौकरी, हाथ में पैसे। कुल मिलाकर उन्हें जो मिल गया, उसी से उन्होंने प्रेम कर लिया।

पर एक रात उनके मन ने उनसे पूछा, "श्लोक, क्या तुमने जिंदगी में यही सपना देखा था।"

"नहीं, मैं तो अपने पिता की तरह सिविल सर्विसेज में जाना चाहता था। पापा ने कहा था, इससे अच्छी नौकरी और सेवा करने का मौका कहीं नहीं मिल सकता।"

"फिर तुम रुक क्यों गए ?"

"क्या फर्क पड़ता है ? ये भी तो कितनी अच्छी नौकरी है। लोग तरसते हैं ऐसी जिंदगी के लिए।"

"यकीनन यह बहुत अच्छी नौकरी है, पर उनके लिए, जिन्होंने इसे चाहा था। तुमने जो चाहा था, क्या ये वही है ? तुमने किससे प्यार किया था ?"

"मैं...मैं तो स्कूल में अपने पिता की तरह सिविल सर्विसेज में जाना चाहता था।"

"फिर तुमने उसके लिए क्या किया ?"

"कुछ नहीं। बस जो होता गया, उसे जीता गया। सब बच्चे इंजीनियर बन रहे थे, मैं भी बन गया। सबको नौकरी मिली, मुझे भी मिल गई। सब खुश हैं, मैं भी।...नहीं, मैं शायद खुश नहीं। जो मिला है, मैं उससे प्यार करने की कोशिश कर रहा हूँ। पर यह मेरा प्यार नहीं था। असल में मैंने जिससे प्यार किया था, उसे पाने के लिए मेहनत ही नहीं की। ओह !"

और उसी रात से श्लोक कुमार ने ठान लिया कि ये नौकरी चाहे जितनी अच्छी हो, पर मेरा प्यार तो कुछ और था।

उस रात के बाद उनकी जिंदगी बदल गई। उन्होंने सबकुछ छोड़ दिया। बस लग गए अपने सपने को पूरा करने की तैयारी में।

एक साल, दो साल, तीन साल। तीसरे साल वो आई.पी.एस. के लिए चुन लिये गए।

तीन साल उन्होंने रात-दिन एक कर दिए, अपनी सारी मस्ती भूलकर।

श्लोक कुमार ने अपनी जिंदगी की कहानी बच्चों से भी साझा की।

उन्होंने बताया कि इंजीनियर बनने के अलावा उन्होंने एक बार दूसरों की देखा-देखी विदेश जाने का मन भी बना लिया था। इसके लिए उन्होंने जी.आर.ई. की परीक्षा भी दी। अच्छे नंबर भी लाए, पर जब उनके मन ने पूछा कि उनका पहला प्यार क्या है, तो फिर वो रुक गए।

वो कह रहे थे कि आप जिस चीज से प्यार करते हैं, उसे पाने के लिए आपको बहुत मेहनत करनी होती है, अन्यथा आपको आदत डाल लेनी चाहिए उन चीजों से प्यार करने की, जो आपको मिल जाती है।

उन्होंने जब कहा कि आपके पास दोनों रास्ते हैं। या तो अपने प्रेम को पाने के लिए मेहनत कीजिए, या फिर जो मिल जाए उससे प्रेम कीजिए, तो संजय सिन्हा को पूरी कहानी मिल गई आपको सुनाने के लिए।

संजय सिन्हा का आज का ज्ञान –

कामयाबी का कोई शॉर्टकट नहीं होता। जो लोग जिंदगी अपनी शर्तों पर जीना चाहते हैं, उन्हें तो वही करना होता है, जो श्लोक कुमार ने किया अन्यथा दूसरों की शर्तों पर तो कोई भी जी ही लेता है।

□

फ्लाइट वाला भाई

आजकल मैं जब भी दिल्ली से कहीं बाहर जाता हूँ, मेरी कोशिश होती है कि टर्मिनल थ्री से फ्लाइट लूँ।

दिल्ली में तीन टर्मिनल हैं—वन, टू और थ्री।

टर्मिनल वन से लो एयर फेयर वाली सारी फ्लाइट उड़ान भरती हैं और उतरती हैं। टर्मिलन टू पर फिलहाल सिर्फ गो एयर की फ्लाइट उड़ान भरती है और उतरती है और टर्मिलन थ्री से बाकी सब।

पहले, मुझे टर्मिलन थ्री दूर लगता था, पर पिछले कुछ महीनों से मुझे वो इसलिए भाने लगा है, क्योंकि वहाँ तक मेट्रो से पहुँचा जा सकता है। उतरने पर ड्राइवर को बुलाने से बेहतर है कि मेट्रो से कनाट प्लेस यानी शिवाजी टर्मिनल पहुँचकर गाड़ी वहाँ बुला ली जाए।

यह मेरा नया प्रयोग है और मुझे रास आ रहा है।

यह तो आपको भी पता है कि संजय सिन्हा के पाँव में चक्र बँधा है, वो इधर-उधर फुदकते फिरते हैं। खुद ही नहीं पता रहता कि कब दिल्ली में हैं, कब मुंबई, भोपाल या जबलपुर।

तीन दिन पहले जबलपुर से दिल्ली लौटा। जबलपुर से दिल्ली के लिए मैंने एयर इंडिया की उड़ान ली।

विमान दिल्ली हवाई अड्डे पर उतरा। एयर होस्टेस ने अनाउंस किया कि आप सभी अब अपने-अपने फोन ऑन कर सकते हैं।

मेरे बगल में बैठा एक भाई तो उतरने से पहले ही फोन ऑन कर चुका था और बेताब था, उतरने के लिए। ऐसा लग रहा था कि फ्लाइट लैंड करेगी और वो नीचे ही कूद

पड़ेगा, पर एयर होस्टेस ने डाँट कर सबको बिठा रखा था कि जब तक वो अनाउंस नहीं करेगी, कोई अपनी सीट से हिलेगा भी नहीं।

फ्लाइट जमीन पर रेंग रही थी। बगल वाला भाई किसी से फोन पर बात करने लगा था।

"स्वीटी, फ्लाइट लैंड कर गई है। बस, कुछ ही देर में घर पहुँच जाऊँगा।"

यकीनन उधर कोई महिला रही होगी। जितने प्यार से वो बात कर रहा था, उससे मैं अंदाजा लगा रहा था।

उनकी बातचीत लगातार जारी थी। वो अपनी यात्रा की पूरी रिपोर्ट दे रहा था। "फ्लाइट राइट टाइम है। पिछली दफा तो दो घंटे की देर हो गई थी। घर पहुँचने में भी देर हो गई थी। मैं मेट्रो से पहुँच जाऊँगा।"

अब उतरने की बारी थी। उतरकर बस में बैठकर हम टर्मिनल की ओर बढ़े। वो भाई लगातार फोन पर लगा था। मैं उसके साथ ही खड़ा था।

हम दोनों के पास सिर्फ हैंड लगेज ही था। हम दोनों साथ-साथ ही मेट्रो की ओर बढ़े।

फोन कटा, फिर फोन की घंटी बजी।

उधर कौन था, पता नहीं। पर इधर से वो भाई बोल रहा था, "यस सर। मैं आ जाऊँगा। हाँ, हाँ, पहले ऑफिस आऊँगा।"

फोन कट गया।

पाँव चल रहे थे, भाई चलते हुए फोन पर फोन मिलाए जा रहा था।

उसने फिर स्वीटी को फोन लगाया। लगभग गिड़गिड़ाते हुए उसने कहा, "स्वीटी, मुझे पहले ऑफिस जाना होगा। बॉस का फोन आया था। मुझे पहले रिपोर्ट वहाँ देनी होगी। वो जरूरी है। दस मिनट का काम है।"

"तुम समझा करो, जानू।"

"प्लीज, अरे मैं कह रहा हूँ न, समझो बात को।"

"मैंने पहले ऐसा कब किया?"

"अरे यार, तुम तो हर बात को अलग ही ढंग से देखती हो। लो, मैं फेसटाइम ऑन कर देता हूँ। मेरे साथ कोई नहीं। अकेला हूँ। तुम्हारा दिमाग शक्की है।"

चुप।

"बेकार बात मत करो। अरे, दोस्तों के साथ दारू पीने नहीं जा रहा। बॉस ने फोन कर दिया, इसलिए जाना पड़ रहा है।"

"हाँ, शाम को ऑफिस खुला रहता है।"

"पहले प्रोग्राम नहीं था। अभी फोन आया है ?"

"चुप रहो। मैं तुमसे बात नहीं करना चाहता। तुम पागल हो गई हो। तुम्हारा दिमाग खराब है। तुम्हारा दिमाग गंदा है। कुछ भी बोलती हो। मैं फोन पटक दूँगा...।"

"तू चुप रह। बकवास न कर। मैं समझा रहा हूँ तुझे। तूने मेरा जीवन नर्क कर दिया है। बात समझने को तैयार ही नहीं। कह रहा हूँ कि अभी उतरा हूँ, सीधे घर ही आ रहा था, लेकिन अब ऑफिस जाना पड़ रहा है। पागल।"

वो रुआँसा हो गया था। गुस्से में मुँह से थूक बाहर निकलने लगा था।

मेट्रो के आने में आठ मिनट की देर थी। लग रहा था कि भाई पटरी पर खुद ही मेट्रो बनकर दौड़ने लगेगा। भीड़ कम थी। मैं चुपचाप बगल में खड़ा था।

वो फोन काटता, जेब में मोबाइल रखता, फिर निकालता। वो पूरी तरह अपने आप में नहीं था।

जब उसने फोन कान से हटाया, मैंने यूँ ही पूछ लिया, "क्या हुआ ? आप बहुत परेशान हैं ?"

उसने मेरी ओर देखा।

"आप संजय सिन्हा हैं ?"

"जी।"

"तो लिख दीजिएगा मेरी भी कहानी। आदमी को शादी ही नहीं करनी चाहिए। जब उसका दिमाग खराब होता है, तब वो शादी कर लेता है। मेरी बीवी का दिमाग खराब हो गया है। जब कहीं बाहर जाता हूँ तो एक-एक मिनट की रिपोर्ट देनी होती है। बगल वाली सीट पर कौन बैठा है ? फ्लाइट उतरी कब ? वहाँ से बाहर निकलने में कितना समय लगा ? पैदल मेट्रो तक पहुँचने में कितना समय लगा ? मेट्रो मिलने में देर क्यों हो रही है ? महिलाएँ बिना वजह शक्की होती हैं। पता नहीं क्या देखकर बड़ी होती हैं ? मैं इतने प्यार से 'स्वीटी, स्वीटी, जानू' बोल रहा हूँ, पर वो उधर से कुछ भी बके जा रही है। कह रही है कि जाकर बॉस के घर ही सो जाना। पता नहीं दिमाग में कौन सा कीड़ा बैठा है ?

"वो पागल हो गई है। लिख दीजिएगा, संजयजी कहानी। मैं पागल हो गया हूँ। समझ में नहीं आ रहा कि मेट्रो के आगे कूद जाऊँ या क्या करूँ? लिखिए, लिखिए कहानी लिखिए। आप रात-दिन महिलाओं के गुनगान करते हैं न, लिखिए कहानी। ऐसी बीवी मिल जाए तो जीने की तमन्ना ही मिट जाए। तीन साल हो गए शादी को। तीन साल में तीन हजार बार लड़ चुकी है। उसकी चले तो सारा दिन काम छोड़कर बस जानू-जानू, स्वीटी, स्वीटी करता रहूँ।"

मैं चुप था।

वो लगातार बोले जा रहा था।

"किस्मत फूटी थी, जो शादी कर ली। पहले तो 'मेरा शोना, मेरा बच्चा' कहती थी। अब एक मिनट में गाली देने लगती है। अभी उतरते ही मैंने फोन किया कि घर आ रहा हूँ, पर बीच में बॉस का फोन आ गया। मैंने तो कुछ नहीं कहा। इतना ही तो कहा कि दस मिनट की देर हो जाएगी।

"उसे लगता है कि इस दस मिनट में मैं पता नहीं क्या करके घर लौटूँगा। दिमाग खराब है। पूरा खराब है। मेरा पूरा दिन खराब रहा।"

मैंने उसे समझाते हुए कहा कि आप इतना परेशान न हों। महिलाएँ घर में रहती हैं, उन्हें ऑफिस के संसार के बारे में पता नहीं होगा।

"क्या पता नहीं होगा? वो ख़ुद भी जॉब करती है। वो भी बाहर जाती है। वो बाहर जाए तो कुछ नहीं। मैं जाऊँगा तो कुछ-न-कुछ गड़बड़ करूँगा।

"मैं तो मेट्रो पकड़ रहा हूँ। मैडम जाती हैं तो मैं खुद कार लेकर उन्हें रिसीव करने आता हूँ। पिछले हफ्ते फ्लाइट से उतरते हुए अपना मोबाइल ऑन करना भूल गईं। मैं घंटे भर तक बाहर सोचता रहा कि क्या हुआ? जब मैडम का फोन ऑन हुआ तो बिना किसी दया के कह बैठीं कि अरे, फोन ही ऑन करना भूल गई। मैं भूल जाता तो मेरी एक गत न बचती।

संजयजी लिखिए कहानी कि रिश्ते ऐसे नहीं निभते।"

ट्रेन आ गई थी। भाई दौड़ते हुए दूसरे कोच में चला गया, मैं दूसरे।

रास्ते भर सोचता रहा।

दूसरे के जूते में पाँव डाले बिना उसकी तकलीफ को सचमुच समझ पाना असंभव है।

संजय सिन्हा चलते-चलते इतना ज्ञान देते चल रहे हैं कि अपने रिश्तों को बचाइए। दूसरे की मजबूरी को समझिए।

जानू से पागल तक का सफर तय करना आसान है। पागल से जानू का सफर मुश्किल।

□

श्रीदेवी

मैं भोपाल से दिल्ली चला आया था। मुझे 'जनसत्ता' में नौकरी मिल चुकी थी।

दिल्ली के काका नगर इलाके में एक आंटी के घर मैं बतौर पेइंग गेस्ट के रूप में रहने लगा था। काका नगर का हमारा घर इंडिया गेट, प्रगति मैदान और चिड़िया घर के बहुत पास था।

वो छुट्टी का दिन था। मुझे याद है कि मैं कैसे यूँ ही प्रगति मैदान पहुँच गया था। उन दिनों वहाँ मुफ्त या बहुत कम रुपयों में फिल्में दिखाई जाती थीं।

मेरे लिए प्रगति मैदान टहलते हुए जाना सबसे आसान था।

पर उस दिन जब मैं वहाँ पहुँचा तो काफी भीड़ थी। लोग गोल घेरा बनाकर खड़े थे। मुझे लगा कि कोई तमाशा हो रहा है। क्या पता, कोई जादू का खेल चल रहा हो, पर जैसे ही मैं वहाँ पहुँचा, पता चला कि यहाँ तो फिल्म की शूटिंग चल रही है।

श्रीदेवी की फिल्म की शूटिंग चल रही थी। लंबी, गोरी, पतली और बहुत सुंदर श्रीदेवी सामने थीं। कोई गाना फिल्माया जा रहा था। किसी ने बताया कि 'चाँदनी' फिल्म की शूटिंग है।

अपने बाबुल मामा के साथ तब तक मैं श्रीदेवी की फिल्म 'सोलहवाँ सावन' देख चुका था। फिल्म मेरी समझ में खास नहीं आई थी, लेकिन श्रीदेवी बहुत सुंदर लगी थीं।

प्रगति मैदान में मैं बहुत देर तक वहाँ खड़ा रहा। श्रीदेवी को देखता रहा। 'लाइट', 'कैमरा', 'ऐक्शन' जैसे शब्द बार-बार सुनता रहा। यह मेरी पहली मुलाकात थी श्रीदेवी से। उस मुलाकात में मेरी कोई बात नहीं हुई थी। बस, उन्हें देखकर मैं चला आया था।

मुझे याद आ रहा था कि आठ साल पहले मैं कश्मीर में भीड़ को चीरता हुआ ऐसे ही शूटिंग देखने पहुँच गया था। तब पहली बार मैंने अमिताभ बच्चन को देखा था,

'कालिया' फिल्म की शूटिंग में।

सिनेमा के सितारों के साथ मेरा प्रेम भविष्य में बढ़नेवाला था। सिनेमावालों से मेरी दोस्ती भविष्य में होनेवाली थी, पर यह मेरे लिए सिनेमा संसार से जुड़ने वाले रिश्ते का ट्रेलर था।

बाद में जब राज कपूर दादा साहेब फाल्के अवॉर्ड पाने के दौरान दिल्ली में बीमार हो गए तो मेरी मुलाकात कई फिल्मी हीरो-हीरोइन से हुई, पर वो सारी मुलाकातें भी ट्रेलर ही थीं। असली मुलाकात का दौर शुरू हुआ, मेरे 'जी न्यूज' में आने के बाद। इससे पहले इक्का-दुक्का कलाकार ही किसी को नजर आते थे। तब फिल्मी कलाकार का दिख जाना बहुत बड़ी बात होती थी। वो किसी-किसी को कभी एयरपोर्ट या यूँ ही शूटिंग के दौरान नजर आ गए तो आ गए।

खैर, श्रीदेवी को मैंने पहली बार देखा था 'चाँदनी' के सेट पर। न हेलो, न हाल-चाल।

'चाँदनी' फिल्म आई। खूब हिट हुई। जब भी गाने में वो वाला सीन आता, मैं सबको बताता कि मैंने ये वाली शूटिंग देखी है। लोग खुश होते, हैरान होते। वाह! संजय सिन्हा कितने भाग्यशाली हैं, जो उन्होंने श्रीदेवी को देखा है।

समय बीतता गया।

पता नहीं कैसे मैं सिनेमा के संसार से जुड़ता चला गया। ढेरों सिनेमा वालों से मेरी दोस्ती होती चली गई। मैं कह सकता हूँ कि सबसे मेरी मुलाकात होने लगी। बात होने लगी।

धीरे-धीरे तमाम फिल्म स्टार न्यूज चैनल के स्टुडियो में आने लगे, पर श्रीदेवी कभी नहीं आईं। उनसे मेरी दूसरी मुलाकात हुई किसी समारोह में। तब तक बोनी कपूर से उनकी शादी हो चुकी थी। मेरे जानने वाले कई मित्रों ने मुझे बताया था कि बोनी कपूर से शादी करके श्रीदेवी ने अपने कॅरियर को खत्म कर लिया, पर मैं खुश था। मैंने सबसे यही कहा कि श्रीदेवी ने अपने प्रेम को जीने के लिए कॅरियर को छोड़ दिया। उनका कॅरियर खत्म नहीं हुआ, उन्होंने जिंदगी जीनी शुरू कर दी।

श्रीदेवी की जो छवि फिल्मों में थी, वो उससे बिल्कुल अलग थीं।

वो चंचल बिल्कुल नहीं थीं। किसी से मिलतीं तो बस मुस्कुरातीं। कम बोलती थीं। निजी बातें कम शेयर करती थीं। हमेशा खुश रहती थीं।

जिन दिनों श्रीदेवी ने फिल्मी जीवन में कदम रखा था, हम जवान हो रहे थे।

श्रीदेवी सुंदरता की पर्याय बन गई थीं। कोई लड़की हम पर रौब गाँठती तो हम यही कहते कि तुम क्या खुद को श्रीदेवी समझ रही हो?

अभी आपके लिए कहानी लिखने बैठा ही था कि फोन आ गया। श्रीदेवी नहीं रहीं। दिल का दौरा पड़ने से उनका निधन हो गया।

हे राम!

मेरा दिल धक् से रह गया। ये क्या हुआ? अभी तो श्रीदेवी ने दुबारा जिंदगी को जीना शुरू किया था। उनकी तो कोई उम्र भी नहीं थी। ऐसे में दिल का दौरा?

मेरे पास पूरी रिपोर्ट नहीं है, पर मैं जानता हूँ कि यह सडेन कार्डियक अरेस्ट है।

यमराज को जब आँकड़े पूरे करने होते हैं तो वो छुपकर ऐसे ही हमला करते हैं। मेरे छोटे भाई के साथ भी यही हुआ था। वो पुणे के दफ्तर में बैठा था, अकेला। यमराज की नजर पड़ी। उसे अपने साथ ले गए।

श्रीदेवी के साथ भी यही हुआ। वो दुबई गई थीं। एकदम स्वस्थ थीं, पर यमराज का मन किया और उसे धीरे-से अपने साथ ले गए। यमराज निर्दयी हैं। वो नहीं सोचते कि आदमी कितना कुछ करता है जीने के लिए?

अरे, मरना तो सबको है, लेकिन ऐसे चुपके से ले जाना तो गलत बात है।

मैं रोता नहीं हूँ, पर आज श्रीदेवी के बारे में लिखते हुए रो रहा हूँ।

वो सचमुच सिनेमा संसार की सबसे खूबसूरत महिला थीं, तन और मन, दोनों से। उनमें एक खास तरह का बड़प्पन था। उनमें एक खास तरह का सितारापन था।

आज संजय सिन्हा इतना ही कह सकते हैं कि सितारे टूट कर जमीं पर गिरते हैं, पर अभी एक सितारा जमीं से आसमान में चला गया।

श्रीदेवी सही मायने में सितारा थीं।

कभी अलविदा न कहना, श्रीदेवी। प्लीज!

□

पत्रकारिता के दुश्मन

मैं बहुत छोटा बच्चा था। जहाँ तक मुझे याद है, तब मैं छठी या सातवीं कक्षा में पढ़ता था।

मेरे पड़ोस में एक लड़की रहती थी। नाम था, कंचन। वो थोड़ी मोटी थी। मेरी उम्र की ही रही होगी या साल भर बड़ी रही होगी। एक बार हमारी उससे लड़ाई हो गई तो मैंने उसे 'मुटल्लो' कहकर चिढ़ाया। कंचन ने अपनी माँ से मेरी शिकायत की। उसकी माँ मेरी माँ के पास आईं और उन्होंने मेरी शिकायत माँ से की। माँ ने पूरी शिकायत सुनी। फिर उन्होंने कहा कि मेरा संजू ऐसा नहीं कह सकता। वो लड़कियों की इज्जत करना जानता है। कंचन की माँ बुरा सा मुँह बनाकर चली गई थीं।

शाम को जब मैं खेलकर घर लौटा तो माँ ने मुझे बताया कि कंचन की माँ आई थीं और शिकायत कर रही थीं।

मैंने पूछा, "क्या शिकायत?"

माँ ने बताया कि मैंने कंचन को 'मुटल्लो' कहकर चिढ़ाया है।

मैंने माँ से पूछा कि आपने उनसे क्या कहा?

माँ ने कहा कि मैंने उन्हें डाँटकर भगा दिया कि मेरा संजू ऐसा कह ही नहीं सकता।

मैंने कहा कि पर माँ, मैंने तो उसे 'मुटल्लो' कहा था।

माँ ने कहा कि मैं जानती हूँ। तुमने कहा होगा।

"जब आप जानती थीं, फिर आपने उनसे क्यों कहा कि मैंने ऐसा नहीं कहा होगा?"

माँ मुस्कुराई। उसने धीरे-से कहा, "इसके लिए मैं तुम्हें डाँटूँगी कि तुमने किसी लड़की के लिए मुँह से गलत शब्द क्यों निकाले? मैं जानती हूँ कि तुमने ऐसा गुस्से में बोला

होगा, पर इसके लिए कोई और तुम्हें डाँटे, यह मुझे मंजूर नहीं।" इसके बाद माँ ने मेरी पूरी क्लास ली। समझाने लगी, "तुम्हारी भी बहनें हैं। कोई तुम्हारी बहनों के लिए बुरा बोलेगा तो तुम्हें गुस्सा आएगा न? बस यूँ समझ लो कि हर लड़की किसी की बहन है। तुम्हें किसी से बात करते हुए उसकी मर्यादा का ध्यान रखना होगा।"

मैं बहुत हैरान था।

माँ ने कंचन की माँ को डाँटकर भगा दिया था और मुझे डपट रही थी।

बात इतनी ही है।

पिछले दो दिनों से हम टी.वी. न्यूज पर सिर्फ श्रीदेवी की खबरें दिखला रहे हैं। हमीं नहीं, सभी न्यूज चैनल यही दिखला रहे हैं। पहले सबने कहा कि हार्ट फेल होने से श्रीदेवी की जान गई। दिन भर टी.वी. पर सडेन कार्डियक अरेस्ट की खबरें चलती रहीं। फिर किसी ने खबर उड़ाई कि उनकी इतनी सर्जरी हुई थी, शायद उन दवाओं के ओवर डोज में उनकी जान गई। फिर टी.वी. पर वही चांय-चांय।

आखिर में खबर आई कि उन्होंने खूब शराब पी रखी थी और शराब के नशे में वो बाथ टब में में गिर पड़ीं और उसमें डूबकर उनकी जान चली गई।

हम खबर-पर-खबर दिखलाते रहे।

इसके बाद शुरू हुआ, फेसबुक पर मीडिया का मजाक उड़ाना।

सबने मीडिया की ऐसी-तैसी करनी शुरू कर दी। और तो और, अपने शंभुनाथ शुक्ला ने भी मीडिया को आड़े हाथों लिया, जो खुद पत्रकार हैं। फिर संजय कुमार सिंह ने भी मीडिया की धज्जियाँ उड़ानी शुरू कीं। अपने रवींद्र वाजपेयी भैया ने भी कहा कि अब बस श्रीदेवी की आत्मा से बात करना बाकी है।

मैंने कुछ नाम लिये, बहुत-से छूट गए हैं, पर बहुत लोगों ने मीडिया को भरपेट गरियाया।

एन.डी.टी.वी. वाले अपने रवीश कुमार तो घूम-घूमकर कहते हैं कि आप टी.वी. मत देखा कीजिए। मीडिया नॉनसेंस खबरें दिखलाती है। लोग उनकी बातों पर तालियाँ बजाते हैं, उनकी तारीफ करते हैं।

पर मेरा मत इसमें अलग है। मैं जानता हूँ कि मीडिया कंचन को 'मुटल्लो' कहकर चिढ़ाती है, पर मैं इसे कंचन की माँ के आगे स्वीकार करने को तैयार नहीं।

मेरी माँ को यकीन था कि उनके बेटे ने कंचन को 'मुटल्लो' कहा था, पर उन्हें साथ में ये भी यकीन था कि उनका बेटा एक अच्छा लड़का है। वो संस्कारों से भरा है।

मीडिया उल-जलूल खबरें दिखलाती है। वो देव आनंद के मरने पर दो दिनों तक 'आनंद-आनंद' करती रही। राजेश खन्ना की मौत को उसने राष्ट्रीय शोक बना दिया। श्रीदेवी की मौत के आगे नौ बच्चों की मौत की खबर को उसने संक्षेप में समेट दिया। ये सारी बातें सही हैं। ये बातें भी सही हैं कि वो दिन भर न्यूज रूम में नेताओं को मुर्गा समझकर लड़ाती रहती है। उन्हें उकसाती है कि आप लड़ो, तमाशा क्रिएट करो। हमें टी.आर.पी. मिलेगी, आपको फुटेज।

ये सारी बातें सही हैं, पर एक बात सही नहीं कि मीडिया दल्ला है, बिकाऊ है, चोर है।

कई लोगों ने मेरी ही वॉल पर कई बार ये सारे शब्द लिखे हैं। मैं मानता हूँ कि कुछ पत्रकार दलाली का काम करते होंगे, कुछ बिकाऊ भी होंगे, कुछ चोर भी होंगे। यहाँ तक कि मैं खुद मानता हूँ कि जो जिंदगी में कुछ नहीं बन सकता, वो पत्रकार बन जाता है, पर इसका अर्थ यह नहीं कि पूरी मीडिया भांड है। पूरी मीडिया ही दलाली में डूबी है। सारे पत्रकार चोर हैं।

मैं पत्रकार हूँ, इसलिए नहीं कह रहा। मैं जानता हूँ कि जिस तरह हर क्षेत्र का नैतिक पतन हुआ है, उसी तरह मीडिया का भी पतन हुआ है। लेकिन ऐसा भी नहीं कि सारे के सारे वही हो गए हैं।

यह सही है कि आज के समय में एक नए प्रकार के मनोवैज्ञानिक युद्ध की तकनीक विकसित की गई है। कई तरह के माध्यम इस युद्ध में हथियार बन गए हैं। समय ऐसा आ गया है कि युद्ध जमीन पर नहीं, अब दिमाग के भीतर होने लगा है। ऐसे में मीडिया पीड़ा पहुँचाने का साधन कम, खुद पीड़ित अधिक हो रहा है।

भारत में पत्रकारिता का अपना चाहे जो इतिहास हो, लेकिन शुरू से यह इस्तेमाल ही हुआ है। अंग्रेजों ने इसे अपने प्रचार का हथियार बनाया तो स्वतंत्रता के दीवानों ने अंग्रेजी हुकूमत के खिलाफ प्रचार का।

क्योंकि तब मंशा अंग्रेजों से मुक्ति की थी, इसलिए हमें वो पढ़ना अच्छा लगने लगा, जिसमें हमारे क्रांतिकारियों की कहानियाँ होती थीं, पर अंग्रेजों को वही पढ़ना बुरा लगता था।

पत्रकारिता और आंदोलन में कब आपसी रिश्ता बन गया, किसी को पता भी नहीं चला। पर एक बात सबको पता चल गई थी कि लड़ाई सिर्फ जमीन पर ही नहीं होती,

दिमाग में भी होती है और मीडिया से बढ़कर इस काम के लिए कोई दूसरा हथियार नहीं।

अब हथियार होगा तो उसके फायदे और नुकसान, दोनों होंगे ही।

सैनिक जिन हथियारों से जनता को सुरक्षा का गारंटी देते हैं, आतंकवादी उन्हीं हथियारों से जनता में खौफ पैदा कर देते हैं। इसमें हथियारों का कोई कसूर नहीं।

मीडिया भी हथियार है। संजय सिन्हा इसके जरिए आप तक मुहब्बत की कहानियाँ पहुँचाते हैं, तो कोई इसी के जरिए आप तक नफरत की फसल बो देता है। सारे विकार इसमें समाहित हैं।

इसके बाद भी, मैं इतना ही कहना चाहता हूँ कि यह मीडिया ही है, जिससे सरकारें भी घबराती हैं।

यह ठीक है कि हम टी.आर.पी. के लिए मरते हैं। जब सबकुछ बाजार हो गया है तो फिर मीडिया इससे कैसे बचे और क्यों बचे?

इसके बावजूद कि बाजारतंत्र हावी है, मीडिया इकलौती संस्था है, जो समय-समय पर उन्हें आँखें दिखलाने का साहस करती है, जिन्हें आप हुक्मरान कहते हैं, जिनके आगे आपकी घिघ्घी बँध जाती है। सोचिए, कोई होटल मालिक, कोई गाड़ी कंपनी का मालिक, कोई दवा कंपनी का मालिक, कोई कपड़ा बनाने वाला या कोई भी दूसरा बिजनेसमैन एक बार भी किसी हुक्मरान के खिलाफ एक शब्द भी बोल सकता है?

सी.एम., पी.एम. की तो बात ही छोड़िए, लोग तो कलेक्टर और एस.पी. और इंस्पेक्टर की कारस्तानियों के खिलाफ भी नहीं बोलते। मुहल्ले के गुंडे तक के आगे घुटने मोड़कर जब लोग बैठ जाते हैं, तो अच्छा या बुरा, पर सिर्फ पत्रकार ही वो जीव होता है, जो हवाई चप्पल में भी उनके आगे तन कर खड़े होने का दम दिखला सकता है।

मानता हूँ कि मीडिया बुरी हो गई है। पत्रकार चोर हो गए हैं, पर सब नहीं। ऐसे पत्रकारों की संख्या ईमानदार पत्रकारों से बहुत कम है।

हम खबर दिखलाते हैं, उनके आकार के आधार पर।

श्रीदेवी अपने दौर की बहुत बड़ी स्टार रही हैं। वो पहली महिला स्टार हैं, जिनकी फिल्में उनके बूते चल जाती थीं। वो अपने दौर में सुंदरता का पर्याय थीं। सबके लिए वो नगीना थीं, सबकी उन पर निगाहें थीं। ऐसे में वो अचानक हँसते-खेलते मर जाएँगी तो खबर तो बड़ी हो ही जाएगी।

ठीक है कि हम कुछ और नहीं दिखला रहे, पर इससे बड़ी दूसरी खबर भी तो नहीं। नौ बच्चे मर गए, हमने वो खबर भी दिखलाई है, पर श्रीदेवी की मौत के रहस्य में करोड़ों लोगों की दिलचस्पी है।

पहले खबर यही आई कि श्रीदेवी का हार्ट फेल हो गया तो हमने हार्ट फेल की खबर दिखलाई। फिर खबर आई कि डूबने से मौत हुई है तो हमने वो खबर भी दिखलाई। कल को खबर आ जाए कि उनकी हत्या हुई है तो हम वो भी दिखलाएँगे।

हमें मत रोकिए। हम पर मत हँसिए।

हमें पता है कि हमने कंचन को 'मुटल्लो' बोला है। माँ को भी पता था कि संजू ने कंचन को 'मुटल्लो' बोला है, पर माँ ने कंचन की माँ को मुझे डाँटने का अधिकार नहीं दिया था। माँ ने मुझे खुद डाँटा था और कंचन की माँ के सामने नहीं डाँटा था।

मैं आपसे अनुरोध करता हूँ कि आप हमें डाँटिए, क्योंकि आप अपने हैं। लेकिन प्लीज, कंचन की माँ के सामने तो मत डाँटिए। उनके सामने तो मीडिया को दल्ला, चोर या भांड न कहें।

ये हमीं हैं, जो संसद् में रेणुका चौधरी की हँसी पर 'रामायण काल' को याद करते ही मोदीजी के पीछे पड़ गए थे। ये हमीं हैं, जो मन मोहन सिंह को 'मौन मोहन' कहने का दम दिखलाते थे।

ये हमीं थे, जिनकी बदौलत नीतीश कटारा की माँ अपने बेटे के हत्यारों से आखिर तक लड़ पाईं। ये हमीं थे, जिनकी वजह से जेसिका लाल के हत्यारे जेल में हैं। और ये भी हमीं थे, जिनकी बदौलत प्रियदर्शिनी मट्टू के हत्यारे खुले में नहीं घूम रहे। हमने ही दिन-दिनभर खबरें दिखलाई थीं। ये भी हमीं थे, जिसने निर्भया बलात्कार और उसकी हत्या को इतना बड़ा आकार दिया, जिससे दिल्ली की हुकूमत हिल गई थी और सारे अपराधी पकड़े गए।

हम दल्ले और चोर नहीं हैं। ठीक वैसे ही, जैसे हर दवा कंपनी नकली दवा नहीं बनाती। ठीक वैसे ही, जैसे हर होटल में सिर्फ धंधा ही नहीं होता। ठीक वैसे ही, जैसे हर नेता नीच नहीं होता। ठीक वैसे ही, जैसे हर पुलिसवाला अपराधी नहीं होता। ठीक वैसे ही, जैसे हर डॉक्टर जल्लाद नहीं होता।

ये ठीक है कि हमने कंचन को 'मुटल्लो' कहा है, पर डाँटने का हक माँ को है, किसी और को नहीं।

□

गुरुजी का भरोसा

गुरुजी की तबीयत बहुत खराब थी। सभी शिष्य इस चिंता में डूबे थे कि गुरुजी के इस संसार से चले जाने के बाद उनकी गद्दी पर कौन बैठेगा?

कौन बनेगा गुरु?

यही सवाल सभी शिष्यों के मन में था। सभी शिष्य एक से बढ़कर एक हुनरमंद और विद्वान थे। सभी शिष्य एकदम शिष्ट थे।

बहुत कठिन परीक्षा की घड़ी थी। गुरुजी जाते हुए किसे अपना उत्तराधिकारी नियुक्त करके जाएँगे, सबकी निगाहें बस इसी बात पर टिकी थीं।

गुरुजी जिसे अपना उत्तराधिकारी नियुक्त कर जाएँगे, वही होगा अगला गुरु। सभी शिष्यों को उसे ही गुरु मानना होगा।

सभी शिष्य इसी चिंता में डूबे थे। बस, एक शिष्य ऐसा था, जो इन सभी चिंताओं से परे मदिरापान में लगा था।

गुरुजी की तबीयत बहुत बिगड़ी हुई थी। ऐसा लग रहा था कि अब गुरुजी का अंत समय नजदीक आ गया है।

अचानक गुरुजी ने कमरे से ये खबर बाहर भिजवाई कि मदिरापान कर रहे शिष्य को उन्होंने अपना उत्तराधिकारी नियुक्त कर दिया है।

बाहर हंगामा मच गया।

सारे शिष्य गुरुजी के कमरे में घुस आए।

"यह क्या गुरुजी? आपने ऐसा फैसला लिया कैसे? हम सब एक से बढ़कर योग्य लोग, और आपने अपना शिष्य चुना इस शराबी को?" सारे शिष्य भड़के हुए थे। सभी

गुरुजी के इस फैसले के खिलाफ थे। ऐसा लग रहा था, मानो शिष्य बगावत कर देंगे।

शिष्य गुस्से में गुरु के खिलाफ कुछ-कुछ बोल रहे थे। गुरुजी शांत थे।

कोलाहल बढ़ता जा रहा था।

मदिरापान में लगा शिष्य चुपचाप कोने में बैठा था। वो कुछ नहीं बोल रहा था। उसे पता भी नहीं था कि गुरुजी ने ऐसा कोई फैसला लिया है कि भविष्य में वही गुरु का उत्तराधिकारी बनेगा।

जब शिष्यों का कोलाहल बहुत बढ़ गया तो गुरुजी ने आँखें खोलीं। फिर धीरे-धीरे वो बिस्तर पर बैठे। उनके बैठते ही सारे शिष्यों ने उन पर बरस पड़े। "गुरुजी, आपने ये क्या फैसला ले लिया? हम सब एक से बढ़कर एक योग्य शिष्य हैं। आपने हमें अपना उत्तराधिकारी नहीं चुनकर, एक शराबी को अपनी जगह चुनकर हमारा अपमान किया है।"

वैसे इस कहानी को संजय सिन्हा जब भी सुनते, वो भी हैरान होते कि आखिर गुरु को यह क्या सूझी, जो उन्होंने एक से बढ़कर योग्य शिष्यों की जगह एक शराबी को अपनी गद्दी सौंपने का फैसला ले लिया? खैर, गुरुजी ने फैसला लिया था, तो यकीनन कोई-न-कोई वजह रही होगी।

इसी वजह को जानने को सारे शिष्य बेहाल थे।

आखिर में गुरुजी ने सबको शांत रहने का इशारा किया और बोलने लगे।

उन्होंने कहा कि यह सही है कि तुम सब एक से बढ़कर योग्य हो। तुम सब पूरी तरह शिष्ट हो, बहुत अच्छे हो। मुझे तुम्हारे आचरण से कभी शिकायत नहीं हुई। पर एक बात मुझे हमेशा खटकती थी कि तुम सब इतने शिष्ट हो कि मुझे तुम सबका असली आचरण कभी पता ही नहीं चल पाया। जो लोग अति शिष्ट होते हैं, बहुत अच्छे होते हैं, वो अपने भीतरी आचरण के बारे में कभी किसी को पता ही नहीं चलने देते।

"उस शराबी के बारे में मुझे सबकुछ पता था। उसने कभी अपने व्यवहार को छिपाया ही नहीं। वो छिपा ही नहीं सकता था। वो शराबी है। शराब पीना बुरी आदत है। देखो, तुम सभी इतने वर्षों से मेरे पास हो, पर तुम सब मेरे एक फैसले से इतने आहत हुए कि तुम सारी शिष्टता भूल गए। तुम सबका अहंकार जाग उठा कि गुरुजी की गद्दी तुम्हें क्यों नहीं मिल रही?

"एक फैसला तुम्हारी मर्जी के विरुद्ध हुआ, तुम अपनी शिष्टता भूल गए। तुमने पिता

तुल्य गुरु को भला-बुरा कहना शुरू कर दिया, पर उसे देखो। बेशक वो नशे में डूबा है, पर उसने कभी अपनी शिष्टता नहीं खोई। वो कभी अपनी दावेदारी लेकर सामने नहीं आया। उसमें एक बुराई है। उसकी बुराई जगजाहिर है। उसका पूरा सच समाज के सामने है। तुम सब बहुत अच्छे हो, पर तुम्हारा सच ढका है। वो अपना मूल व्यवहार नहीं भूला। तुम भूल गए।

"मैंने इसीलिए उसे अपनी गद्‌दी सौंपने का फैसला लिया है, क्योंकि जो सार्वजनिक जीवन में होगा, उसका पूरा सच सामने होना चाहिए। अति अच्छाई कई बार मन की बहुत-सी बुराई को ढके रहती है। वो मिटी नहीं होती, ढकी होती है। जब तक मन से बुराई मिट न जाए, तब तक आदमी गुरु की गद्‌दी पर नहीं बैठ सकता।

ओढ़ा हुआ सच, सच नहीं होता।" सभी शिष्य समझ गए।

हम कब समझेंगे?

□

रिश्तों के रंग

अंकित कई दिनों से मुझे अपने घर बुला रहा था। मुझे समय नहीं मिल रहा था। कभी भोपाल, कभी जबलपुर और कभी मुंबई के चक्कर में मेरा अंकित के घर जाना हो ही नहीं पा रहा था।

अंकित को दिल्ली आए साल भर से अधिक हो चुका है। कायदे से मुझे उसके घर बहुत पहले चले जाना चाहिए था, पर ये महानगहर का संताप है, जो मैं उससे मिलने नहीं जा पाया।

कल देर शाम मैं ऑफिस से जल्दी निकलकर उसके घर चला गया।

अंकित पटना में मेरे साथ था। हम दोनों दोस्त थे।

हम रोज ही मिलते थे। एक ही साइकिल पर घूमते थे। वो मेरे घर आता, मैं उसके घर जाता।

घर में माँ, पिताजी और दीदी थीं। फिर दीदी की शादी हो गई थी, दीदी ससुराल चली गईं। उन्हीं दिनों मैं पटना से भोपाल चला गया। अंकित से फिर मिलना-जुलना छूट गया। हमारी बात फोन पर हो जाती थी, पर मिलना बंद हो गया। मुझे अंकित के घर के खाने की बहुत याद आती थी। जब भी उसके घर जाता, माँ बिना खाए लौटने नहीं देती थी।

अंकित पिछले साल दिल्ली चला आया। उसकी पोस्टिंग दिल्ली हो गई। उसे पता था कि मैं दिल्ली में हूँ। उसने मेरा फोन नंबर किसी दोस्त से लिया और मुझे फोन किया था कि संजय, हमारे घर आओ।

संजय सिन्हा किसी को मना नहीं करते, पर सीधे 'हाँ' भी नहीं कह पाते, क्योंकि उन्हें पता है कि दिल्ली में उनके पास समय की सबसे अधिक कमी है। दिल्ली से बाहर

जाते ही उनके पास अफरात समय हो जाता है।

खैर, कल मैं अंकित के घर चला गया।

उसकी पत्नी, दोनों बेटों से मुलाकात हुई। पत्नी ने खूब आव-भगत की। "भैया, आपका इतने दिनों से हम इंतजार कर रहे थे। भाभी को भी साथ लाना था।"

मैंने कहा, "बहन, मैं तो ऑफिस से निकलकर चला आया हूँ। अगली बार उसे भी साथ लाऊँगा। तुम खुद क्यों नहीं हमारे घर चली आती?"

"आना है, भैया, पर छोटे बेटे की बोर्ड की परीक्षा है दो दिनों के बाद। उसके बाद ही फ्री हो पाऊँगी।"

"हाँ, यह तो ठीक बात है।"

बात करते-करते मेरा ध्यान बार-बार माँ की ओर जा रहा था। माँ नजर नहीं आ रहीं। माँ कहाँ हैं? मैंने हिम्मत करके अंकित से पूछ ही लिया, "माँ कहाँ हैं?"

"माँ पटना में हैं।"

"अकेली?"

"पिताजी तो रहे नहीं। चार साल हो गए। तब से माँ वहीं हैं।"

"क्यों?"

"ऐसे ही।"

"अरे यार, माँ के खाने की बहुत याद आती है। वो होतीं तो मजा आ जाता। माँ को यहीं बुला लो। तुम्हें भी अच्छा लगेगा।"

अंकित चुप रहा।

मैंने फिर कहा कि अगली बार आऊँगा तो माँ के हाथों से बने दही-बड़े खाऊँगा।

"यार, माँ नहीं आएँगी। यहाँ जगह कहाँ है? पटना में तो बड़ा घर है। वहाँ आसपास के लोग उन्हें जानते हैं। यहाँ अकेली क्या करेंगी? उनका मन नहीं लगेगा।"

"अकेली? यहाँ वो अकेली कैसे होंगी? बेटा, बहू, दो पोते हैं। अकेली कैसे होंगी? अकेली तो वो वहाँ हैं।"

"यार, समझो। यहाँ माँ का रहना मुमकिन नहीं।"

अंकित संजय सिन्हा को समझा रहा था। संजय सिन्हा समझ गए थे।

देर रात घर लौटा। सामने अखबार पर नजर गई। अमेरिका में रेडीमेड कपड़े बनाने वाली कंपनी 'गैप' की एक तस्वीर ने पूरी दुनिया में तहलका मचाया हुआ है।

तस्वीर में एक माँ अपने बेटे को दूध पिला रही है। बेटा माँ की शर्ट को नीचे करके दूध पी रहा है। माँ वात्सल्य में डूबी है। बेटा जीवन का पान कर रहा है।

यह कंपनी के कपड़ों का प्रचार है, शायद संसार का सबसे बेहतरीन प्रचार। माँ टी-शर्ट में है। बेटा सिर्फ निकर में। दोनों प्रेम रस में सराबोर हैं।

मैं जब छोटा था, माँ की छाती में ऐसे ही समा जाया करता था।

मैं जानता हूँ अंकित भी माँ के आँचल के पीछे ऐसे ही समाया करता था। माँ की छाती से लगकर वो भी संसार से परे एक अलग संसार में पहुँच जाता था।

आज अंकित वो सब भूल गया है। मैं जानता हूँ, दुनिया के ढेरों अंकित ये सब भूल चुके हैं। बड़े होकर बहुत-से अंकित माँ को भूल जाते हैं।

अंकित कह रहा था कि यहाँ माँ अकेली हो जाएगी। वहाँ माँ पड़ोसियों के संग है।

मैं तस्वीर देखता रहा। आज आप संजय सिन्हा की कहानी से इस तस्वीर को निकालकर अपने जानने वाले उन अंकितों से उसे साझा कीजिएगा, जिनकी माँ बेटों के संग रहकर अकेली हो जाती हैं।

□

इधर हरियाली

आपने यह वाली कहानी जरूर सुनी होगी कि दो यात्री रेगिस्तान में भटक गए थे। चारों ओर रेत-ही-रेत। दोनों का गला सूख रहा था। भूख से दोनों बेहाल थे। अचानक कुछ दूरी पर उन्हें हरियाली नजर आई। सामने नदी, किनारे फलों से लदा वृक्ष। एक आदमी दौड़ा नदी की ओर।

दूसरा दौड़ा पीछे की ओर। पहले ने चिल्लाकर अपने साथी से पूछा, "तुम वापस कहाँ जा रहे हो ? जीवन यहाँ है।"

दूसरे ने कहा, "अपनी तरह भटके बाकी मुसाफिरों को यह बताने जा रहा हूँ, तुम भी यहाँ चले आओ। जीवन यहाँ है।"

ये एक बहुत छोटी-सी कहानी है।

कभी-कभी माँ ऐसी छोटी-छोटी कहानियाँ भी सुनाया करती थी। ऐसी कहानियों को सुनाकर माँ मुझसे जिंदगी के फलसफे पर बात करती थी। आमतौर बड़ी कहानियाँ अपने आप में पूरा संदेश दे दिया करती थीं, लेकिन छोटी कहानियाँ सुनाकर माँ मुझसे वास्तविक जीवन की बातें करती थी।

वो मुझसे स्कूल की बातें करती। मेरे दोस्तों के बारे में बात करती।

बात से बात निकलती। भरत मास्टर ने आज क्या पढ़ाया ? मांझी मास्टर ने किसे मुर्गा बनाया ? एक-एक कर माँ को मैं सारी बातें बताता। मैं माँ को बताता कि अज्जू दो दिनों से स्कूल नहीं आ रहा।

माँ सारी बातें ध्यान से सुनती। फिर कहती कि अज्जू के घर कल चले जाना। पता करना कि स्कूल क्यों नहीं आ रहा ? कहीं तबीयत तो नहीं खराब ? स्कूल में मास्टर साहब ने जो पढ़ाया है, तुम अज्जू को बता देना।

"मैं क्यों बताऊँ, माँ?"

"क्योंकि मैंने तुम्हें रेगिस्तान वाली कहानी सुनाई है, इसलिए।"

मैं फिर कहानी में लौटता। रेगिस्तान में हरियाली देखकर एक आदमी उसकी ओर भागा था, दूसरा पीछे की ओर। वो बाकी मुसाफिरों को हरियाली का रास्ता बताने भागा था।

"माँ, मुझे किसी ओर की मदद क्यों करनी चाहिए?"

अपने संजू बेटे के प्रश्न पर माँ मुस्कुराती, "बेटा, जब तुम किसी की मदद करते हो, तो असल में तुम अपनी मदद करते हो। सोचो, हर आदमी सिर्फ अपने बारे में सोचने लगे तो क्या दुनिया इतनी तरक्की कर सकती है? हमें हर चीज साझा करनी चाहिए। आज तुम अज्जू की मदद करोगे, कल कोई तुम्हारी मदद करेगा। यह संसार एक-दूसरे की मदद पर चल रहा है, बेटा।"

यही मार्च का महीना था। होली के दो दिन बाद की बात है। माँ इस संसार से चली गई थी।

माँ को गए हुए बहुत साल बीत गए। मुझे लगता है, माँ यहीं है। मेरे पास।

कल एक माँ ने मुझे फोन करके बताया कि बेटा उनकी बातें नहीं सुनता। वो अपनी मनमानी करता है। माँ मुझसे पूछ रही थी कि मुझे क्या करना चाहिए, संजयजी?

मैंने सिर्फ इतना ही कहा कि अपने बेटे से खूब बातें कीजिए। उसे सवालों के कठघरे में मत खड़ा कीजिए। उसकी समस्याओं को सुनिए। उसे नसीहत मत दीजिए, उसके सामने उदाहरण रखिए। उसे कहानियाँ सुनाइए। और कुछ न हो तो संजय सिन्हा की कहानियाँ सुनाइए।

"आजकल इतना समय कहाँ होता है, संजयजी?"

"यही तो बात है। समय निकालना होगा। अगर आप उसे समय नहीं दे रहीं तो आपको उसकी शिकायत भी नहीं करनी चाहिए।"

"आप बताइए, क्या करूँ?"

"उससे संवाद स्थापित कीजिए। उसे कोसना बंद कर दीजिए। उसकी तारीफ करने के बहाने ढूँढ़िए। दुनिया का कोई भी रिश्ता संवाद का मोहताज होता है। बिना संवाद के रिश्तों की कोपलें सूख जाती हैं। पहले माँएँ अपने बच्चों को कहानियाँ सुनाती थीं। उनसे बात करती थीं, छोटी-से-छोटी बात भी। आजकल माँओं के पास समय नहीं।

एक दिन आता है, बच्चे माँ को समय नहीं देते। फिर शुरू होता है शिकायतों का दौर।"

"बात तो आप सही कह रहे हैं।"

"अगर आप समझ ही गई हैं तो फिर रेगिस्तान में दूसरी ओर दौड़ना शुरू कीजिए। ढूँढ़िए उन मुसाफिरों को, जिन्हें आप हरियाली का पता बता पाएँ।

हरियाली का पता है—संवाद।

जिन रिश्तों में स्नेह की कोपलें मुर्झाती नजर आ रही हैं, उन सबसे संवाद स्थापित कीजिए। आप रिश्तों के पौधे में पानी डालिए तो सही। समय पर हर रिश्ता लहलहा उठता है। आपका बेटा भी आपकी बातें सुनने लगेगा, पर पहले उसे हरियाली का पता तो बताना ही होगा।"

□□□